图书在版编目（CIP）数据

笼里的女人 /（丹）阿德勒-奥尔森著 ；张维娟译
. -- 南京 ：江苏凤凰文艺出版社，2015
（《悬案密码》三部曲）
ISBN 978-7-5399-7508-5

Ⅰ. ①笼… Ⅱ. ①阿… ②张… Ⅲ. ①长篇小说—丹麦—现代 Ⅳ. ①I534.45

中国版本图书馆CIP数据核字(2014)第143499号

书　　名	笼里的女人
著　　者	[丹麦]尤西·阿德勒·奥尔森
译　　者	张维娟
责任编辑	郝　鹏　孙金荣
特约编辑	钟　原　栗梦霞
出版发行	凤凰出版传媒股份有限公司 江苏凤凰文艺出版社
出版社地址	南京市中央路165号，邮编：210009
出版社网址	http://www.jswenyi.com
经　　销	凤凰出版传媒股份有限公司
印　　刷	三河市嵩川印刷有限公司
开　　本	880毫米×1230毫米　1/32
印　　张	10
字　　数	210千字
版　　次	2015年6月第1版　2015年6月第1次印刷
标准书号	ISBN 978-7-5399-7508-5
定　　价	29.80元

（江苏凤凰文艺出版社图书凡印装错误可向本社调换）

序幕

她的指尖在光滑的墙面上不停地抓，直到刮出血来；紧握着拳头不断敲打厚玻璃，直到双手麻痹失去知觉，接着又伸手在黑暗无边的空间里不停摸索，结果摸到一扇铁门，她尝试用指甲努力挖掘门缝，那扇门却纹风不动。

铁门的锐利边缘使她的指甲断裂，最后不得不气喘吁吁地跌坐在冰冷的地面上。她的心脏跳得飞快，张大着眼望向那深不可测的黑暗，从喉咙深处发出嘶吼的叫声震得耳朵嗡嗡作响，甚至连嗓子叫哑了。

她把头向后仰，感觉到来自上方的新鲜空气，要是趁奋力往上跳的时候抓住能攀爬的地方或许会有事发生。

没错，在外面的恶魔有可能会进来找她。

然后她会用迅雷不及掩耳的速度，伸直指头戳进恶魔的眼睛，让他们失去战斗力，顺利逃出这个牢笼。

她吸吮鲜血直冒的指头，双手奋力撑起身体强迫自己站起来。

她看着天花板。天晓得，这天花板究竟有多高；天晓得，上面是否有可以攀住的地方，但她一定要试一下。一定得试一试。

她脱下外套仔细折好放在一旁，然后伸直双手奋力往上跳，结果什么也没抓到。她连续试了好几次，最后不得不靠在墙上休息，待体力恢复后再次助跑使劲一跳，双手在空中拼命挥舞看是否能抓住东西，结果再度落空。着地时，肩膀猛烈撞击在水泥地板上，她强忍住不发出呻吟，可是头敲向墙壁的力道令她眼冒金星，终于忍不住大声哀号。

她静静地躺在地上许久。对折磨她的人来说，她是关在笼里的女人，但是笼子的栏杆间距是她自己决定的，她会想办法在脑中创造另一个世界，不会让自己发疯，不会让他们称心如意，他们永远无法消磨她的意志。她躺在冰冷的地板上下了这样的决心，虽然此刻肩膀传来强烈的抽痛，右眼上方遭受撞击的地方已肿胀起来。

她迟早会逃离他们的。

第一章

时间：2007 年

卡尔向前走一步靠近镜子，用食指摸着子弹擦过太阳穴的地方，伤口虽然已经愈合，可是只要定睛细看便能见着发际上这道明显的疤痕。

“呸，但谁会这么做呢？”他细细审视镜中的脸，心中暗忖着。

他变了，不仅嘴巴四周的纹路加深，眼下的阴影也变得明显，如今这双眼睛里流露出冷漠的神情。不，卡尔·穆尔克不再是过去的他了，不再是那种肯为工作燃烧、经验老到的刑事警察，也不再是那种高大优雅、引人注目的日德兰人[1]了。该死，这又意味什么？

他扣好衬衫，穿上外套，喝掉最后几口咖啡便关上大门离去。关门的音量会令房子里其他人察觉到，该是离开被窝的时刻了。在大门关上之际，他瞄了住家门牌一眼，心想该找个时间换下来了，维嘉已经搬出去一段时间，即使两人没有正式离婚，但事情终究会走到这步田地。

他朝着贺斯町方向前进。如果可以赶上 20 分钟之后的那班火车，那么在进入总局办公室之前，还有半小时先去探望住院的哈迪。

他远远就看到露在稀疏树林上方的红色教堂尖塔，因此体认到自己有多么幸运。无论如何他还活着，只要子弹再往右偏个两厘米安克尔就不会死，可是再往左偏一厘米遇难的人就换成他，就那么可笑的几厘米，将他与墓园中冰冷的坟墓隔开数百米。

尽管他希望能够理智面对这件事，但这并不容易。在发生那件

1. 日德兰半岛（丹麦文：Jylland），是欧洲北部的半岛，面积约 25,485 平方千米，位于北海和波罗的海之间，构成丹麦国土的大部分。

事之前，卡尔对于死亡除了知道它如闪电般不可预料外，其他了解得并不深，但在真正经历之后内心却相当平静。

死亡多么暴力或愚蠢，他全部都晓得。

卡尔依然记得在他的警察生涯中第一个谋杀案受害者。事情发生在他从警察学校毕业刚满两星期，一名娇小柔弱的女子被自己的先生勒毙。被害者躺卧在他的眼前，那毫无生气的眼眸和脸部神情困扰了他长达数周。自此以后类似的案件多得不胜枚举。每天早上，卡尔都会武装好自己；今天又要面对血衣、惨白的脸孔和冰冷无情的照片。每天都得聆听人们的谎言、无意义的辩护，以及见识不同的犯罪案件、不停翻新的犯罪手法。他就这么在侦办刑事警察案件的单位磨练了 25 个年头。

直到那一天，碰上了那起将他盔甲彻底击溃的案件。

+

他、安克尔和哈迪被派往亚玛格岛，在开车经过一条崎岖不平的碎石路后，来到一间破旧的小屋前。

看到现场的尸体便知道发生什么事了。一如之前的几次案件，尸体的臭味引起邻居的注意，这一次肯定又是个为自己而活，最后倒卧在自家垃圾堆中结束酗酒人生的家伙，直到在被害者的头颅上发现有根用钉枪打入的钉子，哥本哈根警察才介入调查。

这一天刚好轮到卡尔小组值班。虽然因为超时工作、其他小组态度懒散，让卡尔脾气不佳，但他和两位搭档都对接手这个案子没有表示异议。有谁料想得到，这起案件将带来致命性的结局。距离他们闻到尸臭味才不到 5 分钟，安克尔就倒卧在血泊中，哈迪命在旦夕，卡尔的工作热忱因而被浇熄。而这份工作热忱，是让他之所以能继续待在哥本哈根凶杀组工作的动力。

第二章

时间：2002 年

媒体相当热爱梅瑞特·林格，热爱她在国会殿堂演说时伶牙俐嘴的模样，以及她对部长和那些唯部长马首是瞻的人们不甚尊重的态度。这位民主党代理主席的女性特质、目空一切的眼神、脸颊上的酒窝，还有她的青春与成就，都是媒体特别偏爱她的原因，更别说她提供了他们源源不断的话题。比方说，为什么这么一位能力强又迷人的女子不曾跟异性在公众场合一起出现，她究竟是不是蕾丝边？梅瑞特永远在创造新闻，是个出色的话题人物。

她本人也十分清楚这一点。

“你就不能和塔克·帕库森试着交往看看？”她的助手问道。

在梅瑞特前往国会大楼后方停车场取车的路上，她们一边小心翼翼地闪过地上一摊摊积水一边交谈。“当然，我知道他并不是唯一疯狂爱慕你的人，可是他试着约你多少次了？你有没有认真数过桌上的留言纸条？看过今天的留言了吗？梅瑞特，给他一次机会！”

“你为什么不干脆自己接受他呢？”梅瑞特打开蓝色奥迪的车门，把公文放在后座的座位上。“玛莉安，我可以跟激进中央党的交通政策发言人做什么？难道是因为我想改善海宁市的环状道路？”

梅瑞特直起身子，正好看见玩具博物馆前有个穿着浅色塑料雨衣的男子在拍摄整栋建筑物，又或者是在拍她？她摇摇头，把那种长久以来遭人监视的感觉赶出脑外，一定是自己胡思乱想，她最好打消这种疑神疑鬼的念头。

“塔克·帕库森 35 岁，外表长得很帅气。好吧，或许减个几千克会更好。他在韦比有座庄园，而且据我所知还有两座位于日德兰地区。你有什么不满意？”

梅瑞特注视着她，然后无奈的摇头："没错！他 35 岁，而且和妈妈住在一块。玛莉安，你知道吗？尽管拿走，我把他送给你，他是你的了！"

她从女助理手中接过一叠公文，放到后座的另一叠公文旁边。车内仪表板上的时钟显示为 5 点 30 分。她迟到了。

"梅瑞特，今晚的表决你又缺席了。"

"无所谓。"她耸耸肩淡淡地回答。

踏入政界的时候她就与民主党的党主席协调好，晚上 6 点后不再为政党效劳，除非有紧急的工作或重要的表决需要她。"没问题。"他当时看中她拉票的能力一口答应，后来梅瑞特的确证实了自己的实力，今天的表决即使少了她也不成问题。

"梅瑞特，少来了！快说，你究竟藏着什么秘密？"助理侧着头盯着她，"他叫什么名字？"

梅瑞特微笑关上车门。看来该是换掉玛莉安·柯尔的时候了。

第三章

时间：2007 年

凶杀组组长马库斯·雅各布森的办公室总是一片杂乱，可是他并不在乎，因为他表面上乱无章法，私底下却觉得自己是个做事有条不紊的人，所有的案件都井然有序地记在脑中，就算 10 年后都不会忘记任何细节。

唯独某些情况下例外。

好比说几分钟前，办公室里混乱的情形确实让他感受到不快，里面挤满一群目光锐利的同僚，每个人似乎都想越过办公桌上那些堆积如山的文件靠近他。

马库斯拿起一个印有福尔摩斯图案的破杯子，啜饮一大口早已冷掉的咖啡。光是今天上午，他就已经想起外套口袋里的半包烟 14 次，只是现在再也不能在楼下的中庭抽根烟休息一下，这该死的鬼规定。

"好了，听着。"他看向对面的副手罗森·柏恩，刚才马库斯要求他做完简报后留下来。"我们再不加把劲，就无法侦破法尔比公园的脚踏车谋杀案。"

罗森点点头表示同意。"真令人生气，卡尔偏偏在这个时候回到单位，调用四个最佳的调查人员，他就是这样。你知道吗？所有人都在抱怨他，你猜那些人跑去跟谁抱怨？"马库斯副手激动的模样，仿佛自己是唯一的倾听这些垃圾的人。

他接着又说："他不仅迟到，不断向属下发号施令，还要干预其他人的工作，至于那些不回电、办公室总是一团乱的坏习惯就更别提了。你知道吗？现在连法医都在抱怨他，法医耶！这事可就大了。马库斯，不管卡尔曾经历过什么，我们一定要采取行动，否则我再也不晓得我们的部门该如何运作。"

马库斯挑起一边的眉毛，脑海中浮现卡尔的身影。他喜欢卡尔这个人，可是那始终带着怀疑的眼神、老是充满嘲弄的评语，让他的忍耐濒临极限“好，我知道你的想法了。也许只有安克尔和哈迪能够跟他一起共事，因为这两人的脾气也相当古怪。”

“马库斯，其他人不会像我说得这么直接。卡尔从以前就是个梦魇，他不适合待在这里，凶杀组是一个需要团队合作的单位，而卡尔从第一天报到就证明了自己是同事们的灾难。为什么你会把他从布拉霍伊区调过来？”

“罗森，不管是从前还是现在，卡尔都是个优秀的调查人员。”马库斯紧盯着自己的属下。

“是，是，是，我知道，我们不能因为这些理由解雇卡尔。可是，马库斯，我们还是得想想办法。”

“他才复职一个星期，我们应该给他机会，试着在相处时谨慎一点，你看如何？”

“你确定吗？过去几周，部门里累积的案件已经超过我们退休能解决的数量。其中有几个大案子，例如：不排除人为纵火的美洲街火灾事件，造成一人死亡的汤姆花园街抢劫案，塔恩比镇一名少女被强暴惨死，南湾的刺伤案件夺走一名帮派青少年的性命，再就是法尔比公园脚踏车谋杀案。这些案子让人一筹莫展，其中大部分的案件甚至没有半点线索，而宛如梦魇的卡尔又坐在那里。他脾气坏、懒惰、闷闷不乐、尽爱找茬，对待同事的恶劣态度破坏团队和谐。你真的认为我们要采取缓和的手段？马库斯，把卡尔赶走吧，这里需要新血。我知道这听起来很无情，但我是认真的。”

凶杀组组长点点头。他趁做简报时仔细观察过底下的人，他们个个话不多，工作超时，而那副神经紧绷的模样似乎不想再被卡尔骚扰。

罗森走到窗边望向对面的建筑物。“我有个建议。”沉默片刻后，他转过身说，“也许会跟职业公会起冲突，可是我相信应该不至于闹到那种地步。”

“该死，罗森，现在不能再跟公会起争执了，我没有多余的精力跟公会打交道。如果你打算将卡尔降级，他们会立刻来找麻烦。”

“刚好相反，我们要让他升官。”

“什么？”马库斯闻言心里提高警觉，他知道自己的副手是名优秀的调查者，经验丰富，也侦破过许多案件，可是就担负管理重责的主管标准来说，仍有许多地方有待学习——在这栋建筑物里的员工不会被开除，也不可能立即高升。

“你的意思是，我应该向上头推荐拔擢卡尔？基于什么理由？另外，谁该让出位子？”

“我知道你奔波了一整夜，整个上午都在处理法尔比公园那件该死的脚踏车谋杀案，所以你可能没听到消息。你猜今早国会发生了什么事？”

马库斯摇摇头。罗森是对的，他满脑子都是脚踏车谋杀案的最新发展。在昨晚之前，他们终于找到一位可靠的女目击者，似乎极有可能协助警方突破案情，可是目击者昨晚突然改变主意，再也不肯透露任何讯息。他们怀疑是因为目击者身边有人遭受威胁才使她变得软弱不敢言。警方对她使出疲劳轰炸式的讯问，并且试着从她的女儿和母亲下手，但所有人依旧保持沉默。马库斯几乎整晚没合眼，因此对报纸头条之外的新闻一无所知。

“又是丹麦党？”

“没错，该党的法律政策发言人又提出建议了，跟你猜想到的一样，与警察改革有关。他们已获得大多数人的支持。马库斯，这次一定会通过，琵芙·韦斯特格德会达到她的目的。”

“连你自己都不相信你现在说的消息。”

“她在讲台上发言了整整 20 分钟，即使保守党反对，执政党也一定会支持她。”

“那又怎么样？”

“嗯，你认为呢？她举了四个尚未侦破而停止调查的案子为例，我们不用期待社会大众知道后会留下好印象，他们肯定认为警方没有足够的能力侦破那些严重案件。我敢跟你保证，他们手上还有更多可以用来攻击我们的筹码。”

“狗屎！怎么会有人以为刑事警察没事会终止调查？”

“韦斯特格德甚至指出，这些悬案有可能符合某种特殊条件……”

“胡扯！哪些条件？”

“比如说，牺牲者都是丹麦党或保守党的党员。”

“这个老女人根本就是疯了！”

罗森摇摇头：“她还说，或者是孩童失踪，或者是政治组织遭受恐怖攻击，总之都是特别残忍的罪案。”

“她的目的很明显，就是为了拉票。”

“那当然，但她成功召集了各个党代表到司法院协商，并且火速将文件送到财政委员会审核。要是你问我的看法，我会说两周内肯定有结果。”

“什么结果？”

“成立一个新部门，她所属的党甚至已经想好了名字——悬案组。我甚至不确定他们是不是开玩笑，”副手苦笑着说。

“这个部门成立的宗旨是什么？调查未侦破案的案件？”

“没错，重新调查令人瞩目的案件，至少他们是这么说的。”

“重新调查令人瞩目的案件？”凶杀组组长点头附和，“嗯，的确像是琵芙・韦斯特格德的杰作。听起来不错，可是要由谁来判断哪些案件符合所谓的条件？对此他们怎么说？”

罗森耸耸肩。

“好吧，他们只是让新部门去做我们一直在做的事。还有别的吗？”

“新部门将负责全国各地的案件，但从行政划分上，它似乎隶属于哥本哈根凶杀组……”

马库斯一语不发地看着他的副手。“他们不是认真的！再说，什么叫作从行政划分上？”

“我们握有预算和会计的权利，可以支配办公室人员，对了，场地也归我们管辖。”

“我不明白。位于哥本哈根的新部门得侦办其他区域的旧案？各地警局一定不会配合，他们会要求自己的人加入这个新单位。”

“我不这么认为。地方警局宁可将这项政策视为减轻责任的工具，不会争着要回这些陈年旧案。”

“换句话说，在同一个屋檐下，将有一支机动小组负责解决毫无希望的案子，并且要我的手下提供后勤支持？不，该死，这不可能是真的。”

“马库斯，仔细听着，这只跟几名警察有关，不过偶尔借用几个小时的人力而已，没什么大不了。”

“这听起来不像‘没什么大不了’啊。”

“让我告诉你我的看法，好吗？”

凶杀组组长揉着额头，难道他还有别的选择？

“马库斯，这牵涉到金钱。”他停顿了一下，直视上司的眼睛，“不多，但足以让我们的部门多雇用几名人员，同时流进数百万克朗。”

“数百万？是指新部门的经费？”

“是的，我们谈论的不只是小数目，但我们得快速建构起这个单位。马库斯，我们要让这些政客认为我们将全力以赴，事实上我们不会这么做，只要向他们提出计划，就能继续掌握预算，并且指定卡尔担任新部门主管。坐上这个位子的人必须经验老道，却不需具有管理的头脑，因为那将会是一个人的部门，同时卡尔必须身兼多职，不会和其他人有接触。”

“让卡尔·穆尔克当悬案组的主管……”马库斯在脑中飞快盘算一遍。即使把出差费、化验费以及其他相关费用计算在内，悬案组的年预算仍花不到100万克朗，而其他那些没派上用场的几百万克朗则可以让凶杀组成员处理一些年代久远的旧案，虽然不是直接用在悬案组负责的案件，但在性质上倒也没什么差异。整件事的关键在于权力与财务是否能顺利转移。太妙了，真是太妙了。

第四章

时间：2007 年

在警察总局工作的哈迪·海宁森曾是个了不起的警察。军方数据上记载着他身高 2.7 米，这当然是不可能的。不过，每次逮捕到犯人时，他的伙伴总是让哈迪去宣读权利，因为罪犯得将头高高仰起才能看清楚他的容貌。正是这一点，让大部分的罪犯留下了深刻的印象。

然而现在这种情况下，哈迪的身高不再是优点。只要卡尔还具备判断能力就会知道，医院过短的病床无法让哈迪伸展那双已瘫痪的长腿。他曾向护士建议拆下床尾，但这个要求似乎超出了她的权限或能力范围。

哈迪依然沉默不语，即使面前的电视日夜不停播放，人们进出他的病房都毫无反应。他躺在霍内克的医院脊椎中心的病床上努力想要生存下去，有时嘴里咀嚼着医院供应的食物，有时稍微耸一下肩膀——这是脖子以下他唯一还能自由控制的部位。护士每天会照顾他瘫痪的身躯，擦洗身体，插入点滴针头，更换尿袋，而哈迪只是呆呆地盯着天花板一言不发。

“我又回总局工作了。”卡尔说着帮哈迪拉好被子，“因为我们的案子，内部压力很大，虽然目前仍没有进展，但我有把握，他们一定会抓到那个对我们开枪的人。”

哈迪厚重的眼皮一动也不动。他没有看卡尔，也没看 TV 2 的新闻播报员，后者正激动地播报净空青年活动中心发生暴动的新闻。对哈迪来说，那件事之后一切仿佛失去意义，他甚至没有对此发过脾气。卡尔比任何人都要了解自己的伙伴，虽然他不曾向哈迪表示过这一点，因为卡尔同样感觉无所谓，是谁对他们开枪，他也不感兴趣，知道这些能改变什么？开枪的如果不是那些人，就是其他的人，外头多的是这种人渣。

他朝拿着点滴走进来的护士点点头。上次他来探病的时候护士正准备照顾哈迪，于是请他在病房外等候，但卡尔似乎对这种做法不太满意，并且也清楚地让她知道了这一点。

“啊，你来了？”她一边看着时钟一边挖苦道。

“是呀，我喜欢在上班前过来看看，有问题吗？”

她再次望向时钟。

护士抓起哈迪的手仔细观察手背上的点滴针头，接着门再度打开，物理治疗师走了进来，粗重的工作正等着他和他的同事。

卡尔隔着床单轻拍哈迪的右手臂：“他们想要专心照料你。哈迪，我先走了，明天我会早一点过来，我们再聊，再见。”

医院走廊上弥漫着刺鼻的药味，卡尔停下脚步倚靠着墙，汗湿的衬衫黏在背上，手臂流淌的汗水在衣服上晕开。自从亚玛格岛事件之后，类似的状况经常发生……

那天一如往常，在其他同事抵达之前，哈迪、卡尔和安克尔先赶到犯罪现场。他们依照惯例全副武装，穿着连身工作服，戴上口罩、手套和帽套。从他们接获老先生头上发现钉子的讯息到抵达案发现场还不超过半个小时，就可以知道总局距离亚玛格岛的路程并不远。

在法医检验尸体之前，他们有充分的时间进行盘查，因为就他们所知，凶杀组组长去参加某个组织架构改革会议，在警察总长那里耽搁了一点时间，但马库斯最后一定会和法医一起出现，没有任何事可以阻止他赶赴犯罪现场。

“鉴别人员在屋子外面没有特别的发现。”安克尔说着用鞋尖在地上戳了一下，前晚下的雨让土壤变得松软。

卡尔环顾四周，排除邻居的木鞋外，棚屋周围并没有留下太多鞋印，其中一枚是来自于20世纪60年代军方所贩卖的军鞋。当时这栋小屋肯定比较坚固，不像如今已倾倒颓圮，在岁月的侵蚀下，棚屋的屋檐低垂，屋顶的沥青尽是裂痕，房子正面也留下湿气的痕迹。门牌上，黑色麦克笔写的乔治·麦德森字样已去掉大半，空气中飘散一股尸臭味，总之，这是个糟透的地方。

“我去和死者的邻居谈谈。”安克尔说完便转身离开去找那个等了他们半小时的男人，试图从他口中问出一些线索。邻居小屋的门廊距离案发现场不到 5 米，如果有人闯进棚屋，他肯定会注意到一些蛛丝马迹。

尸臭味并没有对哈迪造成太大的障碍，或许是因为他的身高比众人高，也有可能是他的嗅觉不好，却引起卡尔的大声抱怨："该死，谁可以忍受这种气味？"他们踏进走廊，穿上为了避免破坏现场而准备的塑料鞋套。空气中越来越浓郁的臭味让呼吸变得短促。

"我来开窗。"哈迪说着走向狭窄走廊旁边的房间。

卡尔来到客厅，窗前放下的卷帘阻挡了洒进屋内的大半光线，但足以看见死者坐在对面的角落，呈灰绿色的脸上布满了脓包，还有道深深的撕裂伤，鼻子里不断流出红色液体，衬衫被肿胀的身躯撑开，眼睛看起来好像涂上了石蜡。

"有人用钉枪在他头上打进一根钉子。"卡尔戴上棉质手套时，身后传来哈迪的声音。"钉枪放在桌上，就在电动螺丝起子旁边，它仍然是开着的。我们可以检查一下它的电力还可以维持多久。"

当安克尔回来时，两人只站在那里几分钟，仍不停四处张望。

"死者的邻居 1 月 16 日搬进来，"安克尔说，"也就是说，才搬来 10 天。在这期间，他没有见过死者出门。"然后，他环顾房间继续说道，"我们这位邻居朋友坐在走廊上欣赏全球气候变化，然后闻到这股臭味，目前仍处于惊吓状态。可怜的家伙！或许法医验尸后应该检查一下他的情况。"

之后发生的事情卡尔描述得非常含糊。其他人以为他当时神志不清，然而事实却不是如此。其实他记得非常清楚，只是不想说。

他听到有人穿过厨房后门进屋，却没有及时对此作出反应，也许是臭味的关系，或者是他认为走进来的是某位鉴别人员。

数秒后，他的眼角瞄到一个身穿红色格纹衬衫的人闯入房间，随即想到要掏出手枪，但身为警察的反射动作却在这时失灵，他并没有这么做。哈迪的背部接着被射中一枪，他也因此受到了牵连——倒下的哈迪顺势把卡尔压在身下，那股巨大的压力使得他的脊椎扭伤，膝盖断裂。

接连射出的子弹击中了安克尔的胸部，擦过卡尔的太阳穴。卡尔依稀记得哈迪压在他身上的情景，他的伙伴呼吸急促，从工作服流到地板上的鲜血与他的血混在一块。当行凶者的脚步经过他们时，卡尔一心只想着要尽快拿到自己的枪。

安克尔倒卧在卡尔身后的地板上试图翻身。此时，走廊后方的小房间传来两个陌生人的声音，在那之前他们一直以为只有一位凶手。这两人在几秒钟后进入客厅。卡尔听到安克尔命令他们站住，感觉到他曾试着掏出手枪。

然而，回答安克尔的是一道让地板也跟着震动的枪声，子弹正中他的心脏。

这一切在电光石火之间发生。行凶者穿过厨房后门逃走，而卡尔只是一动也不动地躺在地上，让赶到现场的法医一度以为他失去生命迹象。根据医生和马库斯后来的说法，他们当时都以为卡尔死了。

卡尔仿佛失去知觉般躺着，脑袋里充满了绝望的念头。赶到现场的同事察觉得他的脉搏仍在跳动，急忙将三人载往医院。卡尔在抵达医院后才把眼睛睁开，然而眼神却是一片死寂。

众人认为他惊吓过度，实际上那是因为他感到羞愧。

“你还好吗？”一名年约35岁，身穿医师罩袍的男子走向卡尔。

卡尔离开原本倚靠着的墙：“我来探望哈迪·海宁森。”

“哈迪？哦，你是他的家属？”

“不，我是他的同事，是他在凶杀组的上司。”

“哦。”

“诊断结果如何？他将来还能走路吧？”

年轻医师忽然后退一步，用难以理解的眼神看着卡尔。他的想法在脸上显露无遗——这件事与卡尔无关。“这个问题我只能向家属说明，相信你一定能谅解。”

卡尔抓住医师的手臂：“听着，他发生事情的时候我也在场，甚至还有一名同事因这起案子殉职，当时我们全都在那里，难道你不认为我有权利知道哈迪的未来？我再问一次，他将来能不能走路？”

“很抱歉，”医师甩开卡尔的手，“你可以透过贵单位得知哈迪的情况，但我不可能提供任何信息，我们每个人都必须严守本分，尽力做好自己的工作。”

那略带傲慢的口气、装腔作势的音调、微微挑眉的动作，在此时此刻有如火上浇油般瞬间点燃了卡尔的怒气。他很想赏对方一个巴掌。可是，他却只是抓紧医生的衣领，将对方拉近与自己面对面。“是的，我们都要做好自己的工作。如果你的女儿晚上10点后还没回到家，我们就得出勤寻找她的下落；如果你的太太被强暴，或者你那台毫无价值的奶油白色BMW不在停车位上，我们也要做好调查的准备。当你们需要我们的时候，我们总是在那里。让我再问最后一次，我同事哈迪将来能不能走路？”

当卡尔终于把手松开，医生大口喘着气说：“我开奔驰车，而且还没结婚。”并且，他的脸上还挂着胜利的微笑。他离开卡尔的层次，打乱对手问话的策略，这很有可能是利用上解剖学的空档去修习心理学所学来的技巧。

小小的幽默让敌人无力抵抗。但对卡尔来说，这种技巧没用。

“就专业医师的心理学素养来说，这仍然不够，你还少上了傲慢的章节。你这个矮个子人渣！”卡尔说完这话，动手推开医生大步离开。

凶杀组组长和他的副手正在卡尔的办公室等他。该死，难道那个年轻医生抗议到这儿来了？他观察了一下。不，这两人看起来脑袋里似乎盘据着某种伟大的想法，正在算计些什么，至于两人交换的眼神仿佛是打算进行危机处理。难道他们想要强迫他与心理医师讨论他的“创伤后压力症候群”？在治疗中，他得接受专家的建议，而专家会密切观察他的一举一动，探究患者内心的黑暗角落，以揭开卡尔未说出口的心事？省省吧！卡尔清楚他的问题无法透过交谈解决。这件事说来话长，亚玛格岛的事件只是让情况恶化到无以复加的最后一根稻草。

去他们的！他们想都别想！

“嗯，卡尔，”组长开口招呼，点头示意他坐到空位上，“罗森和我考虑了很久，你自己也该注意到一切运作不顺，我们认为现在该是进行下一步的时候了。”

听起来他会被开除。卡尔的指尖敲击着桌子的边缘，视线越过主管的头顶，心想：如果他们真的想要开除他，事情绝对不会这么简单。

卡尔看着窗外，乌云开始在蒂沃利乐园上方聚集，如果他猜得没错，那他得赶在下大雨前迅速离开。他不打算请公会代表协商，而是要直接冲到安徒生大道上的职业公会办公处。他们不能开除刚结束病假、上班不到一周的同事，更何况他遭到了枪击、失去两名最佳搭档、事发至今才过了两个月。世界上最古老的警察协会一定不会愧对自己的历史，将会站出来为他发声。

“卡尔，我知道对你来说有点突然，但是我们都认为你需要新鲜的空气，也就是说，我们将换个方式善用你杰出的调查能力，指派你接管新单位——悬案组。设立这个部门是上层的指示，其最主要的目的是重新调查尚未破获，但受到大众瞩目的案子。”

该死，卡尔心想，整个人往后倚靠在椅背上。

“你将独自负责整个部门，还有谁比你适合这职位？”

“每个人。”卡尔看着墙壁应道。

“卡尔，过去这段时间对你来说很难熬，这份工作是为你设计的。”罗森说。

你懂什么，你这个矮个子白痴，卡尔心想。

“你必须独立作业。我们将会跟各地的警察局长会商后选出一系列案件，由你决定调查顺序及行动方式，并且能拿到专属于这个部门的预算，只要给我们每个月的账单。”卡尔的上司接着说道。

卡尔蹙了蹙眉：“你刚才提到‘警察局长’？”

“没错，这是个跨区域的部门，你不用再跟老同事坐在一起，我们会在总局里设立一个全新的单位，办公室就快要装修完成了。”

妙招，卡尔暗想。他们想用这种方式漂亮地把我铲除，让我一个人瞎忙。“哦，全新的办公室，请问这间办公室在哪里？”

组长的笑容顿时在脸上冻结：“在哪里？嗯，目前在地下室，但这不是长久之计。我们得先检视这个部门的运作情形，若是破案率达到某个程度，谁知道后来会变得怎么样呢？”

卡尔又望着窗外那一大片乌云。他们让他到地下室办公只不过是想要架空他，孤立他这个麻烦人物。但是，待在楼上还是地下室对他来说有什么差异吗？无所谓。他只会做符合自己心意的事，这些安排根本不算什么。

“对了，哈迪还好吗？”组长随口问道。

卡尔凝视着他。这是过去这段时间以来，马库斯第一次提出这个问题。

第五章

时间：2002 年

一到晚上，梅瑞特·林格就是自己的主人。在开车返回梅格勒比镇的前方有着整排紫杉树和住家的路上，车子每前进一公里，她就把不属于私密生活的部分一点一滴地抛在脑后。只要车子朝着史蒂汶半岛前进，行经横跨于崔格魏尔德河上那座桥，她就觉得自己仿佛脱胎换骨，换了一个人。

乌佛·林格一如往常地坐在客厅的沙发桌旁边，手里握着一杯冷掉的茶，整个人沐浴在电视屏幕的光线下，而电视的音量则被调到最大。将车子停进车库走到后门的梅瑞特，可以从庭院透过大片玻璃窗清楚看到屋里的乌佛，他还是老样子，安静地坐着，一动不动。

她在洗衣房里脱下高跟鞋，大衣挂在门廊的挂勾上，留下预计要带到书房里处理的公文，将手上的公文包放在暖炉上方，最后脱下菲力帕·可的西装裤放在洗衣机旁的椅背上，换上晨袍，套上室内拖鞋。回家的生活就该如此，她不是那种一进家门就立刻站到莲蓬头下洗去一天疲惫的人。

她从塑料袋里翻出希望牌糖果，舌头上的糖果让血糖值开始上升，如此一来，她才有办法将视线转移到客厅。

然后她呼叫弟弟："哈啰，乌佛，我回来了。"日复一日，重复同样的模式。她知道乌佛早已看见车头灯的灯光，却耐着性子等待她进门。

她蹲在他面前，想要跟他有眼神上的接触："哈啰，你在这里。你坐在电视机前看新闻，欣赏崔娜·里克[1]？"乌佛眯起眼睛，笑纹

1. 丹麦著名新闻记者与新闻节目主持人。

直窜发际，眼睛却没离开屏幕。

“哎呀，你可是我一个人的白马王子，”她握起他的手，那双手温热又柔软。“但你更喜欢萝忒·梅赫德[1]，对吗？你真的以为我不知道？”这次他的嘴角朝两边扯开，露出一个大大的笑容，这才算是真正的沟通。在他的内心深处，他还是那个乌佛，总是清楚自己想要什么的乌佛。

她转头面向电视机，跟他一起观看最后两则新闻报道，其中一则新闻是关于营养协会要求禁止使用工业用反式脂肪酸，另一则是丹麦家禽饲养协会反对国家津贴的宣传活动，这场活动注定毫无希望。她深知这两项议题的背景，因为她曾为此不眠不休地工作两个晚上。

她转头面对乌佛，用手指梳理他的头发时露出了头皮上的长疤。“来吧，你这只懒虫，让我们来瞧瞧有什么东西可以吃。”她空出一只手，拿起沙发上的靠垫拍打弟弟的后脑勺，直到乌佛开心地挥舞手脚，放声大叫。然后她会放开他的头发跳过沙发，像只山羊一样穿越客厅。梅瑞特这招从未失灵，乌佛绝对会因为感到有趣而精力充沛地大声欢呼，亦步亦趋跟着她。姐弟俩像是两节充满动力的车厢轰隆隆地跑上二楼，又轰隆隆地跑回楼下，经过车库、客厅，最后来到厨房。家政服务员已将晚餐准备好，他们随时可在电视机前用餐。昨天他们吃饭时看了憨豆先生，前天是卓别林，今天应该又是憨豆先生，影片的选择完全是根据乌佛的喜好。大约在影片播放半小时后乌佛会打起瞌睡，而梅瑞特就帮他盖上被子让他在沙发上休息。乌佛半夜醒来后会自己走进卧室躺上双人床，抓着隔壁姐姐的手继续鼾睡，而梅瑞特在确认乌佛熟睡后才会打开灯，准备隔天的工作。

姐弟俩就这样日复一日地相伴。

她爱乌佛——她那亲爱的弟弟，无法说话的弟弟。

---

1. 丹麦著名女记者。

第六章

时间：2007年

挂着“悬案组”铜制名牌的门仍靠在暖气管线，管线沿着地下室走廊向前延伸，几乎看不到尽头，而作为办公室的房间里还放着10桶半满的油漆桶，空气中弥漫着刺鼻的油漆味，悬吊在天花板上的4支日光灯管，散发着令人头疼的刺眼光线，所幸墙壁的油漆已经干了，只是那颜色让人不由自主地联想到罗马尼亚的医院。

“马库斯•雅各布森万岁！”卡尔喃喃自语，一眼扫过整个环境。

在走往办公室那长达100米走廊的路上，卡尔没有遇到半个人，至于安排给他的办公室里，不但没有人，没有日光，也没有新鲜的空气，让人不禁联想到前苏联劳改集中营“古拉格”，而这里是世界的尽头。

他看着两台崭新的计算机与两捆连接着计算机的线路，看来他们将信息传输分成两种方式，第一台计算机专门连接内部网络，第二台计算机则可以用来连接外部。卡尔抚摸着第二台计算机，若是他愿意，他可以坐在这里上网几个小时，因为这台计算机不会有任何关于网络安全和保护中央服务器的规定，或干涉网络使用的权限。他寻找可充当烟灰缸的容器，从烟盒敲出一根香烟，烟盒上写着“吸烟有害身体健康及环境”。他环顾四周，心想，那么地下室残余的蛀虫恐怕会因此性命不保。他点起一根烟，深深吸了一口，成为自己部门的主管，这感觉真不赖。

“我们会把案件送到楼下。”马库斯先前这么说，但到目前为止，卡尔的办公桌和架上依旧空空如也。也许是有人认为他需要时间打理这里，让新办公室多点居家舒适的感觉，但对卡尔来说，这根本没啥关系，在有心情工作前他不打算采取任何行动。

卡尔把办公椅挪到桌子旁边以便让双脚跨上去，在家休养时，他总是像这样呆坐着抽烟，尝试不去想起哈迪压在他身上的重量，以及安克尔临死前的哮喘声，接着他为了麻醉自己会上网漫无目的搜寻，现在他又可以这么做了。他瞄了时钟一眼，得在这里再待 5 个小时才能回家。

卡尔居住在阿勒勒市，那是他的妻子维嘉想要定居的地方。在两人分居前他们搬来这里，住进伊斯雷夫镇的花园洋房，而那只不过是两年前的事。当时她把西兰岛的地图摊开在桌上，迅速算出住在那里需要多少生活费，或者搬到小而美的阿勒勒市，有通勤电联车，周围都是田地，森林就在咫尺之遥，附近有许多商店、电影院、歌剧院、活动区，还有罗棱霍特公园。维嘉为此兴高采烈，在这个地区，他们可以用合理的价格买下一间钢筋水泥建造的房子，空间供两人一起生活绰绰有余，即便加上维嘉的儿子也不成问题。还能够使用网球场、室内游泳池、会馆等设施，欣赏邻近的麦田和沼泽风光。最重要的还是，这里有许多友善的邻居固定在罗棱霍特公园里聚会，互相关心照顾。对当时的卡尔来说，这并不是什么特别的优点，不过最近他的想法变了——如果没有公园里那些朋友，他绝对会崩溃。此言绝不夸张。先是维嘉离开他，搬到花园里的小木屋去住，不想离婚，却经常打电话来诉说她和那些小情人之间的事；卡尔的继子拒绝与自己的母亲同住，依然和卡尔住在一起，他刚好处于青春期最急躁的阶段；最后是亚玛格岛的枪击事件，那件事让卡尔的生活彻底脱离常轨。突然间，他失去原本拥有的一切，包括他的老婆、美好的生活目标，以及两位能够包容他坏脾气的好伙伴。如果没有罗棱霍特公园和那些朋友，他肯定无法撑过这一切。

卡尔回到家，把脚踏车停放在厨房外面的车棚。他的两位室友早已在家，卡尔很难忽略他们的存在，住在地下室的房客莫顿•贺蓝播放的歌剧震耳欲聋，二楼继子房里的低沉重金属音乐声也朝他直冲而来。

他闯进声音的炼狱后用力跺了几下地板，地下室里威尔第的歌剧《弄臣》立即降低音量，可是二楼的重金属音乐仍然难以对付。卡尔顺着楼梯跃出三大步轻松抵达楼上，敲下继子的房门。

“贾斯柏！‘精神病院乐团’的音乐震破了楼下靠近松树路的

两片玻璃，你要付钱。”他大声咆哮，但并不期待对方有响应。

“哈啰！”卡尔接着大喊，“我不想剪断网络线，但如果有必要，我也不会犹豫。”

这句话终于发挥了作用。

楼下厨房里，负责料理晚餐的莫顿宣布准备开饭。同一条路上的某位邻居称莫顿是73号的代理家庭主妇。这位邻居误会大了，莫顿才不是替代品，他是最好的，几乎可说是卡尔所遇到过的最称职的家庭主妇。在哼唱歌剧的颤音中，一手包办所有购物、洗衣、煮饭和打扫等家事，最好的是，他从不拖延房租。

“莫顿，你今天有去上课吗？”卡尔其实知道答案。莫顿已经33岁了，在过去的13年中，除了刚注册的科系外，他几乎读遍了所有可以就读的项目，收获是了解各个不同领域的知识，唯独对获得奖学金补助的项目涉猎不深。

莫顿用宽阔的背对着他，搅拌着锅里正在沸腾的食物。“我决定要念政治系。”

卡尔知道他不是最近才有这个想法，付诸实现只是时间早晚的问题。“大部分的政治系学生都投票给执政党，不过我不是那样的人。”

“该死，莫顿，你从哪里知道这些？你什么时候上过政治系的课？”

“昨天。我告诉读书小组的同学关于卡伦娜·贾森的笑话。”

“那个女性政治人物？她曾是极左派的人，现在却倒戈加入自由党。想必要用她来逗笑你同学不会太难。”

“我说‘她是在高傲脑袋中装着愚蠢思想的范例’。你相信吗？真的有人因此大笑。”

莫顿很特别，是个天生不被祝福、雌雄同体的阴阳人，与社会的接触仅止于在超级市场等待结账时和其他顾客闲聊。

卡尔摇摇头，他并不在乎那些事。只要莫顿在录像带出租店里赚够房租，读不读大学并不重要。“政治系听起来有些枯燥乏味。”

莫顿耸耸肩，把胡萝卜切成碎块丢进锅中后就不再说话，这模样和他平时不太一样，卡尔可以感觉似乎有事发生。

“维嘉打电话来。”莫顿压低声音说道，以往在这种时候他会加上一句艾尔顿·约翰《枪杀钢琴师》里的歌词：“别射我，我只是个弹钢琴的。”但这一次却没这么说。

卡尔沉默不语。如果维嘉想要向他要求什么事情。应该等他回家再说。

“我想，应该是因为她在外面的花园受冻。”莫顿说着奋力搅拌锅里的东西。

卡尔看着他的房客，食物的香气很诱人，他已经很久不曾有过这么旺盛的食欲。“她在外头受冻？也许她应该偶尔将情人丢进火炉里生火取暖。”

“你们在聊什么？”一道声音从门边传来。原本只在贾斯柏房内的地狱噪音伴随他的出现而窜了出来，走廊的墙壁也跟着为之震动。

卡尔在地下室坐了整整3天，大多时候只是凝视着墙壁或网页发呆，或是测量从座位到临时厕所的距离。比起过去任何时候，他觉得自己现在获得了充分的休息。他也计算出走到三楼凶杀组的旧同事那里需要花费452步，并且希望新办公室起码有一扇门，让他可以在经过的时候随手用力甩上，那么或许可以提醒楼上的同事他还没拿到工作所需的文件。

卡尔并不急着做事，但也不想在正式上班前就有丢工作的风险。

他很好奇自己在凶杀组现身时之前同事的反应。其实他期待看到那些好奇、同情和嘲笑的眼光，而不是在他的注视下，宛如听到口令般不约而同地躲进自己的办公室。

在第一间办公室里，他看见有个自己从未见过的男子正在拆纸箱。

“这是怎么回事？”卡尔问道。

男子立刻伸手问好：“彼得·维斯特韦格，来自瑞费市，是维果小组的成员。”

“维果小组？维果·布尔克？”卡尔问。他从没听过这个叫彼得的人物，看来应该加入凶杀组不久。

“是的，你是？”男子握着卡尔的手问道。

卡尔握了手后环顾四周，并没有回答对方的问题，他发现办公室内还有两张陌生的面孔。“他们也是维果小组的成员？”

“坐在后面窗户边的那个人不是。”

“这些都是新家具？”

“是的，才搬上来。你该不会是卡尔·穆尔克吧？”

“嗯。”卡尔应了一声便径自往前走，来到马库斯的办公室。

办公室的门敞开着，但就算门关着也无法阻止卡尔打断会议。“整个警察总局里，就属你们这里最热闹。”卡尔语带挖苦说道。

卡尔走进来时，凶杀组组长瞥了副手和秘书一眼，那两人看起来有点惊慌失措。“好，卡尔有事找我，我们半个小时后再继续。”组长说着收拾散乱在桌上的纸张，叠在一起。

卡尔不高兴地盯着马库斯的副手离开办公室，对方回敬的眼神也丝毫不比他逊色。副警官罗森·柏恩一向知道如何维持这种冰冷的关系。

“卡尔，楼下的办公室看起来如何？你认为哪些案件该优先处理？”

“这恐怕要等我拿到案子才能决定。”他指着背后，“外面是怎么回事？”

“嗯，你问到重点了。”马库斯挑起眉毛，顺手把比塞塔扶正——他的手下称他桌上那一大叠待处理的文件为比塞塔。“案子多到要增加两个调查团队。”

“取代我的团队？”卡尔无奈地笑了一下。

“嗯，再加入两个新团队。”

卡尔微蹙眉头：“三个团队！见鬼了，你们如何取得的经费？”

“特别委员会。我们顺势搭上改革的列车，你知道的。”

“我知道？”

凶杀组组长话锋一转：“卡尔，你为了什么事上来？”

“这可以待会再说。我先确认一些事情，晚一点再过来。”

卡尔心里的警钟响起：在保守党里潜藏着无数的产业团体代表，他们彼此之间互惠互利，并负责替所属的职业组织完成交待的事项，这早已是公开的秘密，而这种手段圆滑的党派对军警界更是具有绝对的吸引力，天才晓得为什么。卡尔认识两个这类型的人，他们都是保守党的国会议员。一个是令人厌恶的小伙子，此人以最快的速度加入警界而后又迅速脱离了警界。另一个则是卡尔在兰德斯市时认识的副刑事警官，是个友善的长者，他的理念并不特别传统，但因为出生在该选区，加上薪水可能也不错而成为保守党的一员。库尔特·韩森是来自兰德斯市的保守党国会议员、法律事务委员会的成员，也是卡尔得知政治圈消息的最佳途径。韩森很少主动和人讨论公事，但能引起大众注意的案子必定能勾起他的兴趣。不过，两人已经有段时间没有联络了，卡尔不确定以前的交情现在是否适用。

“副刑事警官库尔特·韩森？”当卡尔听到电话接通后率先招呼。

韩森的笑声亲切又友善：“哈啰，卡尔，好久不见，很高兴听到你的声音，我听说你遭到了枪击。”

“库尔特，我早就忘了这件事。我很好。”

“但你的两个同事状况很糟。这个案子有进展吗？”

“有。”

“那真令人高兴。我们目前正在制订法案，希望针对攻击公务人员的罪行提高50%的刑责，我们会支持站在第一线的同仁。”

“棒极了，库尔特。我听说你们为哥本哈根凶杀组编列了特别预算？”

“凶杀组？不，你怎么会这么想？”

“或者这笔预算交给了总局作为其他用途？这种事并不是什么秘密。”

库尔特开怀大笑，仿佛确定自己在不久的将来能够拿到一笔丰厚的退休金。

“这个计划的目的是什么？或者我应该说，这也是国家警察的事务？”

“是的。就技术层面来说它隶属于哥本哈根凶杀组，但我们不能再让同一批人调查同样的案件，于是决定设立一个独立部门，负责一些具有特别利益的案件，这你一定知道。”

“你是说悬案组？”

“你们这样称呼它？嗯，很棒的名字。”

“核准的经费有多高？”

“我不确定确切的金额，但每年的预算大概介于 600—800 万克朗，时间长达 10 年。”

卡尔环顾墙面被漆成淡绿色的地下室。好，他终于明白了，为什么马库斯和他的副手把他放逐到地下室这个无人之境，有 600—800 万之间的预算金额将会直接交给凶杀组。

该死，他会让他们付出代价。

马库斯摘下半框眼镜前盯着卡尔。此刻，他的神情严肃，与凶手未在犯罪现场留下任何蛛丝马迹时一模一样。“你说你想要有自己的公务车？容我提醒你，哥本哈根警局里没有人拥有自己专属的车子，如果你有需要，可以像其他同仁一样使用部门的公务车，卡尔。”

“我不是为哥本哈根警局效劳，哥本哈根警局只不过拥有管理我的权力而已。”

“卡尔，你很清楚上头反对任何形式的特例，对吧？你说你的部门需要 6 个人，你疯了吗？”

“我只是试着把部门组织起来，如此一来方能按照计划运作，这不就是我的任务吗？整个丹麦都在悬案组的监护之下，你应该清楚管理范围有多庞大，却不愿意给我 6 个人手？”

“不，该死的，不。”

“4 个？或者 3 个？”

凶杀组组长一直摇头。

“也就是说，我必须独自解决所有任务？”

组长点点头。

“那么，我就一定要有自己的公务车，否则我该如何去奥尔堡或奈斯特韦兹？我的职位责任重大，更何况我还不清楚办公桌上有多少案件要处理，工作量只会增加，不会减少，不是吗？”他坐在组长对面，把咖啡倒进柏恩放在桌上的杯子里。“还有，新部门需要一个全能的助理，他必须具备驾照帮我出门跑腿，解决像发传真这种琐碎的事务以及打扫办公室，毕竟我得独自侦办这些悬案。马库斯，我们必须向上头交代，国会很快就想看到花钱的成果，这笔钱是 800 万克朗吧？果然是一大笔数目。”

第七章

时间：2002 年

对民主党的代理主席来说，一般的行事历根本不够用。从上午 7 点到下午 5 点，梅瑞特得跟来自各方利益团体的代表见面，光是以公共卫生政策发言人的身份，今天就会见到 40 张新面孔，其中大部分人期待她能熟知他们的背景、领域、远景和专业素养。这一切若是没有前助理的支持她不可能办得到，而新上任的助理瑟丝・诺鲁普并没有那么机伶，反而表现得相当生硬。从在梅瑞特办公室上班的那天起，新助理就不曾提过私事，只以最疏远的态度与梅瑞特相处。如果她是天生的机器人，那内存一定有待改进。

坐在梅瑞特面前的代表团在麦丹国会所在的克里斯廷堡兜了一圈，先是拜访执政党，现在则来到最大的反对党这边，因此轮到梅瑞特登场。

代表团口沫横飞，告诉梅瑞特关于纳米微粒可能造成健康损害、免疫系统和胎盘研究等议题，最后一项似乎是他们关切的重点。

“我们完全了解道德规范的问题，”代表团的召集人说，“也知道执政党尤其反对收集胎盘细胞的团体，但是这方面的研究仍旧不可回避。”这是一名优雅的男子，大约 40 来岁，早已在该领域里赚进数百万克朗，同时也是知名药厂“基础基因”的创办人，该药厂主要是为其他大制药公司做初步研究，只要一有新的想法他就会拜访各党公共卫生政策发言人的办公室。

她不认识代表团的其他团员，可是她注意到有位年轻的男子站在团长后方目不转睛地看着她。这名男子除了有时会在其他团员发表时补充说明，大多时间比较像个观察者。

“哦，这是丹尼尔・哈勒，我们实验前线的最佳伙伴。他的名字听起来像英国人，但他可是个地地道道的丹麦人。”当梅瑞特亲自问候每位团员时，召集人如此介绍。

她跟他握手，随即察觉到心中有一股热切的感觉。

“丹尼尔·哈勒，对吧？”她说。

她的眼神因他面露微笑而闪烁，多么尴尬！

她瞥向女助理，以为玛莉安会拿起手上的纸巾掩嘴偷笑，但新来的女助理脸上没有笑容。

“你在实验室工作？”她问。

这一问打断了召集人的话。他原本得利用珍贵的几秒钟阐述意见，因为下一个代表团已在门口等候，时间紧凑，没有人知道什么时候才会再有这样的机会，更何况这牵涉到金钱和宝贵的投资时机。

“丹尼尔拥有斯堪的纳维亚半岛上最优秀的小型实验室，不过当你用这间实验室赚到一间新房子之后，它就不再是一间小型实验室。”他转身对着正笑着摇头的男子说道，男子的笑容十分讨人喜欢。“请容许我们将这份报告留给担任公共卫生发言人的您。”召集人接着说道，“希望您能抽空阅读。对我们的下一代来说，认真对待这个问题非常重要。”

她没有料到会在楼下的餐厅再次遇到丹尼尔，对于他显然正在等她更是感到惊讶。在接见代表团那天后她都待在楼上的办公室用餐，除了每个星期五，她会固定和社民党、激进中央党的公共卫生政策发言人聚会。她们都是勇敢的女性，有能耐将丹麦党的成员气得火冒三丈，单是公开一起喝咖啡这件事就已经让许多人把她们视为眼中钉。

丹尼尔单独一个人坐在大师卡斯珀·萨托设计的椅子上，眼前摆着一杯咖啡，前方那根柱子挡住他泰半身躯。在梅瑞特穿过玻璃门的一刹那，他们看见彼此的身影，但梅瑞特在之后聚会进行时并未再对这件事多想。

然而，当几位女士结束谈话准备起身时，丹尼尔向她走来。

她看到同桌其他人交头接耳，而自己已被他的眼神深深迷住。

第八章

时间：2007 年

卡尔很满足。整个上午，工人们在地下室忙不迭地工作，而他就站在走廊的餐车旁边煮咖啡，抽了好几根烟。如今，办公室的地板上还留着一条地毯、几个油漆桶，其余的物品都消失在大型垃圾袋中。他想要的那扇门已经安装妥当，新买的液晶电视也已送到，白板摆放定位，还准备了一个公告栏。书架上的专业法律书籍是他从不要的同事那边接收过来的，至于裤子口袋里那把标志 607 的车钥匙则是警务发布室的淘汰品，他们不希望跟在女王车队后方的警察开着有刮痕的车子。这辆车的里程数只有 45000 公里，如今归悬案组所有。看，它把木兰街的停车场装饰得多漂亮！而且距离他卧室的窗边只有 20 米。

几天后，他就会多一个他们承诺他的助理。卡尔让工人们在走廊另一侧清出一间小办公室，那里原本堆满特警在青少年活动中心暴动事件后便不再使用的钢盔和盾牌，如今换上卡尔从自己的办公室挪出来的桌椅、置物柜和日光灯，好迎接那位马库斯遵守承诺，替卡尔雇用的全能助理。此外，地下室其他空间也依照卡尔要求将一并打扫干净，以备不时之需。卡尔认为将来有可能会再做变动，而马库斯肯定也是打着同样的算盘。这是一场赛局，谁能在何时决定什么，以及彼此之间的界线如何划分仍是未定之数。可是就目前来说，待在楼上办公室的人可以欣赏着窗外蒂沃利乐园的美景，而卡尔却必须待在阴暗的地下室，这些不平等状态，他得一步一步扳回来。

当天下午 1 点，两名行政部门的秘书终于带着文件出现，她们说这些文件只是案件的基本资料，如果卡尔需要详细的文件可以向她们提出要求。透过这种方式，他可以跟旧部门的熟人继续往来，至少他对两人当中有着微歪性感的门牙又热心的金发女人丽丝向来有好感，很希望二人的关系超乎数据文件的交换。

他请她把文件摆在办公桌上。“我看见你的眼中似乎闪烁着卖弄风情的光芒，丽丝，还是你看起来永远都是如此的妩媚？”

另一位深发色的女人——丽丝的同事，瞥看卡尔的那种眼神，甚至会让爱因斯坦觉得自己是个笨蛋，这可能就是她长久以来不受欢迎的原因。

“卡尔，我的爱人，”金发丽丝每一次都如此回答，“这种光芒只保留给我的先生和小孩。你是不是该学习接受这个事实呢？”

“在灯光熄灭、永恒的黑暗吞没了我和世界的那一天，我才可能学会。”他回应道。

在两位秘书走到楼梯之前，深发色的同事便开始愤怒地表达自己的不满。

几个钟头过去了，卡尔并没有打开那些文件，但他习惯先把卷宗夹数一遍，至少有 40 个。我有很多时间，在退休前还有 20 年的时间，他一边开启计算机上新一局蜘蛛接龙一边想，如果他赢了这一局，或许会考虑看看右边那叠文件。

在他翻开了 20 多张纸牌时，手机响了，屏幕上显示的不是他所熟知的号码，3545 的开头来自哥本哈根市。

“喂？”他说，原本以为会听到维嘉欣喜若狂的声音，她八成又找到富有同情心的人，愿意把电话借给她。“妈，买一部手机吧。”贾斯柏经常这么说，“要找你还得打电话给你的邻居，这实在太蠢了。”

“日安，”电话里传来的声音不是维嘉，“我叫碧莉特·马汀森，是脊椎中心的心理医师。今天上午哈迪在喝水的时候呛伤了肺部。他没事，但情绪很低落。他提起了你，请问你方便过来一趟吗？我认为这样也许有帮助。”

尽管心理医师很想要在旁倾听，但最后卡尔终于获准跟哈迪单独相处。

“你对这一切感到厌烦了，老小子？”卡尔握着哈迪的手这么说，希望至少让哈迪感受到一点生命力。哈迪动了动中指和食指的最末端指节，意思是要卡尔上前。

“什么事，哈迪？”卡尔把耳朵靠近朋友的嘴。

“杀了我吧，卡尔。”哈迪低语。

卡尔挺起身直视他的眼睛，这个高个子有一双全世界最蓝的眼睛，如今眼里却满是哀伤与绝望。从哈迪的眼神可以看出，他是认真的。

“该死，哈迪。”他喃喃道，“我不能这么做，你可以再……你一定可以再站起来。哈迪，你的儿子一定很期待父亲回家。”

“他 20 岁了，可以应付。”哈迪低语。

卡尔是资历丰富的前辈，即使面对眼前的情况，头脑仍保持清晰冷静。

“我不能这么做，哈迪。你要坚持到底，你会好起来的。”

“卡尔，我废了，永远！他们已经宣布诊断结果，我的腿没有希望治愈。”

“我可以猜想到，哈迪想见你，是希望你结束他的生命。”心理医师用理解的口吻说道。她语气十分肯定，专业的眼神也未流露出询问之意，因为在她的生涯中这种情形司空见惯。

“不是，他没有这么要求。”

“是吗？我相信他会的。”

“哈迪？不，他没有这那么做，他找我来是为了别的事情。”

“如果你告诉我他对你说了什么，我会很感激。”

“说是可以说。”卡尔噘嘴望着窗外的街道，这时候路上居然没有半个人影，该死的奇怪。

“但你不愿意？”

“女士听了我们的对话会脸红，恐怕不太方便。”

“不妨试试看。”

“我不这么认为，还是不要吧。”

第九章

时间：2002 年

梅瑞特曾多次听说纳仁斯葛德区有间名为班克罗特的小咖啡馆，馆内展示了令人惊讶的动物标本，今晚是她首次来到这间小店。

在人声鼎沸的咖啡馆内，迎接她的是一杯冰镇的白酒与众人好奇的眼神，其中有道目光非常热切，使这个夜晚变得值得期待了。

她开始述说下星期将与弟弟前往柏林，每年她都会找个周末出外旅游，这次有可能住在动物园附近。但没过多久她的手机响起，是家政服务员打来的，她说乌佛的状况很不好。

梅瑞特闭眼片刻吞下这颗苦果。她不常有自由的时间，也不常外出，这是非常难得的机会，为什么弟弟偏偏要在这时候扫兴呢？

尽管路上冰滑危险，但她仍在一个小时内赶回家。

乌佛哭泣、发抖了一整个晚上，如果梅瑞特未依平日习惯回家，有时就会发生这种情况。乌佛无法与人用语言沟通，因此很难理解他真正的想法，有时身旁的人甚至会感觉不出他的存在，但事实上乌佛的确是个活生生的个体。

梅瑞特回到家的时候，家政服务员已经离开，在今晚发生这样的事情过后，也许往后不能再指望她多帮忙了。

梅瑞特到楼上卧房陪伴乌佛，并为他戴上心爱的棒球帽才让他停止哭泣。从眼神中可以看出乌佛气还没消，于是她开始说话，向他描述餐厅里的客人与被制成标本的生物。她静静述说自己见到的一切和想法，并注意到她的话逐渐平复了他的情绪。从乌佛 10 岁起，梅瑞特就开始这么做，每当弟弟哭泣，她就以这种方式安抚他。乌佛会哭是因为他的潜意识深处混淆了过去与现在，有时他似乎会想起发生意外之前的生活，那时的他是个完全正常的男孩。不，不只正常，他是个非常优秀的男孩，脑袋聪明，充满了绝妙的点子，未来大有前途，直到发生了那起意外。

接下来的数日，梅瑞特工作繁重，尽管她的思绪经常飘走，但没有人能代替她处理公务，非得自己来不可。她早晨6点进办公室，在经过一整天的忙碌后便开车直奔高速公路，赶在8点左右回到家。一切很快地归于平静，恢复往日的常态。

直到某天她的桌上出现了一大束花，这大大影响了她的专注力。

而那束花也让她的新助理感到十分的烦躁，如果玛莉安还在，她一定会被这束花迷得神魂颠倒，就像对待皇冠珠宝一样小心照料。

梅瑞特不奢望这位新来的助理在私人事务上给予她多少协助，虽然这正是她所需要的。

3天后，她收到一份来自“电报在线”的情人节电报，这是这辈子第一次有人寄情人节卡片给她。可是事情似乎有点不对劲，她居然是在2月14日过后两周才收到的。卡片正面印着两张嘴唇，卡片上写着“献给梅瑞特的爱与吻”，她的助理把卡片递给她的神情显得有些愤世嫉俗。

电报上只有短短的一句：“我必须和你谈谈！”

梅瑞特坐着一会儿，边看着卡片上的嘴唇图案边摇头。

她的思绪回到在班克罗特咖啡馆的那一晚，即使感觉很美好，但终究不会有结果，她必须在事情变得不可收拾之前阻止这一切。

她在心里揣摩几种说法后拿起电话输入号码，等待话筒里传来转入语音信箱的声音。

“哈啰，我是梅瑞特。”她刻意用亲切的声音说道，“我仔细想过，但这些事并不能改变什么。我的工作与弟弟需要我，这一点永远无法改变。我真的很抱歉，对不起。”

她拿起桌上的行事历，将他的电话号码从通讯簿中划掉。

这时候她的助理走进来，站在她的桌前。

梅瑞特抬起头看着她，她从未看过新助理脸上露出这样的笑容。

在国会中庭，有名男子静静地站在楼梯下方等待，这天的天气异常寒冷，但他没穿大衣，脸色看起来不太好，尽管气候开始渐渐回温，2 月的天气仍不适合人们在户外逗留太久。他急切地盯着她，并未留意到摄影记者正穿越城堡广场朝两人走来。

她试着将他拉到入口处，但他太高大，神情也太绝望了。

“梅瑞特，”他轻声细语说道，并把手放在她的肩膀上，“不准否认我们之间的一切，我不能接受。”

“我很抱歉。”她摇摇头，看见他听到这句话眼神骤变，其中有些光芒让她感到不安。

在他身后有个摄影记者高举着相机。该死，如果说她此刻最不需要什么，那就是有狗仔拍到两人拉拉扯扯的模样。

“可惜我帮不了你。”她大喊着跑向自己的车子，“这根本行不通。”

她在晚餐时刻哭泣。乌佛惊讶地看着她，却没有表示什么，还是一如往常慢慢将汤匙凑近嘴边，每吞进一口食物便微笑一下。乌佛的眼睛盯着她的嘴唇，但真正的他与清醒的神智却躲得老远。

“啊，该死。”她用拳头敲打桌面啜泣。她看着乌佛，心中交织着苦恼与挫折的情绪，不幸的是，这种情形最近越来越常发生。

梅瑞特做了一个梦，梦境与现实融合在一块，一切是那么逼真，也是那么可怕。

那是个美妙而寒冷的圣诞夜早晨，零下几度的气温和飘雪添增了过节的气氛，全家人兴高采烈的出门。当年梅瑞特 16 岁，乌佛 13 岁，一大清早，双亲脸上挂着梦幻般的微笑，开心地打包行李准备启程。圣诞夜的早晨是如此美妙且充满了期待，乌佛想要一台 CD 随身听当作今年的礼物，而那也是他这辈子最后一次亲口说出愿望。

然后他们出发了。路途中，一家人充满着喜悦的心情，乌佛和她笑得很开心，他们预计前往的地方有人在等他们一起过节。

乌佛和她坐在后座，弟弟比她轻 20 千克，像只野生的幼狐般目空一切。一开始，乌佛只是用手肘轻轻碰她，但梅瑞特不仅用手肘轻轻顶回去，还脱下弟弟的帽子打他的头，这举动让乌佛完全失控，也是最后发生悲剧的原因。

他们的车子驶进森林，乌佛在一个转弯处追打梅瑞特，梅瑞特展开反击抓着他压向座椅，弟弟又笑又踢又叫，甚至开始尖叫，逼得梅瑞特再把他往下压。就在此时，他们的父亲笑着把手臂伸向后座加入嬉闹，梅瑞特和弟弟抬头一看，车子正越过道路中线准备超车，斜前方有台红色的福特嘉年华，车门因为沾着洒了盐巴的雪染成灰色，一对 40 岁左右的夫妻坐在前座直视正前方，后座则坐着一个男孩和一个女孩，家庭成员跟他们家一样。乌佛和梅瑞特对他们微笑，那男孩可能比梅瑞特小两岁，头发留得极短，同样注视着她，梅瑞特一边拍打父亲的手臂兴高采烈地与他相望，并且投以微笑。下一刻，她注意到父亲的车子失去控制，而男孩的表情则跟着在冷杉之间变化的光影改变，惊恐的蓝眼睛对上她，不到一秒钟的时间两人的视线再度错开。

金属相撞的噪音与另一辆车的车窗所发出的格格声交杂在一块。在另一辆车后座上的小孩被摔到一边时，乌佛也摔到梅瑞特身上，他们后方的玻璃碎裂，前面的挡风玻璃被撞成一团的行李遮蔽住视线，因而无法判断出是他们的车子，或是另一辆车撞上道路旁的树木。乌佛的身体扭曲，几乎要被安全带勒毙，随之而来的是一阵震耳欲聋的碰撞声，另一辆车先砰的一声撞上去，他们紧接在后。车内椅套和挡风玻璃血迹斑斑，和雪、森林里的泥土混合在一起。有根树枝插进梅瑞特的小腿肚，车子底盘被一根断裂的树干掀开，又被反弹的力量抛到空中和车头撞在一块，最后掉落在前方路面上发出巨响。福特嘉年华硬生生把树撞断，那削过树干的声音在一片撞击声中仍清晰可辨。下一秒钟，他们的车子翻覆滑向路旁的灌木丛，乌佛的身躯跟着被甩开，手臂高举过头，双腿挂在母亲的座椅上。此时，座椅已经和车体分家，脱离原本固定的位置。梅瑞特一直都没看到父亲或母亲发生了什么事，眼里只看到弟弟。

梅瑞特的胸口因心脏猛烈跳动而疼痛不已，醒过来后发现自己满身大汗。

她揪住自己的胸口坐起身。“梅瑞特，停下来！”她不停深呼吸这么告诉自己，仿佛这是她唯一会做的事。她试着摆脱脑海中的影像，唯有在梦中才能清楚看见整件事情的经过，事情发生的当下她无法理解所有的细节——光亮、尖叫声、血液和黑暗交错在一起，然后是再一次的光亮。

她深吸一口气看向旁边，乌佛仍躺在身旁发出轻微的鼾声，脸上的神情平静又放松，屋外的雨滴正敲打着屋顶。

她用手指轻轻抚摸乌佛的头发，发现自己不知何时已默默流下眼泪。

幸好她很少做这样的梦。

第十章

时间：2007 年

“日安，我是阿萨德。”问安的人向卡尔伸出手，手上长着浓密的毛发。

一时之间，卡尔不清楚自己身在何处，是谁在对他说话。整个上午没有任何震撼世界的事情发生，实际上，他正把一条腿搁在桌子的边缘打盹，一本数独谜题还放在肚子上，下巴抵着胸口，身上的衬衫皱巴巴的。当他觉得腿部发痒把腿从桌上放下时，那条腿早已发麻失去知觉。卡尔惊讶地看着这个站在他面前的皮肤黝黑的男子。他认为对方的年纪比自己大，并且从出身农家的直觉判断，这人肯定不是务农的人。

“好的，阿萨德。”卡尔懒洋洋地回应。这个人跟自己有什么关系？

“你是卡尔·穆尔克，门上有名牌。他们要我过来帮你，你需要人手，没错吧？”

卡尔眯起双眼，思考各种回答方式。

“是的，这正是我所希望的。”最后他这么回答。

这是他的错。他所提出的几项要求并没有经过深思熟虑，直到这名矮个子在办公室里出现才令他恍然大悟。他必须委派这名男子工作，而这代表在某种程度上他自己也得展开行动。不，他还没想到该怎么做，也不知道以后将会如何，但只要那个家伙坐在那里盯着他，他就没办法像往常一样无所事事地度过一天。他曾经以为一旦有了助手事情会变得轻松许多，这个家伙可以帮他处理一堆杂事，例如必须打扫地板、煮咖啡、把公文放入卷宗夹再放回原处，而他自己则可以闭上眼睛偷懒。

“你有一堆事情要做。”卡尔几个小时前这么说，但距离他说完这句话只不过两个半小时，那个家伙又坐在对面跟他大眼瞪小眼。阿萨德居然完成了所有的工作！卡尔背后书架上的专业书籍甚至已按照字母顺序排列整齐，卷宗夹也依编号排好，在两个半小时内解决了卡尔交代的所有工作，就这样轻轻松松。

在卡尔的眼里，他其实可以下班回家了。

“你有驾照吗？”卡尔问阿萨德，心中暗自希望马库斯忘记考虑这一点，那么就可以重新讨论这项人事安排。

“我会开出租车、客车、货车、T155 型和 T166 型坦克车，有武装设备的车子，以及不论有无加装边车的摩托车。”

事到如今，卡尔只好建议他在接下来的几个钟头安静坐着，从他背后的书架上取书来看。卡尔拿起最易读的书——警探哈士纶撰写的《犯罪技巧手册》交给他的新助理，这似乎是打发时间的好方法。“阿萨德，在阅读时多注意句子结构对你有很大的帮助。你读过很多丹麦书吗？”

“我看报纸，以及法律书籍和其他所有的读物。”

“所有的读物？”卡尔问。这对一个外国人来说并不容易。“也许你会喜欢解数独。”接着他把那本数独书递给阿萨德。

到了下午，卡尔因为坐得太久而背痛，但在喝了阿萨德亲手煮的咖啡后舒服许多，可惜咖啡因在消除疼痛的同时也赶跑了睡意，他感觉到血液在血管里流窜而变得有些烦躁，最后决定开始翻阅档案。

这些案件中有几个卡尔已经熟悉到厌烦的程度，但大部分发生在其他辖区，另外有几件甚至发生在他当刑警之前。共通点是动用了大批调查人员，并且获得媒体的高度专注，可是一旦侦察线索中断便不了了之，部分牵涉到高知名度的人物。

卡尔将案件粗略分为三大类。第一类，也是数量最多的一类，为寻常的谋杀案件，虽然找到了明确的动机，却找不到凶手。

第二类，是较为复杂的谋杀案件，其中有几件没有查出犯罪动机，甚至可能有超过一个以上的受害者。有些法院虽然已做出最后判决，但受审的对象却不是主谋，而是共犯。这些案件中，有的是随机犯案，有的则是出于冲动，之所以侦破通常是因为运气或是巧合——意外目睹的目击者，犯罪交通工具被运用在其他的案件，甚至是因为有人告密等诸如此类的原因，一旦警方不再受到幸运之神眷顾，就会使这类案件的调查遭遇瓶颈。

第三类则是大杂烩，通常是与绑架、强暴、纵火有关的谋杀案，或是疑似谋杀的案件，以及造成死亡，或者跟经济犯罪有关的抢案，也有几件牵涉到政治的案件。这些事件让警察束手无策，甚至考验警察的法律知识，例如婴儿从婴儿车凭空消失、养老院的老人在自宅窒息身亡、工厂所有人被发现陈尸在克鲁柏墓园，以及外交官夫人在动物园发生意外。卡尔纵使不情愿却必须承认，就某种程度来说，瑟芙•韦斯特格德的选举礼物——创立新部门，重启旧案调查是有意义的，因为没有刑警会对这些悬案不感兴趣。

他拿起一根烟望向阿萨德。真是个安静的人，卡尔心想。如果他能像现在这样安静地做自己的事，或许他们能够合作无间。

卡尔将几叠档案放在桌上瞥了时钟一眼，然后双手交叠闭目休养，再过半个小时就能回家了。

“你负责什么样的案件？”

卡尔抬头用眯成两条细缝的眼睛看着眼前的人，拒绝完全把眼睛睁开。阿萨德弯腰靠近他的办公桌，手里拿着《犯罪技巧手册》，从夹在书页中的手指位置推断已读了不少，也许他只看图片，就和许多人一样。

“阿萨德，你打断了我的思绪。”卡尔强忍住打呵欠的冲动，“还好，没关系。瞧，这些是我们要处理的案件，全部都是旧案，因为侦办上遇到困难而遭到搁置，明白吗？”

阿萨德挑眉说：“这一定很有趣。”然后，他顺手拿起最上层的档案夹，“没有人知道凶手的身份和其他相关的数据吗？”

卡尔挺直背看向时钟，还不到3点。他从阿萨德手里拿回调案夹，盯着阿萨德说：“我对这个案件了解得并不深。当时正在建造横跨大贝尔特海峡的桥梁，在斯波岛上进行挖掘工作的时候意外发现一具尸体，除此之外就没有其他线索。这个案件是由斯劳厄尔瑟市的警方负责，那些漫不经心的家伙！”

“漫不经心？”阿萨德点了下头，“这个案件排在第一顺位？”

卡尔不解地看着他。“你是说我们是否要优先处理这个案件？”

“是的。它是吗？”

卡尔蹙起眉头。“我得将所有案件仔细读过后才能决定。”

“这些是很机密的案件吗？”阿萨德小心翼翼地将档案夹放回原位。

“是的，里面提及的某些事务涉及机密，不能让其他人知道。”

皮肤黝黑的男子沉默着站了一会儿，模样像是想讨冰淇淋吃却吃不到的男孩，认为唯一可能达成愿望的做法就是站得久一点。他们默默地看着对方，直到卡尔感到不耐烦而投降。

他问道：“你想要看这些特别的案件？”

“我保证一定会对我在地下室知道的一切守口如瓶，绝不会说出任何所闻所见，这样的话，我可以翻阅这些档案吗？”

“阿萨德，这不是你的工作。”

“好，那我的工作是什么？这本书已经看到第四十五页，我的脑袋想要点别的东西。”

“哦。”卡尔环顾四周，试图找出能让阿萨德动脑的事情，最起码可以让他结实的上臂动一动，然而在这间办公室里能派给阿萨德做的事并不多。

“好吧，如果你以自己认为神圣的事物发誓，除了我以外绝不跟别人讨论你所阅读到的资料，那就请吧。”他将最外围的一叠档案朝阿萨德推了几厘米，“总共有三叠档案，别弄乱，这套精确的分类系统可是花了我不少的时间。还有阿萨德，千万记住，你不能跟除了我之外的人讨论这些案子。”卡尔转身面对计算机后又回头交待，“还有一点，阿萨德，你也看到这些案子的数量这么多，所以别期望我与你讨论案情。你是被雇用来这里打扫整理、煮咖啡、为我开车的，如果无事可做可以看书，我不会管你，但你的工作与办案无关，懂吗？”

“嗯，了解。”阿萨德凝视中间那一叠文件半晌，“我明白，这些都是特别的案件。我只拿走最上面的 3 份档案，不会弄乱，阅读的时候会也把它们夹在卷宗夹里，你需要它们的时候就跟我说一声，我立刻就还你。”

卡尔看着他把3个档案夹在腋下走开，手上还拿着《犯罪技巧手册》。真是令人担心。

不到一个钟头阿萨德又出现在他面前。这期间，卡尔想到哈迪恳求自己帮助他自杀的事，他怎么可能这么做？哈迪究竟在想什么，居然对他提出这种要求？

阿萨德把一份档案放在他面前。“这是我唯一有印象的案子，事情发生的时候我正好在学丹麦语，因此在报纸上读到了这则消息。当时我认为这个案子很有意思，现在也一样。”

他把卷宗夹递给卡尔，卡尔瞥了一眼。“你2002年来到丹麦？”

“不是，1998年来到丹麦，但2002年才开始学习丹麦语。你曾经参与侦办这件案子吗？”

“没有，在组织进行改革之前，这案子由行动派遣队负责。”

“由行动派遣队负责？是因为发生在海上的关系吗？”

“不，当时是……”他注意到阿萨德眉毛微挑，一脸急于知道答案的模样，“是的，没错。”卡尔立刻改口不多做解释，他没有必要向助理报告警方处理案件的流程和职权划分的问题。

“我觉得梅瑞特·林格是个很棒的女人。”阿萨德语带调皮地说。

“很棒？”卡尔脑海中立刻浮现出一位外貌姣好、活力充沛的女性政治人物。“是，她的确是。”

第十一章

时间：2002 年

连续几日，给梅瑞特的私人讯息不断累积。梅瑞特的助理一直隐藏自己的怒火，努力表现出和善可亲的态度，但每当她觉得自己不受重视时就会瞪着自己的上司。有一次，她询问梅瑞特周末是否有兴趣去打壁球，结果遭到了婉拒，梅瑞特希望自己与下属维持单纯的职场关系。

自此之后，助理又恢复原先封闭和保持距离的样子。

星期五下班，梅瑞特把助理留在桌上的最后几张纸条带回家，她看过以后想都没想就丢入垃圾桶里，接着把袋子绑起来丢到屋外的垃圾箱。

顿时之间，她觉得自己可悲又卑鄙。

家政服务员烤好一盘派，她和乌佛在家里绕过一圈后烤派仍是温的，而耐热烤盘旁边有个信封，上面写了张纸条。

哦，不，该不会是辞职信。梅瑞特拿起纸条如此心想。

纸条上写着：有位先生来访留下一封信，跟政府部门有关。

梅瑞特撕开信封。

信上只写着：祝柏林之旅一路顺风。

坐在梅瑞特身边的乌佛面前盘子空了，满脸期待地看着姐姐，但梅瑞特只是默默坐着，紧抿双唇不让眼泪落下。

东风渐盛，海浪激起的泡沫不停拍打着船侧。乌佛喜欢站在甲板上，在那里观看拍打船身后又弹开的海浪，以及海鸥在两人头上展翅迎风飞翔的景象。只要乌佛高兴，梅瑞特就觉得快乐。他们按照计划出发旅行的决定是对的，柏林是个美不胜收的都市。

有对年纪稍长的夫妻站在甲板的最后方看向两人，再过去烟囱旁的桌边坐着一个小家庭，桌上放着他们自己带来的保温瓶和面包正在用餐。梅瑞特朝吃饱的小孩子们微笑，小孩的父亲看了手表一眼对妻子说了些话后开始打包。

梅瑞特仍记得与父母出门远足的情景，但那是很久以前的事了。她转身时发现许多乘客已经站起来准备走向下面停放车辆的甲板，再过 10 分钟渡轮就会抵达德国北部费马恩岛的港口普特哥登。但并不是所有的人都迫不及待，至少全景窗旁就还站着两个静静望着大海的男人，他们身上的围巾拉高至下巴上方，其中一人的身影单薄清瘦。梅瑞特注意到两人相隔数米，他们应该不是一块来的，她心想。

她灵机一动从口袋掏出昨天收到的那封信，把信翻开重看一次后装回信封，随即将信封高举在空中任它随风飘动，最后松开了手。信封在空中盘旋一阵下坠至船侧的入口处，正当她想着得到下层的甲板把信捡回来，它又从下方窜起盘旋两圈后落入海面。海面上的信封随着海浪沉浮，在一个波浪翻腾下消失在白色泡沫中。乌佛见状笑了。他一直紧盯着这封信飞行的路线，在信落入海面的那一刻大声尖叫，摘下头上的棒球帽丢向它。

“住手。”梅瑞特大声喝止，但棒球帽已经落入海里。

那是他的圣诞节礼物，他喜爱这顶帽子胜过其他所有的东西。乌佛似乎对自己的行为感到懊恼，并且想跳下去把它捡回来。

“不，乌佛。”梅瑞特再度咆哮，“不可以，它已经飞走了！”但乌佛一脚已跨过船舷的金属栏杆坐在木制扶手上，一边摇晃身体一边大叫，整个人重心不稳。

“停止，乌佛，不行！”梅瑞特大喊。可是乌佛的个头比她高大许多，注意力全放在海里载浮载沉的棒球帽上——那是他在圣诞节收到的礼物。对乌佛简单、失去信仰的生活来说，那顶棒球帽有如圣人遗骨般珍贵。

梅瑞特用力甩了乌佛一巴掌。她被自己的举动吓了一跳，抽回手后悔不已。而突如其来的一巴掌则让乌佛感到困惑，暂时忘了棒球帽。他举手捂着脸颊感到不知所措，多年来他没有经历过这样的疼痛，完全不能理解这是怎么回事，于是他看着梅瑞特伸手重重打回去。

第十二章

时间：2007 年

昨夜，凶杀组组长又无法安稳入眠了。

法尔比公园脚踏车谋杀案的目击者吞下过量的安眠药企图自杀。他不明白，她怎么可以做出伤害自己的行为？她还有她爱的母亲与小孩！到底是什么人或什么事竟然让一个女子承受如此沉重的压力？他们已经尽力保护证人，并提供一切必要的协助，况且在日夜受到监视的情况下，她究竟是如何取得安眠药？

“你该回家好好休息一下。”马库斯刚结束周五例行性会议回到办公室，他的副手如此建议。

他点点头。“嗯，或许睡个两小时。你和巴克去里格斯医院一趟，想办法从目击者身上打听一些消息，带着她的母亲和小孩一起去，我们要尽力把她拉回现实生活中。”

“又或者让她逃离那些不愉快的现实。”罗森简洁且意有所指地答道。

尽管马库斯交代过不接不重要的电话，但办公室的铃声依然响起。“除非是女王和亨利王子来电，否则不必转接进来。”马库斯先前这么吩咐他的女秘书。于是打这通电话的人有可能是他的妻子。

“警察总长。”罗森将话筒递给马库斯便蹑手蹑脚离开房间。

“是。”凶杀组组长接过话筒，线路彼端的声音让他顿时觉得更加疲惫。

“马库斯。”警察总长具有特色的声调不会让人错认，“我打来是要告诉你，司法部长和委员会很有效率，追加的预算已经通过了。”

“这真是个好消息。”马库斯答道，开始想着要如何分配预算。

“嗯，今天琵芙·韦斯特格德与丹麦党的法律事务委员会将在司法部协商，事情开始有进展了，但你也知道那些繁琐的行政程序。

有人要我问你，一旦新部门成立，一切是否会按照计划正常运作？”

“是，的确如此。”马库斯回答，然而脑海中浮现的却是卡尔那张疲惫的脸。

“很好，我会转达的。你们要从哪个案子着手？”

这真不是个提振精神的好问题。

时钟显示 4 点 36 分，卡尔正准备回家。根据他的生理时钟现在已经很晚了，至少应该比实际的时间晚上几个钟头，然而马库斯的一通电话告知即将来访，让他的计划因此落空。“我必须向上面报告你的工作进展。”马库斯在电话中说。

卡尔认命地注视着眼前空荡荡的公告栏和在小型会议桌上留下的咖啡杯。“马库斯，给我20分钟，我们现在分不开身，没办法接待你。”

卡尔挂断电话后鼓起脸颊缓缓吐出一口气，接着起身穿过走廊，走进阿萨德替自己布置的办公室。

在那张小得不可思议的书桌上放着两张裱框的照片，都是许多人的集体照，书桌上方的墙壁上挂着一张海报，上面有阿拉伯文和不知名的异国建筑，而门把上则吊着一件已不流行的棕色罩衫与一双罕见的保暖袜套。房间最里面的一片墙上整齐排列着各项工具，水桶、拖把、吸尘器和瓶瓶罐罐的清洁剂各有其位，架子上放了一双橡胶手套，一台附有录音功能的小型晶体管收音机正流泄出柔和的音调，给人一种仿佛置身于突尼西亚城市苏斯的跳蚤市场的错觉，一旁还有纸笔、笔记本、可兰经和几本阿拉伯文杂志。架子的正前方铺着一条祈祷用的彩色毯子，其尺寸几乎不够让阿萨德跪下来朝拜。这间办公室被布置得相当雅致。

“阿萨德。”他说，“我们有紧急状况，凶杀组组长 20 分钟到，我们得准备一些东西。他来访的时候你就待在走廊的另一边擦地板。今天恐怕必须加班，希望你能配合。”

十

“哎呀，卡尔。”马库斯一脸疲惫地望着公告栏，“你还真的把这里弄得有模有样，你恢复健康了？”

“不，尽我所能罢了，你要有心理准备，在恢复到最佳状态前我还需要一点时间。”

“卡尔，如果你想跟心理医师谈谈只管说一声，千万别小看‘创伤后压力症候群’。”

“我认为没有必要。”

“好，你自己决定，需要时就知会我。”马库斯转过身，双眼盯着TV2台的新闻节目说道，“你甚至挂好了40吋的液晶电视。”

“是呀，我们必须知道这个世界上发生了什么事。”卡尔在心里默默赞许阿萨德的表现。这个人5分钟内就将复杂的电器用品组装完毕挂在墙上，原来他还有这方面的能力。

“刚才电视报道，脚踏车谋杀案的目击者企图自杀。”卡尔继续说道。

“什么？该死！这消息传开了？”马库斯为了这件事心力交瘁。

卡尔耸耸肩。他当了10年调查刑案的组长，十分熟悉事情之后会怎么发展。“我把案件分为三大类，”他指着某堆文件夹说道，“这些都是事隔已久的案子，我花了一整天时间大致翻阅过，它们得花上很多时间，马库斯。”

原本在追踪电视新闻的马库斯把目光转向他。“需要多久的时间就花多久的时间，重要的是能交出成果。如果需要人手支持就跟楼上办公室的人说一声。”马库斯试着挤出笑容，“你决定好要侦办哪些案子了吗？打算从哪一件开始？”

“嗯，基本上，我不会只处理单一案件，但主力还是会放在国会议员失踪的案子上。”

凶杀组组长闻言后松了一口气。“嗯，林格案是个疯狂的故事，当事人在往来罗德比和普特哥登两地的渡轮上人间蒸发，之间才短短几分钟的航程，却没有任何目击者。”

“这个案件中有许多疑点。”卡尔说，拼命回想其中一个可疑的地方。

“我记得她的弟弟遭到控告，说他把自己的姐姐从舷杆推入海里，这项指控后来遭到驳回，是这个线索让你想投入这个案子吗？”

“或许是吧，不过我不知道她的弟弟现在人在何处，得先找到他。

另外，档案里还有其他令人注意的细节。”

“档案里没有提到他目前在北西兰岛的疗养院吗？”马库斯问道。

“是，档案里有写，但他现在可能不在那里了。”卡尔努力装出沉思的样子。凶杀组组长雅各布森先生快点回办公室去吧，他心想。他刚刚只看了 5 分钟的档案数据，若是短时间内被问到更多的问题，绝对超出他所知道的范围。

“那个地方叫作艾格里，位于西兰岛东北部罗斯基勒湾的腓特烈松自治市。”门口传来一道声音。阿萨德拄着扫帚站在那里露齿微笑，手上戴着绿色橡胶手套，穿着长至足踝的罩衫，看起来仿佛来自其他星球。

凶杀组组长一脸困惑地看着有如外星生物的阿萨德。

“哈菲兹•阿萨德。”他伸手上前自我介绍，手上还戴着绿色橡胶手套。

“马库斯•雅各布森。”凶杀组组长跟他握手，转过身看着卡尔，依旧是一脸困惑的神情。

“他是地下室的助理，阿萨德听我说过这个案件。”卡尔解释，同时瞪了自己的助理一眼，不料阿萨德却理直气壮地看着他。

“哦。”凶杀组组长说。

“穆尔克副警官十分卖力工作，我只是尽可能提供协助。”他咧嘴一笑，“我不明白的是，为什么不曾在海中发现国会议员的尸体？在叙利亚，也就是我的故乡，海里的鲨鱼会啃食尸体，如果丹麦附近的海里没有那么多鲨鱼，一定可以在某处找到她。当然尸体会膨胀得如气球一般，而且里面会腐烂。”

凶杀组组长试着给他一个笑容。“是的，没错，但丹麦周围的海又深又广，找不到溺毙者并不是很稀奇的事，时常发生渡轮乘客失足坠海，从此再也找不到的事件。”

“阿萨德。”卡尔看了下时钟，“你可以回家了，明天见。”

阿萨德随即点点头拿起水桶离开，接着在走廊的尽头传来处理杂务的声响，不久之后阿萨德的脸又出现在门口向他们道别。

“这个哈菲兹•阿萨德是个怪人。”马库斯在脚步声渐渐消失时这么说。

第十三章

时间：2007 年

周末过后，卡尔的计算机上有张副警官柏恩留下的便条纸。上面写着：

> 我已将你想重新调查林格案之事告知巴克。巴克在行动派遣队时期曾参与此案最后阶段的调查工作，肯定知道一些细节。虽然目前他正为脚踏车谋杀案忙得焦头烂额，但随时可以与你谈。尽快去找他。
>
> ——罗森·柏恩

卡尔哼了一声，好个“尽快”。巴克这个故作姿态的家伙究竟在盘算什么？他是个自负又亟需别人认同的人，自以为了不起，但事实上只是个行为死板的模范生。他的妻子若是想向他要求异国情调的温存，肯定要按照规定填写三联式表格提出申请。

但是巴克目前正在侦办的案子尚未破案，这让卡尔几乎有股想要替他解决眼前麻烦的冲动。

他拿起桌上的文件，要求阿萨德为他煮杯咖啡。“但别像昨天那么浓。”他说，脑中则开始估算从座位到厕所的距离。

十

林格案是卡尔见过的档案中数据最丰富的一份，内容涵盖了她弟弟乌佛的状况、审问记录的副本、各大报及八卦小报的剪报、梅瑞特出席各项会议的录像带、详细的证词副本——来自同事、曾在甲板上见过他们姐弟的渡轮乘客，以及可以显示出从甲板、舷杆、船上到海平面距离的照片。此外还有警方在她消失地点采集的指纹样本，一长串曾在船上拍照的乘客名单及其地址，甚至还有一份渡轮的航海日志副本，里头记载了当时船长对这件事情的反应与处置。然而，这些数据对卡尔都没有帮助。

我一定要看录像带才能找到相关线索，他心想，但手边却只有一台根本无法运作的 DVD 播放器。

“阿萨德，给你一个任务。”当阿萨德端着冒烟的咖啡回来时，卡尔说道，“你去三楼的凶杀组一趟，先穿过绿色的门，沿着红色的走道走到档案存放处，那里……”

阿萨德把咖啡递给他，这杯咖啡在远处就散发令人感到胃痛的味道。“档案存放处？”助理皱起眉头问道。

“是，它在红色走道开始变宽的地方。你去那里找一位金发小姐，她叫作丽丝，长得非常漂亮。你跟她说，楼下的卡尔·穆尔克需要一台录放机。我们是很好的朋友，我是指她跟我。”他朝阿萨德眨眨眼，阿萨德也眨眼回应。“但如果只有深发色的小姐在那里，你就回来。”

阿萨头点头。

“对了，记得带一个欧规转换器。”当阿萨德拖着脚步离开安装着日光灯的走廊时，卡尔在他身后喊道。

“上面只有一位深发色的小姐。”阿萨德回来后说，“她给了我两台录放机，还告诉我不用还回去。”他的嘴角向上扬起。“她也很漂亮。”

卡尔摇摇头心想，看来楼上一定经历过人事异动。

第一卷录像带是 2001 年 12 月 20 日的新闻纪录，梅瑞特参加伦敦非正式卫生暨气候会议。在影片中，她与美国参议员布鲁斯·杨森针对美国对世界卫生组织的工作和《京都议定书》进行讨论。根据她的发言，这位国会议员对京都议定书的未来抱持乐观。她会不会太好骗了？卡尔心想。但是，除了这种因年纪尚浅而存在的天真之外，梅瑞特的态度中肯且客观，发表十分确切的意见。相较之下，坐在她身旁那新上任的内政暨卫生部长相形见绌，有如 20 世纪 60 年代滑稽影片里的中学老师。

“她是个正点又漂亮的女人。”阿萨德站在门边补充道。

第二卷录像带的拍摄日期是 2002 年 2 月 21 日，梅瑞特以所属政党的公共卫生政策发言人的名义，响应自称“气候变迁怀疑论者”的巴雅克·欧恩费德对“科学不实委员会”所作的批判。

怎么会有团体取这样的名字？卡尔内心感到困惑，这名字在丹麦有些荒诞不经。

站在讲台上的梅瑞特看起来与之前截然不同，完全是另外一种模样，就像是少数机智果断的政治人物。

“影片里的她，是如此如此的美丽。”阿萨德说。

卡尔看着助理。在阿萨德的生命中，女人的外表显然是很重要的一件事，但是卡尔不得不认同他的看法。在这次访谈中，梅瑞特身上散发着一种特殊的光芒，并且流露出只有当那个女人身心状况极佳的时候才会显露出来的强烈魅力，这意味着许多可能性，却令人更加摸不着头绪。

“她怀孕了吗？”阿萨德问。根据他放在办公室里的那些合照，阿萨德似乎来自成员众多的大家族，对女性应该多少有些了解。

卡尔点起一根烟翻阅档案数据，里面当然不会有解剖报告，毕竟并没有找到遗体。他浏览了八卦专栏的文章，里头暗指她对男人不感兴趣，但即使如此也不能完全排除她怀孕的可能性，再细瞧文章内容，卡尔发现她从未被目睹过与任何人有密切的往来，无论对象是男或女。

“不，她只是恋爱了。”阿萨德斩钉截铁地说，伸手扇去眼前的二手烟，贴近屏幕的距离仿佛是想钻进里面去。

卡尔摇摇头。“我猜那天的气温只有两度，但政治人物为了塑造具有活力的印象在户外接受访问，不然你认为他们为什么要这么做？”

但卡尔心里某部分认为阿萨德说得没错。这次的访问中，梅瑞特的表现和之前有着天壤之别，这期间一定发生过某些事，那个名为巴雅克，拥有硕士学位的愚蠢说客所提出关于自然灾害的故事，无法解释她脸上自然流露出的幸福之情。

卡尔盯着前方片刻。在过往的办案经验中，总有因发现某些线索让他对案情怀抱希望的时刻，而这次似乎来得特别早。

“阿萨德，打电话给艾格里疗养院，也就是梅瑞特的弟弟被安置的地方，用穆尔克副刑事警官的名义约时间拜访。”

“穆尔克副刑事警官，他是谁？”

卡尔用手指抵着自己的太阳穴，这家伙是不是有点迟钝？“喏，是谁呢？”

阿萨德摇摇头：“嗯，在我的心里你是副警官。警察制度改革后就应该这么称呼。”

卡尔深深吸了一口气。我根本不在乎那白痴的警察改革制度，他心想。

10 分钟后，艾格里疗养院院长回电，在电话中毫不掩饰自己的疑惑。

卡尔明白阿萨德是临时被赋予这项任务的，况且怎么能期待一位戴着橡胶手套、提着水桶打扫办公室的助理把事情办好？

他望向助理。阿萨德正好从数独书中抬起头，卡尔对他点了下头以示鼓励。

卡尔花了半分钟对院长说明事情的情况，对方的回答简明扼要：乌佛·林格根本不说话，副警官无法跟他交谈，即使是以说话之外的方式沟通也很难办到。另一方面，由于他并未被法院剥夺行为能力，加上不曾授权疗养院代替他发言，所以卡尔也无法透过旁人进行调查。

“我晓得这些规矩，绝不会损害他的缄默权，但我目前正在调查与他姐姐失踪的案子，我认为乌佛应该会很高兴跟我谈谈。”

“他不说话，我想我刚才已经说过了。”

“尽管在我们侦讯过的人当中像乌佛这种情况并不多见，但不代表我们没有办法处理类似情形，悬案组知道如何解读这些非语言沟通的讯号。”

“悬案组？”

“是的，这是警察总局新成立的精英单位，我什么时候可以过去一趟？”

在电话中，卡尔清楚听到男子叹气的声音，对方显然知道无法打消他的念头，这种人能辨识出哪些人如斗牛犬般难缠。

“我先看看可以提供什么协助再与你联络。”对方说。

卡尔挂上话筒后朝走廊喊道：“阿萨德，你打电话的时候说了什么？”

“跟电话里的人？我说你只想跟主管说话。”

“院长就是主管，阿萨德。”

卡尔深呼吸一口气后走向他的助理，直视他的双眼。

“你不认识院长这个词汇？院长就是主管。”他们互相点点头，知道对方明白自己的意思。“阿萨德，明天你得到阿勒勒市来接我，我住在那里。我们来一趟小小的踏青，好吗？”

助理耸耸肩。

“如果我们外出，那个东西没有问题吧？”卡尔指着祈祷用的地毯说。

“可以卷起来带走。”

“那你怎么知道地毯是否朝着麦加的方向？”

阿萨德指着自己的头，似乎表示他的大脑额叶里植入了全球定位系统。“如果还是不确定的话，还有这个。”他从书架上拿起一本杂志，翻开来让卡尔看到夹在里面的罗盘。

“好家伙。”卡尔凝视着天花板上那些粗厚的金属管线。“在地下室你可以忘了那个东西，它无法发挥作用。”

阿萨德又指着自己的头。

“原来如此。就算你很有方向感，但也不可能分毫不差。”

“阿拉很伟大，他很厉害。”

卡尔噘起嘴。阿拉当然很厉害。

当卡尔踏进组长巴克的办公室，里面4个人同时转过头来看他，他们眼睛下方的阴影说明了这个小组承受着不小的压力。法尔比公园的大地图挂在墙上，记载了几个最新的重要线索：案发地点、发现行凶工具——老式刮胡刀的地点、目击者目睹被害者与嫌疑犯谈话的地点，以及目击者行经公园的路线。这些线索全都经过测量和分析，却无法拼凑在一起。

“卡尔，我没有时间了。”巴克卷起皮夹克的袖子说道。这件夹克是前任凶杀组长官留给他的，是巴克用来证明自己高人一等的证据，几乎没有一刻不穿着它。即便办公室内的暖器正在运作，室温高达 40° 以上，正常人若穿着那件皮衣一定会想快点逃离房间。

他注视着身后公告栏上的照片，那幅景象令人不甚愉快。被害者的尸体死后遭到破坏，胸前有一条很深的伤口，半只耳朵被削掉，白色衬衫被行凶者划了个血十字。至于脚踏车周围结冻的草皮则留下凌乱的足迹，脚踏车的前轮轮辐断裂，受害者的袋子敞开，商学院的书本和资料散落一地。

“你没有时间谈旧案？好吧，或许你愿意暂时克服你的‘脑死状态’，告诉我，在这桩谋杀案发生之前，你的重要证人曾目睹死者生前与人交谈，她是怎么描述那个人？”卡尔问。

四名男子盯着他看的样子，仿佛在责怪卡尔打扰了他们的宁静。

巴克冷冷看着他：“卡尔，脚踏车谋杀案不是你的案子，我们稍后再谈。不论你相信与否，我们这里有事要处理。”

他点了下头：“看起来好像是如此，你们当然有许多事要做。我相信目击者住院后你们立刻派人搜索了她的住所，对吧？”

他们依旧生气，但表情却又充满了好奇。

看来他们并没有这么做。好，真是好极了。

卡尔进来的时候，马库斯刚回到办公室坐在桌前。凶杀组组长看起来总是那么英俊，发型有如用尺子画出来那般整齐，雪亮的眼神透露出他是一个机智果断的人。

“马库斯，在目击者试图自杀后，你有没有派人去她的住处搜索？”卡尔指着办公桌上的文件直截了当发问。

“你有何看法？”

“至今还没有找到受害者被削下的半只耳朵，对吧？”

“目前还没找到。你认为可能会在目击者的家里？”

“组长，如果我是你，我一定会派人前去调查。”

“就算她曾经收到它，我敢肯定她也不会把它留下来。”

“翻翻楼下庭院里的垃圾桶，并仔细搜查厕所。”

“卡尔，那半只耳朵可能早就被冲掉了。”

“不代表不会留下痕迹。”

“嗯，的确。那我们就这么做吧。”

“但你们部门那个骄傲的模范生巴克先生不想跟我谈。”

“那么恐怕你得等他一下。卡尔，脚踏车谋杀案不是你的案子。”

“我只是好意提醒。我当然会回到我的工作岗位，做我该做的事。”

“我建议，在巴克有时间和你讨论林格案之前先处理其他的事。”马库斯拿起原子笔敲打桌子的边缘，节奏分明。“在地下室为你工作那家伙是谁？你应该没有让他参与调查吧？”

“一个人指挥这么庞大的一个部门，助理要了解调查内容的机会并不多。”

马库斯将原子笔丢到桌上某一叠公文上。“卡尔，你很清楚自己有保密的义务，那个人不是警察，不能知道调查内容，别忘记这一点。”

卡尔点点头。在何时对什么人说什么话该由他自己决定，不必别人提醒。“你们是透过什么管道找到阿萨德？他是劳工局派来的吗？”

“不清楚，这要问罗森或阿萨德本人。”

卡尔把手指举在半空，仿佛要测量风向。“我需要一份地下室的平面图，要按实物比例并且标明方位。”

马库斯的神情看起来有点疲惫，卡尔是少数几个敢这样向他大胆提出奇怪要求的人。“卡尔，这很简单，你可以直接在网站上打印平面图。”

“这里，”卡尔指着放在阿萨德面前的平面图，“你看，这是那道墙，那里是你祈祷时摆放地毯的位置，还有这个箭头朝向北方，现在你可以准确调整地毯的位置。”

阿萨德的眼神中流露出惊讶与钦佩之情，如今两人可以组成一支合作无间的队伍了。

“刚才有两通电话要找你，我告诉对方你会回电。”

“哦？”

“是腓特烈松市的院长和一位声音有如机器在切割金属的女士。”

卡尔叹了口气：“那位女士是我的妻子，维嘉。”她竟然有他刚换不久的直拨号码，这下安宁的日子结束了。

“你的妻子？你有妻子？”

“唉，阿萨德，这很难解释，等我们熟一点以后再说。”

阿萨德紧抿嘴唇点点头，严肃的脸上闪过一抹同情。

“阿萨德，你是如何得到这份工作的？”

“我认识罗森·柏恩。”

“你认识罗森·柏恩？”

他微笑：“是的，我想要一份工作，所以每天都去他的办公室报到。”

“你把他吵得不耐烦了才得到这份工作？”

“是的，我爱警察。”

卡尔回到自家的客厅后才打电话给维嘉，空气中飘散着食物的香气，莫顿一边哼着感伤的咏叹调，一边将超市买来的食材料理成佳肴，闻起来像是加了帕玛火腿的菜。

只要拿捏好分寸，维嘉其实算是个好相处的人，虽然多年来要做到这一点并不容易，但自从她抛弃卡尔之后，两人之间便存在着一套特定的游戏规则。

“维嘉，听着，”他说，“不要在上班时间打电话给我，你很清楚我有多忙。”

“卡尔，亲爱的，莫顿难道没告诉你我在屋外受冻吗？”

“我不意外。花园小木屋的建材质量并不好，它们来自于1945年剩下来的旧木板和板条箱，发挥不了遮风避雨的作用，你还是搬家吧。”

“我不会再搬回去和你住，卡尔。”

卡尔深深吸了一口气：“我也这么希望，对你和你那做事像流水线作业般一板一眼的男友来说，和莫顿一起住在那间位于楼下的三温暖室未免太拥挤了。该死！你可以搬去一间附有暖气设备的房子或公寓。”

“我有个解决问题的好办法。”

卡尔一听就可以感觉到这办法所费不赀。“真正的好办法是离婚，维嘉。”他们迟早都会离婚，而半间房子将会归于她。然而最近几年房价飙升，卡尔真应该趁房价只有今日的一半时就提出离婚的要求，可是现在为时已晚，说什么他也不愿意搬出去。

他看着天花板因贾斯柏房间的音量不断震动，心想：如果我因为离婚而必须贷款买下房子，就不可能付出比现在更多的生活费，维嘉也必须负担照顾儿子的责任。在这个城区，没有人的电费高过他们家，贾斯柏可说是电力公司的头号贵宾。

“离婚？不，卡尔，我不想离婚。我试过了，这不能解决问题，你也知道。”

他摇摇头。呸，她把两人分居以来的生活说成什么了？

“我想要开一间艺廊，卡尔。一间属于我自己的艺廊。”

好啊，问题终于来了。他仿佛看到维嘉所画的那幅一米高的大型油画——主色调由鲜红色和金铜色所组成，疯狂又巨型的拙劣画作。一间艺廊？如果她说的是比花园小木屋大一点的空间，那的确是个好主意，但是——

“你是说一间艺廊？我可以想象那里有个大型壁炉，让你整天坐着靠燃烧100万钞票取暖。”没错，他已经预见所有事情。

“你这个老爱讽刺人的老头，一点都没变。”维嘉笑着回答。就是这种笑声，每次都虏获他的心。

该死的迷人笑声。“卡尔，一切都会很美好。难道你不认为拥有一间自己的艺廊将令无数机会上门？贾斯柏也能有个出名的母亲，这不是很棒吗？”

维嘉，这叫作声名狼藉。“我猜你已经找到跟你一起做梦的人了。”他说。

“卡尔，这点子相当吸引人，胡津和房东谈过了。”

“胡津？”

“是的，他叫胡津，是个才华洋溢的画家。”

“我相信他在床上肯定比在画布上更有才华。”

“啊，卡尔。”她又笑了，“此刻的你一点也不讨人喜欢。”

第十四章

时间：2002 年

梅瑞特在餐厅那层甲板等待，在乌佛去上洗手间前她特别叮咛他动作要快一点，尽头的自助餐厅现在只剩下侍者，所有渡轮乘客都已下楼前往停车场，即使他们的车子停在最后面，乌佛的动作仍要加快，她心想。

这是她在前半段生命中的最后一次思考。

从后方袭来的攻击快得让她来不及呼救，她原本还有知觉，但紧接着有人拿手帕用力捂住她的口鼻，令她的意识渐渐变得模糊。她知道有人按下黑色按钮打开门将她带往停车场，但周遭的声响似乎越来越遥远，楼梯间的金属墙在她的眼前打转，直到一切终归于黑暗。

冰冷。她在冰冷的水泥地上苏醒过来，一抬头太阳穴随即传来阵阵刺痛，她的双脚沉重无比，肩膀几乎无法离开地面，费了极大的力气才能爬起来，尝试在黑暗中辨别方向。她很想放声尖叫，却不敢真的这么做，只是静静深呼吸，没有发出半点声音，然后小心翼翼伸出手摸索，却什么也没摸着。

又坐着好一会儿之后她再度集中精神思考，然后她缓缓起身开始用手脚试探周围的一切，每敲一下，每踢一下，都尽可能扎实并压低音量。尽管她直觉这个空间里没有其他人，但也有可能是自己弄错了。

过了半晌，她的头脑终于恢复清醒，此时恐惧才如缓慢发作的毒药开始发挥作用。她的皮肤发烫，心脏越跳越强，也越来越快，不停眨动双眼想要透视这片黑暗。她回想起那些关于失踪女性的报道，对自己发生同样的事感到震惊。

她站起身，鼓起勇气往前跨出一步。前方的地板上可能有个洞或深渊正准备吞噬她，也许到处都有锐利的物品或是玻璃碎片，她不能不小心，但最后她的双脚依旧只踩到地板，并没有碰到任何东西，可是她却突然停下来。

因为她想到了乌佛，下颚开始不住发抖。事情发生时他还在船上。

经过大约两个小时后，梅瑞特才在心里描绘出整个空间的草图。这是个长方形的空间，长约7—8米，宽至少5米。她触摸冰冷的墙壁，并在其中一面墙的大约头顶高度的位置发现了两片玻璃，摸起来有点像是大片的牛眼窗，她试图拿鞋用力敲打，但玻璃依旧完好无损。

她还触摸到某样东西的边缘，那样东西令她联想到镶在墙壁里的拱门，但也可能是别种东西，毕竟她没有摸到把手。她抱着一丝希望不断摸着那扇门，心想或许能找到把手或电灯开关，可是墙面又光滑又冰冷，最后什么也没找到。

接着，她开始有系统地估量这间牢房的大小，踩着谨慎的脚步，从墙的一侧笔直走到对面，再转身往旁边挪移一步折返回来。她不断重复这个动作，直到掌握整个空间的样貌。结束估量后她终于可以确定，除了她之外没有其他人在这个空间里。

我应该走到对面等待，走到那个令人联想到门的地方，她心想。她打算坐在那里，那个位置对窗外的人来说是个看不到的死角；再者，如果有人开门进来，她也可以乘机抓住对方的脚让他倒下，再用力踹他的头。

梅瑞特感觉肌肉紧绷、皮肤潮湿，也许这样的机会就只有一次，她一定得把握。

长时间坐着让她的身体变得僵硬，感官也不再灵敏，于是她站起来走到斜对面的角落去解决生理需求。她必须记住这个角落的用途，而另一个在门附近的角落则是她坐着等待的地方，此外还有个角落她想作为睡觉之用。她闻到空气弥漫着自己的尿骚味，从在船上的自助餐厅用餐之后，她没有再补充任何水分，到目前为止大约经过了数个小时之久——当然，她可能只昏过去几个小时，但也有可能过了一天，或者更久。她无从判断，只知道自己不饿却有点口渴。

她起身拉高裤子，努力回想事情的经过。

乌佛和她在楼上使用洗手间，他们已是最后一批下船的乘客，或许也是最后离开阳光甲板的人，在他们经过观景窗时，原本站在那儿的那两名男士已经离开。她朝一位刚从自助餐厅走出来的女侍点点头，接着看见两个小孩压下黑色的门把，打开门往楼下走去。当时她一心只想着，去上厕所的乌佛动作必须快一点。

哦，老天，乌佛！他会出什么事？先前两人的争执让他不快乐，更别说遗失棒球帽让他很伤心。去厕所之前乌佛满脸通红，现在人会在哪里？他还好吗？

她被上方传来的喀嚓声吓了一跳，迅速起身摸索着走到那个靠近拱门的角落，她必须在外面的人进来前先准备好。接着又传来第二个喀嚓声，她的心脏几乎要跳出来了，直到听见上方的通风机开始运作才放心，原来声音是来自于启动这机器的开关。

她站在能让自己生存下去的微热空气中伸展身体。如今她还能向谁求助？

她保持站立直到通风机停止运转，心里一种想法油然而生：这股风可能是她与外界的唯一联系。她眯起眼睛，思绪万千，强忍着不让眼泪落下。

她设想的情况很可怕，或许事实真的是如此。坏人为了置她于死地把她丢在这里，没有人知道她身在何处，连她自己也不晓得。她有可能在世界任何一个角落，包括渡轮航行好几个小时才能到达的地点，或许是在丹麦、德国，甚至比这两个国家更远的地方。

而死亡是整件事唯一的结果。他们会用饥饿与口渴来对付她，这种死亡方式既缓慢又痛苦，考验一个人的生存本能。她的身体将因极度匮乏而变得虚弱不堪，最终陷入沉睡，生命也因此终结。

不会有太多人思念我的，她心想。但是乌佛会的，他可能已经开始想念她了，可怜的乌佛。梅瑞特从来不让乌佛以外的人亲近，她将众人排除在自己的生活之外，同时也将自己封闭其中。

虽然她拼命忍住不哭，最后还是宣告失败。这里真的是她结束一生的地方？此时此刻，她的生命真的就要结束了？她没有小孩，也不曾被幸运之神眷顾，自从双亲过世后，她没有一天是为了自己而活，生活几乎都以乌佛为重心。她还有许多尚未实现的梦想，已经没有机会完成了吗？

她心中充满悲伤与不甘，当听到自己的啜泣声时感觉更加孤单。

但这些都不及接下来的那个念头令她害怕——少了她的陪伴，乌佛在这个世界上将会是孤零零一个人，至于她自己将会像动物一样孤独地死去，留下乌佛和其他人继续生活，对此毫不知情。然后，她突然停止了哭泣，因为她担心事情或许还没结束，还有可能变得更糟，死亡方式也会比预先想到的更残酷，而她却逃脱不了这种命运。在死之前，她将经历永无止境的苦难。与那些折磨相比较，死亡反而是一种解脱。例如经常在新闻中出现的强暴、精神摧残、虐待等，都有可能施加在她身上。也许，现在有人正虎视眈眈地看着她，用远红外线照相机隔着玻璃紧盯着猎物，对方能看到房间里的一切，耳朵也能听见里面的声音，藉此探知她的状况。

她望着自己认为是窗户或牛眼窗的地方，试着表现出一副冷静的模样。

“拜托你们有点怜悯心。”她在黑暗中喃喃低语。

第十五章

时间：2007 年

标致 607 向来被视为最安静的车款之一，但这天早上，当阿萨德把车停在卡尔卧房窗外时，这一带的人几乎都注意到它了。

“有够酷，好家伙。”贾斯柏凝视窗外的车子这么说。卡尔已经不记得，上一回他的继子在早晨神智清楚地说出完整一句话是什么时候的事。

“我留了张纸条给你，是维嘉的消息。”贾斯柏只来得及趁卡尔出门前说出这么一句话。卡尔不想一大清早就去看维嘉为了什么事找他。此刻，对一名有着窄臀、名为胡津的拙劣画家送上参观画廊的邀请，他毫无兴趣。

“哈啰。”阿萨德懒洋洋地靠在驾驶座门上，头上戴着一顶充满异国风味的骆驼毛帽，看起来像是从事任何职业的人，偏偏就是不像丹麦刑警的司机。卡尔抬头望向天空，天空淡蓝清澈，气温宜人。

“我知道艾格里的位置。”阿萨德指着全球卫星定位导航系统说。卡尔坐进副驾驶座，不耐烦地看着导航系统的屏幕，屏幕上的小十字所指出的街道位于罗斯基勒湾。这个地点离海边够远，不至于让住在疗养院的人坠海，却又近得足以让疗养院院长一打开窗户，就可将北西兰岛的明媚风光尽收眼底。收容精神疾病患者的机构大多都设立在这种地理位置上，不由得让人怀疑这种安排究竟是为谁设想？

阿萨德启动引擎，车子沿着木蓝街倒退，轮胎摩擦地面发出声响，直到大半车尾压上罗棱霍特公园周围的草地才停住。阿萨德在卡尔做出反应之前换档，在限速 50 公里的路上以 90 公里的时速全速前进。

“我的天呀，停车。”卡尔大叫。转眼间，他们已经来到街尾，正往圆环方向驶去。阿萨德瞥了他一眼，脸上露出的神情狡猾得犹如黎巴嫩首都贝鲁特的出租车司机，接着使劲将方向盘往右打，下一秒两人就来到通往高速公路的路上。

“好快的车子。”阿萨德大叫，车子在通往高速公路的支线上呼啸。

也许该在助理身上加个消音管。卡尔如此心想一边把帽子往下拉，好盖住自己那张掩不住笑意的脸。

艾格里疗养院是一栋石灰白色调的建筑物，让人能够一眼就认出它的用途。没有人自愿待在这里，但进来后也无法马上出去，这里显然不是个适合用手指作画和弹吉他的地方。人们基于各种理由，从口袋中掏出钱来把精神羸弱的病患安顿在这个机构。

私人照护，完全遵循政府的精神。

院长办公室符合一般人对它的印象，至于院长本人则是个瘦骨嶙峋的男子，有一张毫无生气的脸孔，即使微笑也无法让那张脸上的表情生动起来，他的冷淡特质与周遭环境十分相衬。

“林格基金会的资金收益刚好可以支付乌佛的疗养费用。”院长回答卡尔的问题。

卡尔望向书架，书架上有许多标着“基金”的卷宗夹。“哦，这个基金会是如何成立的？”

“遗产。他父母的遗产，他们在车祸中身亡，这场车祸也使得乌佛残废，后来又加进了他姐姐的遗产。”

“她是国会议员，我记得这个职位的薪水并不优渥，不是吗？”

“对，不过卖掉房子的所得有200万元。她不久前被判定死亡后，目前基金总额一共是220万克朗，这件事你一定很清楚。”

卡尔轻吹了一下口哨，其实他不知道。“220万克朗，每年5%的利息，足以支付乌佛的住院费用。”

“没错，扣掉税之后刚好够付这笔费用。”

卡尔流露出不悦的神情。“难道乌佛待在疗养院的这段日子，对姐姐失踪的事只字未提？”

“就我所知，自从小时候那场车祸之后乌佛就不曾开口说话。”

“就这点来说，这里为他做了些什么？”

院长摘下眼镜，挑起眉毛看着他。“按照规定，乌佛接受了完整的检查，发现他的大脑语言中心因脑出血而受伤，这足以解释他为什么不会说话。此外，双亲的死亡与自身的重伤也造成他心灵受创，这些你手上的报告应该都有纪录。”

“是的，我看过报告了。”这不是事实，但他的助理阿萨德看完了整份报告，并且在开往北西兰岛的路上不停和他叙述里面的内容。“他受到重伤，肝脏、脾脏和肺脏都有出血，车祸后在医院住了5个月，视力也受损。”

院长轻点下头：“没错，这些都记载在医院报告里，乌佛因视网膜严重出血失明了好几个星期。”

“现在呢？至少从生理的角度来看他是否恢复正常？”

“一切检查结果都显示乌佛是个强壮的年轻人。”

“他现在34岁。从车祸发生的21年前开始就是这副模样？”

脸色苍白的院长再度点头：“也许你现在能够理解，为什么无法从他身上找出关于失踪案的线索。”

“为什么你坚持我不能跟他说话？”

“我看不出这有任何意义。”

“他是最后看到梅瑞特的人，我很想跟他谈一谈。”

院长直起身子望向峡湾，它的景色之美和卡尔先前想象的一模一样。“基于院方立场，我并不希望你这么做。”

卡尔真想把整桶修正液倒在这家伙的脸上，这是他应得的待遇。“你不相信我能克制自己的行为，但我劝你最好别这么想。”

“我不懂你的意思。”

“你了解警察吗？”

院长脸色死白，眉头紧蹙，虽然长期坐在办公桌前的工作让人心力交瘁，但并没有让他的脑袋变得不灵光。他不明白卡尔提出这个问题的用意，但至少知道此时保持沉默没有用。

“你提出这个问题的用意何在？”

“警察是个好奇心很重的职业。对于某些问题，我们若没有找出答案是不可能轻易放弃的，而眼前正好就出现这么一个。”

“什么问题？”

“这里的病患该付多少钱？220万元的5%？虽然经过扣税，但这仍是一大笔钱，如果再加上国家补助津贴，病患是否得到等值的照顾，或者超过他们应该付出的金额？另外，是不是所有的病患都付了同样的费用？”卡尔下意识地点点头，欣赏阳光洒在峡湾上的景象。“如果第一个问题得不到答案，便会不断衍生出新的问题，这就是警察的作风，我们就是没办法轻易放弃。这种穷追猛打的性格或许也是一种疾病，请问我该去找谁治疗？”

此刻，院长苍白的脸上恢复了一些血色：“我认为我们的谈话没有交集。”

“那么请让我见一见乌佛。说真的，见一面会发生什么事？反正你没有把他关在该死的铁笼里，不是吗？”

档案里的照片并未真正描绘出乌佛这个人，那些警察拍的档案照，在预审法官前的脸部素描，以及几张媒体拍摄的照片，全部的资料都指出乌佛是个驼背、脸色苍白的年轻人，理解力不高且精神迟缓，然而事实却有些不同。

乌佛的房间布置得很漂亮，窗外的景色与院长办公室一样美丽。墙上挂了些画作，床单才换过，脚上的鞋子擦得晶亮，衣服干净又体面，整个空间里毫无疗养机构的氛围。他强壮的手臂上覆盖着金色的寒毛，从宽阔的肩膀可以推断出身材相当高大，至于长相则是众人公认的俊美，一点也不像是那种流着口水、可怜兮兮的精神障碍者。

院长和护士长站在门外看着卡尔在乌佛的房间踱步。我不会做出任何有可能让你们责难我的行为，卡尔心想。这么一来，等他真的做好办案的准备，才能再次回到这里取得和乌佛交谈的资格。房间内的某些东西引起他的好奇——乌佛的姐姐对着某人微笑的照片，双亲互拥微笑的照片，以及墙上随处可见的与儿童涂鸦相去无几的画作，都是些愉快的图画，并没有出现那些夺走他说话能力的恐怖景象。

“还有没有其他图画？抽屉里还有吗？”卡尔指着五斗柜和衣橱问道。

“没有。”护士长答道，“自从乌佛被安顿到这里之后就没再画过，这些画都是从他家里拿来的。”

“他整天都在做些什么？”

她微笑回答:“和工作人员出去，到外面的公园散步，还有看电视，这是他的最爱。”她看上去人很温柔，脾气又好，下次再有谈话的必要不如直接找她，卡尔心想。

“他都看什么节目？”

“电视播放什么，他就看什么。”

“里面的内容可以勾起他的反应？”

“他有时候会笑。”她偏了下头，嘴角咧得更开。

“他会笑？”

“是的，像婴儿那样的笑。你可以想象那是天使的微笑，一种发自内心的笑容。”

卡尔看见院长像冰块杵在门口，随即把视线转到乌佛身上。自从卡尔进门后，乌佛的目光就一直停留在他身上，但如果仔细观察就会发现眼神中是一片空洞。那双眼睛并非失去了生命，但显然也没有把眼前的事物放在心上。卡尔很想吓吓他，测试他有何反应，但这件事恐怕得再等等，不能急于一时。

卡尔靠在窗边，试着从乌佛闪烁的眼神中捕捉讯息，有时人们会选择忽视眼里看见，但心里无法理解的事。有一秒卡尔觉得乌佛的眼睛里仿佛埋藏着某些东西，但是细看后那里已是一片平静，看不出所以然。

“坐到另一边，阿萨德。”卡尔对坐在方向盘后方的助手吩咐。

“另一边？我不用开车了吗？”他问。

“阿萨德，我还想拥有这辆车一阵子，它配备防滑刹车系统和动力方向盘，这些设备应该要派上用场。”

“这是什么意思？”

“意思是你好好在旁边看我怎么开车。如果之后让你重新掌握方向盘，就必须按照我的规矩。”

他把下一个目的地输入卫星导航，完全不理会阿萨德在换座位时吐出一连串的阿拉伯语。

朝着史蒂汶方向开了一段时间后，卡尔问：“你在丹麦开过车吗？”

对卡尔来说，沉默不语就是答案了。

他们在市郊的小路上找到位于梅格勒比镇原属于林格姐弟的房子，它既不是小村舍，也没有待修复的庭园，这栋砖造的房子建于外观反映精髓的年代，看起来十分坚固，屋前甚至种植着茂密的紫杉，而房屋本体远比这些树木还高。如果这栋房子的售价是 200 万克朗，代表买方做了笔好买卖，而原本的屋主则吃了大亏。

黄铜门牌上写着古董商以及彼得和尔林・莫勒・韩森的字样。卡尔按下门铃不久后，有位长相像是某个封地伯爵的男子前来应门。这人外表细皮嫩肉，有一双深蓝色的眼珠，身上散发着昂贵润肤乳的味道。

屋主殷勤有礼并乐于提供协助，他接过阿萨德脱下的帽子将两人请进屋内，前厅以优美的古典风格家具和许多小摆饰来装饰。

不，他们不认识梅瑞特和她的弟弟乌佛，至少不认识他们本人，虽然屋内大部分物品在房屋转手时都保留着，但并不值钱。

主人用和纸一样薄的高级瓷器请他们喝绿茶，坐在沙发边缘上膝盖靠拢、双腿微斜的模样，仿佛会竭尽所能随时为前来的客人提供服务。

“因为溺毙死亡，真令人惊讶，我认为那是相当恐怖的死法。我先生差点在南斯拉夫的瀑布冲击下遭遇灭顶之灾，所以我知道那是多么可怕的事。”

卡尔注意到阿萨德听见这名男子说“我的先生”时显得很困惑，他从短暂一瞥中得知助理的想法，对于丹麦当地多样的生活型态，阿萨德显然还有许多地方有待学习。

“当初警方搜集了许多关于林格姐弟所有的数据。”卡尔说，“但也许后来你曾发现其他东西？例如：日记、信件、传真或者电话留言便条纸，任何可以提供给我们的线索？”

这名男子摇摇头说：“没有，没什么特别的。”并且用极夸张的姿势强调，“有家具，但很普通，除了一些办公文件和少数几样有纪念价值的物品外，抽屉里没放什么东西，如纪念册、相片等。我觉得他们的生活很正常。”

“你有听过邻居谈论他们吗？这附近应该有人认识林格姐弟？”

“哦，我们不太和邻居往来，邻居住在这里的时间也不长，之前几乎都待在国外，不久前才回来。我不认为当地人了解他们，许多人甚至不知道梅瑞特有个弟弟。”

“这里的人都不认识这对姐弟？”

“不，海儿·安德森认识他们，她照顾过林格家的弟弟。”

“她是家政服务员。”阿萨德回想起来，“警察曾监听过她的电话，可是她一无所知。除了她在梅瑞特溺毙前一天收到一封信，一封给梅瑞特的信。”

卡尔挑了挑眉，他真该仔细阅读那份该死的报告，而且是尽快。

“警方后来找到了这封信吗？阿萨德。”

他摇摇头。

卡尔又转而面对屋主：“这位海儿住在附近吗？”

“不，她住在霍尔图格，在戈尔斯勒夫的另一边。不过，她10分钟内就会到这里。”

“到这里？”

“是的，我先生病了。”屋主看着地板说，“病得很严重，我请她过来帮忙。”

原来如此。看来他在无意间被幸运之神眷顾，竟然意外遇见与案情有关的人士。接着，卡尔央求主人带他们参观房间。

他们见到不少造型独特的家具和以金色粗框装帧的油画，这种大杂烩式的装潢令人联想到拍卖会。厨房里所有墙壁都重新粉刷过，地板也磨平、上漆，浴室瓷砖上小银鱼成了梅瑞特曾在这里居住过唯一的证据，它依然在深色地面上倏忽而过。

“嗯，乌佛，他很可爱！”海儿的五官不够细致，有着厚重的眼袋和红润的脸颊，并且用宽大的罩衫——在一般服装店找不到的尺寸，遮住过胖的身躯。“他不可能对自己的姐姐不利。这么想的人简直是疯了！我之前就和警察说过他们的侦办方向错误。”

“但有目击者亲眼看见乌佛打她。”卡尔说。

“他可能有点粗暴，但并没有伤害人的意思。”

“乌佛身材高大又强壮，也许一不小心将梅瑞特推进海里，难道这不可能发生吗？”

海儿翻了个白眼：“绝对不可能。乌佛心地善良，他虽然偶尔会突然陷入沮丧的情绪，但频率不高。”

“你为他煮饭？”

“我做所有能做的事，在梅瑞特回家前完成所有家事。”

“但你不常遇到她？”

“偶尔。”

“她死之前的那几天，你们也没碰到面？”

“没有，在出事的前一晚，我负责照顾乌佛。一如之前我接受侦讯时所说，那晚乌佛的情绪很糟，于是我打电话给梅瑞特请她回来，而她也这么做了。那天乌佛的状况真的不好。”

“那晚发生了什么不寻常的事吗？”

“梅瑞特没有一如往常在6点左右回到家，乌佛不喜欢这样，但他不知道梅瑞特曾事先知会我，而我也无法让他理解这件事。”

“身为国会议员，晚归应该是司空见惯的事。”

“不，除了必须出差的日子，梅瑞特几乎每天准时回家，即使到外地过夜也不会超过一或两个晚上。”

“那么，她当天晚上有出门远行的计划吗？”

阿萨德听到这里摇摇头。这个家伙究竟知道多少内幕？真令卡尔感到困惑。

“没有，她只是出门用餐。”

“哦？和谁？还有谁知道这件事？”卡尔问。

“我不清楚。”海儿回答。

“报告里有写吗？阿萨德？”

阿萨德点了下头：“瑟丝•诺鲁普，梅瑞特的女秘书，她看到梅瑞特把餐厅名字写在行事历上，餐厅里也有人对她有印象，但不知道她是和谁约会。”

报告里显然有许多卡尔得尽快掌握的信息。

“阿萨德，那家餐厅的名字是？”

“班克罗特，我想，是这样念的吧，叫作班克罗特咖啡馆？”

卡尔转身面对海儿："你知不知道她正在约会？她有男友吗？"

这位家政服务员首次露出微笑，脸颊上出现一个深深的酒窝。"很有可能，但她没说。"

"她回到家后也什么都没说？在你打电话给她之后？"

"没有，那时我已经离开了。乌佛是那么难过且不知所措。"

此时传来茶杯轻微的碰撞声，新屋主矫揉造作地端着茶盘走进来，那副手臂打直、手指头朝前以维持平衡的模样，仿佛手里捧着某种惊人的料理。"这是我自己烤的。"然后，他默默地将布丁蛋糕分装在小银盘上。

这举动唤起卡尔的童年记忆，虽然不是什么愉快的回忆，但仍留存在他的意识中。

屋主按照正式社交礼仪将点心端给在场的人，阿萨德在旁边看得目瞪口呆。

"海儿，报告里写到，你在梅瑞特失踪前的白天收到一封信，能不能再描述一次？"这有可能已经列在审讯报告中，但再问一次也无伤大雅。

"信封是黄色的，材质有点像是羊皮纸。"

"多大？"

她用手比了一下，大约是A5的尺寸。

"上面有写什么吗？名字或邮戳？"

"不，都没有。"

"送这封信的人是谁？你认得他吗？"

"不，完全不认识。我听到有人按门铃出去应门，发现一名男子站在外面，手里拿着那封信。"

"这不是有点荒谬吗？一般都是邮差送信。"

她用手肘轻佻地撞了卡尔手臂一下。"是的，我们这里有邮差，可是那人送信的时间稍微晚一点，我记得广播正要开始播报新闻。"

"12点？"

她点了下头："他把信交给我后就离开了。"

"他有说什么吗？"

"只说这是给梅瑞特的信，除此之外没再多说。"

“为什么他不把信扔进信箱？”

“也许是希望她一回家就看到。”

“是的，梅瑞特肯定知道送信的人是谁，对此她说了些什么？”

“这我不清楚。我在她回家前就离开了。”

阿萨德又点了下头，这也列在调查报告里。

卡尔换上一副专业的神情看着他，似乎是在说：就是要这样问话，即使已经知道答案仍要再问一遍，这是一种办案技巧。阿萨德首次表现出服气的模样。

“我以为乌佛不能单独在家。”阿萨德插话。

“当然可以。”服务员回话的神情愉悦，“只是无法一个人待到太晚。”

此时此刻，卡尔真希望自己就坐在地下室的办公桌前休息。多年来，他费力诱导人们说出各种办案所需的讯息，如今他累了。他心里还有两个问题，得视对方的回答来判断这次调查能否有进展，或许林格案只是件无头公案——是梅瑞特自己跳下那艘渡轮，实情仅仅是如此。

“现在说这些可能有点迟，但或许当时我不该把那封信给她。”家政服务员说道。

卡尔注意到海儿回避他的目光，那种闪避的眼神绝对不是因为想吃眼前的布丁蛋糕。“这话是什么意思？”

“嗯，隔天她就死了，不是吗？”

“难道你之前都没有想到两者的关联性？”

“是的。”

坐在一旁的阿萨德把小蛋糕放回桌上，连他这个门外汉都注意到海儿在闪烁其词。

“你想到一些事情，我可以从你的表情看出来。刚才那句‘可能有点迟’是什么意思？”

“就如我刚刚说的，她隔天就死了。”

卡尔注视着热爱烘焙的屋主。“我们可以单独和海儿谈谈吗？”

屋主看起来有些不高兴，家政服务员也是。她试着抚平罩衫上的皱褶来掩饰不安的情绪，可惜无济于事。

“说吧，海儿。”在古董商快速步出房间后，卡尔倾身靠近她，“如果你当时隐瞒了什么事情，现在正是告诉我们的好时机，你明白吗？”

“我没有隐瞒任何事。”

“你有小孩吗？”

她嘴角往下垂：“这跟案子有什么关系？”

“好吧，海儿。”卡尔的语气突然变得十分冷淡，“你把信拆开了。”

她吓得后退：“不，我没有拆开。”

“海儿，你知道作伪证会被判何种刑责？”

以出身乡下的女子来说，海儿的反应灵活得令人讶异。她以手掩面，脚缩到沙发下并且收紧腹部，似乎想拉远自己跟面前这位警察的距离，然后仿佛遭到恐吓似的大喊：“我没有打开！我只是把信……拿在灯光下看。”

“里面写着什么？”

她紧蹙的双眉往眉心靠拢：“上面只写着：‘祝柏林之旅一路顺风！’”

“你知道她在柏林有什么计划吗？”

“只是去玩，跟乌佛出游，他们经常这么做。”

“为什么祝她旅途愉快这么重要？”

“我不清楚。”

“还有谁知道这趟行程？就我所见，梅瑞特和乌佛过着隐居般的生活。”

她耸耸肩：“也许是国会的同事？我不知道。”

“这个人为什么不干脆写电子邮件？”

“我真的不知道。”海儿畏缩的模样有可能是因为咄咄逼人的讯问令她感受到压力，也有可能是因为她在说谎。“也许是她所属党团的人。”她说出心里的猜测。

“信上写着‘祝柏林之旅一路顺风’，还有没有别的？”

“真的没别的了。”

“没有签名？”

“没有，只有那句话。”

“你还记得转交信件的人的长相吗？”

她用手半遮着脸轻声回答：“我只记得他穿着时髦的西装。”

“除此之外没有其他印象？这不可能是真的。”

“是真的！那人尽管站在门口的台阶底下仍然比我高，但他脖子上的绿色围巾遮住大半张脸，只有下巴裸露在外。当时下着雨，或许是因为这样让他有些着凉，无论如何他的声音听起来就像感冒了。”

“他在打喷嚏？”

“没有，只是说话的声音像是感冒，鼻音很重。”

“他的眼珠是棕色，还是蓝色？”

“我印象中是蓝色。好吧，我想应该是蓝色的，也有可能是棕色，总之如果再见到那双眼睛，我可以认得出来是他。”

“你估计他年纪多大？”

“我想和我的年纪差不多。”

老天爷，为什么他总得从别人的嘴里套话？卡尔听到模拟两可的回答深深叹口气。

“你的年纪是？”

她瞥了卡尔一眼。“快 35 岁。”她回答完目光注视着地板。

“他开什么车？”

“他没开车，在我记忆中屋前的空地上没有停放任何车子。”

“难道他不可能停在远一点的地方再走路过来？”

“有可能，我也想过这一点。”

“但是你后来没有特别留意？”

“是的，因为我该帮乌佛准备午餐。每当我听到广播的新闻播报，就知道到了他的吃饭时间。”

卡尔与阿萨德在回程途中谈起那封信。令人惊讶的是，就连看完报告的阿萨德也不知道进一步的讯息，之前的调查停顿在这里。

“该死的，为什么必须亲自转交一封内容无关紧要的信？如果是带有香味和花朵图案的信封，寄信的大概是女性友人，但根据海儿的描述，这信封十分普通又没有署名，会是谁送来的呢？”

“我认为这个海儿说出了她所知道的一切。”阿萨德说，车子此时转进贝克鲁普路，史蒂汶社会局就在前面。

卡尔望着眼前的建筑心想：要是他的口袋里有法院允许调查的公文，这次拜访一定会很顺利，很可惜他没有。

“待在这里。”他对助理这么说。阿萨德露出不悦的表情。

经过几番询问后，他终于找到女局长的办公室。

“是，没错，社工曾拜访过乌佛的家。”当卡尔收起亮出的警徽时，她如此解释，“但是，目前旧档案的归档有些混乱，你知道的，因为市政改革的关系。”

眼前这位女士并未透露更详细的案情信息，但这里肯定有人认识乌佛和他的姐姐，对卡尔来说，任何一个细微的信息都弥足珍贵，如果社会局经常进行家访，也许会见过其他在林格家出入的人，也可能观察到对案情有帮助的蛛丝马迹。

“我可否和当初负责家访的人聊一聊？”

“抱歉，她已经退休了。”

“可以把她的名字告诉我吗？”

“很抱歉，真的不行，这违反了资料保密规定。”

“难道这里没有任何职员知道乌佛的事？”

“不，肯定有人知道，但我们不能透露。”

“我知道你们有保密的义务，并且知道乌佛仍拥有自主权，但我不打算白跑一趟，拜托让我看一下相关档案。”

“你很清楚自己没有查阅档案的权利，欢迎你和我们的律师联络。此外，就算符合正常程序，我们也无法立即取得那些数据，乌佛早就不住在这里。”

“档案都转到腓特烈松市了吗？”

“我不能对此表示意见。”

傲慢的蠢妇。

卡尔离开办公室后仍在走廊上待了一会儿，四处张望任何可能的机会。“打扰一下。”迎面而来的女士看起来似乎很疲惫，应该无法立即打断他的问话。于是他亮出警徽，上前自我介绍。“你能帮我找出10年前，曾在梅格勒比镇进行家访的职员名单吗？”

“麻烦你去问那里面的人。”这位女士回答，指着卡尔刚刚走出来的办公室。

别无他法，看来只能按照那可恶的行政程序进行—法院决议、公文、电话联系、等待，然后再打电话打交道。他多么痛恨这种程序！

“当下次有人需要我的协助时，我一定会想起这个答案。”他意有所指地鞠躬回礼。

当日的最后一站是霍内克市的医院脊椎中心。“我自己开车过去，阿萨德，你能搭火车回家吗？我让你在科格下车，从那里不用转车就可直达火车站。”阿萨德不情愿地点了下头。卡尔并不知道自己的助理住在哪里，或许下次有机会再问他。

卡尔注视着这位奇特的搭档。“明天我们调查另一个案件，林格案调查到这里已成为无头公案。”但这句话并未让阿萨德恢复脸上的笑容。

院方将哈迪转到另一间病房。他的昔日伙伴看起来不太好，虽然表面上稍微恢复了气色，但是蓝眼珠里的黑暗思想仍蠢蠢欲动。

他将手按在哈迪的肩膀上：“我考虑过你不久前说的话，真的很抱歉，我不能这么做，你能理解吗？”

哈迪不发一语。卡尔曾经非常了解哈迪的思路，但现在却变得完全不懂他。

“我有一个提议，你帮我解决手上的案子如何？我会告诉你所有的细节，你负责出主意，也许可以发现新的线索。我对这些案子其实不感兴趣，可是如果有你一起合作，我们或许可以解决它。”

“你在说笑吧？卡尔，”哈迪说完把头撇开。

总而言之，这真是糟透的一天。

第十六章

时间：2002 年

待在永无止境的黑暗里会使人失去时间感，只能用身体的生理时钟判断。日与夜有如连体婴儿般紧密相连，而镶在墙壁上的拱形门所发出的喀嚓声是梅瑞特唯一的线索。

她第一次听到广播发出走样的声音受到莫大的惊吓，直到后来她躺下睡觉仍在发抖。可是如果没有这一道声音，她很确定自己会因饥饿和口渴而死。问题是，如果真的如此会不会比较好？

她发现当身体疲惫到一个程度，口渴的感觉会逐渐消失，同时也意识自己内心的不安恐惧被悲伤所取代，但就连悲伤最后也不得不向死亡妥协。

她安静地躺着，等待身体自行放弃。然而，当广播响起刺耳的声音，表示她不是独自一人待在那个空间里，也意味着她得屈服于他人的意愿之下。

“梅瑞特。”一道女性的声音没有任何预兆开始说话，“你现在会拿到一个塑料桶。对面角落的闸门会在喀嚓声后打开，我们看到你发现它了。”

她预期他们会打开灯而紧闭着双眼，担心突如其来的光线会对身体造成触电般的反应，甚至对神经末梢造成冲击，然而灯光并未点亮。

“你听见了吗？”那声音又说。

她点头深深吐气，如今梅瑞特才察觉到自己有多冷，原来长时间没有进食消耗了体内的脂肪后是这种感觉，还有她是多么脆弱。

“回答我！”

“是，是，我听到了。你是谁？”她看向眼前的黑暗。

“听到喀嚓声后立刻走到对面的闸门，不要尝试爬出来，这行不通。第二个桶子会紧接在第一个桶子后出现，其中有一个是马桶，让你用来解决生理之需，另一个则装着水和一些食物。我们每天会打开闸门把旧桶子换成新桶子，你听清楚了吗？”

“这一切有何目的？”她听到自己声音在空间里产生回音。“为什么绑架我？你们想要钱？”

“现在第一个桶子要出来了。”

角落传来某种装置启动的声音，还有风灌进室内的嘶嘶声。她走到闸门前，发现那扇拱门的底部开启，送出跟字纸篓差不多大小的坚固容器。她把容器拉向自己，一放到地板上闸门立刻关闭，10秒钟之后再度打开，这次送出另一个略高一些的桶子，应该就是女人口中的马桶。

她心脏剧烈跳动。从桶子被推出来的速度判断，肯定有人待在闸门的另一头，原来与她距离这么近的地方还有另外一个人。

“请告诉我，我现在身在何处？”梅瑞特跪着爬到她认为是扩音器所在的地方。“我来到这里有多久了？”她又提高了一些音量，“你们有什么企图？”

“装食物的容器里放着卷筒卫生纸，一周之后你会拿到一卷新的，若想洗澡就拿方形桶里的水，方形桶放在马桶里，使用马桶前记得先把方形桶拿出来，这个空间没有排水沟，所以你在清洗时要特别小心。”

梅瑞特绷紧脖子的肌肉，泪水随着高涨的愤怒情绪而溃堤，唇瓣不停颤动。“我必须在黑暗中……一直坐下去？”她啜泣着说，“能不能把灯打开？只要一会儿就好，拜托！”

她听到一声喀嚓声，一缕微风掠过身体，然后闸门再度关上。

在接下来的数不清的日与夜里，除了每周固定的通风机声音，和每日闸门启动发出的喀嚓声和风声外，就没再出现过其他声响。

有时她觉得时间似乎永无止境，而她能做的只是在用餐后躺下来等待两个桶子再度推出来。对她来说，食物是相当具体的微弱希望，尽管桶子里都是些食之无味的菜色，例如马铃薯、煮烂的蔬菜和一些肉。每天的菜色都一样，似乎某处有个锅不断烹煮这道永远盛不完的杂烩，就在外面光明的世界，就在这道难以穿越的墙的另一边。

她认为到了某个时间点自己就会习惯黑暗，而房间的细节也会越来越清晰。然而事实却不是如此。眼前的黑暗是绝对的黑，黑到她好似失明，唯有思想能为她的存在带来一丝光亮，但这并不容易。

她一直担心自己会发疯，很怕某天醒来自己突然失去控制，于是她开始幻想外面的世界、光、生命的影像，藉以躲到脑海中最偏僻的角落，那个人类日常活动中大多影像被发送到的角落。过往的记忆一点一滴涌现，曾经短暂握过的手、抚慰人心的话语，当然还有对孤独、渴望、失去和努力不懈的记忆。

梅瑞特开始了有规律的生活：睡觉、吃饭、冥想和原地跑步，逐渐形成一个固定的循环周期。她用力跑步，直到耳朵受不了鞋子在地板发出的劈啪声，或自己累到昏倒为止。

每隔五天，她会收到干净的内衣，并把用脏的丢进马桶里，可是一想到陌生人碰触她的衣物便令她作恶。由于身上其他衣服没得更换，所以不论是蹲在桶子上如厕，或是躺在地上睡觉时都得特别小心，在换内衣裤时，也会小心翼翼地抚平上面的皱折，并以水清洗衣服弄脏的部位。她庆幸自己被绑架的那天身上穿着全套的衣物——羽绒外套、围巾、衬衫、汗衫、裤子和厚袜子。然而，随着时间的流逝，松垮的裤子勉强才能挂在臀上，鞋底也日渐变薄，某天可能得要赤脚跑步。她对着黑暗大吼："拜托，可以让这里变得暖和一点吗？"但天花板上的广播设备已好久未发出声音了。

房间的日光灯在第 119 次更换桶子时突然大亮，白炽的光芒火辣辣地照向她，她反射性地紧闭双眼，脚步踉跄了一下，泪水不自觉地流淌。视网膜因被光线轰炸所产生的疼痛一波波传往大脑，而她只能任凭自己屈膝跪倒。

接下来的几个钟头，她慢慢挪开阻挡在眼前的手，尝试稍微睁开眼睛，但光线依然相当刺眼。她害怕自己太快把眼睛睁开，就得面对视力受损或甚至已经失明的事实。女子的声音让她受到再一次的惊吓，身体对声音的反应有如测量仪器上的指针，字字都让她全身颤抖不已，所说的话更令她胆战心惊。

“生日快乐，梅瑞特。恭喜你32岁了，今天是7月6号，你待在这里已经126天。给你的生日贺礼是从现在起一整年都开着灯，除非你能回答一个问题——为什么我们把你关在这座地牢里？”

“天啊，不！你不能这样对待我。”她呻吟道，“为什么你要对我做出这一切？”她站起来，依旧用手挡着眼睛。“如果你想杀了我，那么现在就动手吧！”她喊道。

女人的声音相当冷淡，比第一次出现时还要低沉：“安静，梅瑞特。我们不想杀你，反而要给你一个机会阻止情况变得更糟。你只要回答关于你自己的问题——为什么我们会把你像动物一样关在笼子里？你必须独自找出答案，梅瑞特。”

她把头往后仰，这是怎样的梦魇？就算她还有说话的力气，保持沉默仍是比较好的选择。于是她走到角落坐着，让那个女人把她想说的话说完。

“你得回答问题，梅瑞特，否则一旦情况变得更糟，那就是你自己造成的。”

“我不知道你想听到什么样的答案。跟政策有关？还是跟钱有关？我真的不晓得，上帝，请告诉我！”

带着些微咳嗽的声音变得更冷淡了：“你没有通过测试，梅瑞特。现在准备接受惩罚吧！这项惩罚不严重，你承受得起。”

“老天，我不敢相信这一切。”梅瑞特啜泣着跪下。

她听见闸门从熟悉的嘶嘶声变成微弱的鸣笛声，并且立刻感觉到外头涌进一股微热的空气，带有谷物、土壤和绿草的味道，难道这就是惩罚？

“我们将提高你这房间两个大气压力，一年后再看看你是否变得精明？我们不清楚人体器官可以承受多大的压力，就让我们一起找出答案。”

“亲爱的上帝。”当梅瑞特的耳膜感觉到压力增加时喃喃自语，“不要让这一切成真，拜托，不要让它成真。”

第十七章

时间：2007 年

卡尔在停车场就听到屋里传来嬉闹欢笑声，事先预告他里面正在举办活动。

烤肉帮由一小群喜欢把肉烤得微焦的狂热者所组成，成员都是居住在附近的人。他们一致认为世上最美味的牛肉得用烤肉架把肉烤到焦黑，直到尝起来不像牛也不像肉为止。只要一有机会他们就会聚在一起，更确切的说，是一整年都聚在一块，尤其喜欢在卡尔家的阳台上聚会。卡尔喜欢这个帮派，他们以文明的方式纵情欢乐，而且会在狂欢后负责善后。肯，烤肉帮的烤肉大师，以热情的拥抱欢迎主人回家，另一名成员把一瓶冰镇过的啤酒递给他，第三名成员则挑出一块焦黑的肉块放在盘子与他分享。默默走进屋内的卡尔可以察觉到背后传来的善意目光，这些人从来不会追问他为何不发一语，而这正也是他如此珍惜这群朋友的原因之一。他们知道一旦有案子在卡尔的脑袋里打转，与其费劲跟他打交道，还不如找出一个当地有能力的政客，这比较容易。但此刻占去卡尔心思的并不是林格案，他所有思绪都绕在哈迪身上。

卡尔无法做决定。

也许他该认真考虑哈迪的要求，当然他还没有研究出杀掉哈迪而不让人起疑的方法。无论是在点滴里打入空气，或者捂住他的口鼻，都可以快速解决他的性命，因为哈迪不会反抗。

但他真的可以这么做？或者他真心想这么做？该死！到底要不要帮哈迪？对哈迪来说什么才是“正确的”帮助？或许他该咬紧牙关，上楼向马库斯提出侦办从前那些旧案的要求，他不在乎跟谁一起搭档，也不管他们会说什么，要是能对哈迪有帮助，就算他们只打算拘禁曾在亚玛格岛上那些对他们开枪的恶魔，他也愿意妥协。尽管卡尔对这些案子感到厌恶，而要是发现了那些伤害他的“猪”，卡尔一定会乱枪打死他们，然而这又对什么人有好处？无论如何不是他，也不是哈迪。

“卡尔，你有没有 100 块？”突如其来的发问中断了他的思考，除了贾斯柏谁还有这个能耐？贾斯柏住在吕格镇的同伴们邀请他参加聚会，因为他们知道他一定会随手带来几罐啤酒。贾斯柏在这区有朋友会把整箱啤酒卖给未满 16 岁的青少年，尽管价格比市价贵上个几个克朗,如果他们能说服双亲支付玩乐费用,花费多少又有谁会在意？

“这星期第三次烤肉？”卡尔问，从皮夹里抽出一张钞票，“无论是第几次，明天你要去学校上学，听清楚了吗？”

“清楚。”

“作业写了没？”

“知道啦。”

可见还没，卡尔蹙起眉头。

“哎，卡尔，我没兴趣去恩霍尔市念十年级，我会上阿勒勒中学的高中部。”

好个于事无补的安慰。他会密切观察这小孩能否说到做到。

“勇敢坚持下去！”贾斯柏走向脚踏车车棚时喊道。

说的比做的容易。

“林格姐弟的故事让你心情沉重？卡尔。”莫顿正在收拾最后几个空瓶，他不会在厨房未整理干净前下楼回房，他知道自己的义务及责任，有任何需要整顿的地方当下一定会做好。

“我心里介意的是哈迪，对于林格案反倒不是很积极。这个案件目前线索中断，而且没有一个家伙对陈年旧案感兴趣，包括我自己在内。”

“可是这个案子不是已经结案了？”莫顿咕哝着说，“调查结果说她是溺毙身亡？为什么还要重启调查？”

“嗯，但她溺毙的原因让人好奇。那天既无暴风，浪也不高，更别说从外表来看她很健康，经济状况没问题，所有一切现象都显示:她有美好的前程，也许有点寂寞，但这种事情迟早会习惯的。”

卡尔摇摇头，他究竟要努力给谁看？难道是给他自己？他当然对这个案子感兴趣，任何像这样充满疑点的案子他都感兴趣。

他点燃一根烟，抓起一罐虽然已经打开却还没有人喝过的啤酒，可惜微温的啤酒尝起来有点走味，然后继续说道："让我最困惑的是她的聪明才智，要找到像她如此聪明的受害者并不容易。我认为她没有理由自杀，也没有明显的敌人，更不可能丢下一个爱她、需要她的弟弟跑去躲起来。莫顿，你要是拥有同样的人生会选择跳海吗？"

莫顿眼眶泛红地看着他的室友："卡尔，这是起意外，你弯腰趴在船边盯着水面时不曾有过头晕目眩的经验吗？如果这真的是谋杀，那么凶手应该是她弟弟或某个政治人物。若你问我，这个未来的民主党主席人选看起来如此优秀，有没有可能没有敌人？"然后，他沉重地低下头，再也没把头抬起来。"你没看到大家都讨厌她？她不与自己党内的人，还有执政党里的人为伍。部长和他的跟随者，怎么会坐视这位女强人成为电视媒体的宠儿？虽然这些家伙年纪不小了，你不也说，她是个聪明人。"他拧干抹布挂在水龙头上方后继续说道，"大家都晓得，下次的选举她的胜算很高。她向来具有吸引选民的魅力，代表不少选票。"说到这里，莫顿朝水槽吐一口口水，"我再也不喝有松香味的葡萄酒了，究竟是在哪儿买到这种该死的东西？喝完喉咙很干。"

卡尔在警察总局的一楼大厅碰到正要回家的同事，以及站在廊柱后方、靠着墙壁和手下讨论事情的巴克。他们看着卡尔的眼神，仿佛他在他们脸上吐了口水。

卡尔在经过时说了一句："傻瓜简报。"相信廊柱的回音效果一定可以让这句评论清晰地传进巴克耳里。

卡尔在入口处遇到了班特·韩森——他昔日的手下。班特向他解释这些人一脸严肃的原因："你是对的，卡尔。他们在女目击者的家中水槽里发现被害者的半只耳朵。佩服，佩服，你这个老无赖。"

漂亮！至少脚踏车谋杀案总算有点进展。

"巴克和手下刚刚去了一趟里格斯医院，以为女目击者会说出实情。"他继续说道，"可是他们还是没有得到任何消息，她害怕得不得了。”

“那他们应该问错人了。”

“有可能，但又该问谁呢？”

“在什么样的情况下你会自杀？是压力大到神经错乱，或者为了救自己的小孩？我跟你保证，小孩绝对是这整件事的关键。”

“小孩们什么都不知道。”

“是呀，小孩们当然不知道，但她的母亲应该知道。”

卡尔抬起头注视着天花板的铜铸灯具，或许他该征求上司的同意和巴克交换案子，这一定会在这栋庞大建筑物里引起一些骚动。

“嗯，卡尔，我这段时间走来走去不停思考，我认为我们应该继续调查林格案。”阿萨德端上一杯香味四溢的咖啡，而且桌上的档案旁还放着几块用包装纸包好的甜蛋糕，显然正打算对他的主管展开魅力攻势。无论如何，阿萨德在卡尔进办公室前便将办公室打扫干净，还将桌上几个卷宗夹排放整齐，让人可以按照特定的顺序寻找档案。计算做这些工作所需花费的时间，阿萨德应该早上 6 点就在这里了。

“你放在我桌上的文件是什么？”

“嗯，是银行账单。它能告诉我们梅瑞特在最后几个星期户头的进出情况，可是上面没有任何一笔到餐厅用餐的费用。”

“也许有人帮她买单，阿萨德，漂亮女生在这种情况下占便宜并不奇怪。”

“没错卡尔，你很聪明。某人帮她付了钱，我认为是政治人物或是情人。”

“当然，但要找出这个人并不容易。”

“我知道，卡尔。事情已过了 5 年。”阿萨德挥挥另一张纸，“这是张列表，记录了警方从她公寓带走的东西，我没有在上面看到她助理说的行事历，也许放在克里斯廷堡，只要察看行事历就可以知道她是跟谁出去吃饭。”

“阿萨德，行事历一定是在她的手提包里，但是手提包和她一起消失了，不是吗？”

他点点头，显然有些懊恼。

“那么，卡尔，我们可以问她的新助理，这里有张她的声明誊本。她当时并没有特别提到和梅瑞特一起吃饭的那个人，我认为我们最好再问她一次。”

“这个叫作副本，阿萨德，不是誊本。事情发生已经过了5年，如果她当时没能想起，现在更不可能记得。”

“好吧，但上面写说，她记得梅瑞特在情人节前后收到一份电报。这条线索可以追查，对吧？”

“但我们手上没有这份电报，而且也不清楚正确的日期，以及发送的公司，根本无从查起。”

“那间公司叫‘电报在线’。”

卡尔凝视着他。也许这个家伙在侦办刑案上具有尚未被发掘的才能，但只要他戴着那双绿色橡胶手套就令人难以想象。“你从哪儿知道这件事，阿萨德？”

“看！”他指着声明副本说，“助理记得电报上写着‘献给梅瑞特的爱与吻’，还有两张嘴唇图案。两张红色的嘴唇。”

“那又如何？”

“嗯，这是‘电报在线’的电报，他们把收件者的名字和两张红色嘴唇的图案印在电报外面。”

“我看看。”

阿萨德在卡尔的计算机单击空格键，屏幕保护程序立刻消失，跳出电报在线的网页。是的，正是这个图案，跟阿萨德描述的一模一样。

“好吧，你确定只有这间公司会发送这样的电报？”

“非常确定。”

“但是日期还是个问题，是在情人节之前或之后？发送的人又是谁？”

“我们可以询问这间公司是否记录了发送到克里斯廷堡的电报时间。”

“这之前不是应该调查过了？”

“不，档案里没有，也许你不小心读到别份档案了？”阿萨德勾起嘴角微笑。

“好，阿萨德，你负责找出答案，这任务非常适合你。现在去询问这间公司，我还有事要处理，快回自己的办公室打电话吧。”

卡尔拍了拍助理的肩膀，在阿萨德离开办公室后立刻关上门、点了根烟，然后拿起林格案的卷宗夹坐下，把腿跨在桌上。

他真该深入研究整件事情。

当仔细读完林格案后，卡尔发现这是一个疯狂的故事，报告中缺乏完整的数据，仅侦察到一个有如在黑暗中、不明确的轮廓，简单来说就是没有一个合理的说法，也找不到动机，就算是自杀也该有原因。人们只知道，她的车子是最后一辆停在船上的车子，而且她失踪了。

当时引起调查者注意的是，梅瑞特并非单独一人出游。根据目击者的说词，她曾在甲板上与一位年轻男子起争执，一对年长的老夫妇所拍的照片记录了这一幕，这对正准备前往海利根港采购的夫妻偶然间拍到这张照片。照片公开后，一名来自施特罗·海地格市政府的职员告诉警方，照片上的男子应该是乌佛·林格，梅瑞特的弟弟。

调查者因忽略这个弟弟的存在而被痛骂，这点卡尔至今仍留有印象。

不过后来又衍生出新的问题：如果照片上的人真的是她的弟弟，两人为什么要争吵？这位弟弟又在哪里？

一开始众人以为乌佛落海，但数隔几日后，发现他在费马恩岛上一个人不知所措地徘徊，显然已在岛上四处乱走了好几天。直到有个来自德国奥登堡的警察一眼认出他就是照片上的男子。没人知道乌佛是怎么独自走那么远一段路，而他自己也无法说明，即使乌佛知道关于这起失踪案的真相也只留在心中，没办法提供协助。

据说乌佛后来曾遭受严厉的侦讯，由此可见办案的同事压力之大。

卡尔聚精会神聆听乌佛被警方盘问的录音带：乌佛整个过程默不作声，办案人员用尽各种办法，当他们扮演“好条子”时，他毫无反应，扮演“坏条子”时，依然一无所获，所有警方用来侦讯犯人的手段都失去作用。于是他们找来两名精神科医师，后来还从法鲁姆市聘请专攻这方面障碍的心理医师，甚至请史蒂汶地区的女社工卡伦·莫腾森来询问他。

这真是一个令人作呕的故事。

丹麦和德国官方彻底搜寻过航道，海军潜水员甚至把练习地点改在这个地区，后来的确捞到一具浮尸，他们把尸体放在冰上进行解剖，结果发现搞错了。渔夫们也接获通知，要特别留意漂浮在水中的物体，如衣服、袋子等之类，最后却都未能发现任何与梅瑞特有关的东西。

当时媒体全力报道这件事情。有将近一个月的时间，梅瑞特的失踪案成为每天的头版新闻。梅瑞特的过去被挖掘出来，包括她参加校外远足时身穿泳衣的照片和大学时期杰出的成绩，再由所谓的心理专家进行剖析，就连向来注重专业的新闻记者都开始推测她的性取向，至于那些平时就喜欢在八卦报纸上造谣生事的记者则进一步发现了乌佛的真实身份，并藉此撰写出一系列悲惨的报道。

梅瑞特的同事七嘴八舌讨论她失踪前亟欲隐瞒的私生活，当时他们还不知道她还有个身障者弟弟，直到人们对她个人的故事兴趣转淡，报纸头版转而刊登造成她父母身亡、弟弟变成残障的车祸现场照片，所有的秘密便在此刻公之于世。梅瑞特失踪前就已是众人追逐的话题人物，失踪后仍是媒体的宠儿。晨间新闻节目的主持人在报道这则新闻时，会刻意压抑自己平时播放新闻的兴奋神情，毕竟国会议员溺毙与亲王发怒或市长过度消费红酒的消息迥然不同。

甚至有人公开了梅瑞特家中的双人床照片，至于是谁提供的则无从得知。报纸的标题令人厌恶，如：这对姐弟的关系是否有些暧昧？为什么偌大的屋子里只有这一张床？这张床是造成她死亡的原因？任何稍有理智的人都会认为这张床有些古怪。

当这些故事失去新鲜感，媒体再也无法继续炒作，关于弟弟乌佛的揣测消息便开始甚嚣尘上，像是：警方采取手段过于强硬？这家伙是否太轻易脱身？司法系统失灵？并且针对乌佛被安顿在艾格里一事发表评论，直到新闻热度过了为止。在没有发生大事的 2002 年丹麦夏季，众人的话题终于从林格案转而围绕在下雨、炎热天气、小王子诞生以及世界足球赛。

的确，丹麦媒体知道读者对什么感兴趣，而梅瑞特的事已成昨日黄花。6 个月后，警方因待处理的案件众多而终止林格案的调查。

卡尔拿了两张纸，用原子笔在其中一张纸上写下：

可疑点：
一、乌佛。
二、不知名的邮差，跟柏林有关的信。
三、约在班克罗特小咖啡馆碰面的男子／女子。
四、克里斯廷堡的“同事们”。
五、抢劫谋杀，包包里有多少现金？
六、性犯罪。

在另一张纸上则写下：

需重新审查：
电报。
史蒂汶地区的经办人。
克里斯廷堡的几位助理。
什列斯威·霍尔斯坦号的目击者。

他看着这些摘要思索半晌后，又在第二张纸上补充以下几句：

车祸后的寄养家庭、大学同学。她有情绪消沉的倾向？她怀孕了？谈恋爱？

才阖上卷宗夹，他便接到来自组长办公室的电话，马库斯请他到楼上的会议室一趟。

卡尔在经过阿萨德窄小的房间的时候对助理点了下头，阿萨德正忙着讲电话，看起来十分专注又严肃，不像平常戴着绿色橡胶手套站在门边的模样，现在的阿萨德仿佛变了一个人。

会议室里负责侦办脚踏车谋杀案的人员全数到齐了，马库斯指示卡尔坐下，然后巴克开始报告。

“我们的女目击者安娜莉丝·凯威斯特很早就要求我们提供证人保护。后来我们知道这是因为有人威胁她，只要她提供警方线索，将会活生生的剥下她孩子的皮。在遭受威胁后，她一方面表现得愿意与我们配合，并且不断提供一些讯息让我们进行调查，另一方面却隐瞒自己被恐吓的事实，以及那些案件中重要的部分。自从她遭受威胁的那天起，线索就完全中断。”

“我总结整个案子如下：案发当天晚上10点，被害者在法尔比公园被人割开喉咙。当时天色昏暗，气温又低，整个公园空荡无人，但女目击者却碰巧看到犯罪者在行凶前几分钟和被害者站在一起谈话。这使我们认为这桩谋杀案的起因是出于一时冲动，如果是犯罪者早有预谋，绝对不会挑个计划容易被人破坏的场所下手。”

“为什么安娜莉丝要徒步经过公园？她为什么没有骑脚踏车？又是从什么地方走过来？”其中一位刚加入小组的成员插嘴问道。他不知道要等巴克说完才能发问。

从巴克回以插话者的眼神可以看出他有些恼怒。“她去拜访好友，结果遇上脚踏车轮胎漏气，所以才推着脚踏车穿过公园。我们几乎可以确定她看见的那个人就是犯罪者，因为凶案现场只有两种不同的脚印。为了了解证词的可信度，我们特别调查了安娜莉丝的生活状况，并且从监听她家里电话的纪录中，发现她有段时间和飞车族往来甚密，但也很肯定犯罪者不在这圈子里。

“被害者的弟弟叫作卡罗·布朗特，是法尔比这个地区的最激进的飞车族之一，另值得一提的是，即使被害者牵涉到毒品交易，但从未因此被捕。从这位卡罗的口中我们得知，被害者是安娜莉丝的旧识，甚至跟他有过一段男女关系。于是我们朝着这个方向去调查，发现目击者很有可能同时认识被害者和犯罪者。

“此外，根据目击者的母亲所说，安娜莉丝经常遭人痛打及威胁，但她却认为这都是自己女儿自作自受。因为她经常泡在酒吧，不在乎和陌生男子一起过夜，不过时下一般年轻女子都是如此。

“现在我们在安娜莉丝的洗手间里找到被害者的另外半只耳朵，因此晓得凶手认识她，并且熟知她的背景及住处。至于这人的确切身份，我们尚未从目击者口中打听出来。

“她的小孩目前安置在位于哥本哈根南边的寄养家庭，在确认孩子安全无虞后，安娜莉丝的态度稍微软化。她企图自杀时曾吞食毒品，根据化验分析，她胃里的药丸含有各种不同成分的兴奋剂。”

卡尔大部分的时间都闭眼倾听报告，巴克缓慢又仔细说明案件经过，可是却流于表面，这点令他作呕。他早就无法忍受巴克这个人了，为什么现在又得坐在这里？这个案子明明和他没有关系。

他必须提醒自己，他的办公室在地下室，马库斯叫他上来只是象征性的安抚他，不过那也是因为他让脚踏车谋杀案总算有点进展，况且组长并未针对这件事多说什么，无论如何，他不想再与此案有任何瓜葛。

“虽然现场没发现药瓶或类似的瓶子，不过很多线索指出某位极有可能是犯罪者的人，强迫安娜莉丝吞下他所带来的散装药丸。”巴克说。

哎！他早就想到这个答案了。

“所以这是一起杀人未遂案。犯罪者以对目击者的小孩不利来威胁她保持沉默。”巴克继续说道。

马库斯在这里打断叙述，组长看到新来的人急着发问，决定站出来协助自己的属下。

“安娜莉丝、她母亲和小孩们都获得证人保护。”他解释，“首先她们会被安置到一个安全的地方，证人到时应该就会全盘托出。在这期间，我们得要与负责毒品的部门一起侦办这个案件。因为根据分析结果显示，她体内有人工合成的四氢大麻酚，一种类似一般大麻药丸主要成分麻林酚的东西，这在贩毒圈很罕见，我们得弄清楚这一带是怎么弄到这玩意儿。据我所知，她的体内还发现了冰毒和利他灵，综合以上成分就变成一种特别的鸡尾酒类毒品。”

卡尔摇了摇头。是呀，犯罪者还真有创造力；在公园割开被害者的脖子，再强迫另外一个人吞进药丸。为什么他的同事就不能静待这位女士自己吐实？他睁开眼，然后在马库斯的眼里读到相同的看法。

“你在摇头，卡尔。也许你有更好的建议或独到的见解，可以让我们有进展？”马库斯笑着说。他是整个房间里唯一笑得出来的人。

“我只知道吃下四氢大麻酚和其他废物会产生呕吐感，也就是说，这位强迫证人吞下药丸的家伙相当清楚自己该怎么做，不是吗？为什么你们不干脆等安娜莉丝恢复后自己吐实？早几天或晚几天知道并不那么重要，还有其他的案子正等着我们去解决。”他环顾一圈之后说，“至少我得去解决。”

秘书们沉浸在工作中。丽丝坐在计算机前戴着头戴式耳机，有如摇滚乐团鼓手敲打键盘。卡尔试着找出阿萨德口中有着一头深发色头发的新秘书，可是没人符合他的描述，除了脸上浮现不悦表情的索伦森，令卡尔无法与助理口中那位“人很好”的秘书联想在一起。

“丽丝，我们楼下需要一台聪明的复印机。”秘书听到后立刻中断对键盘的攻势，并露出一个大大的笑容。卡尔继续说道，“你今天下午可以安排一下吗？我知道国家调查中心那里多出来一台，听说还没拆封。”

“我会尽力争取，卡尔。”她说。于是这件事情解决了。

接着背后传来一道严厉的声音:“我和马库斯约好了。”他转过身，看见眼前站着一位陌生女子。她有一双卡尔此生见过的最美的棕色眼睛，这让他顿时觉得无法呼吸。然后，女子转身面对女秘书。

“梦娜·易卜生小姐？”索伦森问道。

“是。”

“组长正在等你。”

两名女子对视而笑。梦娜往后退了一步，索伦森小姐随即站起来为她指引路线。卡尔紧抿双唇看着她沿着走廊离开，她身上穿的那件毛皮大衣长度刚好露出臀部的曲线。他心里怀抱希望，但从外表看来女子不年轻了，为什么他会该死地盯着她的眼睛？

“梦娜·易卜生是谁？”他假装不经意地提问，“跟脚踏车命案有关？”

“不，她是新来的心理医师，专长是灾后心理辅导。往后将为警察总局的所有部门工作。”

“啊，真的？”卡尔注意到自己的声音听起来多么愚蠢。

他试着压抑充塞胸膛的莫名感觉走向马库斯的办公室，没敲门就直接走进去，为了一个有益的目的，即使被责骂卡尔也不在乎。

“抱歉，马库斯，”他说，“我不知道你有访客。”

梦娜·易卜生的坐姿让他只能看到她的侧面。她的肌肤柔嫩，嘴角有些细纹，看来她常笑，而不是郁闷不乐。

“我稍后再来，抱歉打扰了。”

过谦的态度让心理医师转身看向卡尔。她显然超过 50 岁，但嘴唇依旧美丽丰腴，并且露出淡淡的微笑，卡尔顿时感到该死的腿软。

“有什么事吗，卡尔？”马库斯问。

“我只是想说，你们应该问安娜莉丝是否和犯罪者有关系。”

“她没有，卡尔。”

“没有？好。但我认为你们应该问她凶手做了些什么，而不要问凶手的身份。”

“我们当然有问，但她什么也没说。你认为他们有工作上的关系？”

“也许有，也许没有。无论如何我认为她受那个男人的工作牵制。”

马库斯点点头。等目击者和她家人都安顿在安全的地方后，他们会再问她一次。

卡尔终于看到她的真面目。该死，以一位心理医师来说，她长得太漂亮了。

“我说完了。”卡尔的嘴角咧开一个夸张的笑容，好像整个人从未如此放松、精力旺盛，但却没有得到任何回应。

突然间，卡尔的胸骨下方传来一阵剧痛，他不禁紧抓着胸口，这不适的感觉让他好像呼吸不到空气。

“卡尔，你还好吗？”他的上司问道。

“当然，只是受伤的后遗症而已，你知道的，我很好。”实际上并非如此，胸腔不舒服的感觉很强烈。

“嗯，梦娜，对不起，容许我向你介绍卡尔·穆尔克。他几个月前卷入枪击事件，那场意外让我们失去一位同事。”

正当卡尔试着忽略身体的状况，女人对他点点头，虽然她目前对卡尔只有工作上的兴趣，但至少比不感兴趣来得好。

“卡尔，这是梦娜·易卜生，她是我们新来的心理医师，你们彼此认识一下。我们十分期待部门最优秀的警探能够尽快摆脱心理阴影，重返工作岗位。”

卡尔上前一步握住她的手自我介绍。他们当然应该认识一下，卡尔心想。

卡尔在回地下室的途中遇到阿萨德，胸腔不适的感觉依然存在。

“我打通了，卡尔。”阿萨德说。

卡尔试着将易卜生的影像从脑海里驱逐，可是并不容易。

“打通什么？”他问。

“我至少打了10次电话给‘电报在线’，15分钟前终于成功了。”听阿萨德说完，卡尔想起了刚才交代助理的那件事。“他们很快就会告诉我们是谁寄电报给梅瑞特，他们正努力要找出这号人物。”

第十八章

时间：2002 年

没多久，梅瑞特便习惯了这种压力。刚开始几天有轻微的耳鸣现象，之后耳鸣就消失了，但压力并不是最糟糕的事。

最糟糕的是头顶上的灯光。

永恒的光明比黑暗残忍百倍，灯光毫无保留地揭露了她的生活的可悲之处。这是间白色的大房间，灰色的墙壁，尖锐的墙角，灰色的桶子，没有颜色的食物。灯光带来丑陋与寒冷，同时带来最后的认知，那就是她永远无法离开这里，就算穿过闸门也无法挣脱那些恶魔的控制，这座水泥地狱就是她的棺材、她的坟墓。因为灯一直开着，睡意袭来时也没办法闭上眼睛休息，光线随时能照进她的眼帘，只有当她筋疲力尽才有办法入睡。

时间很长，长得好像永无止境。

每天吃完饭、舔干净手指后，她便坐着发愣并简洁扼要地总结这一天。“今天是 2002 年 7 月 27 日。我已经出生 32 年又 21 天，被关在这里 147 天，名字是梅瑞特·林格，我过得很好，弟弟叫作乌佛，他生于 1973 年的 5 月 10 日。”她总是这么开场，有时候也会列举双亲或其他人的姓名，每天她都提醒自己不要忘记她生命中的人、事、物。她回想起早晨的清新空气、人的气味，以及狗儿的吠叫声，还有其他的事情。她的思绪越飞越远，最后飞离了这个冷漠的空间。

她知道自己迟早会发疯，虽然这么一来便可以摆脱脑中那些黑暗想法，但她在准备好之前仍得继续奋力与它对抗。

因此，她刻意与 1 米高的牛眼窗保持距离。在刚到这里的时候，她曾摸着墙壁在黑暗中找到这两扇牛眼窗。这些窗子位于她的眼睛高度，镀上一层膜的镜面玻璃让外面的一切都不能透进窗里。

在灯被打开的几天后，梅瑞特的眼睛习惯了光线，却害怕被自己的倒影吓到，因此刻意避免抬高视线。终于有天她忍不住目光缓缓向上移动，在玻璃中看见自己的面貌。这个景象刺痛了她的心灵深处，不得不先闭上眼睛。实在太残忍了！并不是因为她看起来像自己担心的那么糟。不，并不是因为如此。没错，她的头发油腻纠结成团，皮肤异常苍白，但这些都不是真正的原因。

她的对面站着一个失去希望的人，这才是她惊愕不已的原因。玻璃里是一个被判了死刑的陌生人，孤零零存活在世上的人。

“你是梅瑞特。”她看着玻璃里的自己，大声又清楚地说道，“就站在那里。”她一边说，同时希望这一切不是真的。她觉得灵魂脱离了身体，站在玻璃里的那个人才是真正的她，玻璃反射出的影像看起来是如此陌生，怎么不叫她失去理智呢？

接着她的视线离开了牛眼窗，蹲下来开始唱歌，但当她听到自己的声音，却觉得那仿佛来自另一个人。于是她蜷缩在地板上祷告，说完一遍祷词又再祈祷了一次：她希望自己的灵魂能脱离这座牢笼，肉体进入入定的状态，而她将在梦想与回忆中获得充分的休息，并承诺不会再站在镜子前观看自己的模样。

随着时间流逝，她开始了解身体所发出的信号：今天餐点送来的时间较晚，房间压力有些微的起伏，以及什么时候应该入睡。

外面的人会定时更换水桶。她试着在心中读秒，也是从这个时刻开始，胃学会告诉自己的主人：水桶要来了。生理时钟和桶子实际送进来的时间差不超过半个小时，让她因此对时间有了概念，身体传达的讯息可作为判断依归，前提是：她每天都能进食一次。

此种认知对她来说是安慰，也是不幸。之所以说是安慰，是因为她能藉由这个讯息和频率联想外面的世界，不至于完全断了联系，但也是同样的理由造成她的不幸。不管外面是夏天、秋天或冬天，这座牢笼里不会有任何变化。她想象夏天下着温暖的雨滴，洗清了她身上的气味和所有的不体面；她望着仲夏节[1]的炽热火焰，还有圣诞树散发的光辉，每一天都能引起她内心的波动。她记得这些日子，也记得对外面的世界而言它们所代表的意义。

她独自坐在光秃秃的地板上，强迫自己回想外界的生活，但这并不容易，有几次她的思绪差点失去控制，好在最后她坚持下来了，在这里度过的每一天皆有其意义。

在乌佛29岁的生日那天，她靠在冰冷的墙上，想象自己伸手拂过弟弟的头发祝他生日快乐。她打算为他烤一个生日蛋糕。首先，为了备妥材料出门她得穿上外套抵御秋天的狂风，然后在梅高辛百货公司的美食部门挑选自己喜欢的东西。在这个属于乌佛的特别日子，再怎么昂贵的商品都很适当。

她细数着日子，并且不断思索绑架她的人究竟有何计划和他们的真实身份。有一次，她因为看见闪过镜面玻璃的模糊影子害怕得发抖，之后开始在擦澡的时候遮掩自己的身体、背对着牛眼窗换衣服、将当作厕所的水桶拉至两道牛眼窗之间，这么一来就没有人知道她何时如厕。

有人在窗户后面。假使那里没有人，这么做就显得毫无意义。有时她会对他们说话，但不再像刚开始频繁，因为玻璃后的人不会回答。

她曾向他们索取卫生棉，但没有拿到半片，卫生纸在月经量最多的时候会不敷使用，也没有别的东西可以替换。

她也曾经跟他们要过牙刷，少了这项生活用品让她心情沉重，只好学着用食指按摩牙肉来代替刷牙，也试过许多方法来清洁牙齿间隙，但效果并不好。她对着掌心呼出一口气，闻到自己的口气越来越差。

---

1. 仲夏节（Midsummer Festival）是北欧国家的传统节日。每年6月24日前后举行。北欧国家靠近北极，冬季漫长，大部分地区几乎有半年时间不能见到太阳。仲夏节前后，这一地区处于一年中阳光最为充足的时节，仲夏节又是白天最长的一天，几乎没有黑夜。因此人们在这一天庆祝光明驱除黑暗以及万物争荣日子的到来。篝火晚会是节日的重要内容。按古老传统，篝火要由新婚夫妇点燃。

有一天，她从羽绒外套的帽子抽出一根尼龙材质的细棍，虽然材质够硬，可是作为牙签有些过粗。她试着折下一小段，拿起较短的那一段来剔牙，并小心不让它卡在牙缝里。你永远没办法取出来的，她在心里告诫自己。

一年后她终于能把全部的牙缝清理干净，这件事令她感到轻松愉快，这根细棍突然成为她最重要的资产，她要好好照料它及剩下的尼龙棒。

在她做好心理准备之前，房间里又传来广播的声音。33 岁生日那天，身体在醒来时告诉她当时应该是晚上，她坐在地板抬眼凝视着玻璃，猜测接下来会发生什么事。几个小时过去了，她反复思索着同一个问题和各种可能的答案，许多人名、行为和原因在她脑海里打转，她知道得并未比一年前更多。对方绑架她的目的也许是因为钱，也可能跟网络有关，或者是某个疯狂的家伙想要藉由实验证明人类器官和心理所能承受的极限。

可是，她并不打算参加这项实验。

她还没有准备好接受声音的出现，而且胃也没有饥饿感，于是当广播声突然打破原本的宁静时，她吓了一跳。

“恭喜你，梅瑞特，”一道女子声音骤然响起，“恭喜你 33 岁了。我们看到你过得不错，在这一年里你是个勇敢的女孩。外面阳光普照。”

阳光！哦，上帝，她不想知道这点。

“你仔细想过问题了吗？为什么我们把你像动物一样关在牢笼里？为什么你必须忍受这一切？梅瑞特，你是否找出答案了？还是我们必须继续处罚你？你想要什么？是礼物或处罚？”

“给我一点线索！”她大喊。

“梅瑞特，你根本不了解这个游戏。不，你必须自己找出答案，我们现在会送上第一个水桶，你可以趁这段时间好好思考，为什么你会在这里。此外，我们还会送上一份小礼物，希望你用得着，时间不多了。”

她第一次清楚听出这是人类的声音，不过这女人感觉不年轻，虽然她的谈吐显示她受过良好的教育，但距离现在已有一段很长的时间。

“这不是游戏，”梅瑞特说，“你们绑架我，把我关起来，究竟有何目的？你们想要钱吗？如果我继续困在这里，就没办法帮你们把钱从基金会里领出来。你们不明白吗？”

“你知道，我的女孩，”这名女子说，“你不觉得如果跟钱有关，事情就完全不一样了，不是吗？”

接着她听到闸门的鸣笛声，第一个水桶送出来了，在把它拖出来的同时，她绞尽脑汁想要说些什么来争取时间。

“在我的人生中从没做过坏事，不应当有这种待遇。”

鸣笛声再度响起，第二个水桶已在闸门内出现。

“你稍微靠近问题的核心了，但我可以跟你说，不，你理所当然该接受这种待遇。”

她想抗议，可是这名女子并不想给她机会。“你最好不要再说话，梅瑞特，你不擅长为自己辩护，看看水桶里的东西，你一定会很喜欢今年的生日礼物。”

梅瑞特慢慢掀起盖子，仿佛里面有条眼镜蛇正撑大皮褶，随时准备发动攻击。然而，她看见的是更糟糕的东西。

居然是支手电筒。

“晚安，梅瑞特，祝你一觉好眠。现在我们要再多增加一个大气压力，让我们瞧瞧这么做是否可以为你指点迷津，有益于你的记忆力。”

在闸门鸣笛声响起后，外面的空气窜入房间，空气中那股阳光的味道令她想起了太阳。

接着，黑暗又再度来临。

第十九章

时间：2007 年

国家调查中心借给悬案组的复印机是全新的。“只是出借”这种说法证明了中心里的人不了解卡尔，因为一旦这台复印机运到地下室，安装在走廊上，卡尔不可能再把它还回去。

“阿萨德，把这个案子里的数据都拷贝一份，”他手指着机器说，“我不在乎要影印多久，即使得花上一整天时间。你印完之后，开车去医院脊椎中心，把关于案子的所有信息都告诉我的旧搭档哈迪。别因为他对你视若无睹而生气。他的记忆力过人，听力也很好，你就继续说下去。”

阿萨德站在这台庞然大物前研究机器的按钮与符号。“要怎么操作？”他问。

“你从未影印过东西？”

“没使用过有这种符号的复印机。”

这不可能是真的，他和那个在 10 分钟内安装好电视机的是同一个人？

“老天爷，阿萨德，这个嘛，把正本放到那里，然后按这个按钮，机器开始运作了。”

+

巴克的电话录音机吐出废话：抱歉，副警官正忙于处理谋杀案，目前无法接听您的电话。

丽丝，那位门牙微斜、态度和蔼可亲的秘书，告诉卡尔录音机以外所能提供的信息，巴克和另一名同事去法尔比逮捕嫌犯。

“丽丝，那个笨蛋出现时通知我一声，好吗？”

一个半小时后，卡尔在巴克和同事已经开始审问犯人时突然出现。戴着手铐的男子是个很普通的家伙，年轻、神情疲惫，并且感冒很严重。“先让那个家伙擦一下鼻涕吧。”卡尔说，指着对方快要流进嘴里的鼻涕。如果卡尔是他，绝对不愿意张开嘴巴。

“卡尔，你看不懂丹麦文？”巴克气得脸颊涨红，这当然不是他第一次被卡尔激怒，“请到外面等候，还有不要再打扰你的同事审问犯人，懂吗？”

“5 分钟就好，然后你就可以不被打扰，我发誓。”

结果巴克花了一个半小时告诉卡尔，他很晚才开始介入林格案且一无所知，所以卡尔得自己想办法。天呐，为什么他说话这么冗长？为什么不直接说就好？

最后卡尔还是拿到了卡伦•莫腾森的电话号码，她是负责乌佛个案的经办员，但现在已经退休了。此外他也要到了督察长克莱斯•达姆斯卡德的电话。巴克向他解释，这个人当时负责领导行动派遣队，现在任职于中、西兰岛警区。为什么巴克不简单地说这个人的单位在古城罗斯基勒？

至于调查小组的第二名主管在退休两年后就离开人世了，以上是关于丹麦警官退休后还可以活多久的话题。

说不定可以列在《金氏世界纪录大全》 里，卡尔心想。

督察长达姆斯卡德是个跟巴克完全不同类型的人，他友善、热情，对什么都感兴趣。他当然听过悬案组，也知道卡尔是谁，不就是那个侦破发生在菲摩伦地铁站附近，亚玛格海滩公园的女孩溺毙案，以及西北市把老妇人丢出窗外，那起疯狂谋杀案的资深警探吗？不管怎样，他随时欢迎卡尔来罗斯基勒一趟，林格案是个悲伤的故事，卡尔需要协助的话尽管开口，他很乐意帮忙。

真是个和蔼可亲的家伙，卡尔心想。当然这想法是在督察长告诉他必须忍耐三个星期之前，因为达姆斯卡德将和妻子、女儿、继子飞往印度洋上的岛国塞席尔群岛。“趁岛屿还没被极地冰帽融化的水淹没。”他笑着补充说。

“如何？”卡尔询问阿萨德的工作进度，如今走道至楼梯间整齐地堆满了大量的影印资料。他很讶异这个案件的资料竟然这么多。

“很抱歉，卡尔，花了许多时间，杂志是最难处理的部分。”

穆尔克又看了一眼成堆的资料。“你复印了整本杂志？”

阿萨德像幼狐般无辜地偏着头，似乎在考虑是否要逃跑。哎呀，我的天！

“听着，你只需拷贝跟案子有关的内容，阿萨德。我认为哈迪不会在乎王子在某个名不见经传的地方猎杀了几只雉鸡。明白吗？”

“名不见经传？”

“忘了它，阿萨德，专注在案子上，然后把不相干的纸张丢掉。你做得很棒！”

他让阿萨德站在不断发出嗡嗡声的机器前面继续忙碌，自己走进办公室，拿起电话打给负责史蒂汶地区、现已退休的经办人员。也许她能回想起任何对案件有帮助的线索。

卡伦·莫腾森的声音让人对她立刻有好感，卡尔简直可以想象出她的模样——坐在摇椅上，手里织着茶壶保温套，博恩霍姆尔式立钟的滴答声跟她声音很搭，很像是日德兰半岛北部布朗德斯勒夫那种传统家庭的场景。

然而，下一句话立刻改变了他的观点。她在思想上仍是那个史蒂汶地区的办事人员，是只披着羊皮的狼。

“不管是乌佛或其他案子，我不会提供你任何数据。你必须询问施特罗·海地格市的社会局。”

“我已经试过了。听着，莫腾森女士，我试着找出乌佛姐姐发生了什么事。”

“检方对乌佛的所有指控都宣告无罪。”她不假思索地脱口而出。

“我知道这点，事实也的确如此。然而乌佛也许能协助案件调查。”

“你这么做的目的何在？他姐姐已经死了，乌佛又不说话，他能帮上什么忙？”

“我可以去拜访你，请教你几个问题吗？”

“如果是跟乌佛有关的就不行。”

“我实在不能理解，我跟认识梅瑞特的人谈过，他们告诉我梅瑞特对你充满感激，倘若没有你的协助，她和弟弟的人生早就毫无希望。”卡尔感觉对方想要说些什么，但他径自往下说，“你一定从媒体上得知了梅瑞特自杀轻生的说法，但我们不这么认为。你是少数可以捍卫梅瑞特名声的人，如今她再也无法为自己这么做。”

电话那一头隐约传来广播声，接着卡伦叹了口气，这可能是让她卸下她心房的唯一方法。

10 秒过后，她终于吞下赞美这个诱饵。“就我所知，梅瑞特从未向别人提起她弟弟，只有我们知道他的存在。”她语气迟疑，听起来似乎不太确定。

“应该是这样没错，不过她还有一些亲戚定居在对面的日德兰半岛上。”他停顿下来思考要杜撰哪些家族成员，但可以感觉到卡伦已经上钩了。

“你当时曾到乌佛家里做家庭访问？”卡尔的语气十分谨慎。

“只有受到警察委托的时候才会去，那几年由我负责他的个案。”

“你是否有印象乌佛的情况随着时间变糟？”

卡伦表现得有些迟疑，为了不让她摆脱控制，卡尔得再加把劲。

“嗯，我之所以向你打听乌佛的消息，是因为我今天有种感觉，认为可以透过某种方式与他沟通，也许是我弄错了。”他补充说道。

她的声音听起很惊讶：“你见过乌佛了？”

“是，当然。他是个富有魅力的青年，微笑迷人，心智上的缺陷令人遗憾。”

“是的，很多人的反应都和你一样。这种情况经常发生在脑部受伤的人身上，他没有退回自己的世界都是梅瑞特的功劳，可惜人们不太强调这一点。”

“你认为如果梅瑞特不在他身边，乌佛有可能把自己完全封闭起来？”

“很有可能。当然他的表情仍会像你看到的一样具有活力。根据那几年的观察，我不觉得乌佛的情况随着时间变糟。”

“他是否理解他姐姐发生了什么事？”

“不，我不认为。”

“这不是很奇怪吗？我会这么说，是因为假使梅瑞特没有准时回家，他又有所反应。”

“如果你问我的看法，我认为他没有目睹梅瑞特跌入海里的情景，否则他会情绪失控跟着跳下去。至于他后来的行为——在费马恩岛上四处乱走了好几天，不停哭泣、寻找，并且不知所措，那是因为他只能如此。据我所知，当他被人发现时，整个人眼神空洞、口渴、饥饿、疲惫，并且瘦了三四千克，很有可能在下船后就不曾进食或喝水。”

“也许他把姐姐推下船，知道自己做错事了？”

“穆尔克先生，你知道吗？我认为你就是期待这种答案。”

野狼又露出它的利齿，提高了警觉。

“我很乐意摔上话筒，但在那之前，我想告诉你一则小故事，让你好好想一想。”

卡尔紧握着手中的电话。

“你知道乌佛的父母因为车祸丧生？”

“知道。”

“我认为，从那时开始，真实的乌佛就在他自己的世界里游荡。他与父母的关系无法被任何人取代，梅瑞特努力尝试，但她毕竟不是他的母亲，也不是父亲，只是个会跟他一起玩的大姐姐。乌佛会因为她不在而哭泣，不是因为没安全感，而是玩伴爽约。至今在乌佛的内心深处，他依然是等待父母回来的小男孩。至于梅瑞特失踪，所有的小孩迟早都会忘掉失去玩伴的痛苦。现在，故事来了。”

“请说。”

“有一天我临时起意去拜访他们，这当然不是我的作风，但因为刚好到附近办事就顺道过去打声招呼。我从前面的花园进去，看到梅瑞特的车子不在，但她几分钟后就回来了，她去下面路口的商店购物，当时那间商店还在。”

“梅格勒比镇的‘杂货商’？”

“是的。我站在花园小径上，突然听到后面的温室里传来声音，听起来很像是小孩子的说话声，直到我来到乌佛面前才惊觉他是刚才那个声音的来源。他坐在露台上嘴里念念有词，身旁有堆小石头，我听不懂他说的那些话，但很清楚他刚才在做什么。”

“他看到你了？”

“有，立刻就看到了，因此来不及遮掩他盖的东西。”

“是什么？”

“他用小石头在露台上排出车辙的痕迹，正中央有个小木块，旁边用树枝围着，而且摆成倒下的样子。”

“嗯？”

“难道你没猜到他在排什么？”

“我正试着想象。”

“小石头和树枝是街道和树木，小木块是父母的车子，乌佛他重建了整个车祸现场。”

真够疯狂！“他不想被别人发现？”

“他举手一挥把它破坏掉，这个举动终于说服了我。”

“关于什么事？”

“乌佛记得过去的事。”

语毕，两人沉默无语。背景的广播突然显得很大声。

“梅瑞特返家后，你有告诉她这件事情吗？”

“有，她认为我过度解读，因为乌佛会玩眼前的任何东西，而我突然出现吓到了他。”

“你难道没有告诉梅瑞特，乌佛似乎不想被人发现他排的东西？”

“有，但她仍坚持他只是受到惊吓。”

“你有不同的看法？”

“他当然受到惊吓，但还有其他的原因。”

“也就是说，乌佛理解得比我们想象得还多？”

“我不确定。我只知道他想起了那场车祸，也许他只记得这件事，并不代表他也会回想起他姐姐失踪那一天的情景，我甚至不敢肯定他是否还记得她。”

“在调查梅瑞特失踪案时，曾利用这件事测试乌佛的反应吗？”

“就乌佛的情况来说有困难。我曾试着协助警察敞开乌佛的心房，帮他回想在渡轮上的事情。我们在墙上贴着各层甲板的照片，在桌上放了几个人物模型、一艘渡轮模型，旁边还放了一盆水，希望他会拿起来把玩。有位心理医师和我一起隔着玻璃观察，可是他对那些东西无动于衷。”

“即使事发才没多久的时间，他已经记不起来了吗？”

“我不知道。”

“我感兴趣的是，是否有条通道可以通往乌佛的记忆，哪怕是微不足道的小事都有可能帮助我们了解当时在渡轮上究竟发生了什么事，如此一来林格案才有机会侦办下去。”

“嗯，我了解。”

“你当时曾告知警方这段插曲吗？”

“有，曾跟一位行动派遣队的人提过。等一下，对了，他叫作巴克。”

那个叫巴克的警察名字是博格吗？这就能解释一些事情了。

“我认识这个人，可是他的报告里并没有记录你说的这件事，你知道为什么吗？”

“这我不清楚，我们之后没有再进一步研究，或许心理医师和精神科医师的报告里有留下纪录，但是我并未看过。”

“报告会不会放在艾格里疗养院？乌佛被安顿的地方？”

“有可能，可是我不认为报告里有任何关键线索。许多心理专家和我都认为小木块的故事只是突发事件，乌佛想不起任何事情，继续把调查重点放在他身上对林格案并没有帮助。”

“乌佛的指控因此被撤销，他也被放出来。”

“对，就是这样。”

第二十章

时间：2007年

“可恶，马库斯，我不知道该怎么办。”他的副手焦急地看着他，仿佛刚才听到自己的房子失火。

“你确定记者不想找我或发言人谈谈？”凶杀组组长说。

“他们坚决想采访卡尔，因为记者先问了琵芙·韦斯特格德，她建议他们找卡尔。”

“为什么你不说他生病或出公差，或者干脆说他不愿意，甚至随便编个理由？我们不能扔下他不管，‘丹麦广播’的记者会为难他。”

“这我知道。”

“罗森，我们要让他自己回绝采访。”

“这就得让你伤脑筋了。”

10分钟后，卡尔来到马库斯的办公室门口。

“如何卡尔，”他说，“案子有进展吗？”

他耸了一下肩膀：“你知道巴克对林格案一无所知吗？”

“这实在令人不敢置信。你掌握了什么线索吗？”

卡尔走进办公室找张椅子坐下。“你不用期待奇迹出现。”

“你的意思是说，这案子没有太多新发现？”

“现在还不行。”

“所以我该跟记者说现在采访太早了？”

“我拒绝和记者谈这个案子。”

马库斯察觉到自己松了一口气，扬起嘴角：“我能理解，卡尔，在调查期间谁都没有心思接受访问，针对最近发生的案件提供说明就够我们忙了。我会转告他们，卡尔。这完全没问题。”

“麻烦你关照一下，派人把阿萨德的个人档案副本送到楼下给我。”

难道他现在变成下属的秘书？“当然没问题，卡尔，”他说，“罗森会负责。你对他还满意吧？”

“到目前为止还满意，我会再观察看看。”

“我可以假设他没有参与案件调查？”

“你可以这么认为。”一抹罕见的笑意在卡尔的脸上漾开。

“你让他参与调查工作？”

“啊，你知道吗？阿萨德正前往霍内克市，送几份案件的拷贝数据给哈迪，相信你一定不会反对。你也知道哈迪的脑袋比我们强，而且这样一来可以让他有事做。”

“听起来很棒，我有什么好反对？”组长压低叹息声，“哈迪还好吗？”

卡尔耸耸肩。

是呀，马库斯对哈迪的病情并未保持期待，这真令人伤心。

他们对彼此点点头，对话到此为止。

“嗯，此外，”卡尔走到门边又停下来，“你代替我接受访问的时候，请不要告诉对方悬案组只有 1.5 个人力，阿萨德如果看见这样的新闻会令他的世界崩溃。嗯，对批准这笔经费的人来说也一样。我可以想象得到。”

还有比卡尔更适合应付这些卑鄙伎俩的人选吗？

“啊，还有一点，马库斯。”

马库斯不禁抬高眉毛打量着卡尔，又怎么了？

“你要是见到那位心理医师，麻烦告诉她，我需要她的帮忙。”

马库斯用怀疑的眼神盯着眼前的家伙，卡尔一点都不像濒临崩溃的模样，脸上的微笑与这样严肃的话题完全不搭边。

“你知道吗？我脑海中经常浮现所经历的一切，或许这和安克尔的死有关，也可能是因为我太常去探望哈迪，希望心理医师可以告诉我该怎么办。”

第二十一章

时间：2007 年

隔天，警察总局里每个人都在讨论马库斯上电视的事，显然大家都看到了，而卡尔是唯一没坐在电视机前的人。“恭喜！”有位秘书在经过中庭时向他道贺，其他的人看到他却刻意避开，让卡尔觉得这一切很荒谬。

他尚未走进阿萨德的办公室，一个咧开的笑容就迎了上来，看来阿萨德也知道这件事。

“你一定很高兴。”阿萨德问完自己点头代替卡尔回答。

“发生什么大事了吗？”

“哦！马库斯昨天在电视上对我们部门和你发表看法，你知道吗？从头到尾只有赞美，我们可以为此感到骄傲，我太太也这么说。”他对卡尔眨眨眼，真是个该改掉的坏习惯。“此外，你变成警官了。”

“我变成什么？”

“问索伦森小姐，她那里有份关于你升职的文件，我应该先告诉你这件事。”

这只恐龙的鞋跟发出的声音在走廊上回荡，仿佛在宣示自己的来临。“恭喜你！”她努力从牙缝对卡尔挤出这句话，却对阿萨德露出诚恳的笑容。“你得填写这份文件，受训课程从星期一开始。”

“好友善的小姐。”在秘书踩着精力充沛的步伐离去后，阿萨德问，“她说什么课程，卡尔？”

卡尔叹了一口气：“成为警官前必须先受训，阿萨德。”

助理噘起下嘴唇：“你要离开这里了？”

卡尔摇摇头：“我才不会该死地离开这里一步。”

“我不懂。”

“你会懂的，告诉我昨天在哈迪那里的情况。”

阿萨德突然双眼圆睁："我不喜欢那里，那个身材高大的男子静静躺在棉被底下，只露出脸来看东西。"

"你有和他说上话吗？"

阿萨德点头示意："这不容易，他一开始就说我该走了，然后一个护士进来准备撵我出去。但没关系，因为我觉得她很漂亮。"他微笑接着说，"她后来让我待在病房里，我认为她了解我的想法。"

卡尔看着助理不知所措，某种想直接逃到西部非洲马利的廷巴克图 的欲望油然而生。

"哈迪！阿萨德，我是问关于哈迪的事！他说了什么？你把案件资料读给他听了吗？"

"有，讲了两个半小时，然后他就睡着了。"

"然后？"

"哦，我没吵他，让他继续睡。"

卡尔的手接到脑袋发送的讯息，想对阿萨德使出勒颈招式，尽管这举动是违法的。

但阿萨德却笑了："我之后会再去。离开时护士很友善地跟我道别。"

卡尔耐住性子："既然你善于和女人打交道，麻烦你到楼上去说服秘书。"

阿萨德闻言立刻表现得兴致勃勃，毫不掩饰自己的兴奋之情。相较于戴着绿色橡胶手套到处瞎忙，他比较喜欢和女人交际。

卡尔出神凝视前方，脑海充斥着与史蒂汶地区退休经办员在电话中的对话。某处是否藏着一条通往乌佛意识的通道？有可能开启吗？如果按下开启的按钮，能否发现梅瑞特失踪的重大线索？或许可以利用他对车祸的记忆，找到这个正确的按钮？发现这个关键似乎变得迫切了。

卡尔在助理快走出办公室时把他叫回来："阿萨德，还有一件事，帮我弄到一份交通事故的详细资料，就是那起造成梅瑞特父母身故的交通事故。我要全部的资料，不论是照片、交通警察的报告、剪报，无一例外。请秘书们协助你，我想要尽可能提早拿到所有的数据。"

"尽可能提早？"

“意思是快一点，阿萨德。有个叫作乌佛的家伙，我想跟他谈谈那场车祸。”

“和他谈谈？”阿萨德喃喃自语，看上去若有所思。

卡尔在午休时间有个约会，但他很乐意爽约。昨天维嘉烦了他一整晚，叫他一定要参观她未来的画廊。这间画廊位于纳仁街，地点不赖，租金一定也相对可观，看来他得掏出比预期更多的钱来资助这项愚蠢的计划。世上除了一位叫作胡津的拙劣画家将作品摆在维嘉的石窟绘画旁一起展出外，没有任何事物能令卡尔感到兴奋。

卡尔离开警局的时候在大厅遇到马库斯，他的视线正盯着在有卍字图案的磨石地，卡尔迈开坚定的步伐朝他走去。凶杀组组长早就发现卡尔了。总局里，没有人的眼神像马库斯那般精明锐利，任何人事物都无法逃离他的眼皮之下，然而他的属下们并没有察觉到这点，马库斯能成为他们的上司绝非偶然。

“听说你大力赞美我，马库斯。你究竟跟记者说了什么？有多少悬案组负责的案子已查出重要的线索？哪个案件即将有关键性的突破？你不晓得我有多么高兴听到这些。果真是条好新闻！”

马库斯用一种会让对手对产生敬佩之心的目光直视着卡尔。马库斯当然知道自己在电视上太夸大其词，但他绝对有充分的理由这么做。卡尔不是迟钝的人，不会不了解这个眼神代表的意义——警察单位调查每一件案子都需要庞大的资金作后盾，而为了得到这些资金，凶杀组组长必须有所交代。卡尔明白他的意思，随即耸耸肩。

“那么，”卡尔说，“如果要在午餐前查明几个案情，我得赶一下进度。”但在走到大门的时候又转过身说，“啊，马库斯，我的薪水究竟往上调了几个等级？还有，你跟心理医师说了吗？”

走出总局，外面刺眼的阳光让他不禁眯起眼睛。没有人有权利告诉卡尔，他的制服应该别上几颗勋章，但他了解维嘉，她知道卡尔被拔擢后，肯定会以为他的薪水也跟着水涨船高。到底有谁愿意为了钱而忍受那些讨厌的课程？

维嘉挑选的店面原本是间老旧的内衣店，之后陆续换成出版社、工作室、艺术品进口商、唱片行。先前的装潢如今只剩下以磨砂玻璃打造的天花板，整个空间最多只有 35 平方米大，却有许多吸引人的优点：正面可远眺海洋，另一边是比萨店，后院有绿荫，隔壁邻居则是班克罗特咖啡馆，梅瑞特失踪前几天曾来过这里用餐。有咖啡馆和小酒馆的纳仁街是个不错的地方，散发着一股波西米亚风格的田园生活气息。

他转身看见维嘉和那个家伙经过面包店的橱窗前。维嘉像是竞技场上的斗牛士自在地穿过街道，身上的长袍沾染了各色颜料。她很幽默，可惜人们不会告诉她身旁的男伴看起来像是病弱的小伙子——穿着黑色的紧身衣，肤色惨白，眼皮下的黑眼圈很明显，极有可能在吸血鬼电影中的铅制棺木中找到同类。

“甜……心！”维嘉跨越阿尔费德街对卡尔喊道。

这下子赡养费肯定变得更贵了。

在瘦削的“鬼魅”丈量明亮的空间时，维嘉试着说服卡尔，他只要付 2/3 的租金，其余资金由她负责。

她比出夸大的手势说道：“我们会这样把钱铲进来，卡尔。”

是呀，或者把钱铲出去，卡尔心想。他迅速在脑海里粗略计算一下：将流出 2600 克朗，而且是每个月，或许他该考虑参加那个该死的进修课程。

为了仔细审查合约他们来到班克罗特咖啡馆。卡尔环顾咖啡馆一周后心想，梅瑞特曾到过这里，并且没多久就人间蒸发了。

“这间咖啡馆的老板是谁？”他问在吧台的女孩。

“尚·伊夫，他坐在那边。”她指着一名身材粗壮结实的男子，这人身上没有半点温柔或其他法国人应有的特质。

卡尔掏出口袋里的警徽朝店主人走去。“请问你拥有这间极其出色的餐厅多久了？”他出示手中的警徽问道。从这个家伙友善的微笑判断，卡尔实在没有必要表明身份，但他旋即想起自己有任务在身。

“我在 2002 年接下这间店。”

“你记得确切的月份吗？”

“为什么这么问？”

“我在调查梅瑞特·林格的案子，也许你还有印象，几年前有位年轻的女政治人物突然消失无踪？”

他点点头。

“她失踪前曾到过这里。当时你就是咖啡店的负责人了吗？”

他摇摇头：“我在 2002 年 3 月 1 日才从朋友手中接下这间店。我知道你说的失踪案，他当时曾被警方侦讯。若我没弄错，店内没有人记得这位女士和谁一起用餐。”他微笑着继续说道，“如果我当时在这里也许能帮上忙。”

卡尔态度温和的微笑响应：“可惜你来得太晚，有时就是这样。”他握手向这名男子告别。

在此期间，维嘉已签妥所有的文件。她一向很大方地签名。

“让我快速检查一遍。”卡尔说着从胡津手中接过文件。

卡尔把印得密密麻麻的标准合约放在桌上，却不去细看内容。这些人，卡尔心想，就这样行走于世界各地，不知道自己会遇到什么事。2002 年 2 月某个寒冷的夜晚，梅瑞特就在这间餐厅一边享用着晚餐，一边望着窗外消磨时间。

她对生命有何期待？她是否曾料到自己在几天后会沉没于波罗的海？

卡尔回到总局时，阿萨德仍在楼上的秘书处忙碌。正合他意。与维嘉及她那精神恍惚的“鬼魅”男友碰面的激动情绪让他精疲力竭，现在唯有小睡一下才能迅速恢复精神。于是他把脚跷上桌子，让自己的想法沉淀在梦境之中。

可是才坐不到 10 分钟，他的冥想就硬生生被某个讯号打断。只要是刑警都会有过类似的经验，那是一种女人称作直觉的东西，渐渐从潜意识里转化为具体的想法。

他睁开眼睛，若有所思地盯着用磁铁固定在公告栏上的纸张。接着起身划掉纸上的“史蒂汶地区的经办人”，现在尚须检查的项目就只剩下：电报、克里斯廷堡的几位助理、什列斯威·霍尔斯坦号的目击者。

也许电报和克里斯廷堡的助理是同一件事。克里斯廷堡除了梅瑞特还有谁会收到情人节电报？为什么他忽然很确定梅瑞特是唯一的可能性？当时国会里其他政治人物并不像她那样受人欢迎，再进一步从逻辑上推论，她每天都有一堆事情要解决，这封电报肯定经过助理之手，并不是助理爱插手上司的私人生活，而是整个工作流程如此。

就是这件事惊醒了他。

“‘电报在线’回复了，卡尔。”阿萨德站在门口。

卡尔抬头看他。

“他们规定不能说出电报的内容，但有留下电报发送的纪录。这是个很有趣的名字。”他看着纸条，“他叫作塔克·帕库森，我有他那支发送电报的电话号码。他们说这来自国会。我只是要告诉你这则消息。”他把纸条递给卡尔，在转身准备离开时说，“我们要调查梅瑞特父母的交通事故，她们还在楼上等我。”

卡尔点点头，拿起话筒拨了通电话。

电话那头是激进中央党秘书处的小姐，态度十分友善，用充满歉意的口吻告知卡尔，帕库森先生已在周末前往法罗，然后询问是否要留讯息。

“不，没必要。”卡尔说，“我星期一再打给他。”

“这可能有困难，因为他整天行程满档，先让你知道一下。”

然后他请秘书把电话转接到民主党的秘书处。

十

这次是由一位声音听起来很疲惫的秘书接听的，她并不知道任何关于电报的事，但她记得梅瑞特的最后一任女秘书叫作瑟丝·诺鲁普。

卡尔知道她说得没错。

接着她表示对这个人不太有印象，因为诺鲁普待在秘书处的时间很短暂，但卡尔听到电话另一头别的秘书补充说，她后来回到丹麦律师和经济学者公会，也就是她原本服务的地方，因为有人要求她为接替梅瑞特位子的人工作。“她反应过度了。”他听到背景传来这样的结论，负面的形象通常让人印象深刻。

没错，卡尔深感赞同。像我们这种扎扎实实的混蛋，众人向来都记得很清楚。

接着他拨电话给这个公会。公会的人记得她，可是诺鲁普离开国会并没回到他们那里，没有人知道她的下落。

卡尔挂掉电话摇摇头。他的调查工作就像是前一晚的电视影集，所有的线索指向不同方向。目前首要之务是找到知道这封电报的秘书，期待她经过 5 年后还记得梅瑞特失踪前曾与某位特定人物一起用餐，甚至能提供更多关于这起失踪案的线索。这个发现并没有让卡尔感到高兴，他现在宁可上楼看看阿萨德和秘书们处理这场该死的交通事故的进度。

+

全部的人都挤在同一间办公室里，里面放着许多台传真机和复印机，桌上四散各种资料，看起来就像是阿萨德成立了总统竞选办公室。三个秘书坐在一块，阿萨德在她们中间穿梭帮忙斟茶，只要谈话一有进展就频频点头附和，表现令人印象深刻。

卡尔轻敲下门框。

“嗯，看来你们找到许多资料。”他指着那些纸张说。然而房间里的人只有索伦森瞥了他一眼，这让卡尔觉得自己像是个隐形人，只好识相地放弃融入他们。

他默默退回到走廊上，这是他从求学时代开始第一次产生类似嫉妒的感觉。

“卡尔·穆尔克？”一道从背后响起的声音把卡尔从深陷挫败中惊醒，顿时反败为胜迈向胜利的航程。“马库斯说你想要和我谈谈，要约个时间吗？”

他转身看到梦娜·易卜生站在眼前。

约个时间？好，当然好啊！

第二十二章

时间：2003 年至 2005 年

当她 34 岁生日得到的礼物是熄灯、气压提升时，梅瑞特睡了整整 24 个小时。她领悟到自己无法掌握的人生正一步步迈向无底深渊，这样的理解让她精疲力竭。隔日，当闸门再度开启送出装着食物的桶子时，她睁开眼睛试着说服自己接受这一切。

她抬眼望向牛眼窗，那里有道几乎无法察觉的微弱光线，亮度虽然跟火柴差不多，但的确存在。因为玻璃后面所有的东西都很模糊，她屈膝起身，以确认光源的位置。然后，她转身环视整个空间。如今，在这道光线的帮助下，接下来的日子她可以看清楚房间里的一切。

她为此高兴了半晌，但很快就想起这灯光有多么微弱，并且随时有可能会熄灭。

而有权决定这些事情的人不是她。

当她预备站起来的时候，手突然碰到放在旁边的金属物品，是他们给她的手电筒。她紧紧抓住它，努力思索他们给她这样东西的用意。这或许代表房间的微弱光源随时都可能被熄灭，不然这份礼物有何意义？

她思索是否要把手电筒打开，因为这是它唯一的用途。这么久以来，她终于能够自己做决定了。对她来说，操纵这项工具有极大的诱惑力，可是她最终还是没这么做。

你有眼睛，梅瑞特，让它工作。她警告自己，然后将手电筒放在牛眼窗下的马桶旁边。一旦打开手电筒，等到光线熄灭她得花更长的时间重新忍受黑暗。

这种感觉就有如喝盐水来解渴。

尽管她心中充满疑虑，微弱的灯光依然存在，她可以藉此分辨出空间的轮廓和自己的四肢。在令人联想起冬日黄昏的光线下，5 个月的时间过去了，直到有一天一切变得不同。

那一天，她第一次看到镜面玻璃后有道影子。

她一如往常躺在地板上想著书中的内容，为了不去想如果当初做出不同选择自己可能拥有的生活，她经常这么做。书里的内容可以帮助她沉浸在另一个不同的世界，单是想象用手指划过书本的干燥材质及其结构，或是想象纸浆与油墨的味道，就能点燃她内心的渴望之火。这已经数不清是第几次，她将自己的心思放在虚拟图书馆里，找出世界上唯一一本不需自己创作便能从记忆中召唤出来的书。她并未刻意记住这本书的内容，印象也不是特别深刻，却是在过去饱受折磨的生命中唯一能完整记得，同时令她开怀大笑留下美丽回忆的书。

这本书母亲曾为她朗读过，而她也为乌佛朗读过，如今她坐在黑暗中努力为自己朗读。那只叫作维尼的聪明小熊是让她免于发疯的救命稻草，她和小熊维尼及其他动物住在百亩森林里，直到突然间，一道黑影遮住穿过玻璃的微弱灯光，让她就此远离蜂蜜王国。

她睁开眼睛深吸一口气，刚才的闪烁不是幻觉。被关进这里以来，她首次感觉到自己的皮肤变得又湿又冷。在学校操场，在偏远都市的黑暗窄巷，或是第一天到国会上班时，她的肌肤都曾出现类似的感觉，唯独旁边有其他人暗中观察她时才会存在。

这个影子将对我不利，她心想。她用手紧抱住自己，呆看着玻璃上的黑点越变越大，直到最后停止不动。那个人应该是坐在类似高脚椅的物品上，这样一来视线才能高过玻璃的边缘。

他们看得见我吗？她凝视着身后的墙壁。是的，白色的墙面很显眼，即使隔着玻璃也能被看见，更不用说他们的眼睛习惯于在灯光下活动，绝对看得到她。

距离食物送进来到现在经过了两个小时。她知道整个运作节奏，因为这一切已经内化在她身体里，日复一日，以相当规律的节奏进行。距离下个水桶送进来的时间还很久，为什么他们要待在外面？他们想要从她身上得到什么？

她起身慢慢走近镜面玻璃，镜子后面的阴影依然保持不动。

她把手放在玻璃阴影所在的地方静静等待，并且观察自己在玻璃上反射的模糊影像，就这么默默站着，直到开始怀疑自己刚才的判断为止。它是不是人的影子？也有可能是别的东西？为什么要站在玻璃另一头？之前他们并未这么做。

“去死吧！”她突然大叫，在房间里造成的回音如电击般在她身上扩散开来。

接着有事情发生。玻璃后面的阴影动了，先是向旁边挪移一步，然后往后退，随着它与玻璃的距离拉远，阴影也逐渐变小、变模糊。

“我知道你们在这里！”她大喊，感觉到自己汗湿的皮肤迅速冷却，嘴唇——甚至连脸上的皮肤都颤抖个不停。“走开！”她对着牛眼窗怒吼。

但阴影依然待在原本的地方。

她失望地坐在地上，把头窝进怀里，闻到自己的衣服散发着恶臭，因为身上这件衬衫她穿了3年。

这盏模糊的灯光日以继夜点亮，好过完全黑暗或闪耀的明亮。在这模糊的虚无中，她可以自行选择要面对光明或是黑暗。现在她不用闭上眼睛就能聚精会神，让自己的意识决定要保持何种状态。

空间里，模糊的灯光具有微妙的差异，几乎就像是外面的世界，每一个位置都代表不同的季节：冬日的明亮、2月的昏暗、11月的灰暗、雨天的黑暗和天空的蓝，变化出千百种色调。梅瑞特依据心情来调色，虽然她的调色板上的颜色只有黑与白，但只要有这盏模糊的灯作为画布，她就不觉得自己全然被遗弃。

脑海里的乌佛、《小熊维尼》、《堂吉诃德》、《茶花女》和《冰雪知音》让玻璃后的阴影消逝在时间的沙漏里，这些美好的事物帮助她度过等待他们下一步行动的生活。不论外面的人打算怎么做，该来的还是会来。

镜面玻璃后的阴影演变成一种日常事件。每当梅瑞特吃饱坐下来，阴影就会在其中一扇牛眼窗上出现，没有一天例外。刚开始的数周它既小又模糊，但不久就变大且清晰，代表它距离玻璃越来越近。

梅瑞特很清楚，外面的人看得到她在里面的一举一动，也许有一天那些人会用投射灯对准她提出要求。她可以先揣测这些野兽待在玻璃后方时的想法，却对此不感兴趣。

在她 35 岁生日来临前，有天玻璃上突然出现第二道阴影，这道影子稍大但形状却较为模糊，所以可以藉此判断他比第一道影子的那个人高。

第二个人站在第一个人的后面，她想。梅瑞特感觉到自己的紧张情绪迅速攀升，一直以来她只面对一个对手，现在对敌人又有进一步的了解。

她需要一点时间适应新情况。几天之后，梅瑞特决定挑衅负责看守她的人。

她躺在牛眼窗之下等待阴影出现，只要待在这个位置，外面的人就看不到她。他们想观察她，可是她拒绝被观察，她不知道他们愿意等多久，而外面的人也不知道她何时会从藏匿处现身。这是谍对谍的游戏。

第二天，她在如厕时直视镜面玻璃，微弱的光线一如往常从外面透进来，然而玻璃后的阴影却不见了。

连续三天她都这么做。如果他们想看我会告诉我的，她心想。

第四天，她又准备躺在玻璃窗下方耐心回想她的书，手中紧紧抓住手电筒。昨晚她测试过这玩意，整个空间笼罩着手电筒的光线，害她神志恍惚且头疼，灯光的力量无比强大。

阴影出现的时间到了，她为了观察上方的玻璃窗稍微直起身，囚禁她的人像一朵蘑菇云在其中一扇牛眼窗后方现身，而且站的位置比以往更近。他们立刻注意到她，因为阴影后退了几步，一两分钟后它再度趋近。

她迅速跳起来，打开手电筒贴近玻璃。

大部分的光反射回来打在她身后的墙壁上，只有少部分的光渗透过去，像是在微弱月光下的剪影。她的瞳孔因光线而缩小，然后再度放大，如果挑衅计划成功，她便可在心中认为自己赢了一回，但她却没有料到，这个举动竟将两张模糊的脸孔深深烙印在她的意识中。

第二十三章

时间：2007 年

卡尔这天在克里斯廷堡安排了两个行程，由一位身材高挑苗条的女子负责接待他。女子带领他穿过复杂的走道来到楼上民主党代理主席的办公室，泰然自若的模样像是小时候就在这种光滑的拼花木板上走动。

毕尔格·拉尔森是相当资深的政治人物，他在梅瑞特失踪三天后接掌她的位子，自此成为凝聚党内两个对立派系的人物。梅瑞特失踪造成党内要职空缺，逐渐衰老的党主席匆促选出一名女接班人，好在适当时机接掌他的位子。原本担任党发言人的女接班人向来被公认为笑容灿烂的花瓶，这项人事异动除了被选出者外，没有人满意这决定。卡尔见到拉尔森不到两秒钟，便已料到他宁可屈就于重要性较低的职业，也不乐意在自满的冒牌货底下工作。

“我至今仍无法相信梅瑞特会自杀。”他一边为卡尔斟一杯温咖啡，一边说道，“我在这里遇到的人没有一个像她那般有活力。”他耸了下肩膀，“但是，我们究竟了解身边的伙伴多少呢？生命中的确有可能发生无法预料的悲剧。”

卡尔点点头：“她在克里斯廷堡有没有敌人？”

拉尔森微笑露出一口参差不齐的牙齿。“该死，谁没有？梅瑞特是这里最危险的政治人物，关系着政府的未来、瑟芙·韦斯特格德的影响力，或角逐激进中央党主席的可能性。是的，对每个认为自己有能力接掌这个位子的人来说，梅瑞特绝对可以在几年后成为他们的竞争对手。”

“你的意思是这里有人威胁她？”

“唉，穆尔克，聪明的国会议员不会去干这种事。”

“也许是她的私人关系招来嫉妒、仇恨？任何这类的可能性？”

“据我所知梅瑞特对私人关系不感兴趣，对她来说除了工作、工作，还是工作，连我这个从读政治系就认识她的人，都得先得到她允许才能靠近她。”

“她不允许吗？”

拉尔森再度露齿微笑：“你想问她是否有许多追求者？我可以大胆地预测，这里肯定有5—10个男人，可以眼睛不眨一下地牺牲自己太太，只为了和梅瑞特相处10分钟。”

“包括你在内？”卡尔故意笑说。

“哎，谁不愿意？”拉尔森敛起笑容，“但梅瑞特和我是朋友，我知道自己应遵守的分寸。”

“或许有人不知道分寸？”

“那么就得问玛莉安·柯尔了。”

“梅瑞特的前女助理？”

他们彼此点了下头。

“你知道她被撤换的原因吗？”

“不晓得。她们共事了好几年，或许她变得太过知心。”

“要怎么找到这位玛莉安·柯尔？”

拉尔森眼睛闪着狡黠的光芒：“10分钟前你才跟她道过日安。”

“她现在是你的助理？”卡尔放下杯子，手指着门，“就在外面？”

玛莉安跟带他上楼的女生是截然不同的类型。个子娇小，一头卷发，总而言之非常有魅力。

“为什么梅瑞特在失踪前不久结束与你的工作关系？”卡尔开门见山发问。

她皱眉沉思：“老实说我也不清楚，至少当时一头雾水，并对此非常地生气，直到后来发现她有个智能不足的弟弟。”

“所以？”

“哎呀，我怀疑她有男友，因为她行事神秘，每天都急忙赶回家。”

他嘴角上扬：“你有跟她提及你的看法？”

“有，我现在知道自己那时有多愚蠢，竟以为两人亲近到可以谈论这类的事情。人总要从中学习。”她尴尬地笑了一下，露出两个酒窝。如果阿萨德遇到她，肯定无法顺利完成工作。

“就你所知，这间屋子里有人想亲近梅瑞特吗？”

“肯定有。她桌上总是有许多留给她的讯息，但只有一位律师是认真的。”

“你可以透露他的名字吗？”

她微笑。只要玛莉安愿意，想从她口中套话并不难。

“没问题，是塔克·帕库森。”

“嗯，我听过这个名字。”

“他知道你认得一定会很开心。他是激进中央党的交通政策发言人，至少我认为这100年来都不曾换人。”

“你曾告诉别人这件事吗？”

“是的，当时曾跟警察提起，但警察觉得不重要。”

“你真的这么做了？”

她耸耸肩。

“除了这位发言人，还有没有其他对象？”

“有几个，但都不是认真的。她会利用旅行满足自己的需求。”

“你的意思是梅瑞特是个随便的女人？”

“哦，亲爱的，你怎么可以这么解释呢？”秘书稍微转过头压抑笑声，“不，肯定不是，但她也不是修女。不过我并不晓得她和谁一起上修道院，她从没告诉过我。”

“你肯定她对男人感兴趣？”

“当那些小报暗指她是同性恋，她总是用大笑来回应这类含沙射影的揣测。”

“有没有任何原因促使梅瑞特想埋藏过去，重建新生活？”

“难道你认为她现在正在孟买做日光浴？”她怒道。

“是的，或者任何能让她减少生活压力的地方。这是可以想象的，是不是？”

“太荒谬了，她是非常有责任感的人。我知道有些人会像倒塌的纸牌屋一夕消失，但梅瑞特不是这样的人。”她停顿一下，若有所思地看着卡尔。“但这种想法很棒，”她笑说，“至少梅瑞特还活着。”

卡尔点点头。梅瑞特刚失踪的那阵子，众人针对她做了许多心理方面的分析，最后有一个共同结论：梅瑞特不是那种会抛下旧生活逃跑的人，甚至八卦专栏的作家也排除这种可能性。

“你知道她在克里斯廷堡的最后一日曾收到电报这件事吗？”他问。

“情人节卡片？”

这个问题似乎惹恼了玛莉安，无法参与梅瑞特的生活到最后显然伤害了她。“不，警察问过我同样的问题，但就像当时我告诉他们的一样，得请你去找接我位子的瑟丝·诺鲁普。”

他好奇地看着她：“你似乎对此耿耿于怀？”

“是，谁不会呢？我们合作无间了两年。”

“你知不知道诺鲁普如今在什么地方？”

玛莉安耸耸肩。瑟丝·诺鲁普的去向对她来说并不重要。

“但在哪里可以找到这位塔克·帕库森？”

她画了一张简图给他，说明如何才能走到帕库森办公室，看起来颇为复杂。

他花了整整半小时才找到帕库森位于激进中央党的办公室。寻找国会办公室一点都不好玩，而如何在这种该死的相互欺骗的环境中工作，对卡尔来说更是个谜。在警察总局里，敌友双方虽然壁垒分明，随时都准备好打击彼此，但到了关键时刻大家仍会合作。而在这里刚好相反，所有人平时表现得仿佛是挚交好友，但机会来临时每个人都只想到自己，遇到事情也以金钱与权力为优先考虑，而不在乎成果如何，并且藉由贬低别人以成就自己的地位。也许不是一直以来都是如此，但如今已变成一种常态。

帕库森也是其中的一员。就职务上来说，他主要负责偏远选区的利益和所属党团的交通政策，但等卡尔来到他的办公室又有更深一层的体悟：他肯定拥有相当优渥的退休金。挂着昂贵衣物的衣帽间以及许多证明他投资成功的证据历历在目：墙上的高尔夫球比赛奖状、各种田园风景的空拍照，非常清晰。

卡尔正思索是否该请教帕库森究竟属于那个党派，但对方友善的拍肩举动瞬间卸下他的防卫，并且做了个邀请的手势。

“我建议把门关上。”卡尔指着门的方向说。

帕库森闻言亲密地对他眨了下眼睛，这种小伎俩可以用在协商霍斯特布罗市新建的高速公路上，但用在卡尔身上无效。

“我不需要关门，”这位政治人物说，“我对党内同志没有什么好隐瞒的。”

“我们听说你对梅瑞特很感兴趣，而且在她失踪前发了一封电报给她，是与情人节有关的电报。”

发言人闻言脸色瞬间刷白，但仍自信满满的保持微笑。

“与情人节有关的电报？”他说，“我不记得了。”

卡尔点点头，并且看得出来他在说谎，也许现在到了用另一种声调说话的时间点。

“我请你把门关上，是因为我想开门见山地问一些问题。是你杀了梅瑞特吗？你非常爱她，但这位女士拒绝你的求爱让你因此失控，是这样吗？”

原本自信满满的帕库森似乎开始认真考虑是否该站起来使劲把门甩上。他一副快中风的模样，涨红的脸颊几乎可以媲美他的红发。卡尔深知侦讯人犯的技巧，但接下来该怎么做全得依这位先生的反应来判断。如果帕库森真的涉及此案，卡尔可以迅速记下他的供词；但要是他是清白的，这代表侦察会陷入困境。卡尔好不容易将帕库森推向自白的位置，要是不小心一点，一旦这位先生恢复戒心有可能拒绝坦诚一切，他必须考虑到塔克・帕库森在过去快速升迁的人生中从未经历过这样的讯问。

于是卡尔对他微笑，试着用这种急遽的反应缓和帕库森紧张的心情，卡尔知道在这个因应酬过多而肥胖的身躯里，也只不过是个普通人。

“听着，帕库森，你多次留讯息给梅瑞特，梅瑞特的前助理玛莉安注意到你意图接近她，关于这一点我可以向你保证。”

“在这里的每个人都会使用黄色便条纸。”帕库森想轻松靠在椅子上，却因椅背有段距离让此举显得有些刻意。

“所以你的意思是，你写给梅瑞特的纸条跟私事无关？”

这位国会议员突然起身，轻轻关上门。“我对梅瑞特有强烈的情感，没错！”僵硬的语气，感到忧虑的模样，几乎让卡尔对眼前的男人心生同情。“她的死让我很伤心，甚至一度无法接受。”帕库森带着不安的笑容这么说，此时的他不再是个有自信的政治人物。

“我们知道你在 2002 年 2 月寄了封情人节卡片给梅瑞特。今天电报公司已跟我们证实这点。”

帕库森显露出绝望的神情，看来过去的事真的折磨着他。

他叹了口气说道：“我知道她对我没兴趣，很不幸，但我早就知道了。”

“尽管如此你仍努力尝试追求她？”

他认同地点了点头。

“电报里写了些什么？请你务必据实以告。”

他侧着头努力回想。“很平常，我想跟她碰面之类的话。我真的不太记得，请你相信我。”

“你因为她拒绝你而杀了她。”

这位政治人物眯起眼睛，紧抿双唇。卡尔一度想把他铐上手铐，却见到这位先生流下眼泪。当帕库森抬起头直视着卡尔，那副模样不像是面对随时会将绳索套在自己脖子上的暴君，反倒像是面对让人可以信赖倾诉的神父。

“世上有哪一个凶手，会杀死一个使他生命具有意义的人？”帕库森问。

他们沉默对看半晌，然后卡尔移开目光。

“梅瑞特有没有敌人？我不是指在政治圈里与她交战的人，而是真正的敌人？”

帕库森举手拭去眼泪。“所有的政治人物都有敌人，但不是你认为的那样。”

“没有人会危害她的生命？”

帕库森摇摇头：“这问题令我惊讶，她很受人欢迎，连政敌都喜欢她。”

“但我的直觉告诉我没那么简单。梅瑞特负责处理关键性的议题，对很多人来说，她很有可能是个问题人物。难道不会有人想制止她？难道没有利益团体因为她的工作而遭受压力，甚至遭受威胁？”

帕库森用宽容的眼神看着卡尔。“关于这点，你最好询问梅瑞特的党内同仁。她跟我不是政治上的伙伴，而且恰好相反。你耳闻了什么事吗？”

“全世界的人都要求政治人物负责。反对堕胎人士、环境保育人士、宗教狂热份子。政治人物面对议题的态度或多或少都会招致暴力的反应，这点在瑞典、荷兰和美国显而易见，不是吗？”卡尔作势起身时，见到眼前的人露出稍微松一口气的讯号，但他或许不该因此怀疑帕库森，谁不乐见结束这样的谈话？

然而，卡尔再度靠回椅子说道：“帕库森，如果你突然想起任何我应该知道的讯息，请跟我联系。”卡尔递给他一张名片，“就算不为了我，也为了她。我认为在克里斯廷堡里，对梅瑞特跟你有相同看法的人并不多。”

这番话说得让人措手不及，在卡尔离开门还没有关上前，这位人前强悍的发言人又再度流下眼泪。

根据户政事务所的资料，瑟丝·诺鲁普最后登记的数据是她父母位于腓德烈斯贝格的家。铜制门牌上写着：“批发商／威廉·诺鲁普”和“演员／卡雅·布兰特·诺鲁普”。

穆尔克按下门铃，听到坚固的橡木大门后传来刺耳的电铃声，不一会儿里面有人说：“来了，来了，就来了。”

开门的男子肯定25年前就达到了退休的年纪，但从他身上的背心和领巾来判断，这段赋闲在家的日子并未让这家人散尽积蓄。他用仿佛看到死神的忧虑眼神盯着卡尔问道：“你是谁？”

看上去，批发商诺鲁普似乎随时准备将门关上。

卡尔自我介绍，掏出口袋里的警徽——这是他这星期第二次这么做，并要求对方让他进门。

“瑟丝出了什么事？”老人问话的语调不像是担忧，反倒有点严峻无情。

“这点我不清楚，为什么她会出事？她不在家吗？”

“如果你想找她谈，她现在不住在这里。”

“是谁呀，威廉？”背后传来一道微弱的女声。

“有人想找瑟丝，我的宝贝。”

“那么他找错地方了。”女子回答完便传来客厅拉门用力关上的声音。

老人抓住卡尔的袖子。“她住在法尔比，请你转告她，如果她还想这样生活下去，应该把这里属于自己的东西带走。”

“你说‘这样’是什么意思？”

老人没回答问题，但给了卡尔一个位于法尔比的地址，接着就把他推出门外用力关上门。

那地址是坐落在法尔比荷维街的小型出租公寓，电铃上虽然只有三个名字，但肯定曾经住过六个家庭，并且各自有四到五个小孩。在改建成中产阶级住宅区之前，这里曾经是丹麦有名的贫民窟，如今在这栋有着曼萨式屋顶的公寓里，瑟丝找到了她的真爱——一名年约35岁的女子。看到卡尔掏出警徽时，她泛白紧闭的双唇透露出怀疑。

从瑟丝脸上表现出不欢迎的表情，卡尔立刻明白，为什么不仅丹麦律师公会，就连民主党的国会秘书处，都对她的消失并不感到特别遗憾，这种乖张的神情实在少见。

“梅瑞特是不合格的上司。”

“怎样不合格？”

“她把所有工作都留给我做。”

“权力下放不是很好吗？”卡尔观察她，眼前这位女子似乎在成长过程中遭到过约束，并且痛恨这点。诺鲁普批发商和他那从前赫赫有名的妻子肯定教导过自己的女儿何谓服从和待人处事之道，那些过程对敬爱父母的独生女来说一定不容易，造成她日后对双亲又爱又恨的情结。令人不解的是，为何一个成年女子老是从父母家里搬进搬出？

卡尔看向她的女友，穿着飘垂长袍的女子，嘴角叼着一根烟，在一旁确保卡尔不会骚扰她的伴侣，表现出自己是瑟丝靠山的模样。

“听说梅瑞特对你的工作表现很满意。”

“哦，是吗？”

“我想问几件关于她私人生活的事。你认为，梅瑞特失踪时怀孕了吗？”

瑟丝皱了下鼻子，把头往后仰。

“怀孕？”她的语气仿佛是在说某种严重的传染疾病，“不，她肯定没怀孕。”她瞥了身旁的伴侣，然后不耐烦地翻白眼。

“你确定？”

“是，你相信吗？如果她是个有计划的人，一如大家所认识的她，那么她就不会跟我借卫生棉，而且是每次经期都跟我借。”

“你的意思是说，在她失踪之前刚好碰上经期？”

“是的，就在失踪前一周。在那段我为她工作的时期，我们的经期时间差不多。”

他点点头，如果梅瑞特怀孕，这位助理一定比任何人都先知道。“根据你的了解，她那时候有男友吗？”

“这个问题我已回答过几百遍了。”

“那么请你唤起我的记忆。”

瑟丝拿起一根烟，在桌上敲了一下。“那些男人盯着她的样子，就像是想立刻在隔壁的桌上与她交欢。我怎么会晓得这些人当中谁跟她有暧昧。”

“警察的报告里写着，她曾收到一张情人节卡片。你知道是塔克•帕库森寄的吗？”

她点了烟，整个人笼罩在蓝色烟雾中。“不清楚。”

“你也不知道两人之间是否发展出男女关系？”

“发展出男女关系？事情都已经过了5年了。”她把烟吐在卡尔的脸上，她的女伴则回以一个充满暗示的笑容。

他伸手扇去眼前的烟雾。“听着，再过4分钟我就走人。在那之前假装我们愿意互相帮忙，好吗？”卡尔直视她的眼睛，发觉瑟丝似乎试着将某种自怜的情绪隐藏在充满敌意的眼光之后。“我可以直接称你为瑟丝吗？我都会直接用名字称呼与我分享香烟的人。”

她把拿着香烟的手放在大腿上。

“瑟丝，你知道梅瑞特失踪前的任何桃色事件吗？我列举几件事，如果想到什么随时可以打断我。”他向她点点头，对方却无反应。“有没有任何非常私人的电话？在她桌上的黄色小纸条？非职业往来上的人试着接近她？收到巧克力、鲜花？手上戴着新戒指？听到特定的名字会脸红？在失踪前的那段日子，看起来精神不集中？”他看着坐在眼前有如僵尸的前助理，没有血色的唇一动也不动，八成又是条死胡同。“她有没有任何异状？例如提早离开，会议进行时走到外面的走廊讲手机？或是早上迟到这类事情。”

卡尔又看着她并对她用力点头，仿佛盼望对方可以起死回生。

瑟丝吐出烟雾，接着把烟放在烟灰缸里捻熄。“你说完了？”她问。

卡尔叹口气，他到底期待从这位蠢丫头身上得到什么？“嗯，我说完了。”

“好。”她抬起头的那一刻，卡尔终于明白自己正面对一位怀抱某种尊严的女子。“我跟警察说过电报的事情，以及梅瑞特在班克罗特咖啡馆跟人有约，我看到她写在行事历上，可是我不知道她打算跟谁碰面，她发现我知道消息时整张脸都红了。”

“有可能是谁？”

她耸耸肩。

“塔克·帕库森？”

“嗯，也许是他，也有可能是别人。她认识克里斯廷堡的每一个人，例如代表团的男子似乎就对她有兴趣，但他也不是唯一对她有兴趣的人。”

“是怎样的代表团？什么时候的事？”

“就在她失踪前不久。”

“你记得他的名字吗？”

“在过了5年之后？不。”

“是怎样的代表团？”

“某个研究免疫的代表团，你打断我的回答了。”她正色道，“是的，她曾收到花，也肯定跟某人有联系，而这个人是个秘密，我不知道是否与她的失踪有关，这些我都告诉过警方。”

卡尔抓了下脖子。那为什么没写在报告里？

“你告诉了谁？”

“我忘了。”

“或许是行动派遣队的博格·巴克？”

她用食指指着他，意思是说“宾果”（bingo，英语，猜中了）。

这个该死的巴克，他都是这样写报告的？

此时瑟丝亲自挑选的女室友站起来，笑着走向可能是地下室的方向，瑟丝也很明显地在等他离开。

他朝瑟丝点头后起身，注意到在两扇凸型窗之间，挂着一些小张彩色照片，以及一两张她的双亲在美好的时光里所拍摄的黑白照片，他们都是有魅力的人，却因为瑟丝把照片弄皱或在人脸上画线而很难辨认。他弯着身子观察照片内容，根据影中人的衣服和姿势，他认出其中有张是梅瑞特的新闻照，瑟丝把前主管的大半张脸画成网状。看来瑟丝·诺鲁普有搜集仇人的习惯，卡尔要是再努力一点，有可能会在她展示的画廊里占有一席之地。

终于逮到巴克单独在办公室，从他身上那件皮夹克皱巴巴的模样可以证明他日以继夜的认真工作。

“卡尔，我不是告诉过你，你不可以像这样突然出现？”巴克把笔记本摔在桌上怒视着他。

“博格，你究竟在乱搞什么？”卡尔说。

不知是否因为直接被人以名字称呼，或者突然遭到指责，巴克眉头深锁地盯着卡尔。

“梅瑞特失踪前几天曾收到花，我从未听说这件事。”

“那又怎样？”这世上绝对找不到比巴克脸上更傲慢的表情。

“如果你还记得的话，我们正在追查林格案的凶手，而情人永远是最有可能的嫌疑犯。”

“这些我早就调查过了。”

“但没记录在报告里。”

巴克耸耸肩。“卡尔，放轻松，管好你自己的工作，当你在楼下清闲坐着的时候，这里的工作却堆积如山。你以为我对林格案一无所知？我的报告里只写重点，明白了吗？”他气得说完将笔扔到桌上。

“那为什么少了关于卡琳·莫腾森所说的一项有趣观察？她在乌佛·林格玩游戏的时候，观察到他可能记得小时候那场车祸。如果这是真的，他也许记得姐姐失踪那天发生什么事。看起来你们没有对她的说法进行深入调查。”

“卡伦·莫腾森。卡尔，她叫作卡伦。还有听着，别告诉我该注意什么事。”

“你真的清楚卡伦·莫腾森这项发现背后所代表的意义？”

“啊，闭嘴！我们反复确认过了，好吗？乌佛不记得任何事，零，一点都没有。”

“梅瑞特·林格在她失踪前的白天曾与某位男士约好碰面，那人和她所接见的代表团有关，从事免疫系统方面的研究。报告里也没写到。”

“对，没有写。但这些我们都调查过了。”

“那你一定知道她和那位男士有联系，而且两人之间来电了。瑟丝·诺鲁普说她告诉过你。”

“去你的，我当然知道。”

“为什么报告里没提及？”

“该死，有可能是因为提及这个人已经死了？”

“死了？”

“是的，在一场车祸中被烧死，就在梅瑞特失踪后的隔天，他叫作丹尼尔·哈勒。”巴克清楚说出这个名字，卡尔注意到自己的同事记忆力惊人。

“丹尼尔·哈勒？”梅瑞特的助理在5年后对这名字不再有印象。

“是的。这家伙参与胎盘研究，而代表团想要争取这方面的研究经费，他在斯朗厄鲁普有间实验室。”巴克自信满满地说出这一切，表示他对调查内容了如指掌。

“如果他在梅瑞特失踪的隔天才去世，就不能和失踪案完全脱离关系。”

“我不这么认为，他在她淹死的那天下午才从伦敦回来。”

“他爱她？瑟丝暗示过这点。”

“事情不可能这么刚好，如果是真的，那个男的还真倒霉，她并不是因为他而跳海。”

“你确定，博格？”这家伙显然不喜欢别人直接喊他的名字，但卡尔很确定从现在起巴克会一再听到自己的名字，“也许丹尼尔·

哈勒就是和她一起去班克罗特咖啡馆的人？”

“卡尔，听着。脚踏车谋杀案那个女目击者刚和我们谈过，好吗？我们就快要破案了，我该死的急着解决它，失踪案能不能稍微缓一缓？丹尼尔·哈勒已经死了，不要再提这件事。梅瑞特死的时候他不在国内，她的死因是失足落海，那男的与这件事一点关系都没有，明白了吗？”

“你们曾针对她失踪前几天，一起在班克罗特咖啡馆用餐的对象进行调查吗？报告里没提到这点。”

“闭上你的嘴。这件案子的最终侦察结果是意外，此外有20个人参与这件案子的调查，去问别人，滚出去，卡尔！”

第二十四章

时间：2007 年

人类若是只倚赖嗅觉和听觉，那么这个星期一的早晨，恐怕很难区分哥本哈根警察总局的地下室与开罗街上的区别。这栋备受尊敬的建筑物从未散发着充满异国香料的食物气味，墙里也不曾传出如此怪诞不经的音调。

卡尔踏进警察总局时，碰巧有位行政部门的职员刚从地下室的文献室走出来，手上拿了一大叠的文件并且生气地瞪着他。她的眼神告诉卡尔，整栋建筑物内的人都因悬案组陷入一片混乱。

他在阿萨德的窄小办公室找到答案。助理桌上的盘子里放着各种饺子，旁边还以铝箔纸盛装的大蒜、绿色什锦蔬菜和黄色的米饭点缀。

“这里是怎么回事，阿萨德？”卡尔大喊，并且动手关掉从卡匣式录音机流泻出来的半调音乐，但阿萨德只是傻笑。他的助理显然不了解在警察总局的牢固基础下所产生的文化隔阂。

卡尔坐在助理对面。“闻起来很棒，阿萨德，可是这里是警察总局，不是穷乡僻壤的黎巴嫩烤肉店。”

“来，卡尔，恭喜你警官先生，或许可以这样称呼你。”阿萨德递给他一个类似水饺的三角形食物，“这是我太太做的，我女儿负责剪纸。”他说着，一边以夸张的手势指向装饰书架和天花板灯具的彩色荧光棉纸。

整个情况实在不简单。

“我昨天也带了一些饺子给哈迪，并为他读了大部分的案子。”

“一切还顺利吗？”卡尔可以想象阿萨德一边盯着眼前的护士，一边用埃及饺子喂哈迪的画面。“你利用假日去找他？”

“他说他会好好想想，卡尔。哈迪是个好家伙。”

卡尔点点头咬了口饺子，他打算明天去医院一趟。

“文件都放在你的桌上。如果你愿意，我可以告诉你一些我所读到的数据，有关于那起车祸的资料。”

卡尔又点点头。搞不好在调查结束前，这家伙会开始学着动笔写报告。

1986 年的圣诞夜，丹麦其他地方的气温高达摄氏 6°，但在西兰岛就没这么幸运，寒冷的气候至少造成 10 个人因交通事故丧生，其中有 5 个人丧命于堤比尔克附近穿越森林的乡间道路上，而两人是梅瑞特和乌佛的父母。

他们在因强风而结冰的道路上，试着超越前方一台福特嘉年华，车祸就这么发生了。这起车祸中没有一方有过失，也没有一方要求损失赔偿，是一起“寻常”的交通意外事故，却造成了可怕的后果。

他们超越的那辆车撞上树，当消防队赶来前就已起火燃烧；梅瑞特父母所驾驶的车子则翻覆在路上，车头朝下倒在 50 米外。梅瑞特的母亲从挡风玻璃摔出车外，躺在森林里的灌木丛里脖子当场摔断，至于父亲就没这么幸运了，在现场撑了 10 分钟之后才离开人世——他的下半身被汽缸撞击，断裂的冷杉树枝刺穿了整个胸腔。

人们猜测乌佛在这段时间内神智清楚，因为当搜救人员切开车体残骸救出他时，乌佛惊恐地睁大双眼，一直盯着他们的动作，手则紧紧地抓住姐姐不放，就算后来梅瑞特被拉到路上进行急救也一刻没松开。

交通警察的报告简洁扼要，报纸报道则完全不同，以报道的角度来看，这个题材太棒了。

另一辆车的情况也相当凄惨，父亲和小女孩当场死亡，只有男孩毫发无损逃过一劫。这家人正陪着快要临盆的母亲前往医院，当消防队员拼命扑灭引擎盖底下的火焰时，她的头靠在已去世的先生怀里产下一对双胞胎。尽管消防队员尽全力迅速把车子锯开，其中一名婴儿还是回天乏术。

第二天是圣诞节，这起车祸事故登上报纸最醒目的版面。阿萨德让卡尔看全国和地方报纸，这些报道都抓住了新闻价值，拍下十分骇人的照片——车子撞在树上，烧伤的母亲被送往急救，男孩站在母亲的担架旁哭泣。在车道正中央，梅瑞特戴着氧气罩躺在担架上，蹲在薄冰上的乌佛惊恐瞪大双眼，紧紧抓住失去意识的姐姐。

“这里，”阿萨德从卡尔桌上拿起公文夹，从中抽出两页名为《闲话家常》的八卦报纸说道，“梅瑞特进入国会时，其中一些照片再次被刊登出来，这是丽丝找到的。”

对那天下午刚好在堤比尔克的那位摄影师来说，1%秒的摄影时间即可化为金钱，他拍下梅瑞特双亲的葬礼，所有照片都是彩色的。照片中，少女梅瑞特的影像相当清晰。经过精心构图，摄影师捕捉到她父母的骨灰坛在韦斯特墓园下葬的那一刻——她紧紧地握住弟弟的手。可是，数据中没有另一家人的葬礼，这家人的葬礼是悄悄进行的。

“该死的，下面是怎么回事？”此时传来一道声音，“我们上面臭得像圣诞节一样，是从你们这里传上来的吗？”

一楼的助理席格•哈尔姆站在门口，灯上花哨的色彩看得他目瞪口呆。

“拿去，席格，老白痴。”卡尔说着递给一份他调味特别重的饺子，“你现在就可以开始期待复活节了，那时我们会点燃线香。”

楼上传来讯息，凶杀组组长要在午休前看到卡尔。当卡尔踏进马库斯的办公室，他正板着脸坐在办公桌后面专心翻阅卷宗。正当卡尔想替阿萨德道歉，告诉马库斯楼下不再炸东西了，情况都在控制中，一名新来的调查员和组长的副手走进办公室，在靠墙的位子坐下。

他尴尬地对两人微笑。他们绝对不可能是为了印度咖喱饺或任何阿萨德说的那些怪东西来逮捕他。

看到罗森和泰尔杰•普格走进来，马库斯合上卷宗转向卡尔:“我要求你来我这儿，是因为今早发生了两起谋杀案，在索罗郊外的汽车修理厂有两名年轻男子被杀。”

索罗，卡尔心想，在西兰岛的中部。去你的，这跟悬案组有什么关系？

“两位死者的头颅被钉枪钉入9厘米长的钉子，这手法对你来说一定不陌生。”

卡尔把头转向窗户，凝视正要飞到对面建筑物的鸟群。他感觉上司紧盯着他，但这招对他来说并不管用。昨天在索罗发生的谋杀案和亚玛格岛上的故事无关，现在就连电视剧都以钉枪作为谋杀工具。

“泰尔杰，说说你知道的。”他听到上司的声音似乎从很遥远的地方传来。

“是，某种程度上，我们相信这件案子与亚玛格岛上的乔治·麦德森谋杀案，应是同一人所为。”

卡尔转头面对他：“为什么是同一人？”

“乔治·麦德森是其中一个被害者的叔叔。”

卡尔又转头看着窗外的候鸟。

“目前我们手上有一个对疑犯的描述，案发后有目击者看到他在现场出没。索罗的史托兹警探想请你今天过去一趟，与你自己的描述做一下比对。”

“我当时失去意识，没有看到那个垃圾。”

卡尔不喜欢泰尔杰看他的眼神，泰尔杰和办公室里的其他人一定读过完整的报告，为什么还会提出这种愚蠢的问题？难道他们不知道他一直坚持，从子弹擦过太阳穴那刻起便丧失了意识，直到他们把他送进医院为止。为什么他们不相信他？现在又有什么理由找他谈这件事？

“根据报告，你在被子弹打中之前看到一个穿红色格子衬衫的人。”

衬衫，只是因为那件衬衫？“我要指认衬衫？”他回答，“若是这样，我认为他们可以用电子邮件把照片寄来。”

“他们有自己的做事方式，卡尔。”马库斯插入对话，“你这么做不仅关系到众人的利益，同样也为了你的利益。”

“我不感兴趣。”他看着时钟，“况且现在太晚了。”

“你不感兴趣，卡尔。你和心理医师约什么时候？”

卡尔噘起嘴，马库斯有必要在整个部门前说出这则消息？

“明天。”

“那么，我认为你最好今天前往索罗，明天正好可以将你对这段经历的反应告诉梦娜·易卜生。”他微笑着拿起桌面最上层的卷宗夹。“另外，这里是我们从移民局拿到的哈菲兹·阿萨德资料副本。不用客气！”

阿萨德负责开车。出发前他包了几个辣饺子作为旅途中的粮食。伴随轰隆作响的引擎声，车子开上 E20 高速公路朝东南方前进。方向盘后方是一个快乐又满足的男子，身体随着广播的音乐节拍来回摆动，脸上带着大大咧开的笑容。

“阿萨德，我拿到你在移民局的文件，但我还没看。”他说，“你能告诉我里面写些什么吗？”

当他们从一辆货车旁边呼啸而过时，卡尔的驾驶员凝视了他好半晌。“我的生日，我来自哪个国家，以及我在那里做过什么。你指的是这些吗，卡尔？”

“为什么你会拿到永久居留权，阿萨德？这会写在数据上面吗？”

他点点头：“卡尔，我如果回国会被杀的，这就是我留在丹麦的原因。叙利亚政府不喜欢我，你能明白吗？”

“为什么？”

“我们的想法不同，这就够了。”

“对什么这就够了？”

“叙利亚是个大国，要让一个人消失很简单。”

“好，你确定一旦返国会失去性命。”

“就是这样，卡尔。”

“你为美国人工作？”

阿萨德突然转头看他：“为什么你会这么问？”

卡尔看向窗外。“没有特别的原因，阿萨德。只是随口问问。”

他最后一次拜访位于索罗市史托尔路上的老派出所时，它隶属于灵斯泰德的 16 警区，现在则隶属于南西兰岛和罗兰法斯特警区，但是建筑物的红砖还是跟以前一样红，柜台后方还是同样的老面孔，任务也一成不变——不断将人们的数据从一个抽屉放到另一个抽屉，这也许可以成为电视节目“谁是百万富翁”的问答题。

他本来以为会由某位值勤的刑事警察出面，要求他再次描述格子衬衫，可是事情没这么简单。四个男人在办公室里等着他，而这间办公室的大小跟阿萨德的差不多，他们脸上的表情，仿佛才因某个可怕的事件而痛失至亲。

“乔格森。”其中一人上前自我介绍，跟卡尔交握的手相当冰冷。几个小时之前，这个乔格森才在案发现场看过两个被钉枪夺走生命的被害者死状，他今晚肯定无法合眼。

“也许你会想要看案发现场？”四人中有一人发问。

“为什么有这个必要？”

“因为与亚玛格岛上的案发现场不尽相同。这两个人是在汽车修理厂遭到谋杀，一个在车间，另一个则在办公室，但都遭到近距离攻击，整根钉子没入了头部，得仔细看才能发现。”

另一位警察递给他两张A4大小的照片。没错，钉子钉入头颅的痕迹并不明显，几乎没有留下血迹。

“如你所见，他们正在工作。双手肮脏，穿着蓝色工作服。”

“有没有遗失任何东西？”

“完全没有。”

“他们在做什么？为什么那么晚还在工作？难不成他们是兼差的吗？”

刑事警察面面相觑，他们显然也还在研究这个问题。

“现场有数百个鞋印，但没有一个是完整清晰的。我这么认为。”乔格森解释。

稍早的案发现场肯定在他的心里留下了阴影。

“我们想请你看看这个，”乔格森说着掀起盖在桌上的遮布一角，“无法确定之前，什么都别说。”

然后他抽下整块布，底下放着四件红色格纹的伐木工衬衫，就像是伐木工正躺在森林里偷闲打盹。

“里面有没有你在亚玛格岛上所看见的款式？”

卡尔的警察生涯中，从未经历过如此特别的挑战，挑战的题目是：

猜猜看是哪一件衬衫？如果这是个玩笑，也是个很烂的玩笑。这从来不是他的专长领域，就算他自己的衬衫混在里面也未必能认出来。

“我知道经过一段时间后不容易辨认，卡尔。”乔格森的声音显得疲惫，“但要是你肯努力回想，对我们将有极大的帮助。”

“为什么你们会该死地认为，犯罪者数个月后还会穿着同样的衣服？在这种鸟不生蛋的地方穿着应该会不一样，不是吗？”

乔格森忽略他的放肆言语，说道：“我们不能放过任何线索。”

“目击者从很远的地方看见可能的犯罪者，而且还是在晚上，他所指认的红色格纹衬衫怎么可以作为调查的根据？那四件衬衫看起来没什么两样，他妈的，就像每颗鸡蛋长得都一样！好吧，就算它们有点分别，但还是有很多衣服和这四个选项非常相似。”

“看见他的这个家伙在服装店工作，我们相信他画出的衬衫非常精确。”

“也许你们应该让他画出穿着衬衫的那个人。”

“是，他画了，很不赖，但画出人物特征和画一件衬衫还是有点不同。”

卡尔看了看那张脸部素描，是个非常普通的家伙。图中这个人如果和此案无关的话，或许可以考虑去东部小城斯劳厄尔瑟卖复印机——圆圆的眼镜，胡子刮得很干净，无辜的眼睛，以及稚气的嘴唇。

“我不认识画里的人，根据目击者的看法他有多高？”

“1 米 85，或许更高。”

然后，他们把素描拿走，指着衬衫。卡尔仔细观察排列在眼前每一件衬衫，它们全都该死地长得很像。他闭上眼睛，试着想象记忆中衬衫的样子。

“一切还好吗？”在他们返回哥本哈根的路上，阿萨德问道。

“没什么，那些该死的衬衫看起来没有差别，我根本想不起来。”

“他们给了你那些衬衫的照片吗？”

卡尔没有回答，他的思绪飘得很远。他看到安克尔躺在地上一动也不动，而哈迪中枪后压在他身上喘息。该死，为什么当时他没有立刻开枪？当他听到有人走进棚屋，只要及时转过身一切都不会发生，那么安克尔现在就会代替这个怪异的阿萨德坐在他身旁，手握着方向盘。还有哈迪，哈迪也就不会在床上度过他的余生，该死！

“难道他们不能把照片寄给你，卡尔？”

他盯着驾驶座上的助手，在那棕色眉毛下的双眼，有时会出现极端的天真无邪。

“可以，阿萨德，他们当然可以这么做。”

他看到高速公路上的路标，还有两公里就到措斯楚普。

“在这里转弯。”他说。

“为什么要转弯？”阿萨德问，两个轮胎越过车道上的实线。

“因为我想看一下丹尼尔·哈勒遇难的地方。”

“谁？”

“那个对梅瑞特感兴趣的人。”

“你怎么知道这个消息，卡尔？”

“巴克告诉我的。丹尼尔·哈勒在一场车祸中丧命，我这里有交通警察的报告。”

阿萨德轻轻吹了下口哨，仿佛死亡车祸只会发生在那些运气实在是糟糕透顶的人身上。

卡尔注意到车子转速表的速度有些快，或许阿萨德在踩油门时该谨慎一点，千万不要有天让自己也成为统计数字之一。

丹尼尔·哈勒在卡普勒夫的公路上罹难距今已5年了，但要找到事故现场并不难。虽然曾被车子撞坏的建筑物经过修复，雨水也将灰烬冲刷干净，但仍可看出毁坏的痕迹。根据卡尔的判断，大部分的保险理赔金肯定用在了其他地方。

他看着眼前的景色，这是一条很长但一目了然的道路。撞上这栋丑陋屋子的人真倒霉，只要稍微往前或往后10米，车子便会冲进田里。

“他的运气很差。你认为呢，卡尔？”

“该死的差。”

阿萨德走向颓墙前面的树墩，仿佛它们一直在原地屹立不摇。“车子的撞击力道使得这些树像火柴应声而断，紧接着再撞上房子，然后车子当场爆炸起火燃烧？”

卡尔点点头转身。根据车祸事故报告，他知道再往下走一小段有条岔路，另一辆车一定是从那里开过来。

卡尔指向北方：“丹尼尔·哈勒驾驶雪铁龙来自措斯楚普方向，根据另一名驾驶员的说法及警方鉴别结果，他们就是在那里相撞的。”然后，他又指着道路的中线，“当时哈勒或许睡着了。总而言之他穿越中线撞上了另一辆车，接着哈勒的车就被甩开撞上树和房子了，整个事件快得让他来不及作出任何反应。”

“他开车撞上了另一辆车，那辆车的情况如何？”

“嗯，他摔在那边了。”卡尔指着平坦的农田说道，这里几年前被欧盟标定为休耕地。

阿萨德又轻吹了口哨。“人没事？”

“人没事。他的车是一辆四轮驱动的大型吉普车。你现在是在丹麦，阿萨德。”

他的搭档陷入沉思。“叙利亚也有许多车子是四轮驱动。”阿萨德最后这么说。

卡尔点点头，但仿佛没听进去。“你不觉得事有蹊跷吗？阿萨德。”

“什么？他开车撞上这间屋子？”

“他在梅瑞特失踪后意外丧命，这个人刚认识她，也许还爱上她。真是太奇怪了。”

“你认为他是自杀？因为爱人在大海上失踪让他很痛苦？”阿萨德凝视着卡尔的表情似乎和平常有点不同，“他也有可能因为自己杀了梅瑞特而自杀。这种事也不是第一次发生，卡尔。”

“自杀？不可能。如果他想自杀为什么不直接冲撞房子？不，这肯定不是自杀。而且，他也不可能杀她，梅瑞特失踪时他还在飞机上。”

“好吧。”阿萨德仔细观察屋子上的擦痕，“所以，他也不是那个送信的人对吧？就是那封写着‘祝柏林之旅一路顺风’的信。”

卡尔点点头，望着正缓缓西落的太阳。“是的，他不可能是那个人。”

“那我们在这里做什么？卡尔。”

“我们在这里做什么？”他凝视着一旁的农田，春天的杂草在田里冒出头来，“我告诉你，阿萨德，我们在调查案件，这就是我们正在做的事情。”

第二十五章

时间：2007 年

“十分感谢你为我安排这次的碰面，也谢谢你答应这么快又见我。”他和毕尔格·拉尔森握手，“不会耽误你太多时间。”卡尔环顾寻找熟悉的面孔，并且观察待在民主党代理主席办公室里的每个人。

“嗯，卡尔。在梅瑞特失踪前曾与她共事的人现在都聚集在这里了，其中有些人你一定很熟悉。”

卡尔向这群人点头致意。没错，他的确认得其中几人。聚集在这里的政治人物都有机会在下一次选举中击败现任的政府，至少他们——穿着露出膝盖短裙的女政治发言人，两位知名国会议员，几个秘书处的职员，以及曾担任梅瑞特助理的玛莉安——心里一定抱持这份希望。玛莉安恼怒地瞥了卡尔一眼，这让他想起来 3 个小时后得接受梦娜·易卜生的治疗。

“拉尔森应该向大家解释过，在结案之前，我们要再次调查林格案，并且着重在她失踪前几天发生的事情。所以，麻烦各位尽可能仔细回想，她在何时做了什么事？曾与谁碰过面？最重要的是，当时她的心理状态如何？警方之前太早下结论，认为梅瑞特是意外落海。这个可能性依然很大，况且经过了 5 年时间，就算发现遗体也不能冀望从上面找出线索。”

在场的人纷纷点头，看起来既严肃又震惊，除了那个新上任的代理主席之外，他们都是梅瑞特的旧识。

“重新调查需要某种程度的坚持，毕竟许多细节都直指这起案子是起意外，悬案组既然接受这项任务，我们认为有必要审视过去的调查结果。”在场的人面露微笑，这代表他们专心倾听，“我会提出问题，请不要吝于说出你们认为不重要的细节。”

大多数人都点头表示赞同。

“有人还记得，”他继续说道，“梅瑞特在失踪前曾接待某一个代表团，据说与争取研究免疫系统或类似领域的经费有关？”

“是的，我记得，”秘书处某位职员向前跨了一步，“那个代表团的研究团队的召集人是‘基础基因’的比利·安沃斯科夫。”

“比利·安沃斯科夫？是那个拥有百万元资产的比利·安沃斯科夫？”

“没错，正是他，他召集一些人组成这个团体，然后要求与梅瑞特见面。那时他们正在巡回。”

“正在巡回？这是什么意思？”

她微笑道：“这是我们内部的说法，比喻利益团体拜访所有政党的行程。这些团体不仅要争取经费，还要争取大多数国会议员的支持。”

“这次碰面有留下纪录吗？”

“有，但不确定是否有打印好的纸本，或许可以直接察看梅瑞特前助理的计算机。”

“她的计算机还在？”卡尔简直不敢相信自己听到的。

秘书处的小姐嘴角上扬：“我们在更换系统的时候会把硬盘保留下来，在换成微软 XP 系统时，至少就留存了 10 个硬盘。”

“难道你们没有使用内部网络的习惯？”

“不，我们有。可是梅瑞特的助理和另外几个人没有加入。”

“这些人听起来相当偏执。”他笑着看她。

“嗯，有可能。”

“可以麻烦你帮我找出这份数据吗？”

她再次点了头。

卡尔转身面向这群人：“在这个利益团体的成员中，有名叫作丹尼尔·哈勒的男子。据说梅瑞特和他互有好感，有人可以证实这件事或者给予任何有趣的提示？”

在场有不少人互看了一下，看来又命中了，只是他们还在观望该由谁来回答。

“我不清楚他叫什么名字，但我曾目睹她在楼下餐厅和一名男子聊天。”某位女发言人应道。这位女发言人年轻充满活力，工作又认真，在电视上的形象也不错，一旦时机成熟极有可能坐上部长级的位子。“梅瑞特似乎很高兴能在楼下遇到他，后来与社民党、激进中央党的卫生政策发言人谈话时显得有点心不在焉。”她微笑着说，“我相信其他人也注意到了。”

“是因为梅瑞特向来200%专心在事情上？或者应当如何解读？”

“我第一次看到梅瑞特露出闪闪发光的眼神。是的，非常不寻常。”

“而这跟一个叫作丹尼尔·哈勒的人有关？”

“这我就不清楚了。”

“有没有人知道更多讯息？”

他们摇摇头。

“你能试着描述那个人的样子吗？”卡尔问女发言人。

“我记得他因为坐在柱子后面稍微被挡住，不过依旧可以看出这个人身材颀长、衣着讲究，肤色黝黑。”

“年纪多大？”

她耸耸肩：“应该比梅瑞特大。”

身材颀长、衣着讲究、比梅瑞特年纪稍长，一直到皮肤黝黑，在场所有男士都符合这些条件，如果“年纪稍长”的范围宽松一些，甚至连卡尔自己都包括在内。

“我猜梅瑞特一定留下一些数据，并未交接给下一个接手的人。”他向拉尔森点头，“我想到了行事历、笔记本、手写摘要诸如此类的东西，有人把这些东西处理掉了吗？大家并不知道梅瑞特会不会再回来，对吧？”

某个秘书处的小姐回应：“有些被警方拿走，有些则被扔掉，我想最后所剩无几。”

“她的行事历呢？”

她耸耸肩：“绝不可能在这里。”

玛莉安此时开口：“梅瑞特总是把行事历带回家。”那对靠拢的眉毛似乎不容别人有异议。“总是。”她又再次强调。

“能形容一下行事历的外观吗？”

“非常普通，是‘飞来发’万用手册，红棕色书皮略有磨损，日计划表、行事历和通讯簿全部装在一本里。”

“据我所知，这本万用手册并未在调查中出现过，可以假设它跟梅瑞特一起沉入海里吗？”

“我不这么认为。”玛莉安立刻反驳。

“哦？”

“梅瑞特习惯拿小型手提包，那种包包装不下行事历，所以她几乎都把它放在公文包里。既然她去度假，肯定不会把公文包带上甲板，或许她把它留在车上了？”

卡尔摇摇头。根据调查报告，公文包并未遗留在车上。

卡尔等待那位拥有漂亮臀部的心理医师已好半晌，这令他已然心不在焉。如果她准时，卡尔自认有办法在她面前展现魅力，但现在他不断在心里重复要说的话，且练习微笑超过了 20 分钟，动力全然丧失。

梦娜·易卜生终于出现在三楼。她嘴里说抱歉，但似乎没有特别感到不好意思，这种自信对卡尔具有绝对的吸引力，而这也正是他当初认识维嘉，被她迷得神魂颠倒的原因。那是一种浑然天成的自信与迷人笑容。

梦娜·易卜生在他面前坐下，奥图·孟斯坦兹街透进的光在她头上形成光环，柔和的光线照出她脸上的细纹和涂着暗红色唇膏性感的唇，易卜生是个穿着具有品位的女人。卡尔强迫自己直视她的眼睛，如此一来他的视线才不会锁定在雄伟的上围，世上没有任何事物可以让他结束这个举动。

没有盛大的开场白，她一开始就询问卡尔关于亚玛格岛的事情：时间、人员状况和所有情形，试图用这无关紧要的态度从他嘴里套话，而卡尔描述时刻意说得比实际上更加血腥，枪声更响亮，呻吟也更为低沉。易卜生聚精会神聆听，手不停做笔记，正当他想要叙述亲眼目睹伙伴的死状和受伤的感受，而且从那天开始他再也无法安睡时，她忽然将座椅往后一推，把名片放在桌上，开始收拾东西。

“怎……怎么回事？”卡尔问，心理医师正把笔记本放进皮制包包里。

“我想这问题最好问你自己，等你准备好说实话再打电话给我，我会再来。”

他皱起眉头：“我不懂你的意思。我已经告诉你全部的事情，我说的是实话。”

她拿起包包，那条窄裙显得她的小腹微凸。“听着，你看起来不像饱受睡眠困扰的人。相信我，我仔细读过整份报告，你没必要夸大事实，真的不需如此。”卡尔想要反驳，但女人已举起手制止。“而当你提及哈迪·海宁森和安克尔·荷耶尔，我不知道为什么会从你眼中读出你认为这意外还没结束。只要一谈到未像自己幸运逃过一劫的伙伴时就会怒从中来，或许是因为你不知道该如何面对它。当你准备好说实话，我很乐意继续我们的治疗，但在这之前我帮不了你。”

他原本想要大声抗议，话语却瞬间哽咽在喉咙里，只好用眼神这种最笨的方式缠住她，但此举对易卜生来说无疑只是自取其辱。

“请等一下，”在她关上门之前，卡尔强迫自己开口，“你是对的，但我自己没有意识到。”并且，他焦急地思考能说些什么才能让她留下来。“也许，我们可以趁用餐时谈一下？”一句未经深思熟虑的话脱口而出。

卡尔立刻知道自己失败了，因为她临走前瞥了他一眼，眼神中满是恼怒与怀疑。

刚满50岁的比利·安沃斯科夫是晨间节目的常客，在任何一般人想得到的谈话性节目都可以看到他的身影，故可推论这个人除了是基因科技领域的大人物之外，亦上知天文下知地理，学识渊博。安沃斯科夫在镜头前的效果不错，给人一种可信赖与稳重的感觉：棕色眼睛，有个性的下颚，极具个人魅力，混合了年轻人的幽默与上流社会的谨慎。他曾在短时间内赚进财富，成为丹麦境内最有钱的人之一，加上他研发的是对一般人特别有益的高风险医疗科技产品，令丹麦的民众对他只有赞叹与敬佩，没有批评。

但卡尔对这一切不感兴趣。

他在接待室得知安沃斯科夫是个日理万机的企业家，行程安排得很紧凑。卡尔到的时候，里面已经有四位先生在等候，他们将公文包夹在双腿之间，大腿上摆着一台笔记本电脑，看起来无暇理会其他人，而且对门后的大人物感到畏惧。

秘书对卡尔投以一个职业性笑容。他硬是插进上司忙碌的行程之间，她必须确保类似的事情不会再度发生。

当轮到卡尔的时候，安沃斯科夫礼貌地询问他是否曾来过这么高的港边办公大楼，然后用双手指着从墙壁这一头延伸至另一头的整面玻璃帷幕，将这世界多姿多彩的景色以类似马赛克图画的方式呈现——船只、码头、起重机、天与海，让人目不暇接。

卡尔办公室的窗外景色不如眼前的好。

"你想要跟我谈 2002 年 2 月 20 日在克里斯廷堡的会晤。我有纪录。"他说着按了几个计算机按键，"啊，真有趣，是回文，这真的是回文！"

"什么？请再说一遍！"

"日期！我是说 2002 年 2 月 20 日这个日期，从后面或是从前面读来都是一样的。我看一下，20 点 02 分，我在前妻家一起喝香槟庆祝'一生一次'。"他开玩笑说，然后礼貌性的闲聊就此结束。

"你想知道我为什么和梅瑞特·林格碰面？"他继续说道。

"是的。但更想知道关于丹尼尔·哈勒的事，以及他在这次的聚会中扮演何种角色？"

"嗯，怎么会提到他呢？真是奇怪。在实验技术领域方面，丹尼尔·哈勒是我们最重要的研发者之一，若没有他的实验室及优秀员工，我们一系列计划将远远落后，但关于碰面一事他的存在根本无关紧要。"

"换句话说，他并未参加这项研究计划？"

"他没有参与其中政策、资金的部分，只为我们指导技术层面。"

"那为什么他要参与在克里斯廷堡的会晤？"

安沃斯科夫轻咬嘴巴里的肌肉沉思。这副模样令人有好感，卡尔心想。

"我若是没记错，是他自己来电请求出席，理由我记不得了，但他正准备投入大量资金为实验室添购现代化的机器，当然会想了解当时的政策发展。他是个事业心很重的人，或许因为如此我们才能合作无间。”

卡尔没料到安沃斯科夫会在初次见面的人面前自夸，有些企业家具有不露锋芒的美德，但眼前这个人绝对不属于这一类型。

“你对丹尼尔·哈勒有何评价？”

“你的意思是他私底下是一个什么样的人？”安沃斯科夫摇摇头，“不清楚。在工作方面他相当可靠又有责任感，但为人方面我并不了解。”

“你跟他私下没有往来？”

安沃斯科夫哼了几声像是冷笑的声音：“私下？我和他在克里斯廷堡的会晤前根未没见过面。他和我都是大忙人，丹尼尔·哈勒更是几乎不曾在家，经常从某地飞到另一地。在美国康乃狄克待了一日，隔天人又回到丹麦的奥尔堡，东奔西跑，四处旅行。这么说好了，我因为经常飞行而累积了一些优惠里程数，但哈勒累积的里程数肯定可供整个班级环绕地球好几圈。”

“你在这次会面前没有和他接洽？”

“没有。”

“甚至没有碰面、讨论、谈妥价码这类的事情？”

“你知道吗？我有员工可以帮我处理这些事情。我只透过别人口中了解这个人，我们曾通过几次电话，然后他和我的手下便开始协商合作细节。”

“好，我想与公司里曾和丹尼尔·哈勒一起共事的人谈谈，可以吗？”

安沃斯科夫深深吸了一口气，他坐着的那张皮沙发因此嘎嘎作响。

“我不知道他们之中有谁仍待在公司，毕竟已经过了5年，这个产业人员的流动性高，我底下的员工经常追寻新的挑战。”

“我了解。”这个白痴竟然承认自己无法留住人才？“可以给我他公司的地址吗？”

安沃斯科夫露出不悦的神情，当然他有员工可以处理这件事。

这栋建筑物的外观看起来像是上周才完工，实际上它已经建好6年了，在大型停车场前高约一米的喷泉上竖立着“InterLab A/S”的招牌。

里面的人在接待卡尔时仔细检查他的警徽，一副怀疑他拿在商店里卖的仿冒品来充数的模样。10分钟后一位助理下楼，当卡尔表示他想问些私人问题时，立刻从入口大厅被带到一间有皮椅、橡木桌，以及许多饮料柜的房间。在这个房间里，处处可见这间公司向外人炫耀的证明，为了让国外客户留下深刻印象，墙上挂满了来自世界各地的奖项、证书和照片，唯一的窗户设置在面向车道斜坡的那面墙，此刻阳光正从窗户洒进室内。

根据墙上的照片看来，这间企业的创办人是丹尼尔·哈勒的父亲。公司一路以来经历过不少风雨，丹尼尔·哈勒在担任董事长的短暂期间积极推动自己继承的公司。身为接手的第二代，他对经营管理的喜好无庸置疑，也早就希望能追寻父亲的脚步。墙上有张父子合照，两任董事长站在一起，脸上堆满笑意，父亲穿着西装与背心，象征告别的旧时代；儿子面露微笑，看起来聪明又内行，像是准备好要大展其材。

卡尔听到背后传来脚步声。

“我能为你做些什么？”一位穿着平底鞋的胖妇人走进来，她自称公关部门主管，衣领上的名片夹写着艾诺·胡宁奈仁，芬兰名字总是有那么点怪异。

“我想跟曾经和丹尼尔·哈勒一起工作的人谈一谈，最好是在他死前那一周，或是平时就有私交，知道他想法与梦想的人。”

她盯着卡尔的模样仿佛他正打算侵犯她。

“可以请你帮我把这些人召集在一起吗？”

“我想没有人比业务主管尼尔斯·巴哈·尼尔森更了解他，但估计他不愿意与你谈前董事长的私生活。”

“为什么不愿意？”

公关主管又给了他一个眼神，好像卡尔提出一个无礼的问题。

“尼尔斯还无法放下丹尼尔的死。”

卡尔听出她话里的弦外之音。

“他们两人不只有同事间的感情？”

"对，不论是在私人领域或是工作，两人都患难与共。"

卡尔盯着她的蓝色眼睛一会儿，如果对方突然笑出来说自己在开玩笑他也不会感到讶异，但这种情况并未发生。

"我不知道这件事。"他说。

"现在知道了。"她回道。

"你手边有没有丹尼尔·哈勒的照片？"

她把手往右伸，在玻璃柜台上的五六瓶矿泉水旁边拿了一份小册子。

"这里。"她说。

和口气不耐烦的女秘书沟通了好一阵，卡尔才能和安沃斯科夫通上话。

"我扫描了一张照片要寄给你，大概需要两分钟的时间，方便吗？"在报上名字之后卡尔这么说。

安沃斯科夫立刻同意，并提供了电子信箱。卡尔按下寄出键，盯着屏幕看档案传送出去。

他从宣传手册上撷取一张丹尼尔·哈勒好看的照片，然后将它扫描下来。照片上的金发男子身材高瘦，肤色晒得黝黑，穿着有品位，符合与梅瑞特在国会餐厅里一起用餐的那名男子描述。没有人会想到他是同性恋者。卡尔脑海中浮现他驾车在卡普勒夫的乡间道路发生意外的画面，车子瞬间起火燃烧。

"是，"安沃斯科夫在电话另一头说，"我打开附加档案了。"接着他沉默了半晌，"现在我要做什么？"

"你看到丹尼尔·哈勒了吗？就是和你一起参与克里斯廷堡会晤的人？"

"照片上的这个人？我从未见过。"

第二十六章

时间：2005 年

35 岁那天，天花板的灯光再度照亮整个空间，镜面玻璃后的脸也跟着消失不见。

这一次装在强化玻璃灯箱里的灯管没有全亮。总有一天他们会进来更换灯管，否则这里将陷入一片漆黑，她想。他们为了能站在外面观察我，一定不希望坏掉的灯管破坏计划，而当他们降低压力进入房间时，我会在里面等着。

去年她生日，他们又提高了房间里的气压，但这对她已经无法造成任何威胁。她若是可以忍受四个大气压力，那么也可以承受五个大气压力的考验。她不知道自己忍耐的极限，但目前显然尚未到达。就跟去年一样，刚开始几天压力改变令她产生幻觉，整个房间不停打转，唯有自己所待的地方保有清晰的轮廓。她藉由唱歌让心情轻松愉快，在歌声中遗忘自己所处的恶劣环境，直到几天后，耳朵里响起尖锐刺耳的声音让她恢复了真实感。一开始音量不大，她曾尽可能打哈欠、擤鼻涕解决这个情况，但两周后声音还在，就像是节目收播后电视所发出的音调，但更高、更纯粹，造成的焦虑感也是它的百倍。梅瑞特试着安慰自己：你得学着适应它，等明天醒来的时候它就会不见了，它就会不见了。她对自己如此承诺，但承诺总是带来失望，耳朵里刺耳的声音持续了 3 个月，这使她失眠、精神失常，并且提醒自己生活在一座死牢里，生死完全仰赖刽子手的仁慈。之前她曾成功逃离这座监狱，虽然只是在自己的想象中，如今她首度有了寻短的念头。

反正他们本来就会杀了她让整件事落幕，她终于认清这一点。女子的态度清清楚楚地告诉她：不用再奢望。他们不会让她离开，永远都不会。所以她宁可自己了结生命，由自己决定用何种方式结束这一切。

除了马桶、装食物的桶子、手电筒、两根从羽绒外套抽出作为牙签用的尼龙棒、几卷卫生纸和身上穿的衣物外，整个空间空无一物，墙壁也十分光滑，没有地方可以固定外套袖子好吊死自己，让生命得到救赎。唯一可行的办法是绝食，拒绝吃那些单调的食物，还有他们给的少许水，或许他们就是在等待这样的结果，而她只不过是某个疯狂赌注的实验品。人类向来是会对同伴的痛苦幸灾乐祸的动物，若仔细分析过去漫长的历史，就会发现缺乏同情心的人比比皆是，并且每年不断有新的例子堆积上去。在亲身感受到这点后，现在她不想再当这种想法的牺牲品。

她把食物桶挪到一旁，站在其中一扇牛眼窗前面宣示自己再也不会进食，而且一定说到做到，说完便躺在地板上，将自己缩在日益磨损的衣物和梦境里。她推算这天应该是 10 月 6 日，而整个自杀过程大概需要一个星期，也就是她 35 岁 3 个月又一星期那天，相当于整整 12864 天。她不太确定这数字，也许并不重要，因为她死后根本不会有记载出生和死亡日期的墓碑，也不会有人把她与这里联想在一起，没人知道她在何处度过最后的人生，除了杀她的凶手外，就只有她自己晓得死亡的地点与时间，而她已经预料到那会是在 2005 年 10 月 13 日。

拒食的第二天他们朝她大吼，因为她并没有按照习惯取走新桶子。如果我不听从命令他们会怎么做？她猜想。反正不是让桶子留在闸门内就是拿回去，但这一切都和她无关。

结果他们让桶子留在闸门内，接下来几天也都一样，拿走旧的桶子，换上新的，但她依旧不为所动。他们怒骂她，先是恐吓她会调高气压，接着又说要把空气放掉，但死亡要如何对一心求死的人造成威胁呢？或许他们会冲进来，或许不会，她不在乎。她让自己沉浸在各种想法、情景和回忆里，用这些片段盖过耳内的鸣笛声。到了第五天，所有脑中想象的事物交错在一起：开心的美梦、政治生涯、孤单站在船上的乌佛、舍弃的爱情、不曾拥有的孩子、憨豆先生，以及那些看电视的宁静时光。她感觉到身体慢慢摆脱未被满足的需求，躺在地板上的身体越来越轻，整个人进入一种非常奇特的境界。而一旁桶子里的食物则随着时间的流逝开始腐败。

一切都按照它该有的样子，直到她突然察觉到下颚传来一阵抽痛。

在肉体日渐麻木的状态下，起初她以为这震动是外面造成的，只是微微眨了下眼睛。他们进来找我了吗？或者发生什么事了吗？在短暂的思索后就又陷入神志昏迷的状态，直到数小时后痛醒过来，一种宛如刀割的疼痛钻进她的脸颊。

她不知道当时多晚，也不管玻璃窗外是否还有人，只是以一种不曾在这空间制造的音量放声尖叫。她的脸痛得仿佛是要裂开，牙疼有如活塞不断敲打着口腔，而她却没有东西可以对抗这种疼痛。哦，天哪，这是对她想支配生命的惩罚吗？她小心翼翼地将手指伸进嘴里，感觉到最后一颗臼齿附近的牙龈肿得很厉害。这颗牙齿之前就常常出问题，是她的牙医师固定收入的来源，她每天都会用自制牙签清洁这该死的脓包，可惜现在还是发作了。她轻轻按压肿胀处，令人无法忍受的疼痛瞬间爆发，她忍不住向前倒下，张着嘴大口喘气，用不了太久身体就会退缩到神志昏迷的状态，但现在仍得在疼痛的炼狱里挣扎，就像动物为了挣脱捕兽夹咬下自己的脚掌。如果疼痛是她对抗死亡的武器，那么她现在比过去每一天都还要具有生命力。

“哎唷。”她像个孩子般哭泣，这种疼痛根本无法忍受！她拿起自制的牙签慢慢放进嘴里，试探牙龈间是否卡着东西，但尖端一刺进牙龈就又产生剧烈的疼痛。

“你要戳个洞，梅瑞特，拜托，”她哀号着想鼓起勇气戳下去，然而这动作引发一阵干呕让她停了下来，最后还是没能戳破应该要解决的脓包。

她转而爬向闸门，察看今天桶子里放了什么东西可以帮助她，或许在患处滴上一滴水能让这种可怕的抽痛停下来。

她发现桶子里装着她之前做梦都不敢奢想的东西：两根香蕉、一粒苹果、一块巧克力。这真是无比荒谬！他们故意挑衅她挨饿的举动，想要引诱她吃东西，可惜她现在失去进食的能力。

下一波疼痛很快来袭，令她整张脸皱在一起，她迅速拿出桶里的水果放在地上，接着把手指头浸到水里再放到肿胀处，但这阵冰凉却未产生预期的效果。疼痛依旧存在，水也在，两者之间没有关联，甚至不能止渴。

她蜷缩在镜面玻璃的下方，悄声祈求上帝原谅。因为她知道到了某个时间点身体会自动放弃，没想到最后的日子里竟是这种痛苦陪伴着她。

不过这种疼痛最后也会结束。

恍惚中突然有道声音传进耳里，他们在呼唤她的名字，命令她回答。她睁开眼睛发现牙龈肿胀的地方总算不再疼痛，但自己无力的身躯仍躺在牛眼窗下的马桶旁边。她凝视高高的天花板，上面有根灯管不停闪烁，那里就是声音的来源？或者她真的有听见声音吗？

“没错，她拿了水果。”此时传来清晰的说话声。

是真的，她想，可是身体虚弱到无法表现出心里的震惊。

那是一个男子的声音，听起来不年轻，但也不老。

她略微抬起头，移动的幅度不至于让他们从外面看到她。

“从我站的位置可以看到水果。”一个女子的声音回答，“就在地板上。”这是每年对她说话的人，绝对没错。他们说话前忘了关掉广播设备。

“她一定是爬到两扇窗户之间。”女子继续说道。

“她会不会死了？已经一星期了。”男子的声音听起来很正常，但说话内容可一点也不。他们正谈论着她。

“的确有可能，这只母猪。”

“或许我们该调节一下气压进去瞧瞧？”

“你想做什么？她身体里的细胞比我们多适应了五个大气压力。要一个星期才能把压力降下来，如果一下子打开闸门会让她立刻爆炸。你看过她的排泄物在外面膨胀的样子。她在压力舱里过了3年，不要忘记这点。”

“难道我们不能确认她还活着后，立刻提高气压吗？”

外面的女子没有回答，显然排除这样的可能性。

聆听两人的对话让梅瑞特的呼吸困难。这些是恶魔的声音，他们不断将她撕成碎片又重新缝合，犹如身陷地狱的最底层。

进来呀，你们这些猪，她心想。随着耳边的谈话音量不断攀升，她手中的手电筒也拿得越来越近。第一个接近她的人，她会用手电筒狠狠戳过去。戳瞎敢踏入她神圣殿堂的恶魔，在死前她一定会做到。

“在拉瑟回来前我们不能轻举妄动，知道吗？”女子的声调不容任何反驳意见。

“那还很久，到时候她有可能早就死了。”男子答道，“可恶，我们现在该怎么做？拉瑟一定会很生气。”

接下来的沉默令人窒息，她感觉周围的墙壁正逐渐靠拢，而她是挤在两片指甲之间的虱子。

她紧抓住手电筒等待，突然间，那有如被棒子殴打的牙疼再次袭来。她张大眼睛深吸一口气，反射性地想藉由大叫消除疼痛，但叫声并未出现，她控制住它了！她有种几近窒息的感觉，想要干呕却不敢发出声音，只是把头往后仰，眼泪不停地夺眶而出。

我听得到他们说话，但不可以让他们听见我的声音。她一再重复这句话，为了不惊动对方拼命勒住自己的脖子，然后轻轻抚摸肿胀的双颊摇晃身体，双手不停张开、合拢，身体的每根纤维都陷入疼痛的炼狱。

然后她终于忍不住大叫，仿佛身体具有独立的意识想要这么做，低沉又模糊的叫声一旦出现就停不下来。

“她在那里，你听到了吗？我就知道。”传来一个按钮的喀嚓声。“往前移动，让我们能够看见你。”女子用令人厌恶的声音发号施令，然后两人发现事情不对劲。

“等一下，”她说，“按钮卡住了。”

梅瑞特听到在外面的女子试图敲打按钮，但没有发挥作用。

“你躺在那里偷听我们说话吗？你这个卑鄙的家伙。”她的声音听起来充满仇恨。不用指望那种嗓音粗糙又生硬的人具有同情心。

“拉瑟可以修好它。”男性声音说。

梅瑞特的下颚似乎要爆炸了，她不想理会女人的命令，却别无他法，她必须站起来转移注意力，忽略身体发出的警戒。她把手放在膝盖上支撑疲软的身体，努力想要站直，最后却只能蹲着，感觉自己的嘴里似乎有火在燃烧。她单膝跪在地上，尝试着再次站起来。

“天呐，看看你，女孩。”外面那个语气阴森的女人突然爆出笑声，说出来的字句有如一把手术刀攻击着梅瑞特。“你牙痛，”只听她笑着说，“吓死我了，里面的猪牙齿痛，你看！”

她转向镜面玻璃，单是微微张动嘴巴就让她痛不欲生。“有朝一日，我会报仇，”她将脸贴在其中一片玻璃上喃喃说道，“我一定会报仇，你们等着。”

“如果你不吃东西，在称心如意之前很快就会在地狱受苦受难。”女人怒叱，声音里不止透露出愤怒和恶毒，也有几分猫抓老鼠的味道。看来猫还没打算结束这个游戏，并且会持续好一段时间。

“我没办法吃东西。”她呻吟道。

“怎么回事，”男性声音问说，“牙龈发炎？”

她点点头。

“你得自己搞定。”他冷酷地说出结论。

梅瑞特看见牛眼窗里反射的影像，眼前的女子双颊深陷，眼神看起来像是不敢相信自己所见的画面，眼睛下方的黑眼圈已经说明了一切，整张脸也因牙床肿胀而完全歪斜走样，玻璃窗上的人感觉病入膏肓。事实也的确如此。

她转过身背靠着玻璃慢慢滑到地上。她气极而泣，眼眶含泪，知道身体渴望也还可以继续生存。她必须拿取桶子内的食物强迫自己进食，不管疼痛是否会杀了她，那可以在往后的日子里再去证实，但她现在不想不战而降。她会信守与那女人定下的承诺，补偿复仇女神的时刻终会来临。

她那饱受虐待的身体静下来半晌，一切有如暴风摧残过后所有事物遭到粉碎的情形，然后疼痛再度无预警出现，这次她毫无顾忌地放声大叫，感觉到脓包里的脓流到她的舌头上，疼痛从病灶一直扩散到太阳穴。接着她听到熟悉的闸门鸣笛声，一个新水桶出现在视线里。

“这里！”她听到外面的女人说，“我们给你一些急救的东西，拿走吧！”

她手脚并用地迅速爬到闸门边，从洞里拉出桶子往内一瞧。

只见桶底有个工具，看起来很像是外科手术用的器具——一把钳子。

一把很大却生锈的钳子。

第二十七章

时间：2007 年

卡尔这天的开始糟透了。先是昨晚作了噩梦，早餐时贾斯柏又心情不好，这两件事就已夺走他的动力，加上后来发动公务车时发现油箱见底，在尼莫勒夫和华伦勒斯之间的高速公路上又花费了整整 45 分钟的行驶时间，此刻的卡尔无人会视为迷人、有耐性又亲切有礼的人。

好不容易坐在总局地下室的办公桌前，卡尔看着阿萨德精力充沛、情绪高昂的模样，脑海闪过一个念头。他是不是该上楼到马库斯的办公室，抓起几张椅子把它们全都砸烂，然后他就会被送到有人关注他的地方，在那里只有看电视新闻才会知道不幸事件。

他疲惫地对助理点点头，心想，要是他能够试着放松心情，或许可以恢复点精力。于是他打开咖啡机的电源，却发现咖啡壶是空的，阿萨德适时递给他一杯茶。

“我不太清楚，卡尔。”他说，“你说丹尼尔·哈勒已死，而且并未参加克里斯廷堡的会晤，那去的人是谁？”

“我不知道，但可以肯定的是真正的哈勒和梅瑞特无关，而假冒哈勒身份的人肯定和梅瑞特有关。”他啜饮一口阿萨德递来的薄荷茶，即使尝起来少了四五汤匙的糖，他依旧把那杯东西喝完了。

“但这家伙怎么会认识安沃斯科夫这位百万富翁，出现在克里斯廷堡的代表团召集人从未见过真的丹尼尔·哈勒。”

“好问题，或许是因为他认识真的丹尼尔·哈勒。”卡尔把杯子放在桌上看着公告栏，他把印有丹尼尔·哈勒照片的手册贴在上面。

“哈勒不是那个送信的人，对不对？和梅瑞特在班克罗特咖啡馆用餐的男子也不是他？”

“根据员工的说法，真的哈勒当时根本就不在国内。”他转身面对助理，“你记得在造成丹尼尔·哈勒死亡的那起车祸报告中，曾针对他的交通工具提出什么样的看法？100%正常没问题？有没有发现酿成意外的故障零件？”

“你怀疑刹车功能没有正常运作？”

“刹车、方向盘，以及一切可能的地方。总之车子是否有被破坏的痕迹？”

阿萨德耸耸肩：“汽车被烧毁后很难看出这点，卡尔，但根据我对报告内容的理解，这是起相当单纯的意外事故。”

卡尔也记得报告内容，的确没有可疑之处。

“而且没有证人提出不同说辞。”

他们看了彼此一眼。“我知道，阿萨德，我知道。”

“直到那名男子顶替了他。”

“是，没错。”卡尔啜饮一口茶陷入沉思，这个突如其来的发现太过震撼，否则他肯定不会接受这种不值钱的饮料。

卡尔考虑要抽根烟或吃个嚼锭，办公桌抽屉里有一整包乐克罗牌嚼锭，但他连做这两件事的精力都没有。可恶，为什么案子发展成这样？在他打算永远剔除掉这件蠢事的时候，突然出现不得不重新调查的转折点，在卡尔的眼前堆积起无数的障碍，而这还只是一起案件而已，办公桌上仍有八九十件的档案。

“另一辆车的驾驶员呢，卡尔？我们不和那个擦撞丹尼尔·哈勒的人谈谈吗？”

“我已请丽丝追踪把他找出来。”

阿萨德闻言顿时显得有些失望。

“但我要给你另外一件任务，阿萨德。”

助理的嘴角又再度上扬。

“你带着丹尼尔·哈勒的照片去史蒂汶的霍尔图格一趟，询问那位家政服务员，照片上的哈勒是不是送信给梅瑞特的人。”他指着公告栏。

“好，但我们知道他不是……”

卡尔比了个手势阻止阿萨德继续往下说：“对，他不是，可是这件事只有你和我知道。如果她如我们期待的回答不是，你就问她丹尼尔·哈勒与那位送信者的外型相似之处。我们必须想办法逮到这个家伙，不是吗？还有一点，问她当时乌佛是否在场，或许他曾看过那位送信的人。顺便问她记不记得梅瑞特回家都把公文包放在什么地方，告诉她那是一个黑色、侧边有刮痕的公文包。那个公文包对梅瑞特意义重大，是她父亲的遗物，而且意外发生时正好带在身边。”阿萨德想要开口说话，卡尔却举手制止。“最后再到梅格勒比的古董商那里，问他们是否曾见过这样的公文包。我们明天再谈论全部的调查结果好吗？你可以直接开车回家，我今天外出会搭出租车，之后再自己搭火车回家。”

阿萨德挥动手臂。

“什么事，阿萨德？”

“请等一下，我只是要拿个笔记本，你可以全部重新再讲一遍吗？”

比上次卡尔来探望他的时候，哈迪现在看起来好多了。

之前他的头与枕头融为一体，如今头被抬高到可以看到太阳穴血管的位置，闭着眼睛的模样也比以前友善。卡尔思考他将来恢复的可能性，虽然呼吸器仍在一旁运作，不停抽动，但病房里有些机器被挪走了，或许这是个好征兆？

他不打算打扰哈迪休息，小心翼翼地脚跟一旋准备离开，然而背后突然响起的声音让他待在了原地。

“为什么你要走？难道你不能忍受我被愚弄的样子？”

卡尔转过身，哈迪仍跟先前一样躺着。

“如果你愿意让别人待在身边，就给他们一个你是醒着的讯号，比如说睁开眼睛。”

“不，今天不行，我今天没有心情睁开眼睛。”

“什么？”

“我有决定怎么过日子的权利，好吗？”

“是，好。”

“明天我打算只打开右眼。”

卡尔嘴里说好，但听到这些话让他心里很痛苦。“你和阿萨德说过几次话，哈迪，是我让他过来的。他还好吧？”

“当然不好。”哈迪说话时几乎没有打开嘴唇。

“好吧，但我已经这么做了，而且打算让他经常来你这里。你会反对吗？”

“只要他别再带那个辣烤饼。”

“我会转告他。”

哈迪的身体突然一阵抽动，似乎是在笑。“我这辈子还没拉出这样的东西，你真该看看护士们脸上的表情。”

卡尔试着不在脑海中想象那幅画面。

“我会转告阿萨德，下次不会这么辣了。”

“林格案有任何新发展吗？”哈迪问道。

这是他的昔日伙伴瘫痪以来第一次提出问题，卡尔感觉自己情绪激动，差点说不出话来。

“嗯，发生了一些事。”他告诉哈迪关于丹尼尔·哈勒的最新发现。

“卡尔，你知道我怎么想？”哈迪接着说道。

“你认为要重新调查整件事情。”

“没错，这起案子非常可疑。”他睁开眼睛望着天花板，但马上又闭上，“你有没有找到任何涉及政治的线索？”

“没有，完全没有。”

“你和记者谈过了吗？”

“什么意思？”

“任何一位克里斯廷堡的政治评论者，都拥有可以发现不对劲的灵敏嗅觉。或是八卦报纸的记者，譬如《闲话家常》的佩勒·希特斯缇，自从他被《每日主题》这节目开除后，这个胖子就在克里斯廷堡以扒粪为乐，他绝对是很好的消息来源。去问他，你的脑子肯定会变得比现在清楚。”哈迪脸上闪过一丝笑意。

现在是告诉他这件事的好时机，卡尔心想。

为了让哈迪听进去，他刻意放慢说话的速度说道：“南部的索罗发生一件谋杀案，哈迪。我认为凶手是亚玛格岛上那批人。”

海宁森面无表情。“然后？”他问。

“嗯，两起案件有很多相似之处，同样的武器，同样的红色格纹衬衫，同样圈子的人，同样的……”

“然后？”

“嗯，我已经回答你了。”

“我说然后，这跟我有什么关系？”

只要过了每周截稿日，《闲话家常》的编辑人员在下一期出刊前就会陷于一种气力放尽的状态。卡尔穿过编辑室的时候，两三名记者只是瞥了他一眼，看来没被认出来，也好。

卡尔在角落里找到佩勒•希特斯缇，那是资深记者才可以拥有的安静座位，希特斯缇正站在同事身旁用手指轻抚着红色山羊胡。卡尔一眼就认出那个只会受金钱使唤的无赖，他一直无法理解，为什么有这么多丹麦人爱看加油添醋、偏激的垃圾？当然并不包括报道中的当事人。虽然希特斯缇目前正面临一些因报道纠纷而惹出来的官司，但有主编罩着他。希特斯缇只负责冲高销售量，而主编会用领到的红利帮他粉饰太平，就是这么简单。

希特斯缇朝卡尔的警徽瞥了一眼，又转身面向同事。

卡尔把手放在他的肩膀上。“我说，有几个问题要请教你。”

希特斯缇转过身眼睛直视前方。

“没看见我正在工作吗？难道你要派我去站岗？”

卡尔此时从皮夹里抽出几张他摆了好几个月的千元钞，拿到希特斯缇眼前。

“是什么事情？”希特斯缇盯着钞票不放，或许已在心里计算这金额可以让他晚上到安迪酒吧消磨多久时光。

“我在调查林格案。我的同事哈迪认为你能告诉我梅瑞特在政治圈里对某个人物感到畏惧之类的情报。”

“畏惧某人？这种说法很好笑。”希特斯缇拨开脸上的发束说道，“为什么要问这个？旧案出现什么新线索？”

讯问显然来到一个错误的方向。

“案子已经调查终结。”

希特斯缇点了下头，但其实没被说服。“在她失踪5年后？你还是把这句话送给别人吧。告诉我你手边的情报，我就告诉你我知道的。”

卡尔挥挥手中的千元钞票，男子的眼光再度落在不可或缺的东西上。

“看来你不知道谁爱找梅瑞特的麻烦，你的意思是这样吗？”

“大家都恨这贱货，要不是她有一对巨乳，老早就被赶出国会了。”

这人绝对不是民主党的选民，卡尔心想，不过他并不意外。

“好，所以你对这件事一无所知。”他转向其他人说，“你们有人知道吗？欢迎大家提供任何信息，流言蜚语也可以。也许你们的狗仔在跟踪她的过程中，曾观察到她身旁出现不寻常的人、氛围、桃色事件？”卡尔环顾整间办公室，除了某位年纪较轻的记者正努力思考卡尔刚才的提问，其他在场超过一半以上的人老早已经麻木了，而那位年轻人最终还是会踏入这个八卦的大染缸。

“你说是哈迪•海宁森叫你来的？”希特斯缇说话的同时逐渐靠近钞票，“你该不会就是让哈迪躺在床上的原因吧？我记得当时有一个叫卡尔•穆尔克的警察，那个把同事当成肉盾、躺在哈迪身体底下装死的人就是你？”

卡尔感觉到背脊闪过一阵凉意。这家伙是如何得到这样的结论？警方内部的审问是不公开的，更何况哪怕只是暗示，都不曾有人敢在卡尔面前说出类似的话。

“你缺少下周的头版新闻吗？或许我该把你摔到墙壁上，下一期的报道就有着落了？”卡尔向前趋近，近到希特斯缇再度盯着千元钞票。“哈迪是人人梦想拥有的最佳同事。我愿意为他而死，明白了吗？”

希特斯缇用胜利者的眼神瞥了同事们一眼，卡尔绝对会成为下周周报的头条，现在只缺摄影师把眼前的情况化为永恒的影像。

“如果我告诉你哪位摄影师专门拍摄梅瑞特•林格，可以拿到多少报酬？”

“这对我有什么帮助？”

“谁知道有没有帮助。但你不是警察吗？可以承受忽略线索的代价？”

“那个摄影师是谁？”

“你可以和乔纳斯谈谈。”

“哪个乔纳斯？”如今千元大钞和希特斯缇想拿钞票的手指只距离短短的几厘米。

“乔纳斯·黑斯。”

“乔纳斯·黑斯，很好。在哪里可以找到他？编辑室吗？”

“我们不会雇用黑斯这样的人，但你可以从电话簿找到他的联络方式。”

卡尔记下名字，将拿着钞票的手瞬间缩回外套口袋。不管他有没有付这笔钱，这个白痴都会在下一期报道里提到他，更何况他这辈子尚未付钱买过消息，如果要打破规则，至少也要是与希特斯缇不同类型的人才行。

“你说你愿意为他而死？”当卡尔走向门口，希特斯缇在他背后大喊，“那你为什么没有这么做，卡尔·穆尔克？”

卡尔在楼下的接待处找到摄影师的地址，出租车把他载到维兰德斯大道的一栋小房子前面。从外观判断，这栋房子年代久远，庭院内也堆满了杂物：旧脚踏车、破损的水族箱、过去酿造东西留下来的破玻璃罐、破损不堪使用的防水布，以及堆积如山的空酒瓶。

他跨过倒在大门前那辆脚踏车，从肮脏的窗户后方传来的细微广播声显示有人在家，于是他靠在门铃上方开始猛按电铃。

“可恶，别按了。”屋内终于传来响应。

开门的男子两颊通红、一副宿醉的模样，室外的阳光让他不停眨眼。

“该死，现在几点了？”他说完这句话便径自走进屋内，卡尔跟在他身后进屋，不需得到法院的同意。

房间里看起来像是灾难片中陨石撞地球之后的场景，屋主坐在沙发正中央满足的叹息，然后拿起桌上的威士忌酒瓶牛饮一口，试着把视线聚焦在卡尔身上。

卡尔的经验告诉他：黑斯不是个理想证人。

他提起佩勒·希特斯缇，希望能缓和初次见面的气氛。

“他欠我钱。”男子回答。

卡尔考虑是否要秀出警徽，最后决定留在口袋内。“我来自警察的特别部门悬案组，”他说，“我们试着要解开一些悬案。”

黑斯放下酒瓶。也许在目前的状况下这些话是多余的。

“我是为了林格案而来。”卡尔试着解释，“我知道你专门负责拍摄梅瑞特。”

黑斯想要微笑，结果却打了个嗝。“知道这件事的人并不多，”他说，“她怎么了？”

“你有没有她未公开的照片？”

男子身子往前趴，发出低沉的笑声。

“哦，老天，怎么会有人问这么愚蠢的问题？我至少有一万张照片。”

“一万张！听起来很多。”

“嗯，注意哦。”他举起五根手指头，“每两三天就拍一卷底片，持续了两至三年，你说这是多少张照片？”

“我想比一万张还多。”

一小时后，黑斯终于稍微清醒一点，走路也不再摇晃，能够向卡尔展示他的暗房——房屋后方增建的小房间。

经历过刚才屋内的混乱后，很难相信那里和这间暗房是同一个主人所有。卡尔曾看过许多暗房，但都没有这间那么井然有序，男子中间的差异令人费解。

黑斯打开金属抽屉拿出一个档案夹。“这里，”他把它递给卡尔，上面写着梅瑞特·林格，2001 年 11 月 13 日至 2002 年 3 月 1 日。“这些是她失踪前最后拍摄的负片。”

卡尔从后面翻开档案夹，每个塑料套都装着一整卷负片，最后一个塑料套只有 5 张，以秀气的字体标记着日期数字：2002 年 3 月 1 日 ML。

“她失踪的前一日的照片？”

“对，但没什么特别的。只是几张在克里斯廷堡大门前的照片，我经常待在国会入口的楼梯底下。”

“等她？”

“不只等她，还有其他政治人物。我已数不清自己在楼梯前目睹多少荒谬的情况。只需耐心等候，机会自然出现。就这些底片看来，那天并没有什么特别的事情。”黑斯将负片从塑料套里抽出来放在光桌上，这些是梅瑞特星期五返家前拍摄的照片，也就是她失踪的前一日。

卡尔趴下凑近察看。

看到腋下夹着公文包的梅瑞特。

卡尔不可思议地摇摇头，第一张负片就让他找到需要的线索，这项直接证据容不得任何人辩驳。梅瑞特把公文包带回家，一个侧边有着刮痕的老旧公文包。

“这张负片可以借我吗？”

摄影师拿起威士忌酒瓶喝了一口，用手背抹干嘴角。“负片从不借人，我也没卖过，但可以把它洗出来、扫描。质量当然不是最好的。”他深吸口气清理喉咙，同时笑了一下。

“嗯，谢谢你的帮忙。请把账单寄到我的部门。”卡尔说完把名片递给黑斯。

摄影师观看手中的名片说道：“我说过，那一天没有什么不对劲。如果碰上天气凉爽的夏天，她的衬衫会隐约露出乳头的形状，而光是这些照片就能让我获得不错的报酬。”

他又清了清喉咙笑了，开始在红色小冰箱里寻找东西，放在化学药剂上的冰箱有些不稳，接着黑斯从里面拿出一瓶啤酒想倒给他的访客，但在卡尔来得及做出反应前就发现酒瓶是空的。

“捕捉到梅瑞特和某位情人见面才是条独家新闻。”他一边继续在冰箱里翻找能喝的东西说道，“在她失踪前几天，我想我拍到一些有趣的东西。”

黑斯关上冰箱门后拿起档案夹翻阅。“嗯，这些是梅瑞特·林格和丹麦党成员在国会外讨论事情的负片，我曾把它们冲洗出来。”他笑着说，“当然不是为了拍下她与人说话的样子，而是那个人，站在她后面的那个人。”黑斯指着站在梅瑞特身后的人影。“嗯，这种照片大小没办法看得很清楚，但冲洗成正常尺寸后你就会知道那是她的新助理，她疯狂爱上梅瑞特·林格。”

卡尔俯身看负片。没错，这人的确是瑟丝·诺鲁普，她散发着光彩，有别于卡尔在法尔比与她见面的模样。

“我不清楚这两人之间是否有暧昧，或者只是助理单方面迷恋她，管他的，搞不好有一天这张照片会为让我致富。”他继续翻到下一张负片。

“就是这一张！”黑斯说，湿漉漉的手指指着塑料套的中央，“我记得那天是 2 月 25 日，因为刚好是我妹妹的生日。我当时想着，只要这张照片能够帮我发一笔横财，我要买个世上最棒的礼物送给她。”他拿起塑料套放在光桌上。“我想找的就是这张负片。她和某人站在国会前的楼梯谈话。”他指着照片上方，“看仔细一点，我认为她看起来很紧张，她的眼神泄漏了这点，仿佛浑身别扭。”说完便把放大镜交到卡尔手中。

该死，要如何从负片看出这些讯息？在卡尔的眼中看来，梅瑞特的眼睛只不过是两个白点。

“后来她发现我的存在，虽然我认为她并没有记下我的模样仍选择赶紧离开。我尝试拍下与她对话的那个人，可惜没拍到正面，因为他走向通往桥的那条路，也许只是骚扰她的路人。”

“你可以把这些负片冲洗出来吗？”

黑斯清了几下灼热的喉咙：“如果你赶快去街角的杂货店帮我买几罐啤酒回来，就可以拿到这些负片的照片。”

卡尔点点头：“我先问个问题，你专门拍摄梅瑞特与男子的照片，那一定曾经到过梅瑞特位于史蒂汶地区的家，对吗？”

黑斯没抬头看他，只是专注在眼前的负片上。

“当然，我常常在那里。”

“那有一点我想不通。你应该看过梅瑞特和她残障的弟弟乌佛。”

“经常看到。”黑斯在某张负片的塑料套上打了个叉，“这是梅瑞特和那人的负片中最清楚的一张，待会我会把照片冲洗出来，也许你就会知道这个人是谁。”

卡尔点点头：“为什么不拍一些梅瑞特和乌佛在一块的照片？向全世界揭发她总是匆忙下班的原因。”

“我没这么做，是因为我自己有个多重障碍的妹妹。”

“但这是你的工作，你以照片为生。”

黑斯一脸冷漠地看着卡尔，仿佛是在说：如果不快点买啤酒回来，休想拿到这些照片。

“你知道吗？”摄影师直视卡尔的眼睛说道，“即使被人当作垃圾对待，仍然可以保留一点尊严。”

卡尔在阿勒勒市下车穿过行人徒步区，沿途越来越老旧的街景令人生气。被建造成豪华住宅的钢筋水泥大楼不断向前推进，街道另一边令人感觉舒适的低矮房舍不久后也将消失，如图画一般的旧有景色即将变成装饰过的水泥通道。他一向认为不可能发生的情形，如今却在他居住的城市真实发生了。原本的独特、舒适的城市景观被破坏，全都拜那些没品位的市长和市议员所赐。

烤肉帮再度在家里附近的罗棱霍特公园里聚会，天气微凉，时间接近6点半，2007年3月22日，春天已经降临。

莫顿配合天气穿着从摩洛哥带回的飘逸长袍，这身衣服似乎可以让他在十秒钟之内成立一个新的教派。“你来得正好，卡尔。”他说，把两块肋排放到卡尔的盘子上。

他的邻居希瑟•彼得森似乎已经喝醉了。“我对这一切丧失兴趣，”她说，“我要卖掉这栋垃圾搬走。”又喝下一口红酒后，她继续说道，“政府说要推动社会福利，但花在填写那些愚蠢表格的时间，比实际帮助市民的时间还要多。你知道吗，卡尔？那群洋洋自得的败类官员真该亲自做做看。如果必须先填写表格才能获得免费的食物、司机、房租、津贴、旅行、秘书，他们根本不可能有时间吃饭、睡觉、旅行、郊游或者从事其他活动。你想象一下这个画面：议会开始之前，首相得先列出与其他部长讨论的项目，然后用每两天就罢工一次的计算机打印出来；为了取得在会议中继续发言的权利，还得先把送文件到某位官员那里征求同意；——这个首相八成早就累死了。”她仰头大笑。

卡尔点点头，猜测他们不久后就会开始讨论文化部长限制媒体言论的话题，或者是否有人记得乡镇或医院合并的理由，直到喝完最后一口酒，吃下最后一块肉，大伙儿才会结束闲聊。

他拥抱了希瑟一下，拍拍肯的肩膀，然后便把盘子带进房间。离开前烤肉帮取得了共识：全国超过一半的民众都认为首相该死，并且直到他为自己带给国家和人民不幸做出补救的那天，都会抱持同样的想法，而这可能需要好一段时间。

然而此刻，卡尔脑子里想的却是别的事情。

第二十八章

时间：2007 年

凌晨 3 点，卡尔睡不着。他的脑海里隐约有红色格纹衬衫和钉枪的影像，并且觉得在索罗市所见的四件衬衫中，似乎有一件和攻击他的人穿的是同样的图案。跳得飞快的脉搏和低落的情绪让他感觉很不舒服。他抗拒去想这件事，却无法控制自己的思绪，谁能来停止这个梦魇？

更别说还有一个讨人厌的记者——佩勒·希特斯缇令他感到芒刺在背，他真的打算披露一切？《闲话家常》真的会让一个遇上麻烦的刑警成为下一期周报的头条？

该死！光是用想的就让他的胃直打哆嗦，看来今晚又别想睡了。

“你看起来很累。”马库斯说。

卡尔以一个具威胁性的眼神阻止他说下去。“你有叫巴克过来吗？”

“5 分钟。”凶杀组组长俯身向前，“我突然想到一件事，你还没去上领导力课程，报到日期快截止了，记住！”

“那我就参加下一梯次。”

“卡尔，你知道这些安排具有目的。一旦悬案组做出成果，你理所当然能得到旧同事的协助及支持，没有警官的头衔作后盾对你没有任何益处。你别无选择，卡尔，你必须上这个课程。”

“坐在课堂上把铅笔削尖，不会让我变成更好的调查员。”

“你想担任新部门的主管就得有相符的头衔，如果你不愿意参加这个课程，就得另外找份可以让你自由调查的工作。”

卡尔望向对面的蒂沃利乐园，两名工匠正在为下一季做准备，到时候不停上上下下的设施肯定会让马库斯请求它们停下来。

“我考虑一下，警探先生。”

随着巴克出现，办公室里的气氛也瞬间为之凝结，卡尔不等主管说出烦冗的开场白直接发难：“我的天，博格，你们对林格案干了什么蠢事，所有重要的证据都被糟蹋了。难道整个团队都睡死了吗？还是怎么回事？”

两人的眼神交会时，巴克的目光有如钢铁般冰冷。

“我现在想知道，还有什么事情遭到掩饰或销毁。”卡尔继续说道，“还有要怎样才能阻止你们这种独特的调查方式，博格？”

一旁的凶杀组组长显然正在犹豫是否该戴上半框眼镜，藉此逃避即将爆发的大战，但巴克涨红的脸显然立刻需要人帮忙。

“别管卡尔的语气，”马库斯挑起眉毛瞥了卡尔一眼，“我们都很了解他的个性，但因车祸身亡的丹尼尔·哈勒根本不是梅瑞特在克里斯廷堡认识的那个人，为什么当初调查时没人发现这点？实在太不可思议了！”

巴克额头出现了与他的皮夹克类似的皱褶，看起来有些紧张。

卡尔依旧紧咬不放：“这还不是全部，博格。据说丹尼尔·哈勒和梅瑞特互动频繁，你们知道他其实是同性恋，而且在代表团访问克里斯廷堡时人在国外吗？也许你们该让梅瑞特的助理或代表团召集人安沃斯科夫指认丹尼尔·哈勒的照片，就会知道事情不对劲。”

巴克慢慢在椅子上坐下，此刻他的脑中显然正在快速思索对策。他在林格案后处理过许多案件，部门里的工作压力也使人发狂，但是如果面对现在这种情况却不感到不安的话，那他真的很该死。

“到现在你还坚信我们能够阻止犯罪行为吗，马库斯？”卡尔转身面向主管。

“你一定曾进一步追查丹尼尔·哈勒的死因，我说对了吗？”

“早就开始调查了。”他又转向巴克，“在北边霍内克医院的脊椎中心里，有位伤后苏醒过来的老同事擅长思考。”他把照片丢到主管的桌上。“要不是哈迪提供协助，我无法与这个叫作乔纳斯·黑斯的摄影师取得联系并且拿到这些照片。它们证明了几件事：第一，梅瑞特失踪前一天确实有把公文包从克里斯廷堡带回家；第二，她有个蕾丝边助理，而且对自己的上司表示高度的兴趣；最后，失踪前几天，梅瑞特曾在克里斯廷堡大门前的阶梯上和某个男子起争执，而且显然有些事让她大受震惊。”卡尔指着照片继续说道，“照片虽然只照到这名男子的背影，但比较两人的头发、姿态和身高后，这名男子与真正的丹尼尔·哈勒外形十分相似，即使两个根本是不同的人。”他把InterLab A/S公司的宣传手册摊到印着丹尼尔·哈勒照片的那一页，并且放在其他照片旁边。

“现在我问你，博格·巴克。这个公文包在克里斯廷堡和史蒂汶之间凭空消失，你不觉得奇怪吗？难道你们从没试着把它找出来？还有，丹尼尔·哈勒刚好在梅瑞特失踪隔天去世，你也不感到意外吗？”

巴克耸了耸肩。他当然同意卡尔的看法，但这个白痴不想承认。

“公文包不翼而飞，”巴克回答，“可能是遗失在加油站或者其他地方，我们搜寻过她的住处和停在渡轮上的车子，所有能做的我们都做了。”

“你说公文包遗失在加油站？但只要核对过银行账单，就可以知道梅瑞特回家途中并未购买任何东西。博格，你们的调查处处都是漏洞。”

巴克看起来快要爆发了：“我已经说了，我们非常积极寻找这个公文包。”

“我想巴克和我都十分清楚，我们得解决眼前的疑点。”马库斯试着居中调停。

我们得解决？卡尔心想，难道突然间全世界的人又要插手这件案子了？

卡尔把视线从主管身上挪开。不，马库斯想要表达的不是这个意思。卡尔很清楚事情会如何发展，他绝对不可能从主管那边获得支持。

“我再问你一次，博格，你确定所有的事实现在都摊在桌上？你在报告里对丹尼尔·哈勒只字未提。关于乌佛，也没有记录经办员卡伦·莫腾森的观察。如果里面少了更多的东西，请告诉我。我需要人协助，你明白吗？”

巴克盯着地板用手搓搓鼻子，另一只手抚过精心设计的发型。

尽管面对这些强而有力的控诉，他若是失去自制力无人会感到讶异，但此刻的他显然与失控还有一大段距离。

马库斯丢给卡尔一个少安毋躁的眼神，卡尔也真的闭上了嘴巴，他和主管取得共识，决定给巴克一点时间。

两人坐着等待了一分钟，巴克才一边用手摸着自己的发型说道：“刹车痕迹，我是指丹尼尔·哈勒发生车祸时的刹车痕迹。”

“嗯，刹车痕迹怎么了？”

他抬头看着两人。“就如同报告上所述，道路上并未发现刹车痕迹，一点痕迹都没留下，这让我们认为哈勒是因一时疏忽开上对向车道。砰！”他配合着口中的撞击声双手一拍，“车速快到来不及反应才酿成这场悲剧。”

“没错，交通警察的报告的确这么写。为什么你现在又提起这件事？”

巴克继续说道：“几个星期后，我刚好经过意外发生的地点，突然想起这起案件停车察看。”

“然后呢？”

“和报告上一样，路上并未看到任何刹车痕迹，但还是一眼就可以看出事故现场。被撞断或烧得半焦的树木并未移走，房子的墙壁尚未修补，车祸的另一辆车也还在田里。”

“但是？接下来有个但是？”

他点点头：“但是，我在往措斯楚普的方向，大约距离车祸现场还有 25 米左右的路上，发现有条不明显、约半米长的刹车痕迹。当时我心想，如果这是造成这起车祸的原因呢？”

卡尔还在试着理解巴克的说法，马库斯却已先一步问道：“就像是为了闪避障碍物所留下的痕迹？”

巴克点点头：“是的，有可能。”

“你的意思是，哈勒曾试着闪避路上的物品或人？”马库斯继续说道。

“没错。”

“因此才会撞上对向车道的那辆车。”马库斯点头，这个推论很合理。

卡尔举起手说："报告中提到两辆车是在对向车道相撞，照你刚才的推论，另一辆车得刻意行驶到中线附近才会与哈勒相撞。"

巴克深吸一口气："我当时的确闪过这样的念头，只是没有多作联想，现在我认为有必要重新思考此一可能性。哈勒为了闪避车道上的障碍物，撞上迎面而来的蓄意行驶在中线的车辆。如果当时往前走个 100 米，或许会找到另一辆车加速的痕迹，因为它得在哈勒行驶到中线的时候撞上他。"

"如果你假设的障碍物是一个人，而且这个人认识撞上哈勒的驾驶员，那么这就不再是件意外，并且很有可能与林格案有关。"马库斯一边说，一边在笔记本上记了些东西。

"是，有可能。"巴克撇下嘴角，心情似乎有点低落。

卡尔站起来："可是现场没有目击者可以证明这个推论，所以接下来只能从另一辆车的驾驶员着手。"说完这句话，他转身面向巴克。长久以来气焰嚣张的巴克，此时似乎整个人都缩进了那件黑色皮夹克里。

"尽管我先前就有过同样的怀疑，但是，巴克，你仍然帮了不少忙。如果你想起了其他事情，请来找我，好吗？"

巴克点了下头，神情看起来有点严肃。这件事牵涉的不是个人的名誉，而是工作上的专业。为了使自己赢得尊敬，巴克向来全力以赴，而这顿时让卡尔有一股想要拍他肩膀以示赞赏的冲动。

"我刚去了史蒂汶一趟，有好消息与坏消息，卡尔。"

卡尔叹了口气："说吧，阿萨德，顺序对我来说无所谓。"

阿萨德坐在卡尔办公桌旁边，或许助理下一步打算坐到他的怀里？

"好，先是坏消息。"如果连坏消息都能让阿萨德露出大大的笑容，那么说到好消息时，他脸上的表情又会是什么样子呢？

"撞上丹尼尔·哈勒的人也死了。"阿萨德留意卡尔听到这句话的反应，"丽丝刚才来电，我把它写在这里。"他指着几个阿拉伯文，对卡尔而言，这些文字仿佛意味着挪威北极暖流环绕的罗浮敦群岛明天会下雪。

卡尔无法做出任何响应，脑中一片空白。那名男子当然已经死了。那么，他究竟在期待什么？难道是那人生龙活虎地活着，并且立刻承认自己冒充丹尼尔•哈勒，然后杀了梅瑞特•林格，还有真正的哈勒？简直是无稽之谈！

“丽丝说那人是来自乡下的地痞，曾多次因驾驶不当而坐牢。你知道‘地痞’的意思吗？”

卡尔疲惫地点了个头。

“好。”阿萨德说完继续朗读手边的象形文字。有朝一日，卡尔一定要教会助理用丹麦文做笔记。

“这个人住在斯克敏格，在北西兰岛。”他继续说道，“他们发现他死在床上，死因是呕吐物阻塞气管造成的窒息，血液里的酒精浓度超标，并且服了药。”

“什么时候的事情？”

“车祸发生后没多久，报告上说，他是因为这起意外自暴自弃。”

“你的意思是他因为感到自责酗酒致死？”

“是的，戏剧后压力。”

“创伤，这个叫作创伤后压力，阿萨德。”卡尔闭上眼睛，手指敲着桌边。如果车祸发生时现场真的有第三个人，代表这极有可能是起谋杀案，那么就可以说明来自斯克敏格的地痞酗酒致死的原因。这个走到哈勒车前的她或他是谁？如果真的有第三个人，那个人会不会也自杀了？

“他叫什么名字？”

“丹尼斯。丹尼斯•克鲁德森，死时才27岁。”

“丹尼斯•克鲁德森住在哪里？查出他的地址了吗？有没有亲人和其他家庭成员？或是拥有自己的家庭？”

“有。他与父母一起住。”阿萨德笑着回答，“在大马士革，许多人27岁仍和父母同住。”

卡尔带有警告意味地皱了下眉头，现在不是研究中东文化的好时机。“你还有好消息，说吧。”

阿萨德一脸骄傲的表情。

“这里。”他拿起放在地上的黑色塑料袋递给卡尔。

“里面有什么东西？20千克芝麻？”

卡尔站起来把手伸到袋内，结果摸到某样东西的手把。一个猜测闪过他的脑海，当他把它拉出来的时候，激动得全身泛起鸡皮疙瘩。

是的，和他所臆测一样，那是一只破旧的公文包，一只有道长长刮痕的公文包，跟乔纳斯·黑斯的照片如出一辙，不过不只侧边有刮痕，背面也有。

“该死，阿萨德！”卡尔缓缓坐下。“行事历也在里面？”他看见阿萨德点头，握着公文包的手臂仿佛碰触到圣杯而颤抖。

卡尔盯着公文包好半晌，冷静下来，他不断对自己这么说，然后小心翼翼地把锁推开、掀开上盖……所有的东西都还在！红棕色外皮的“飞来发”万用手册、书写文具、西门子手机、扁平的充电器、横格纸上的手写摘要、两只原子笔，还有一包面纸。的确是圣杯！

“现在……”卡尔说不出话，他考虑是否要将公文包交由刑事鉴别人员做进一步的检查。

阿萨德的声音听起来像是从很遥远的地方传来。“我先去了海儿·安德森那里，她不在家，不过海儿的先生因为背痛在家休息，帮我打电话联络上她。她回来后，我把丹尼尔·哈勒的照片拿给她看，但她不记得自己看过这个人。”

卡尔仍盯着公文包及里面的东西，提醒自己要有耐心，阿萨德总会说到他是如何拿到这只公文包的部分。

“你有没有问她，那个人送信来的时候，乌佛在不在旁边？”他引导阿萨德往下说。

阿萨德点点头：“是的，她说乌佛那时一直站在她旁边，而且表现得很紧张，只要门铃一响就会这样。”

“她觉得那个送信的人长得像丹尼尔·哈勒吗？”

阿萨德学海儿皱鼻子思考的样子，模仿得维妙维肖。“有一点像。但送信的人看起来没那么老，发色更深一些，并且更有男子气概。她还描述了他的眼睛以及其他部位，但仅仅只说了这些。”

“你有追问公文包的下落吗？”

刚才的微笑再度出现。“是。海儿也不知道遗落在哪里，她虽然记得公文包，但不清楚梅瑞特在最后那个晚上是否有把它带回家。”

“阿萨德，我们先言归正传，你是在何处找到它？”

“就在洗衣房的暖炉旁边。”

“梅格勒比镇的房子？古董商那里？”

他点头：“根据海儿的说法，在她为梅瑞特工作的几年间，注意到这个人每天总是重复一样的行为模式。她在进门前会先透过窗户看一下乌佛，才在洗衣房脱掉鞋子并把换下来的衣服放在洗衣机旁边，不是因为衣服脏，只是习惯如此，最后再穿上晨袍和她弟弟一起看录像带。”

“那她怎么处理公文包？”

“卡尔，这问题连家政服务员都无法回答，她不知道梅瑞特把公文包放在何处，但她认为不是在走廊就是在洗衣房。”

“该死，公文包怎么可能就在洗衣房的暖炉旁边？行动派遣队上上下下找遍整栋房子，结果它竟然一直都在那里？我相信古董商搬进去的时候一定也彻底打扫过，你到底是怎么办到的？”

“古董商允许我在房子里随处察看，于是我在脑中模拟梅瑞特回家的情况。”阿萨德用手指关节敲着自己的头，“我在洗衣房脱下鞋子，把外套挂在门廊的钩子上，这动作我只能假装，因为如今挂钩已经不在那里，但我试着想象她双手拿着东西，一手拿文件，另一手拎着公文包。如果没有放下手中的东西，就无法把外套脱下来。”

“暖炉就在旁边？”

“是的，卡尔，刚好就在旁边。”

“她为什么不把公文包带进卧室或书房？”

“我待会再回答这问题，卡尔，给我一分钟。我看见上面的暖炉，公文包当然不在那里，但你知道我看见了什么？卡尔。”

卡尔盯着助理等待他回答。

“我看见暖炉和天花板之间至少还相隔一米。”

“真是个大发现。”卡尔的语气平淡。

“我想她不会希望公文包躺在肮脏的锅炉上，因为那是她父亲的公文包，一定特别珍惜重视。”

“我不懂你的意思。”

“她没有让公文包横躺，卡尔，她把它立在暖炉上面，就像一般人把公文包放在地上那样，因为那里有足够的空间。”

“但在她这么做之后，公文包却翻倒滑落至暖炉的后方？”

阿萨德的微笑回答了一切：“另一侧刮痕是新的，你看。”

卡尔阖上公文包的盖子翻转过来，这道刮痕并不新。

“因为公文包蒙上一层灰尘，我在擦拭的时候让刮痕的颜色变得有点深，可是刚发现它的时候痕迹还很新，是真的，卡尔。”

“我的天啊，阿萨德，你擦拭了公文包？你该不会也动了里面的东西吧？”

助理谨慎地点点头。

“阿萨德。”为了不让自己的语气太过严厉，卡尔深深吸了一口气，“下次当你发现重要的东西时，收起你的爪子，好吗？”

“爪子？”

“你的手，阿萨德，你的手！你这么做会毁掉重要的线索，明白吗？”

助理又点点头，态度更加谨慎：“我有把衬衫袖子卷起来，卡尔。”

“好，阿萨德。你认为造成公文包上的第二道刮痕的原因跟第一道是一样的？”卡尔再次把公文包翻转过来察看，两道刮痕几乎如出一辙，可以肯定旧的刮痕绝对不是来自于1986年那场车祸。

“是，我相信公文包不是第一次滑落到暖炉后方。当我在后方的管线之间发现它，花了好一番功夫才拿出来，我确定梅瑞特一定也碰到过类似的情况。”

“为什么它没有掉下去？”

“肯定有，洗衣房的门打开时会掀起一阵强风，但公文包不是每次都会掉到后面。”

“回到我的问题，为什么梅瑞特没把公文包带进屋内？”

“她在家的时候想要安静，不想被手机打扰，卡尔。”阿萨德挑高眉毛说，“你不信？”

卡尔看着公文包思考：梅瑞特把公文包带回家并不奇怪，里面可能装着她的行事历或一些用于重要场合的卷宗。但是，她既然带这么多数据和档案回家阅读，就代表有很多公事需要处理；另一方面，只有少数特定的人知道她家里的电话号码，大多数人依然得透过名片上的手机号码联络她。这两点似乎很矛盾。

“难道她在客厅的时候听不到洗衣房里的手机声？”

“No way。”

卡尔不知道阿萨德竟然懂英文。

“啊，你们在这里，看起来很轻松哦。”一道清脆的声音从后方传来。

两人都没听到丽丝走进来。

“我这里有几个你们的案子，是日德兰半岛东南区的。”秘书为地下室带来一阵香气，这香味可与阿萨德的线香相比拟，但有另一种效果，“他们很抱歉现在才把档案送过来，因为内部职员请病假的关系。”

她把档案递给过分热情的阿萨德，给了卡尔一个会让每个男人下半身有感觉的眼神。

卡尔盯着丽丝的唇，努力回想上一次与异性有亲密接触是什么时候。他眼前浮现出一位离婚女子的身影，在她那栋鲜红色的两房公寓，房间里摆着一个洒上薰衣草的水盆，周围点了蜡烛，床头灯罩着一块红色的布幔，可是他却想不起那名女子的长相。

“卡尔，你对巴克做了什么？”丽丝问道。

他从白日梦中被唤醒，随即对上丽丝的眼睛，那双浅蓝色的眼睛现在看起来有些深邃。

“巴克？他四处跟人抱怨？”

“不，他回家了。但同事说他从上司那边回来时，脸色异常苍白。”

他把梅瑞特的手机放进充电器，暗自希望电池没坏。阿萨德用卷起袖子的手指摸遍了公文包里里外外，这动作已经造成无法弥补的损失，即使请鉴别人员采集线索，希望亦十分渺茫。

笔记本上只有三页记载着东西，其余都是空白，笔记内容主要是家政服务员的工作规章和他们约定好的日期。梅瑞特留下的讯息平淡得令人失望。

接着他把手伸进公文包另一边的口袋，掏出四五张皱巴巴的纸条。第一张是购买杰克琼斯外套的发票，日期是 2001 年 4 月 3 日，其他是像手风琴风箱一样皱的白色小纸条，几乎在每个男孩的书包里都可以找到同样的东西，上面的铅笔笔迹潦草到难以辨认，当然也没标上日期。

他把工作台灯挪到上方后抚平纸条细看，上面只写着简单一句："可以在我演讲完税制改革后谈一下吗？"签名仅写着 TB，这存在许多可能性，但塔克·帕库森的可能性最高，至少卡尔这么认为。

他露出微笑。很好，塔克·帕库森想要与梅瑞特谈谈，看来似乎没有成功。

卡尔摊开另一张纸条快速扫过，上面透露出的语气令他浑身颤栗，帕库森表现得很私人及迫切：

梅瑞特，如果你把它公开，我不知道会发生什么事，我请求你不要这么做。

然后卡尔拿起最后一张纸条，模糊不清的字迹就像是经常拿出来阅读。他把纸张翻来覆去，逐字辨认。

梅瑞特，我想我们了解彼此。这件事情伤我很重，我再次请求你不要公开它。我正努力处理这一切。

这次没有署名，但字迹绝对是相同的。卡尔拿起话筒，按下库尔特·韩森的电话号码。

保守党秘书的态度亲切有礼，对库尔特·韩森目前无法接听电话感到抱歉，并且询问卡尔是否愿意等待，根据她的判断，再过几分钟会议就会结束。

卡尔将话筒拿在耳边等待，继续看着眼前的纸张。从 2002 年 3 月它们就在公文包里，甚至有可能还早个一年以上。上面叙述的也许只是微不足道的事情，但也有可能并不单纯，而梅瑞特把它们收起来或许是因为某个时候派得上用场。

几分钟后，他听到背景传来一阵嘈杂声，接着在一个喀嚓声之后出现韩森特殊的嗓音。

“我能为你做什么，卡尔？”国会议员开门见山问道。

“我该怎样查出塔克·帕库森递呈税制改革的时间？”

“该死，你要这份数据做什么，卡尔？”韩森笑着说，“没有比激进中央党对税制的看法更有趣的了。”

“我需要详细的确切时间。”

“这有困难。帕库森每两秒就对某个法条提出建议。”他笑着说，“好，不开玩笑，但这5年来帕库森担任交通政策发言人，我不知道他何时退下财政政策发言人的位子。稍等一下。”他拿开话筒转身询问办公室里的人，电话中传来一阵模糊的交谈声，几分钟后韩森的声音再度出现，“我们认为应该是在2001年初，仍是旧政府执政的时候，然后他为了接下这个蠢工作花了点时间，估计起来大约是在2001年3月或4月。”

卡尔满意地点点头：“这时间点刚好，和我想的一样。老兄谢谢，请帮我把电话转给塔克·帕库森。”

女秘书在话筒传来几声嘟嘟声后接起电话，她告知卡尔，帕库森目前正在国外进行铁路网考察之旅，会行经匈牙利、瑞士和德国等地，星期一才回国。

考察之旅？铁路网？这些话留着跟别人说吧。卡尔认为这根本是度假之旅。

“能不能请你给我他的手机号码？”

“我不认为我有这个权力。”

“听着，你说话的对象可不是来自菲英岛随便一个农夫。如果有必要，我5分钟内就能拿到电话号码，但你敢肯定帕库森知道后能够谅解吗？”

尽管国际电话掺杂着噪声，帕库森不带情感的声音仍不会错认。

“我手边有几张过去的便条纸需要你提出解释。”卡尔放低声音，“纯粹是例行性公事。”

“关于什么事？”尖锐的语气与三天前两人那场谈话截然不同。

卡尔逐一读出纸条的内容。当他读到最后一张时，电话另一头的帕库森似乎停止呼吸。

“帕库森？”他问，“你还在吗？”

接着传来断线的声音。

他该不会跌进河里了吧，卡尔心想，努力回想那条分隔布达佩斯市的河流名。他从公告栏上拿起待调查的清单，在第三点克里斯廷堡的同事下面加上了塔克·帕库森名字的缩写。

卡尔才挂上电话，电话铃声再度响起。

“贝阿特·伦德斯科夫。”电话另一头的女子自我介绍，卡尔不认得这个名字。

“我们检查过梅瑞特·林格的旧硬盘，很抱歉通知你所有数据都被删除了。”

现在他明白对方来自于民主党秘书处。

“我以为你们保存了所有的硬盘。”

“没错，但显然没有人通知梅瑞特的助理。”

“这话是什么意思？”

“哎，她把数据删除了，而且还在背面写着：‘2002年3月20日，格式化，瑟丝·诺鲁普’。我手上正好拿着这个硬盘。”

“时间是梅瑞特失踪三周后。”

“是的，没错。”

这个该死的巴克和他的同事，调查到底有没有按照流程进行？

“难道不能把硬盘送去做进一步的分析？或许有人可以复原删除的数据。”卡尔认为。

“一定这么做过。稍等一下，”他听到电话中传来翻找的声音，然后秘书再次接起电话的语气听起来很满意自己具有先见之明，“是的，这里有张纸条。‘2002年4月初，送至位于康根大道的信息站检查，挽救数据。’以下是无法救回的原因，需要我念出来吗？”

“不用了。”他说，“瑟丝·诺鲁普显然知道自己该做什么。”

“的确如此，”她答道，“诺鲁普是那种会追根究底的人。”

卡尔向秘书处的小姐道谢后挂上电话。

他坐在桌前点了一根烟，盯着梅瑞特那本破旧的万用手册，然后从桌上拿起手册，以一种几近肃穆的态度翻开它。每当他有机会深入被害者死前的最后那段时光总是如此战战兢兢。

就像卡尔刚才看过的笔记本，行事历上的字迹一样难以辨认。梅瑞特似乎总是在匆忙中写下这些文字，大写字母简单掠过，N 和 G 不完整，字与字之间也连在一起。卡尔从她接见代表团的那天开始看起，2002 年 2 月 20 日星期三，同一页下方写着班克罗特咖啡馆，6 点 30 分，除此之外就没有别的东西。

接下来的行程几乎每天都不超过一行，这是一本非常表面的行事历，没有任何标记可以看出主人的性格。

当卡尔翻阅到她最后一个工作日，一种绝望的感觉油然而生，这本行事历竟然无法提供任何有助侦察失踪案的线索。2002 年 3 月 1 日星期五：两个委员会会议和一个党团会议。这就是当天全部的行程。看来，所有的真相都埋藏在过去。

他推开行事历看着空荡的公文包，它真的掉落在暖炉后方长达 5 年，现在已无法给予他们任何提示？他再次拿起行事历检查整本手册，发现梅瑞特除了日计划表和后面的通讯簿之外并未使用其他部分。

卡尔从通讯簿最前面看起，虽然他可以直接跳到字母 D 与 H 的部分，却不想太快感受失望的情绪。在字母 A、B、C 那几页，他认得 90％的人名，清一色是台面上的政治人物；和卡尔的联络人只有贾斯柏、维嘉以及罗棱霍特公园的邻居一样，这份通讯簿的主人同样没有太多朋友。不，是一个都没有，因为这位漂亮的女子有个心智障碍的弟弟，以及异常沉重的工作。当终于来到字母 D，卡尔知道自己不会看见丹尼尔·哈勒的名字。梅瑞特记录与自己接触过的人不是用名字字母排列，举例来说，有谁会把瑞典首相约兰·佩尔松（Göran Persson）登记在字母 G 下呢？或许维嘉就会这么做。

接下来，当卡尔翻到字母 H 那一页，他知道这就是这起案子的转折点了。人们说林格案是一起不幸的意外，是自杀，却无法提出任何证据，而卡尔虽然在侦办过程中不断发现失踪案透露出古怪的不寻常的地方，但都比不上这一页传达的讯息强烈。看完整本行事历会发现梅瑞特习惯用潦草字迹记事，卡尔相信不论字母或数字，继子贾斯柏都可以写得比她整齐，若考虑到她平步青云的政治生涯，还有她对自我的纪律，恐怕会对这样的笔迹感到讶异，但有一点从未在这一页以外的其他地方出现——梅瑞特不曾对自己写下的东西反悔，行事历里没有一处涂改的痕迹。她知道自己要写什么，也知道何时该记录什么，事先考虑得很周详，只有通讯簿H字母的那一页例外。卡尔不敢打包票保证这痕迹和丹尼尔·哈勒有关，但在内心深处，以身为警察的最原始的直觉，他知道自己绝对命中核心。她用原子笔把某个名字涂掉，在涂改痕迹下面一定是丹尼尔·哈勒的名字和电话号码。他就是知道。

卡尔微微一笑，他现在需要技术人员正确迅速地完成这项工作。

“阿萨德，”他大声呼唤，“过来一下。”

他听到走道上传来跑步声，然后阿萨德在门口出现，戴着橡胶手套的手上拎着水桶。

“你有一个新任务，找技术人员想办法把这个号码弄出来。”他指着被覆盖的地方，“丽丝会向你解释整个过程，告诉他们要快。”

十

卡尔小心敲下贾斯柏的房门，跟平常一样没有任何回应。不在家，他想，否则肯定会制造高达120分贝的音量，足够把门从里面炸开。可是，一开门，卡尔就发现自己错了。

他看见贾斯柏正在触摸女孩衬衫底下的胸部，那位女孩看见卡尔立刻发出毛骨悚然的尖叫声。

“对不起。”卡尔立刻对房间里的两人道歉，贾斯柏的双手也从尴尬的部位抽开。女孩的双颊就和两人身后墙上的切·格瓦拉海报的底色一样红，她的实际年龄最多14岁，但却拥有20岁的成熟外表。这名住在雪松街的女孩就像自己母亲年轻的时候，看起来都比实际年龄大，但随着年纪的增长，有过苦涩的经历后，外表比实际年龄大不一定是个优点。

“该死，卡尔，你在这里做什么？”贾斯柏从沙发床上跳起来。

卡尔再次道歉并说他有先敲门，但没有人响应。

“请继续……我只有一个问题，贾斯柏，你知道你的摩比玩具收去哪里了吗？”

他的继子一副想把手榴弹丢到他脸上的模样，卡尔也察觉现在不是问这问题的好时机。

他充满歉意地向女孩点头。“我知道这听起来有点荒谬，但我需要那东西调查案件。”他又把视线转回贾斯柏身上，瞬间感觉自己被万箭穿心，“你那些塑料人偶还在吧，贾斯柏？我想买下它。”

“快滚出这里，下楼找莫顿，但记得带着你的支票簿。”

卡尔皱起眉头，这和支票有什么关系？

距离卡尔上次敲莫顿的门已有一年半的时间。即使这名房客可以像家人一样在一楼自由活动，但他在地下室的生活仍未受打扰，除了因为他在房租上有不小的贡献，卡尔自己也不想了解太多莫顿的事或是坏习惯，这些事有可能会吓到他，因此刻意保持距离。

然而他很快就知道自己的担忧毫无根据，因为莫顿的房间非常普通，除了几张一米高的有着宽阔肩膀的男人与大胸部女人的海报之外，几乎与韦德玛斯王子大道上的退休公寓没什么两样。

在问过贾斯柏的摩比玩具下落之后，莫顿带卡尔到三温暖室，这个设施是罗棱霍特公园附近所有公寓的基本设备，其中有99%的三温暖室后来被拆掉，或者沦为堆放杂物的储藏室。

“别客气，瞧！”莫顿骄傲地打开三温暖室的门。从天花板到地板布置着满满的层架，上面玩具的数量几乎把架子压垮，几年前跳蚤市场上还找不到这些玩具，例如：健达出奇蛋、星际大战、忍者龟和摩比人偶。这栋房屋里的塑料产品有一半以上是在这些架子上。

“看这里，有两个出自于1974年纽伦堡玩具展系列的原版人偶。”莫顿骄傲地从架上拿下两个戴着钢盔的小人偶。

“编号3219拿着尖锄的交通警察，与编号3220拿着交通指示牌的交通警察，两个都完整无缺。”莫顿继续说道，“是不是很疯狂？”

卡尔点点头。他找不到更好的说辞。

“只缺了编号3218，这个工匠系列就搜集完成。贾斯柏的编号3201和3203贡献很大。你看，是不是很了不起？很难相信贾斯柏也玩过。”

卡尔摇头，觉得根本是浪费钱。

“他只卖我2000元，人真好。”

卡尔瞪着层架不发一语，心里认为应该向莫顿和贾斯柏晓以大义，这得从他在田地施肥，时薪只有两克朗的时期说起。

“可以借一个给我吗？最好是这个。”卡尔指着一套附有一只狗且设备齐全的家庭模型。

莫顿一脸讶异的模样仿佛吞下一根钉子：“你疯了吗，卡尔？这盒子编号 3965，是 2000 年制造的。我有完整的纸盒、房子、阳台及一切设备。”他指着放在最上方层架的其他零件。

没错。那里有间闪耀着塑料材质光芒的房子。

“你有其它可以借我的模型吗？明天晚上前我会还你。”

莫顿脸上的表情，仿佛是说只有这件事他不愿意妥协。

但这问题就跟卡尔问“是否可以用力踩他”一样，两者都没有反抗的余地。

第二十九章

时间：2007 年

忙碌的星期五。阿萨德上午在“外籍人士办事处”有个面谈。政府为了美化现实，将采用旧分类机制的行政单位重新命名。阿萨德不在的期间，卡尔必须自己打理一切。

前一晚，卡尔趁莫顿在录像带店工作，从那个堆满塑料模型的宝库偷偷劫走摩比家庭。现在他正开车前往北西兰岛，而摩比人偶在旁边的副驾驶座上，以冰冷又充满指责的眼光看着他。

因呕吐物窒息而死的驾驶员丹尼斯·克鲁德森在斯克敏格的住家，其外观就跟这条街道上其他房子一样丑陋。

卡尔原以为会是某位壮硕的农人、造路工人或是身材高大的女子前来应门，然而却是一位年近 40、外表纤细、性别模糊的女子。他无法立刻判定她是否属于管理阶层，或者是高级旅馆酒吧里的伴游小姐。

女子允许他进门。当卡尔提起她的双亲时，她说他们已经过世了。

她说自己的名字叫卡米拉。卡尔被邀请进客厅，发现客厅被圣诞节用的盘子、摆满整面墙的小摆饰和羊毛地毯占据。

“你的双亲是什么时候过世的？”卡尔问道，试着忽略室内的丑陋装潢。

她察觉到他的想法，这屋里所有的东西都像是来自另一个时代。

“我的母亲继承她母亲的房子，这里所有的东西几乎都是她的。”她保证自己的家里看起来绝对不是如此，“我继承了这一切，又刚离婚，如果能找到工匠的话，这间屋子需要请人整理。能在这里找到我，你很幸运。”

卡尔从房间里最好的家具——胡桃木写字柜上，拿起一张镶框的照片，这是张卡米拉、丹尼斯和父母的全家福合照。照片中的丹尼斯看起来约莫 10 岁，丹尼斯的双亲在写着“银婚快乐：格蕾特与亨尼希银婚志喜”的旗帜下笑得像太阳一样灿烂、喜气洋洋。卡米拉穿着并不会引起过分遐想的紧身牛仔裤，丹尼斯身上是黑色的皮背心，头戴棒球帽，上面有着“嘉实多石油”的字样。

壁炉上还有许多照片，卡尔一一询问那些人的身份，从卡米拉的回答中得知这个家没有太多的亲友。

“丹尼斯追求速度。”卡米拉一边说，一边带他走进丹尼斯的房间。

映入眼帘的是两盏熔岩灯和一组巨型扩音器，房间时髦的摆设和房子过时的装潢形成强烈对比，浅色木制的家具与房间很相配，衣柜是新的，衣架上吊满不错的衣服，墙上有许多裱框得很漂亮的奖状和证书，至于对面整面的桦木柜上则放着许多丹尼斯的获胜奖杯，卡尔粗略估计大约将近 100 座，相当壮观。

“是的，”她说，“丹尼斯赢得过所有类似的奖项，如摩托车飙速赛、房车赛、拖拉机赛，以及各种等级的摩托车竞赛。他是天生好手，对各种感兴趣的东西都很擅长，也包括写作、数学和其他事物。他的死是那么令人遗憾。”她无意识地点点头。“我的父母无法承受这一切，他是这么好的儿子和弟弟。”

卡尔脸上带着理解的表情，但他心里不明白，这与丽丝告诉阿萨德的丹尼斯·克鲁德森是不是同一个人？

“我很高兴你们关心这件事的内情，”卡米拉说，“但我真希望你们在我父母在世时就这么做。”

卡尔看着她，试着了解这句话背后的意义。“‘内情’是什么意思？你指的是那场车祸？”

她点了下头：“是的，车祸，还有丹尼斯在车祸后没多久就去世。他可能吃下任何东西，但绝对没有吸毒，我们当时也是这么告诉警方。这件事根本无法想象！他和许多年轻人一起工作，时常警告他们不要吸食毒品，但警方不听，他们只看了自己内部的犯罪纪录，发现丹尼斯曾因超速而收过罚单，因此在他们从丹尼斯的运动袋中搜出令人厌恶的迷幻药之前就这么判定他了。”卡米拉的眼睛眯细，“但这事不对劲，丹尼斯根本不碰毒品，因为它会影响他的反应能力，他痛恨这种脏东西！”

“或许有人说服他这东西可以迅速捞钱？或者他想自己尝试看看？你知道，类似的事情我们看过太多了。”

此时，卡米拉嘴边的皱纹突然加深：“某人让他做出这种事，而且我也知道是谁，我当时就曾这么告诉警方。”

他从公文包里拿起笔记本。“哦？”卡尔的内心升起一种警觉，意识到有些期待之外的蛛丝马迹，“那个人是谁？”

她朝墙壁走去，那些壁纸肯定来自20世纪60年代，然后拿起一张镶框的照片。卡尔的父亲也拍过类似的照片，当时卡尔在布朗德斯勒夫赢得游泳竞赛，一个骄傲的父亲想向众人展现自己儿子的成就。卡尔估计照片上的丹尼斯最多大概10—11岁，穿着卡丁车赛车服的他看起来很时髦，骄傲地拿着刚从比赛中得到的小银盾。

“那个人在那里，”卡米拉说，指着有着一头浅色头发的少年。少年站在丹尼斯身后，一只手搭在他的肩膀上。“他们称他为阿特摩斯，我不知道为什么这么称呼他。丹尼斯和他在一场摩托车越野赛上认识，之后便疯狂的迷上阿特摩斯。但是，这人是个人渣。”

“两人从孩提时代就有接触，并且从未间断？”

“不，丹尼斯十六七岁左右似乎与阿特摩斯失去联系，但在他去世前几年两个人又见面了。我的母亲不断跟我抱怨这事。”

“为什么你认为阿特摩斯和你弟弟的死有关？”

她哀伤地看着照片。“他是个不中用的家伙，而且非常坏，具有高度的毁灭性。”

“这话是什么意思？”

“他根本是个恶毒的疯子。丹尼斯虽然认为我在胡说，但事实的确如此。”

“为什么你弟弟会与他交朋友？”

“因为阿特摩斯鼓励他开车，又年长他几岁。丹尼斯十分尊重阿特摩斯。”

“你弟弟因自己的呕吐物窒息而死，并且吞下五颗药丸，血液里的酒精浓度高达4‰。虽然不知道他的体重，但这数字肯定饮酒过量。你是否知道他酗酒的原因？或者他长期以来都有酗酒的习惯？还是车祸意外让他感到非常沮丧？”

她用哀伤的眼神看着卡尔：“是，我的父母说那场意外带走了他。丹尼斯是个了不起的赛车手，这是他第一次发生意外，而且造成一个人死亡。”

“就我所知，丹尼斯两次因驾驶疏忽入狱，似乎不是什么了不起的驾驶员。”

“哈！”她用轻蔑的眼神看着卡尔，“他不是不负责任的驾驶员。他在高速公路上开车时能够完全掌握前方的路况，拿他人的安全及生命作赌注是他最不愿意做的事。”

有多少问题少年，只要家庭实时关心其状况，就不会变成罪犯或流氓？而又有多少家庭不肯承认自己的亲人有问题？卡尔已听过上千次：我的弟弟、儿子、先生是无辜的。

“你似乎对自己弟弟评价很高，你不觉得有些过誉了吗？”

她抓住卡尔的手腕凑近他，近到卡尔甚至感觉到她的刘海在鼻子上搔动。“如果你侦察案子的敏锐度就像裤档里的那话儿那样迟缓，你现在就可以消失了。”她生气地尖声说着。

她的反应剧烈又伤人，足以证明她在社会上并不属于管理阶层。卡尔心想着把头往后移开。

“我弟弟很好，知道吗？”她继续说道，“如果你打算继续调查，我建议你认真看待我所说的话。”她从先前提到裤裆的态度，突然间又恢复刚见面时温柔的让人可以信任的样子，这种变化实在激烈得令人惊讶。

卡尔皱起眉头上前一步：“下次你再激怒我，我会戳破你的硅胶炸弹，并宣称是因为你拒捕才让事情发生的。当你蹲在希勒罗德的牢房，瞪着异常苍白的墙壁时，会后悔自己曾经有过冒犯的举动。现在请继续，还是你对我的身体部位有其他要补充的？”

卡米拉依旧保持冷静，甚至没有挤出半个微笑：“我只是想说我弟弟没问题，你们必须相信这一点。”

卡尔放弃了。眼前这个女人似乎不太容易被说服。

“嗯，那么，我可以在哪里找到这位阿特摩斯？”他说完后，立即远离这位变色龙小姐一步，“你记得任何关于这类的讯息吗？”

“你知道，他比我小 5 岁，因此当时无法勾起我的兴趣。”

卡尔报以微笑。随着时间的逝去，兴趣是可以改变的。

“他有没有任何醒目的特征？疤痕，头发，牙齿？或者这附近有人认识他？”

“我不这么认为。他从小就在北方齐斯维勒莱厄的保育院长大。”

她安静地站着陷入思考。“等等，”她又转身面向他，“我想那间保育院叫作戈德港。”她拿起丹尼斯与阿特摩斯合拍的照片递给卡尔，“如果你答应我会物归原主，你可以拿这张照片到保育院让人指认，也许可以找到你要的答案。”

耀眼的阳光照射在卡尔停在十字路口的车子上，车子里的他陷入了沉思。他可以开往北边的齐斯维勒莱厄和保育院的人谈谈，希望那里有人还记得 20 年前的那个叫作阿特摩斯的男孩；或者按照原订计划到南边的艾格里疗养院与乌佛一起回忆过去；当然，他也可以把车停在路边，让脑袋保持在待机状况睡几个小时。三个选项中，似乎最后一项最诱人。

然而这个选项的风险也最大，如果他没实时把摩比人偶放回莫顿的架子上，有可能让因此失去他的房客以及最主要的收入来源。

于是他放下手刹车往左转，朝着南方而去。

到达艾格里疗养院已是午餐时间，卡尔刚停好车，一阵带有百里香和番茄酱汁的食物香气便扑鼻而来。卡尔在办公室外的阳台找到院长，他正在一张柚木长桌上用餐，如同上一次卡尔见到他那样行为合宜。戴着一顶遮阳帽，领口别着餐巾，小口吃着放在大盘子里略显渺小的意大利千层面。他绝对不是那种为世俗快乐而活的人，但坐在距离他 10 米远的行政部门员工和几位护士则不同，他们面前的盘子盛得满满的，正天南地北地聊天。

他们看到卡尔绕过角落时安静下来，灌木丛里的鸟鸣声以及杯盘碰撞声刹那间显得清晰可闻。

“希望没有打扰到你们用餐。”卡尔主动坐在院长那一桌这么说，“我想向你请教一些事情，你是否知道乌佛曾经在玩游戏时重建让他受伤的车祸场景？在梅瑞特失踪的不久前，史蒂汶的经办人卡伦·莫腾森观察到这个现象。你知道这件事吗？”

院长慢慢地点头后继续用餐。卡尔盯着他的餐盘，看来在艾格里国王纡尊降贵与他的子民说话之前，得先吞下最后一口面。

“这是否列在乌佛的病历档案中？”卡尔不放弃继续追问。

院长又点头，细细咀嚼。

“从那之后有发生过类似的情形吗？”

他耸耸肩。

“发生或没发生？”

他摇摇头。

“我今天想要单独与乌佛谈谈，只要10—15分钟的时间，可以安排一下吗？”

话毕，没有得到任何回应。

卡尔等待院长拿餐巾将嘴擦干净，舌头清理过牙齿，喝一口冰水，最后终于把眼光挪到坐在对面的人身上。

“不，你不能单独与乌佛相处。”他回道。

“出于什么理由？”

他看着卡尔的眼神十分傲慢。“你不具备院内人员的专业。”他不等卡尔回答继续说道，“我们不能冒险，你有可能延迟乌佛的发展。”

“他有发展吗？我不知道这件事。”

卡尔注意到长桌上的阴影后转身，看到护士长友善地点点头，当她向院长自告奋勇时，立刻让卡尔想起上次见面留下的好印象。

护士长看着她的上司说：“我会负责。乌佛和我现在要去散步，穆尔克先生可以陪着我们。”

这是卡尔第一次走在乌佛的身旁，发现他的身材很高，然而瘦长而不灵活的四肢和体态显示他大部分时间都坐着。护士长握着他的手，看来这个举动对乌佛来说并不具有威胁性。当他们来到峡湾旁的一处灌木丛时，乌佛放开护士长的手坐了下来。

“你很喜欢看鸬鹚，对不对，乌佛？”护士长指着对面的鸟类聚集地，那是一片半枯萎的覆盖着鸟粪的树林。

“我带了些东西想让乌佛看看。”卡尔说。

护士长警戒地看着他从塑料袋拿出四个摩比人偶及附属的车子模型。卡尔第一次见到她就觉得这个护士心肠很软，即使她可能并不会如他所期待的完全配合。

她把手放在胸前的护士徽章上，也许是为了让自己接下来说的话更有分量：“我知道卡伦·莫腾森说的那起事件，但我不认为重建车祸现场是个好主意。”

“为什么？”

“你想要在乌佛面前重演那起意外事故，不是吗？并希望藉此能唤醒他一些记忆？”

“是的。”

她点点头：“我也有想过，但说真的，我不知道这样做是否妥当。”她准备站起来，却有些迟疑。

卡尔小心翼翼地把手放在乌佛的肩上并蹲在他的旁边。乌佛的眼睛里闪烁着快乐的光芒，卡尔可以了解，谁不想丢开一切，徜徉在美丽湛蓝的3月呢？

然后他把摩比汽车放在乌佛面前的草地上，拿起一个又一个人偶放在车子座位上，父亲和母亲在前座，女儿和儿子在后座。

护士紧盯着他每个动作。或许有天卡尔还会再来疗养院重复这个实验，因此现在不能滥用她的信任，他得小心维持两人的盟友关系。

“噗，噗，噗。”卡尔谨慎表演着，让草地上的车子在乌佛面前来回行驶。

卡尔面带微笑看着乌佛，车子在经过时把草地碾平，乌佛看起来兴致勃勃，被压过的草皮在车子经过后又竖起来。

“我们出发了，乌佛和梅瑞特，还有爸爸和妈妈。哦，你看，我们在一起。我们正开车经过森林，瞧多么漂亮呀！”

卡尔把视线转移到穿着白衣的护士身上。她嘴角的皱纹因为紧张而加深，对这项举动感到十足的不信任。他必须在护士出声阻止前收敛自己的行为，以免把事情搞砸。然而相较于她的专注，一旁的乌佛只是愉悦地坐着，没有把周遭的环境真正放在心上。

“注意，爸爸！”卡尔伪装少女的清脆说话声，“这里很滑，你可能会滑倒哦。”他故意摇晃车子，“注意，那里有辆车子，它打滑了。救命啊！我们会撞在一块。”

他模仿刹车以及金属刮过车子底盘的声音，乌佛紧盯着表演，接着卡尔让车子翻覆，人偶纷纷跌落在地面上。“注意，梅瑞特！注意，乌佛！”他以清脆的声音大喊。护士长弯下身体，把手搭在乌佛的肩膀上。

“我不认为……”护士摇摇头并且紧握着乌佛的手，准备随时将他拉开。

“砰！”卡尔接着让车子在草地上翻滚，但乌佛仍旧没有反应。

“我想，真正的他根本不在这里。”最后卡尔不得不这么说，并以手势向护士长示意表演已经结束。

“我要给乌佛看张照片，没问题吧？”他继续说道，“然后我就不再打扰你们。”

“一张照片？”护士疑惑地问道。卡尔从塑料袋取出两张丹尼斯姐姐借给他的照片放在一旁的草地上，然后把宣传手册摊开到印着丹尼尔·哈勒照片的那一页，拿到乌佛的眼前。

乌佛显然感到好奇，就像动物园的动物在看过上千张游客的脸孔后终于看到令他感到新奇的事物。

“你认得这个人吗，乌佛？”卡尔专心盯着乌佛脸上的表情变化，但唯一得到的反应只是小小的抽搐，如果有条方法可以打破乌佛对事情漠不关心的意识，卡尔一定得想办法找出来。

“这人曾出现在你们位于梅格勒比的家，在门口拿信给你和海儿。记不记得他？”他指着丹尼尔·哈勒闪亮的蓝眼睛和金发，“这个人？”

乌佛用空洞的眼神注视照片，然后眼睛飘向放在前方草地上丹尼斯和阿特摩斯的合照。

卡尔留意着乌佛的眼神，注意到他的瞳孔突然缩小，张开双唇。这反应多么强烈！是这样的真实又明显，仿佛是被一具掉下来的千斤顶砸上脚趾。

“怎么了乌佛，你见到过他？”卡尔把那张有丹尼斯的银婚纪念照拿到乌佛的面前，“你见过照片里的人？”他察觉到护士在他身后站了起来，但卡尔并不打算停止，他想再看一次乌佛瞳孔缩小的情况。卡尔觉得自己手中好像有把钥匙，也知道它是用来开启什么东西，却不知道这样东西在何处。但乌佛抬起头以后又变得十分平静，眼神恢复往日空洞的模样。

“我想，我们该停止了。”护士长小心抓着乌佛的肩膀说道。也许卡尔离他想知道的答案只差距 20 秒；也许两人单独相处，他就可以看见乌佛潜藏的内心深处。

“你难道没看见他的反应？”他问。

护士摇摇头。

该死！

他把装框的照片放在地上，放在第二张从斯克敏格借来的照片旁边。

乌佛的身体突然一阵抽搐，先是上半身，然后是放在横隔膜上方的右手臂。一旁的护士想要安抚他，但他的注意力根本不在她身上。卡尔和护士听见乌佛的呼吸变得急促，护士尝试使他平静下来，但乌佛依旧沉浸在他的世界，沉浸在卡尔表演的世界。卡尔看到他的眼睛就像老旧相机的快门慢慢睁大，直到接收整个环境。

乌佛再次往下看，这次卡尔跟着他的视线看向草地，他可以肯定真正的乌佛就在他的旁边。

“你认得他？”卡尔问，把那张有丹尼斯的银婚照片拿到乌佛的面前，但乌佛就像在闹脾气的小孩举手拨开，然后开始发出声音，听起来不像是小孩子的哭声，反而比较像是气喘病发作，不停发出吁吁声。护士大声斥喝要卡尔走开。

卡尔观察乌佛的眼神，这次里面没有半点疑惑。乌佛的眼睛紧盯另一张卡尔带来的照片，那是丹尼斯与朋友阿特摩斯的合照，阿特摩斯站在丹尼斯的后面，一只手搭着他的肩膀。

“他就是那个送信的人？”卡尔问，指着照片中穿着赛车服的丹尼斯。

但乌佛的视线停在丹尼斯后方的男孩身上。

卡尔从未见过人类的眼睛可以如此强烈地盯着某样东西，照片上的男孩霸占了乌佛的内心深处，那双注视着老照片的眼睛仿佛着了火，由内而外将他燃烧。

乌佛开始大声尖叫，叫声剧烈到护士不得不把他拉回来自己身边，并且用力把卡尔推开。卡尔跌在草地上，而乌佛的尖叫声依旧没有停歇，声音一路传送到上方的疗养院。

一群鸬鹚因为他的叫声而从树上飞走，留下空荡荡的一切。

第三十章

时间：2005 年至 2006 年

梅瑞特花了三天的时间晃动牙齿，直到它终于松动为止。这三天简直是一场在疼痛炼狱中的梦魇，每次当她拿起生锈的钳子，试图制伏这个不断攻击她的野兽，都需要极大的勇气，发炎所引起的疼痛几乎耗尽了她最后精力，光是拿着钳子稍稍移动都会让整个人停下来。她的心脏快速跳动，却得不断重复晃动的动作，好几次她想把坏牙硬生生扯下，都因为力气和勇气不足让她陷入困境，生锈的金属也因此碰到舌头。

当她终于准备好，口中的压力却随着牙龈里的脓液流出而消退，这让她忍不住崩溃而哭了。

梅瑞特知道有人在观察她，而那个他们称为拉瑟的人还没有回来。从她听得到外面的人走动及呼吸声来推断，那个控制内部通讯设备的按钮尚未修复，可是他们也没有再说话，只是眼睁睁看着梅瑞特对抗她的牙痛。当她表现得越痛苦，外面传来的呼吸声越低沉，似乎对眼前的画面感到幸灾乐祸。这点加深了梅瑞特的恨意，让她决定一旦摆脱牙痛就会往前看并展开复仇。

然后她再度用味道令人作呕的金属钳将牙齿固定住，开始前后摇晃。她每一秒都不断说服自己相信这项工作即将结束，这颗牙齿造成损害够多了，现在必须将它了结。

在某个只剩下她一人的夜晚，梅瑞特终于战胜了牙疼。距离上一次外面传来声响已经过去了好几个小时，如今回荡在空间里的如释重负的笑声，完全是属于她自己一个人的。品尝脓的味道变成一种享受，而在口腔里流动的血液则宛如是种抚慰。

每隔 20 秒，她就把带血的分泌物吐在手中，涂抹在镜面玻璃上，一片涂完接着涂另一片。等到伤口的血止住，两片玻璃几乎完全被血覆盖，除了右边的牛眼窗留有约 20 平方厘米的区域。现在，外面的人无法按个人的心情与喜好观察她，她终于可以决定自己要不要在他们的视线中出现。

隔天早晨，梅瑞特被女人的咒骂声吵醒，她正把餐点放入闸门里。

“这个贱货竟然弄脏玻璃，你看！她把玻璃涂满了屎，这只猪猡！”

她听到男子说看起来比较像是血，女子则不停咒骂：“这就是你答谢我们给你钳子的方式？用你肮脏的血把玻璃涂脏？你会为此付出代价，我们要熄灭灯光，让我们瞧瞧你有什么话好说。你这个贱货！也许这点教训会让你学会把这些脏东西擦掉，直到这么做之前你不会再得到任何食物。”

当梅瑞特听到那女人想把闸门内的食物桶拿回去，她迅速跳起身，用钳子卡住旋转盘。他们休想拿走她的晚餐。然后闸门装置再度伴随鸣笛声关上。

“今天你成功了，但别得意得太早。”女子在外面大吼。对梅瑞特来说，女子声音里隐含的怒气令她感到安慰。“从明天起，我要给你馊掉的食物，直到你把玻璃擦干净为止。你明白了吗？”她说完之后，梅瑞特头顶上的日光灯也跟着熄灭。

梅瑞特坐在地板上盯着镜面玻璃的褐色污渍，至于那块未涂上血的区块，则因外头灯光微微发亮。她发现女人因为她蓄意在玻璃高一点的位置保持干净，不得不踮起脚尖往里瞧，一种充满了快乐与优越感的感觉油然而生。而距离上次拥有同样的感觉至今已经有多久了？这快乐虽然只是短暂的，但这样的片刻却是在过去这几年来支持她的唯一动力。

这样的片刻和复仇的想法，以及重获自由的梦想、有朝一日能与乌佛团聚的希望，都支撑着她继续活下去。

这个夜晚，她最后一次打开手电筒，站到镜面玻璃唯一未被血弄脏的前方照着自己的嘴。牙肉上有个大洞，但看起来状况不错，她的舌尖也告诉她同样的看法。自愈过程已经开始了。

手电筒的灯光在几分钟后渐渐变得微弱，于是她跑到闸门旁跪下来仔细研究整个装置。她曾检查过上千次，但现在真的必须牢牢记住，谁知道他们会不会再把灯打开？

从凸起的门板判断，这扇闸门为达到完全隔绝而不透气的目的，应该制成了圆锥形。下方有个 75 厘米高的活门，从里面根本不可能探得到底部，而转盘上则焊接了金属榫头，让闸门在完全开启后可以停下来。她研究得十分彻底，直到手电筒耗尽最后的电力，灯光终于熄灭。

梅瑞特坐在黑暗中，思考下一步该怎么办。

她需要确定三件事情。首先，看清楚她所处的环境，这个问题已解决了。她刚被关进来的时候，为了要找出是否有隐藏摄影机，就已经搜寻过所有地面及墙壁。但他们没有这么做，这些抓住她的魔鬼得透过镜面玻璃观察她，让她现在能够在不被监视的情况下活动。

第二，她必须留意自己的心智不会失控。她虽感受不到日与夜的存在，还有星期的存在，但她的思想依然跟着时间循环，并且从未放弃。当感觉崩溃的情绪到临界点时，她会强迫自己回想一些和自己有着相同际遇的例子。在世界史和文学作品中的确有不少前例，例如《恶魔岛》、《基度山恩仇记》，以及其他许多和她有着相同处境的人。如果这些人可以做到，她也可以。她强迫自己的思绪沉浸在书和电影里，藉此成功地突破思想的恶性循环。

因为她想做她自己，做梅瑞特·林格，直到她不得不离开世上的那一天为止。她打算信守对自己许下的这个承诺。

等到那天真的来临，她不想让别人决定她死亡的方式，这就是第三点。外面的女人曾说过拉瑟是负责决策的人，然而一旦那个巫婆手中握有主导权，后果将不堪设想。之前她就曾经威胁梅瑞特要打开闸门，如果下次她的情绪失控，或许真的会这么做。

过去的 4 年梅瑞特坐在牢笼里，而时间同样在那个巫婆身上留下痕迹。也许眼窝更加凹陷，也许声音变得有点不同，虽然女人真正的年纪难以估算，但如果她的年纪大到不再畏惧冲动所带来的后果，就会具有绝对的危险性。

同时，她认为外面两个人似乎无法驾驭每天碰触到的科技装置，因为他们甚至解决不了一颗卡住的按钮，而除了透过闸门也无法平衡房间里的气压，至少梅瑞特这么期待。如果她没猜错，那么她或许能在外面的人打开闸门前先做好自杀的准备。钳子是她唯一能使用的工具，如果他们想藉由抽走房里的气压伤害她，她就会用钳子尖锐的尾端划破动脉。她不知道会发生什么事，但梅瑞特曾听女人形容身体一旦面对压力的急骤变化会从里面爆炸的警告，感觉相当可怕，若没死成会更糟，因此她想要自己决定以何种方式、何时面对死亡。

她不敢幻想他们口中的拉瑟回来后情况会好转。除了闸门外，这个禁闭她的空间里肯定有别种平衡压力的方法，也许是利用换气设备。她不知道这栋建筑物原本建造的目的，但造价肯定不便宜，而且不论作为什么特别的用途，一定都设计了紧急设施。她看见天花板的日光灯下方有个金属喷头，大小与小指头差不多，也许那就是引进外面新鲜空气的装置，或者与平衡压力有关，无论如何可以确定的是，如果这个拉瑟想要伤害她，他绝对知道该怎么做。

事情若是到了那种地步，她宁可自己成为让生命遭受威胁的那个人。于是她旋下手电筒尾端的盖子拿出电池，确认手电筒的金属边缘有多坚硬、扎实和锐利。

闸门边缘和地板仅仅距离几厘米，如果她在可以让闸门保持开启而焊接的榫头前方成功地挖个洞，就可以把手电筒卡进洞里，藉此阻止外面的人打开闸门伤害她。

她紧紧抓住手电筒，手上这个工具让她有种可以决定自己生命的感觉，那种感觉无法用言语形容，就像当初她第一次吞下避孕药，也像是她带着乌佛逃离寄养家庭的心情。

没想到在水泥地上进行这项工作并不容易。开始前几天，她仍有足够的食物与饮水，然而随着时间飞快消逝，水桶里的食物吃完了，她的力气也迅速消失。过去几天他们因为她用血弄脏玻璃一事展开报复，装在水桶里的净是无法食用的食物，光是桶子里飘散的臭味就让她离水桶远远的，因为闻起来就像是动物尸体腐烂的味道。每晚，她用手电筒锐利的边缘在闸门下方的地板挖5—6个小时，这个洞必须够大，否则手电筒无法卡紧，另一方面，因为手电筒就是她的工具，在使用边缘时必须特别小心，这么一来那个洞直径才会刚好符合手电筒的大小。

第五天，她才挖了不到两厘米，然而她的胃已经开始灼痛。

外面的巫婆总是在同一时间重复她的命令。如果梅瑞特不把玻璃擦干净，他们不会开灯，也不会送给她象样的食物。男子想帮梅瑞特说话却无济于事，现在他们又提出相同的命令。梅瑞特可以对黑暗嗤之以鼻，但她的身体迫切需要食物，长时间没进食会使她生病，而她不希望这样。

她抬头看着在玻璃上微微发光的红色薄膜。

“如果监视我对你们来说这么重要，那就送东西进来让我把它擦干净。”最后她大叫着说。

“用你外套的袖子和尿液，然后我们会送食物进去，并且开灯。”女人回答。

“之后你们要给我一件新外套。”

女子没有回答梅瑞特的问题，只是发出让人无法忍受的恶心笑声，一直笑到没气为止，然后外面又陷入一片寂静。

“我不会做的。”梅瑞特说，但她还是这么做了。

擦拭玻璃花不了多少时间，却让她觉得这是自己人生中最大的挫败。

即使他们站在外面也不能看到她在做什么。她靠近闸门的地方是个死角，就像她坐在牛眼窗之间的地板上一样，如果他们突然在晚上出现就会听到她在挖掘地板，但他们没这么做，于是她知道夜晚的时间属于自己。

当她在水泥地上刮出深达 4 厘米的洞，原本可预见的未来突然产生剧烈的变化。那天她坐在闪烁的灯管之下期待食物来临，并且计算乌佛的生日快到了——现在应该是 5 月，也就是自从她被关进来后的第五个 5 月。2006 年 5 月。她坐在马桶上清理牙齿想着乌佛，太阳挂在蓝天上绽放光芒的画面是如此清晰。“祝你生日快乐！”她看着乌佛快乐的脸庞，声音沙哑地说道。她很确定亲爱的弟弟就在外面某个地方过着很好的生活。乌佛当然过得很好，她经常这么说。

“是，拉瑟，就是这个按钮。”她突然听到那名女子的声音，“它跳不起来，她可以听到我们说话。”

蓝天的画面突然消失，她的心脏跳得飞快，这是她第一次听到女子和名叫拉瑟的男子说话。

“这情形多久了？”一个音量较低的声音响应，听到他的说话声几乎让梅瑞特窒息。

“自从上次你离开，已经过了4至5个月。”

“你们有没有谈到任何关于我们的事？”

“当然没有。”

沉默好半晌。“再过不久就无所谓了，就让她听我们说话，我改变了心意。”

这句话对她来说有如晴天霹雳。“再过不久就无所谓”，什么无所谓？这句话是什么意思？发生什么事？

“你不在的期间，这个贱人试图把自己饿死，有次她甚至卡住闸门，最后一次则是用血涂脏玻璃，让我们无法监视她。”

“我们的伙伴说她牙痛，我真想亲眼目睹那画面。”拉瑟说。

然后是那女子的单调笑声。他们明知梅瑞特就坐在里面，能听到外面的一切，为什么还会说出这么残忍的对话？她究竟对他们做了什么？

“我到底哪里得罪你们，你们这些怪物？”她竭尽所能地大喊，“把里面的灯关掉，我要看到你们！关掉灯，我要正视你们说话的样子！”

女人笑着大声回应：“继续做梦吧，蠢妇！”

“你要我们关灯？”拉瑟大笑，“好，为什么不呢？现在终于到了关键时刻。透过这个方式，她至少能在最后几天带给我们一些乐趣。”

这些字眼多么可怕！女子似乎不同意他这么做，但男子几句严厉的话让她立刻闭嘴，在梅瑞特上方不停闪烁的灯管赓即熄灭了。

她呆站在原地好一会儿，心脏扑通扑通跳着，试图适应从外面透进来的微弱光线。她发觉外面怪物的影子渐渐变得清晰，女子站在其中一扇牛眼窗的下方，而旁边的男子高大许多。这就是拉瑟，她想。拉瑟慢慢靠近窗边，模糊的人影逐渐现出轮廓，他有着宽阔、匀称的肩膀，不像另一名男子又高又瘦。

她想咒骂他们，同时又想请求他们的怜悯，尽一切可能让他们说出她被这样残忍对待的原因。然后他来了，那个他们称之为拉瑟的男人，这将是梅瑞特第一次见到绑架她的人，这使她感到激动不安。梅瑞特知道，一直以来，拉瑟是决定她能否得知真相的裁决者。现在，她想主动争取自己的权利。然而，当拉瑟上前一步，终于看清楚他的脸庞时，她几乎说不出话来。

她惊讶地盯着他嘴边露出的害羞的笑容，以及洁白的牙齿，看着这一切组合成整体，她所感受到的震惊就仿佛电流通过全身一般。

现在她知道谁是拉瑟了。

第三十一章

时间：2007 年

在艾格里疗养院的草地上，卡尔在为这次事件道歉后赶紧把照片和摩比人偶丢进塑料袋，然后大步走向停车场，直到他发动车子，才看见看护人员手忙脚乱的奔向斜坡。这里的调查结束了，结果还不错。

乌佛的反应非常剧烈。现在卡尔知道，乌佛以某种方式与其他人生活在同一个世界。乌佛因看到照片上的阿特摩斯而变得激动，这一点毋庸置疑，是难以置信的一大收获。

卡尔把车停在田间小路上，透过公务车上的网络寻找那间名为戈德港的保育院，没多久他就找到了电话号码。在电话中，他用不着花费太多唇舌自我介绍，保育院的人已习惯警方请他们提供协助，因此他可以立刻切入正题。“事关一位 20 世纪 80 年代初期曾待在戈德港的男孩。我不知道他的正确姓名，但大家叫他阿特摩斯，你们有人知道关于他的事情吗？”

“20 世纪 80 年代？”值班人员重复卡尔的问句，“不，我没在这里服务那么久，而且档案里也找不到这个名字。你确定没有别的名字可提供我们查询？”

“可惜没有。”他望着散发排泄物气味的田垄，“保育院里是否有从那时候开始就待在里面工作的员工？”

“我很确定正式职员当中没有，但有个叫作约翰的退休教师，他每星期会过来几次。他从不放弃这些男孩，如果他太久没出现，院里的孩子甚至会很思念他。我想他当时一定已经在这边工作了。”

“他今天会过去吗？”

“约翰吗？不，他在度假。没有人会拒绝 1295 克朗到大加纳利群岛的行程，他总是这么说。但他星期一就会回来，也许到时候我们可以请他过来一趟。当然，最主要还是为保育院里的孩子，他们真的很喜欢他。请你星期一再打电话过来，看看那时是否能帮上忙。”

“可否给我他家里的电话？”

“不行，很抱歉。我们不能提供职员的私人电话，这是规定。没人知道来电者的身份。”

“我叫作卡尔·穆尔克，我想我一开始就告诉你了。我是刑事警官，或许你还有印象。”

值班人员笑了：“如果你这么有本事，一定可以自己找出他的电话号码，但我还是建议你等到星期一再打电话给我们。”

在挂上电话后，卡尔往后靠在座位上看着汽车仪表板。现在是下午1点，他还来得及回办公室测试梅瑞特的手机，除非电池过了5年后还能运作，否则他得想办法尽快弄一颗新的电池。

在轿车外面的田野上方，海鸥正从丘陵后方成群飞过，而在它们底下有辆运输工具发出轰隆声缓缓接近，经过之处扬起漫天飞扬的尘土，驾驶座的车顶在距离变近后浮现。那是一辆拖拉机，有着蓝色驾驶座的兰地莉拖拉机，正在农地上不停发出辘辘声。唯有穿着沾有肥料的工作靴长大的人才知道这里正在施肥，卡尔心想，并且决定在臭味飘进汽车空调系统前离开。

他的目光落在坐在压克力玻璃后方的农夫身上。农人头戴棒球帽、全神贯注投入工作，努力突破这个夏季收获的限制，双颊因为卖力工作而变得红润，身上穿着伐木工人的衬衫，真正的格纹伐木工人衬衫，长久以来就有的那种。

该死的家伙，卡尔心想。他忘记打电话给索罗的同事，告诉他们自己想起亚玛格岛上的凶手穿的是哪件格纹衬衫。他叹了一口气，如果他们还没有把卡尔排除在这起案件之外，一定很快就会要求他再跑一趟。

于是他拨了通电话，值班人员把电话转给负责该案的主管，曾与卡尔打过照面的乔格森。

“我是卡尔·穆尔克，来自哥本哈根。我想我现在能确认亚玛格岛上某位凶手穿的那件格纹衬衫。”

电话另一头的乔格森没有反应，他至少应该清一下喉咙，让人知道他仍在接电话。

因此，卡尔自己清了清喉咙，希望可以产生传染的效果，但这个乔格森很顽强，依旧没有任何反应。或许，他把电话调成只能接听的模式。

“你知道吗？在过去几个晚上，”卡尔继续说道，“我梦到枪击事件的许多场景，也看到那件衬衫，现在终于可以想起记忆中的一切。”

“哦？”乔格森总算开口说话了。他至少应该欢呼一下，哪怕只是一下子。

“你难道不想知道我指认出桌上哪一件衬衫？”

“你还记得我们给你看的衬衫顺序？”

“既然我能在脑袋中枪，被相当于150千克的重量压住身体，同时身上沾满同伴流出一升的鲜血之后认出那件衬衫，为什么我不能在四天后，记得办公桌上这些该死的衬衫顺序？”

“这对我来说不太正常。”

卡尔在心里默数到10，说服自己这样的事在位于史托尔路的索罗警察局的确“不太正常”，这也就是为什么他可以在犯罪行为高出乔格森所属单位20倍的部门工作的原因。

最后，卡尔说：“我的记忆力不错。”

沉默持续了好半晌乔格森才把这句话听进去。“真的不错，嗯，我想听听你的答案。”

“是最左边那一件衬衫，”卡尔说，“也就是靠近窗户的那一件。”

“好。”乔格森回道，“这和目击者的说辞相符。”

“好，我很高兴。这就是全部了。我会发一封电子邮件给你，让你握有书面证词。”农田里的拖拉机在卡尔通话的这段时间内靠近，管线正不住地喷洒肥料。

卡尔关上副驾驶座的窗子，准备挂断电话。

“等一下，”乔格森说，“我们抓了一个嫌疑犯，我可以私下告诉你，我们肯定他就是凶手之一。你什么时候可以过来指认？明天可以吗？”

“指认？不，没办法。”

“这话是什么意思？”

“明天是星期六，我休假。我打算睡饱起床后为自己煮一杯咖啡，然后再躺回床上，也许一整天无所事事，谁知道？此外在亚玛格岛上，我没有看到凶手的脸，如果你阅读了报告就该知道我多次重复过这点。很可惜我从没见过凶手，凶手的脸也没有在梦境中出现，你得自己想办法，我不能去指认。没问题吧，乔格森？”

又是该死的沉默。比起那些每两句就以“嗯”打断别人的政治家更令人神经衰弱。

“可不可以你自己最清楚。”一会儿后乔格森回答，“毕竟是你的朋友因为这个人残废，我们已经搜索过此人的住所，也找到许多证物，它们都直指亚玛格岛事件与索罗事件脱不了关系。”

“很棒，乔格森，祝福你。我会阅读报纸持续追踪这案子。”

“你知道吗？等到这件案子进入法院审理的程序，届时你必须以证人的身份出席，因为你认出衬衫把两桩案件兜在一块儿。”

“好，我会的，祝好运！”

卡尔挂断电话后感觉胸口不适，并且比之前任何一次都还要强烈。这有可能是传进车内的臭味造成的，也有可能传递着更加严重的讯号。

他安静地坐了一分钟等待压力平息。拖拉机司机现在靠得非常近，卡尔在响应他的问安后决定驶离这个地方，但才往前行驶了 500 米就忍不住踩刹车，打开窗户拚命吸气。他弯下腰抓着胸口试图稍微摆脱这种紧绷的感觉，然后把车停到路边深呼吸，再深呼吸。他曾在其他人身上见过类似情形，如今却发生在自己身上，真是个超现实经验！他打开门，双手捂着嘴减缓过度换气造成的不适，然后伸脚一踹把门踢开。

“该死！”他大喊着下车，摇摇晃晃走到沟渠旁弯下腰，感觉心脏像活塞一样快速跳动，而头顶上方的云似乎开始旋转，天空也正压向他。为了避免冷不防倒下，他让自己坐在地上，并且摸索放在外套口袋里的手机。难不成他会在厘清案情之前就因该死的心脏病而去世？

有辆车子在经过时减速，他们可能没有看到躺在水沟旁的卡尔，但他的确听见有一个声音说："看起来有点奇怪！"然后车子径自加速离去。如果让我知道那辆车的车牌号码我一定会找他们算账，这是卡尔在保有清楚意识前的最后一个想法。

他苏醒过来，发现手机还在耳边，嘴唇上沾了些泥土。他吐口口水，用舌头扫过嘴唇，困惑地朝四处张望，尽管胸口的压力没有全部消失，但也不再像刚才那么糟糕。他好不容易用力起身，拖着脚步走向车子，然后坐在驾驶座上抬头看时钟：快一点半了。换句话说，并没有倒在那里很久。

"这是怎么回事，卡尔？"他自问，感觉嘴巴非常干燥，舌头是平时的两倍厚，双脚冰冷，上半身却汗湿成一片，他的身体明显出了状况。

你失去控制了。一个内心的声音告诉他，然后手机响起。

阿萨德没问他好不好，不过，他为什么要问呢？"卡尔，我们有个问题。"正当卡尔在内心暗自咒骂，他的助理已直接切入正题。"技术人员不敢处理梅瑞特的通讯簿。他们说，写下这个电话号码和涂抹笔迹使用的是同一支原子笔。即使墨水是在不同时间干掉，文字仍有同时消失的风险。他们不敢冒险。"

卡尔抓着胸口，觉得自己好像吸进了上吨重的空气。

这该死的疼痛。难道他罹患了心脏病？或者这只是类似心脏病的不适？

"技术人员主张我们把它送到英国，说有什么化学软化这类的东西。"他等待卡尔纠正他的说法，但卡尔居然没这么做。此刻他的主管正眯起眼睛，忍受可恶的痉挛肆虐自己的身体。

"我们至少要等3—4周才会有结果。我认为这等待时间太长了，你的看法呢？"

卡尔试图集中精神，但阿萨德没有耐性等待。

"也许我不该告诉你这件事，卡尔，但我觉得可以相信你，所以决定说出来。我认识一个家伙，他可以帮我们的忙。"阿萨德等待电话另一头的卡尔发表意见，却没得到响应，"卡尔，你还在吗？"

"该死的，当然。"卡尔怒吼后深呼吸，这股该死的疼痛终于有稍微减轻的趋势。“那人是谁？”卡尔试着让自己冷静下来。

“哦，卡尔，你可能不想知道。这个来自中东的人会些绝活，而我跟他很熟。他真的很行，要让他做这件事情吗？”

“等一下，阿萨德，让我想一下。”

他花了好一番力气下车，摇摇晃晃走到路旁，双手撑着膝盖，身体向前倾，等待血液流回脑部。一会儿后，他感觉到脑压逐渐增加，胸部的压力也跟着减轻，能顺畅呼吸的感觉好到甚至可以忽略空气中恶心的臭味。

当他再度直起身时感觉已经好多了。

“是，阿萨德，”两人继续刚才的谈话，“我回来了。我们不能让制造假护照的人为我们工作，听到了吗？”

“谁说他是制造假护照的人？我没这么说！”

“那他是做什么的？”

“他只是在他的家乡擅长这么做，我想他既然可以把印章不留一点痕迹的弄掉，那么肯定可以处理这一点点墨水。你不需要知道其他的事情，而他不必知道这跟什么有关。他动作很快，卡尔，要不了多久时间，重点是他还欠我一个人情。”

“有多快？”

“如果我们急着知道，星期一就有答案。”

“就交给这个废物做吧，给他做。”

阿萨德念念有词，有可能是阿拉伯文的“好”。

“还有一点，卡尔。凶杀组的索伦森小姐要我向你转达这件事，脚踏车谋杀案的目击者开始提供线索，我知道她……”

“停！阿萨德，这不是我们的案子。”他坐回车里，“我们的工作已经够多了。”

“索伦森小姐虽然没有直接说出口，但我认为楼上的人想听听你的意见，但他们又不会自己来问你。”

“仔细盘问她所知道的一切，然后星期一上午去找哈迪告诉他这个消息，我相信他听到之后一定比我更高兴。你搭出租车去，我们在总局碰头，好吗？你现在可以下班了，阿萨德。替我问候哈迪，告诉他我下星期会找时间过去。”

卡尔挂断电话准备开车离开，结果发现挡风玻璃上有被雨淋湿的痕迹，但事实上刚才外面并没有下雨，看来那辆水肥车曾非常靠近卡尔的车。

卡尔的办公桌上放着一个精美的茶具。如果阿萨德相信这些灯油可以让他的主管在进办公室时有杯温热的茶，那么他注定要失望了，容器里的液体已经完全蒸发掉，烧干的茶壶底部发出快要破裂的声音。卡尔吹熄火焰，把自己重重摔进办公椅上，仿佛又感觉到胸口的那股压力。他曾听过这类疾病的说法，疼痛就像警讯，随着不适感消失可以暂时松口气，然后警讯会再次降临，发病的人随时都有可能“砰”一声倒下死亡，虽然这对于若干年后才能退休的人来说不失为一个美好的选择。

他手上把玩着易卜生的名片，想着如果能依偎在她那温暖又柔软的身体20分钟肯定会舒服许多。问题是，当卡尔只能拥有那双温柔的眼神是否也有同样的效果？

他拿起电话拨打她的电话号码，胸口那股压力在话筒出现拨号音时又回来了，这次是可以乐观视之的心悸，或是该悲观视之的警告？他究竟该从何处得知答案？

当梦娜·易卜生说出自己的姓名，他忍不住大口吸气。

“卡尔·穆尔克。”他笨拙的报上自己的名字，“我准备好要告解一切。”

“那你应该去圣彼得大教堂。”医师冷漠地回答。

“不，说真的，我今天突然心脏病发，嗯，至少我这么认为。整个人很不舒服。”

“那好。我们约星期一早上11点见，需要我开一些镇定的处方签给你，或者你可以自己撑过整个周末？”

“我会撑过去。”虽然卡尔挂上电话后对自己的说法完全没有信心。

时间一分一秒无情地消逝，再过两个小时莫顿就会上完下午班从录像带店回到家中，而偷走他玩具的卡尔此刻依然坐在办公室里。

他把梅瑞特的手机从充电器上拔起来按下开关，屏幕上显示“输入密码”，可见电池功能依然正常。

他依序输入 1 到 4，但出现输入错误的讯息，将顺序倒过来重新输入仍得到同样的答案。现在他只剩一次机会，如果屏幕变黑就得把手机交由专家处理。他瞥见档案中梅瑞特的生日，想起她可能会用乌佛的生日作密码，于是他翻阅档案找到乌佛的数据，现在可以试着将两人的生日组合起来，或者做出完全不同的选择。他决定尝试组合这对姐弟的生日日期，首先输入乌佛的。

宾果！屏幕出现乌佛微笑的照片，乌佛笑着站在梅瑞特后面抱住她，卡尔胸口的压力顿时消失了片刻，换成其他人肯定早就发出胜利的欢呼，但他并没有这么做，反而把脚跷到桌子上。

他打开通话纪录，仔细察看 2 月 15 日至她失踪那天每一通已接与已拨电话。通话纪录多且复杂，有些被覆盖掉的纪录必须进一步调阅电信公司的数据。尽管一开始不容易理出头绪，但一个钟头后卡尔发现整个模式非常清楚：在所有能看到的对话纪录中，梅瑞特仅仅只和同事、利益团体代表联络，并且其中有 30 通电话是秘书打来的，最近的日期在 3 月 1 日。

就算假哈勒曾打电话给她，也一定是打到梅瑞特位于克里斯廷堡的办公室。

卡尔叹了一口气，用脚把一叠文件推开。他很想用发痒的右脚踢博格·巴克的臀部，即使当时的调查团队曾列出梅瑞特办公室电话的通联纪录恐怕也已经丢了，因为档案里根本找不到这份数据。

他打算星期一时接受梦娜·易卜生治疗时，派阿萨德完成这件事。

阿勒勒市的摩比玩具店选择众多，但价格昂贵。这个城市的年轻父母哪来那么多钱？卡尔对这问题感到疑惑。他挑了个最便宜的要价 26 元 7 角 5 毛的玩具，并要求对方开立收据，他很清楚莫顿对他挑的玩具一定不会满意。

卡尔回家看见莫顿正在厨房，他立刻走向房客并坦承自己未经同意就私自借走了玩具，然后从塑料袋拿出摩比家庭放在桌上，并把新买的玩具纸盒放在旁边。卡尔告诉莫顿他很抱歉，保证以后再也不会这么做。就算莫顿不在家，也不会踏进他的玩具王国一步。虽然卡尔已经预料到莫顿的反应，但当他看到一个身材高大、平日营养过剩又缺乏运动的人气到发抖时还是十分惊讶。是怎么样的伤害会令一个人的身体像因某种疾病发作不停颤抖，而且滔滔不绝诉说他有多么失望？卡尔伤害了他，伤得很重。

卡尔生气地瞪着放在厨房桌上的塑料人偶家庭，但愿整件事没发生过，然后胸闷再次无预警降临。这次的状况跟之前不同，除了疼痛以外，身体的每吋皮肤变得紧绷，肌肉充血炙热，胃部一阵痉挛将他的内脏挤向脊椎，脉搏失控狂跳。他不仅感觉疼痛，还差点喘不过气。

莫顿完全没注意到不对劲，依然不停咒骂卡尔，说自己打算搬走，他应该赶快寻找下一个房客。直到卡尔因上半身痉挛摇晃倒下，莫顿才反应过来跪在卡尔身旁，惊吓地睁大双眼询问他是否要喝水。

一杯水，该死，要做什么用？这个想法掠过卡尔的脑际。莫顿想要拿水浇在他头上？要让他的身体记起夏日的短暂阵雨？还是打算从他紧咬着的牙齿之间把水灌进去？

“谢谢，我要，莫顿。”他强迫自己把话说完。重要的是他们可以结束这场争吵，尽管是在厨房地板上。

等卡尔恢复行动瘫坐在破沙发的角落，受到惊吓的莫顿已恢复了理智，如果像卡尔这般冷静的人以如此强烈的崩溃表示自己的歉意，那他愿意相信他说的话。

“好吧，卡尔，我们就此结束这件事情，好吗？”莫顿表情严肃地说。

卡尔点点头，很高兴自己又能和房客和睦相处，更重要的是，在梦娜·易卜生开始挖掘他内心的想法之前，能有充裕的时间安静地休息不受打扰。

第三十二章

时间：2007 年

在客厅书架的后面，卡尔藏了半瓶琴酒和威士忌，贾斯柏显然不晓得它的存在，否则依照他大方的个性，一定会将找到的东西带到临时举办的宴会上。

卡尔睡着前几乎把两瓶酒喝个精光，整个周末时间过得很缓慢，这两天当中他只为了走到冰箱拿东西起来三次。贾斯柏不在家，莫顿则是回他双亲在奈斯特韦兹的家。谁会在意食物的保存期限和不健康饮食的问题？

当星期一来临，竟然是他的继子贾斯柏摇醒了他。“快点起床，卡尔。这里是怎么回事？给我钱买东西吃，冰箱整个空了。”

卡尔眨着眼睛，拒绝去理解现在已经是明亮的白天。“几点了？”他喃喃道，当下甚至不确定今天是星期几。

“拜托，卡尔，我已经迟到了。”

卡尔瞥向墙上的时钟，这是维嘉大发慈悲留给他的，她无法谅解睡过头的人。

他被上面显示的时间吓得瞬间清醒，现在已经 10 点 10 分，再过 50 分钟，他就该坐在自己的座位，让梦娜·易卜生治疗时的视线停留在他身上。

“你有准时起床的问题？”梦娜·易卜生迅速瞥了手表一眼断言说，“我看得出来，你的睡眠质量不好。”

卡尔感觉恼怒，如果在他出门前有足够的时间先冲个澡或许有帮助，然后不自觉地朝腋下方向嗅了一下。

她一派轻松地坐在那里，双手放在大腿上，双腿伸直相互交叠，穿着黑色裤装，修成羽毛状的头发比上次见到时还短，眉毛漆黑。总而言之，卡尔觉得她看起来有点可怕。

尽管如此，他还是开始叙述自己在农田发作的事情，并且等待她表达同情。

结果她仍选择直接切入正题：“你认为自己在枪击事件中抛下了你的同伴吗？”

卡尔用力吞咽几次口水，开始解释任何人都可以更快速地掏出手枪，以及在长年侦办刑案的过程中，自己的直觉反应已经不如以往灵敏。

“看来，你觉得自己抛弃了同伴，在你承认没有能力阻止所发生的事以前，都必须忍受这种心理折磨。”

“但这一切是可以改变的。”卡尔说道。

易卜生没有继续深究这一点：“我必须告诉你，我同时也是哈迪·海宁森的医师，在治疗过程中可以从两个角度看这件事，或许我应该回避，但没有任何一条法律要求我这么做，在你知道这件事后可以考虑是否要继续与我谈，但无论如何你都必须理解，我不会和你讨论哈迪说过的话，正如你的发言也会受到保护一样。”

“没问题。”他说。若不是因为她的双颊上覆盖着细致的寒毛，她的双唇似乎在大喊吻我，卡尔必定会站起来开口叫她下地狱吧！“我自己会跟哈迪讨论，”他说，“我们之间没有秘密，从来没有。”

她点了下头，让自己坐得更挺：“你是否曾经历过在某种情况下事情失去控制的感觉？”

“是的。”他说。

“什么时候？”

“此时此刻。”他意味深长地看着她。

但她根本无视于他的眼神。够冷漠的女人！

“你愿意付出什么代价让哈迪和安克尔继续跟你一起办案？”她问道。易卜生接下来所提出的四个问题令卡尔产生难过的情绪，她在提问时直视他的眼睛，将他的回答记录在笔记本上。卡尔有种感觉，她似乎想把他逼到悬崖的边缘，直到跌下深渊那一刻才愿意伸手帮他。

易卜生注意到卡尔在流鼻涕，往上一看才发现眼前的男人已泪水盈眶。

绝对不可以眨眼睛，否则眼泪会掉下来。卡尔这么告诉自己，但他心里不明白是什么触动了他。卡尔不怕哭，也不怕易卜生看见他哭，只是不明白为什么会刚好在这个时刻想流泪。

“你尽管哭吧。”她说，语气就如同轻轻哄着刚吃饱的小婴儿一般。

20 分钟的治疗结束后，卡尔已受够该死的一切，并对敞开心胸透露想法的行为感到厌倦，但易卜生却约好下次会面的时间，甚至在握手道别时一副很满意的模样。她向卡尔保证，他无须对枪击事件的结局感到自责，并且会在接下来的几次治疗过程中再次找回自我。

卡尔点点头，从某种程度上来说他真的感觉好多了，也许是整个人被她身上的香气围绕，也许是因为她的手握起来轻柔又温暖。

“卡尔，如果你有心事，不论是多么重要或是微不足道的小事，都请与我联络，没有人知道这对我们的合作有多重要。”

“我还有个问题。”卡尔故意让她看见自己瘦而结实的手，过去几年有不少女人告诉过他，他的手相当性感迷人。

在注意到他刻意摆出的姿势时，易卜生首度笑了，轻启丰厚的双唇露出一排洁白的贝齿，其洁白程度更胜三楼的丽丝。在这个年代，大多数人的牙齿皆因饮用红酒或含咖啡因饮料而泛黄得像旧报纸一样，她的洁白贝齿显得着实罕见。

“什么问题？”她说。

“你对异性感兴趣吗？”卡尔脱口而出的同时自己也被这粗鲁的问句吓到，可是话已经说出口，覆水难收。“对不起，”他摇摇头，对接下来该如何补救感到手足无措，“我只是想问，或许哪天你愿意和我一起吃饭？”

易卜生的笑容瞬间凝结，洁白的贝齿与柔和的脸部表情也跟着消失。

“卡尔，我认为你应该在心理完全康复后再开始追求异性，而且牺牲对象也要经过精挑细选。”

当易卜生转身打开通往走道的门时，卡尔察觉自己的怒火如闪电般窜过全身，真该死！“你认为自己不属于‘精挑细选’那一类？

那么，你显然不清楚自己在异性眼中的魅力。”

她转身伸出手，指着手指上的戒指。“不，我早就知道这点。”易卜生说完便优雅地离开战区。

卡尔肩膀一垮愣在原地，身为丹麦最佳调查员的他忍不住自问，怎么会忽略这么基本的线索？

十

戈德港保育院来电通知卡尔，他们联络上退休教师约翰·罗斯慕森。由于他刚好打算到哥本哈根拜访姐姐，加上早就想参观警察总局，若是卡尔方便的话，他很乐意在明天上午 10 点左右过去一趟。碍于院方规定，卡尔依旧不能亲自打电话联络他，但如果临时有意外他会主动通知保育院。

直到挂上电话卡尔才想起一个重点。在易卜生那边碰壁后，他脑中的思绪一直受到干扰，现在终于又开始运转。这个来自戈德港的罗斯慕森是一个会到大加纳利群岛度假的退休教师，也许卡尔在答应带陌生人导览总局之前，应该先确定他还记得一个叫作阿特摩斯的少年。真该死！

他深呼吸一口气，将易卜生和她如猫般的眼睛逐出脑海，林格案还有许多线索尚未整理归纳，在被自怜的情绪瘫痪之前，卡尔必须让自己专注在这些线索上展开工作。

第一项任务就是让史蒂汶的家政服务员海儿指认从丹尼斯·克鲁德森的姐姐手上取得的照片，也许副刑事警官几句恭维的话可以诱使她到警察总局一趟？这样一来他就不必开车越过崔格魏尔德河。

他拨打海儿的电话，是她先生接的，宣称自己因为背痛而请假在家休养，可是声音听起来却生气勃勃。“哈啰，卡尔。”打招呼的语气好像两人曾经一起参加过童子军野营，喝过同一锅汤。

听这男人说话宛如坐在还没嫁人的大婶旁边。嗯，是的，他当然会叫海儿来听电话，如果她在家的话。不，她总是在客户那里待到很晚。等一下！他听到她车子在门前熄火的声音。没错，她买了一辆新车，很容易听出 1.3 和 1.6 升的差别。如同广告所说，这是一款值得拥有的铃木车，但就算如此，他也绝对不可能把他的旧欧宝卖掉，出再高的价钱也一样。海儿的先生喋喋不休地说着，直到话筒内传来她尖锐的声音。“欧勒，是你吗？是你把木头堆起来的吗？”

这个问题最好别让欧勒的保险公司听到。

海儿喘了一口气即接过电话，表现得既热心又殷勤。卡尔为了前几天她热情接待阿萨德向她致谢，然后询问她能否收电子邮件，协助他看几张扫描的照片。

“现在？”她问，接着解释现在不适合的原因，“我带了刚烤好的披萨回家。欧勒最爱加了蔬菜的披萨，如果这些绿色东西陷进奶酪里就不再那么美味了。”

20 分钟后，卡尔接到她的回电，声音听起来好像还没吞下最后一口晚餐。

“你打开电子邮件了吗？”

“有。”她确认，并回说看到三张照片。

“第一张照片，你看到什么？”

“丹尼尔·哈勒。也就是前几天你的助手带来那张照片上的那个人，我从未见过他。”

“那么再打开第二张，这张照片怎么样？”

“这是谁？”

“嗯，这是我要问你的问题。他叫作丹尼斯·克鲁德森，你曾见过他吗？也许模样比照片上大几岁。”

海儿笑了：“我不会因为这人戴着这顶白痴帽子就认不出来。不，我很肯定从未见过他，他让我想到我的表弟戈门，但戈门的体型至少是他的两倍。”

或许体型与家庭传遗有关？

“第三张照片？这个人是在梅瑞特失踪前与她交谈的男子，照片是在克里斯廷堡的阶梯前拍摄。虽然只有拍下背影，但是否让你联想到谁？从衣服、头发、姿势、身高，或者其他特征判断？”

话筒彼端沉默半晌，这代表有希望。

“我不太确定。如你所说只看得到背影，也许我见过他。你认为我曾在某个地方见过这个人？”

“哎，这点该由你来告诉我。”

拜托海儿，卡尔心想，没有这么多可能性。

“我知道你指的是那名送信的男子，但我只是匆匆掠过一眼，加上当时他穿戴着厚重的衣物，并不容易分辨。虽然两人有不少共通点，可是我不确定。”

“那你就不该说，宝贝。”旁边传来海儿先生的声音。

卡尔忍不住发出一道清楚的叹息声。“好的。”卡尔说，“我要寄给你最后一张照片。”他按下发送键。

“收到信了。”10 秒后她说。

“好，现在告诉我你看到什么？”

“我看到那个出现在第二张照片里的男人，他不是那个叫丹尼斯的家伙吗？照片上的他还是个少年，但这张奇怪的脸不管什么时候都可以轻易被人认出来，好奇特的双颊！我敢打赌这男人年轻时一定参加过越野赛车，我的表弟就是这样。”

当时那个叫戈门的表弟体重一定还没超过 500 千克，卡尔很想插嘴这么说。“请你看一下丹尼斯身后的那个少年，对这张脸有印象吗？”

电话的那头陷入一片沉寂，甚至连海儿的先生也闭嘴了。卡尔耐心等候，不是有句话说：耐性是调查者的美德。

“嗯，这真叫人害怕。”沉默后海儿终于开口，声音刻意放轻，“就是他，我非常肯定他就是那个人。”

“那个送信到梅瑞特家里的人？”

“是的。”又沉默了好一会儿，仿佛她正试着帮照片上的少年加上 20 岁，“他就是你要找的人？你认为他和梅瑞特的失踪有关？我该感到害怕吗？”声音听起来有些担心。

“事发至今已经 5 年了，你不用担心，海儿，冷静下来。”卡尔听见她叹了口气，“你认为他就是送信的那个人？肯定吗？”

“他就是。是，我非常肯定。他有双特别的眼睛，这真是让我觉得不舒服。”

也许跟你吃的披萨有关，卡尔心想。然后在感谢海儿的协助后挂上电话，整个人靠在椅子上。

他的目光落在档案里梅瑞特的彩色新闻照片上，卡尔觉得自己是连结被害者与行凶者的重要环节，并且这感觉比以往任何一件案子都还要强烈。是，他第一次对事情这么有把握。这个阿特摩斯长大后变成了魔鬼，用华丽的词藻致人于死，因邪恶的内心驱使他找上梅瑞特，但为什么？什么时候？以及又是怎么做到的？这些问题目前仍是未解的谜，或许卡尔永远找不到解答，可是他会努力尝试。

而在他寻找的这段时间，像易卜生这种令卡尔心仪的女子刚好可以安静地擦拭她的婚戒，不被他骚扰。

接着他将照片用电子邮件寄给“基础基因”的安沃斯科夫，不到 5 分钟后立刻收到回复。是，照片上的那个少年令他想起曾和他一起去克里斯廷堡参加会晤的男子，但不能 100% 肯定就是那个人。

尽管如此，卡尔仍对这样的结果感到满意。他知道安沃斯科夫是那种在未彻底检查某事之前从不签名保证的人。接着电话铃响了，但并非如他预料是戈德港保育院的员工，也不是阿萨德来电，居然是维嘉。

“你在哪里，卡尔？”她的声音听起来似乎在发抖。

他试图厘清发生了什么事，但在搞清楚整个状况前，维嘉就等不及先开口了。

“宴会半个小时前就开始了，到现在没半个人影出现。我们买了 10 瓶葡萄酒和 20 包零食。你也没来，我不知道该怎么办。”

“你是说你的画廊？”

他听见话筒那端传来泫然欲泣的啜泣声。

“我根本不知道宴会的事。”

“胡津前天送出 50 份邀请函。”她又用力吸了下鼻子，然后变回个性美好的维嘉，“为什么不能至少获得你的支持？你投入了资金，记得吗？”

“问那个善变的幽魂吧。”

“谁是幽魂？胡津吗？”

“你身边还有其他人可以纳入这一类吗？”

“至少胡津与我一样对于经营画廊有极大的兴趣。”

卡尔并不怀疑这点，否则他那些被称为画作的涂鸦可以在哪里展出？

“维嘉，我只是要说，如果这位爱因斯坦先生真的如你所说在前天，也就是星期六把信寄到信箱，那么也许在人们今天下班回家前，它们应该都还会躺在信箱里。”

“啊，真该死，当然！”她呻吟。

于是有个穿着黑色衣服的人在这天出尽洋相，幸灾乐祸永远是最棒的乐趣。

在卡尔烟瘾犯了好几个小时，也终于点了根烟后，帕库森敲了悬案组办公室的门。

“请进。”尽管肺里都是刚吸进的烟，卡尔仍然认得出这名林格案中重要的关系人。帕库森显然带着些微醉意，身上有股白兰地混了啤酒的味道。

“嗯，我想为那天挂电话的事道歉，我需要时间思考，而现在该是告诉你真相的时候。”

卡尔请他坐下，问帕库森是否需要喝些饮料，但国会议员摇摇手婉拒，另一只手则抓着椅背坐下。不，他并不口渴。

“你心里在盘算什么？”卡尔努力的让自己的问题听起来好像掌握了一些线索，但实际上并不是这么回事。

“明天我将辞去在国会的职位。”帕库森说完以疲惫的眼神张望四周，前天和你的谈话结束后，我就会去找国会主席。梅瑞特曾警告我，如果我不听她的劝告事情就会变成这样。我没有听她的话，并且做了我不该做的事。”

卡尔眯起眼睛：“在你跟神和全世界告解之前，我们两个应该先厘清一些事情。”

帕库森点点头后把头低下：“我在2000年和2001年买了些股票，从中获利不少。”

“什么样的股票？”

“各式各样的垃圾。我换了个新的理财顾问，他建议我投资美国和法国的军火工厂。”

阿勒勒市地方银行的顾问从未建议卡尔把积蓄压在上面。他用力吸了一口烟思考，不，这根本无法想象，向来追求和平主义的党派——激进中央党，其成员竟然会和军火沾上边。

“此外，我在不知情的情况下将两笔不动产租给了特种行业。一开始我不知道那里在从事什么，发现后也没有立刻采取行动。这两笔不动产位于史托比艾格德，靠近梅瑞特的住家，那里的人经常谈论这件事，都怪我当时太忙了，加上我对梅瑞特炫耀自己的事业炫耀过头……我爱她，但她对我一点都不感兴趣。或许我希望藉由这种方式唤起她的注意，但这份希望当然落空。”他用左手按摩脖子，“她仍然对我的一切不感兴趣。”

卡尔的目光跟随自己吐出的香烟移动，直到它消失不见。“梅瑞特请你停止从事这些事业？”

“不，她没这么做。”

“然后呢？”

“她说，她也许会在无意中告诉她当时的助理玛莉安，言下之意国会里很快就会人尽皆知。梅瑞特想警告我。”

“她为什么突然又对你的事感兴趣了？”

“她没有，这也是所有问题的症结。”帕库森叹了一口气，用双手撑着头，“我追求她很长一段时间，到最后她只是想用威胁的方式摆脱我。我很确定，如果我再让她感觉压力，她就会把我的丑闻公之于世。该死的，她怎么可以这么做？”

“换句话说，你用不再打扰梅瑞特换得继续自己的事业？”

“我解除特种行业的租约，但仍保有股票，直到又过了一阵子，9·11 事件后才卖掉。”

卡尔点点头。是的，那场灾难让许多人一夕致富。

“你赚了不少？”

帕库森抬起头：“不错，刚好 1000 万克朗。”

卡尔噘了下嘴唇：“于是，你就把梅瑞特杀了。如此一来，她就再也没有机会把事情公开。”

“不，不是这样，我所做的一切都没有触犯法律，除非我亲自跳出来为这件事负责，否则根本不会有事。”

“有人请你离开党团吗？还是你自己决定要走？”

他的眼神闪烁，在办公室里四处游移，看见公告栏的嫌疑犯名单上有自己的字母缩写时停了下来。

“那里的名字，”帕库森指着公告栏，“你可以删掉了。”然后站起身离开。

阿萨德直到下午3点时才来上班。迟到很久，久得超乎人们对一个素质普通又善于招惹是非的人的期望。卡尔考虑是否该趁机谴责他，但阿萨德看起来相当兴奋，于是打消了这个念头。

“你跑哪儿去了？居然迟到这么久？”卡尔指着墙上的时钟问他。

“哈迪要我问候你。是你派我去找他，记得吗？”

“你在哈迪那里待了7个小时？”再次指着时钟。

阿萨德摇摇头：“我向他叙述脚踏车谋杀案。你知道他怎么说？”

“他告诉你谁是凶手。”

阿萨德一脸震惊地瞪着他：“你真了解他，卡尔。没错，哈迪的确这么说。”

“但我猜他没有说出名字。”

“名字？不，他说要找到对女目击者的孩子来说很重要的人。不是老师，也不是幼儿园的员工，而是跟他们关系更密切的人，比方说女目击者的先生、医生、骑马教练，或者其他令孩子钦佩的对象。我把这一切都转告给二楼的办案小组了。”

“嗯。”卡尔噘起嘴，心想，真惊人！阿萨德在短时间之内竟然懂得这么多，“我猜巴克一定乐翻了。”

“乐翻？”助理覆述这个字，“也许。乐翻看起来是怎样？”

卡尔耸耸肩。才在心里夸奖完，眼前的阿萨德又马上变成他所熟知的模样。“你还做了什么？”从阿萨德挑起眉毛又垂下来的样子，卡尔可以看出助理有所保留。

“过来看看这个，卡尔。”他从塑料袋内拿出梅瑞特的皮制万用手册放在桌上，“检查一下，这个人是不是很厉害？”

卡尔翻开通讯簿里H字母的那一页，一眼就看出成果。是，做得很棒。尽管原先被删去的电话号码变得有点模糊，仍然能辨识出内容：丹尼尔·哈勒，25772060。这件事本身就已令人无法置信，而更令人难以置信的是，卡尔的手指在大脑发出指令之前，已经飞快按完按键，准备测试这个电话号码。

他一定要试一下，最后当然徒劳无功。

“手机号码无效。打电话给丽丝请她立刻调查，告诉她，这个电话号码可能已经5年没用了。我们不晓得是哪间电信公司，但她一定会想办法找出来，这一点我很肯定。动作快一点，阿萨德。”他说完轻拍助理那有如花岗岩般坚实的肩膀。

卡尔点了根烟，整个身体往后靠，在脑海中整理案情。

梅瑞特在克里斯廷堡认识了假丹尼尔·哈勒，并且与他坠入爱河，几天后结束恋情。她在通讯簿删去他名字的方式很不寻常，有如一种特别的仪式，不管基于什么理由，与这名男子的相遇在梅瑞特的生命中是段相当重要的经历。卡尔试图站在她的角度思考整件事，一位漂亮的女政治人物眼前还有大好未来，却遇到错的对象——一个不怀好意的骗子，并且有许多线索指出这名骗子是一名叫作阿特摩斯的少年。首先，住在霍尔图格的家政服务员认为这名少年极有可能就是送信到梅瑞特家中的男子。第二，根据“基础基因”安沃斯科夫的说辞，阿特摩斯就是那位冒充哈勒的人。最后，根据丹尼斯的姐姐所说，这名少年在青春时期对她的弟弟具有极大的影响力，她认为就是阿特摩斯唆使弟弟开车与真的丹尼尔·哈勒相撞，并造成后者在车祸中身亡。这一切并没有太过棘手、复杂。

如今拼图一块一块浮现，包括了丹尼斯在车祸后离奇死亡，乌佛看到少年阿特摩斯照片时的剧烈反应，让卡尔确信这人很有可能就是让梅瑞特坠入爱河的假丹尼尔·哈勒，这名男子似乎费尽心思安排自己与梅瑞特相遇，最后则是让梅瑞特在大海上消失。

卡尔感到胃部传来一阵灼热，整个故事令人感觉恶心，此刻他真希望能喝一口阿萨德泡的那种甜腻的茶。

如果说卡尔讨厌什么事情，大概就是不必要的等待。为什么他妈的不能立刻和那位戈德港的教育人士谈谈？这个阿特摩斯总该有个名字、身份证号码和任何能延续至今的证明他曾存在世上的事物。卡尔对其他事情没兴趣，只有这件事现在就想知道！

他熄掉香烟，拿起公告栏上的清单，逐一检视。

可疑点：

一、乌佛。

二、不知名的邮差，跟柏林有关的信。

三、约在班克罗特小咖啡馆碰面的男子／女子。

四、克里斯廷堡的“同事们”。

五、抢劫谋杀，包包里有多少现金？

六、性犯罪。

需重新审查：

电报。

史蒂汶地区的经办人。

克里斯廷堡的几位助理。

什列斯威·霍尔斯坦号的目击者。

车祸后的寄养家庭、大学同学。她有情绪消沉的倾向？她怀孕了？谈恋爱？

在“不知名的邮差”旁，他用括号标出“阿特摩斯假冒丹尼尔·哈勒”，然后删掉塔克·帕库森的缩写字母，并在“她怀孕了？”的后面再加上两个问号。

除了第三点外，第一张纸上的第五六点也仍未解开。不过除非凶手的脑筋有问题，否则应该不会被小笔金额所引诱。再者，如果考虑到渡轮上有限的空间和时间，第六点性犯罪成为背后动机的可能性并不高。

至于第二张纸上尚待完成的项目包括渡轮上的目击者、寄养家庭和大学同学。巴克所提出的报告中并未列明与目击者有关的信息，至于其他几点相较之下重要性较低，自杀的动机更是不可能。

不，纸张上列出的疑点解开前无法继续调查，卡尔又瞥了一眼清单，然后将它揉成一团丢进垃圾桶。

他拿起梅瑞特的通讯簿贴近察看。该死的完美作品！阿萨德请人做得很棒，原有的涂抹痕迹消失得一干二净，真是不可思议！

“告诉我，这是谁做的！”卡尔隔着走廊大喊，却看到阿萨德举起手做出制止的动作，这才发现自己的助理正在讲电话。阿萨德的脸上表情不太愉快，应该说刚好相反，看来要找出旧电话号码的主人——梅瑞特在“哈勒”这个名字下面写下的号码并不容易。

“是预付卡的手机号码？”卡尔在阿萨德走回来，用手厌恶地挥去二手烟时问道。

“是的。”他回答，递给卡尔一张写着摘要的便条纸，“手机的主人是格雷夫市托勒利中学的七年级学生。她在 2002 年 2 月 18 日星期向警方报案，发现她放在外套里的手机被人偷走，外套就挂在教室外面。她事发几天后才报案，之后并没查出是谁干的。”

卡尔点点头。

他们现在知道手机的主人，但不知道之后被谁偷了拿去使用。必须解开后面的问题这个号码才有意义。他现在可以肯定这一切可疑的线索绝对有关联。梅瑞特的失踪并不是一起意外，有人怀着不好的企图接近她，为了让漂亮的政治人物消失而启动一连串事件，如今距离事情发生已超过了 5 年，卡尔担心事情有可能更糟。

“丽丝问是否该继续调查。”阿萨德说。

“到什么程度？”

“例如比对梅瑞特办公室与这支电话号码的通话纪录？”阿萨德指着小纸条，上面以大写端正的字体写着手机前主人的资料“25772060，莎娜·约森，崔拉杰街 90 号，格雷夫市”。所以，阿萨德其实可以写出让人看得懂的字。

卡尔对自己摇摇头，他怎么忘记请丽丝比对通话纪录，该死！在得到阿兹海默症之前，他真得开始学着做笔记。

“当然要。”他不加思索地回答。比对之后也许可以建立起时间顺序，显示梅瑞特与假哈勒之间的关系发展。

“你知道吗？卡尔。这需要几天时间，丽丝目前没办法腾出时间处理这件事，她说要找出那么久以前的数据很费力，更何况很可能找不出什么。”阿萨德的语气听起来似乎有些担忧。

“说吧，阿萨德。”卡尔换了个话题，并且掂了掂手中的万用手册，“究竟是谁交出这么完美的作品？”

阿萨德依旧不想透露。

正当卡尔想对他说，不愿意和上司吐实将不利于保住自己的工作时，电话响了。

艾格里的疗养院院长来电，他在电话中表达对卡尔的反感：“我只是要通知你，在你疯狂的举动之后，乌佛星期五离开了疗养院。我们现在仍不知道他人在何处，但已经通报了腓特烈松市警方。如果他出事的话，卡尔·穆尔克，我会亲手让你的警察生涯就此结束。”

然后对方用力挂上电话，话筒传来断线的声音。

凶杀组组长在两分钟之后来电，要求卡尔到他的办公室一趟。组长没有在电话中多说，但这并不重要，卡尔认得那个语调。

他必须到楼上一趟，而且是立刻。

第三十三章

时间：2007 年

恶梦在阿勒勒市火车站的报摊上降临。《闲话家常》的复活节版比平时早一天发行，路过报摊的人，不管认不认识卡尔都看到副警官卡尔·穆尔克的照片被登上头版的角落，就在王子与法国女友结婚的消息底下。

几位当地居民在购买三明治和水果时，很难不被“刑事警察威胁记者”标题吸引，下面还有一小行字“死亡枪击案件的真相”。报摊老板注意到卡尔无意购买报纸似乎有点失望，卡尔死也不会让佩勒·希特斯缇可以藉写出这些垃圾赚取他的生活费。

在火车上有许多乘客好奇地盯着他看，他感觉到胸腔那股压力再次蔓延开来，而总局里的情况并未比较好，前一天他才因乌佛逃离疗养院一事遭上司斥责，今天他又必须立刻到楼上去。

“看什么看，你们这群白痴。”在前往马库斯办公室的途中，卡尔对着几位同事怒吼，他们似乎不替卡尔抱屈。

“哎，卡尔，我们该拿你怎么办？”马库斯开门见山地说，“我很担心下周的报纸标题是你对心智障碍者施以精神暴力。我相信你自己也很清楚，如果乌佛出了什么事，媒体一定会藉这次的事件炒作一番。”他指着报纸上的照片这么说。卡尔还记得这张照片，那是几年前，他将媒体强制驱离出某个封锁的犯罪现场时，被愤怒的记者所拍下来的画面。

“让我再问你一次，卡尔，我们该拿你怎么办？”

卡尔拿起报纸浏览布满鲜红或鲜黄色标题的文章，怒气逐渐上升。他们真的知道怎么诽谤一个人，这些最下流的八卦记者。

“我从未对《闲话家常》提起枪击案，”他说，“我只说自己愿意为安克尔和哈迪付出生命。不要管它，马库斯，或者我们该考虑聘请一位律师。”

卡尔把周报丢到桌上后站起来就没再多说。该死的马库斯想做什么？如果凶杀组组长想趁机把他赶出警局，那肯定会招来更多这样的标题。

组长容忍地看着他：“TV2 电视台来电，有个探讨犯罪的节目想跟你聊聊，我已经替你回绝，叫他们忘了这件事。”

“好。”组长不敢轻举妄动，卡尔心想。

“他们问我《闲话家常》报道你威胁记者一事，以及亚玛格岛上的枪击案。”

“哦，我很想知道你怎么说。”

“我告诉他们，整件事不过只是小题大做。”

“好，这很好。”卡尔气愤地点点头，“你真的这么认为？”

“卡尔，听我说，你从事公职多年。在你警察生涯中，曾经历多少次同事在值勤时发生意外？想想看，当你还年轻在兰德斯市当警察，或者第一次巡逻的时候，一群喝得醉醺醺的混蛋们突然出现在面前看你的制服不顺眼。你还记得当时的感觉吗？随着时间的逝去，我们一再面对糟糕百倍以上的情况。我经历过，罗森和巴克也经历过，一堆今日做着不同工作的旧同事也经历过。我们都曾被斧头、大锤、金属棍、刀子、破啤酒瓶、霰弹枪和其他枪支威胁，又有几次这种情况圆满解决？我们全部都深陷在困境中。如果没有经历过这些就不是个好警察，是不是？我们每天都要想办法应付突发状况，失去支持的窘境也会一再发生，这就是我们的工作。”

卡尔点点头，觉得胸口的压力不同于以往。“这件事该怎么办，组长？”他指着报纸问道，“对此你有什么要说？”

凶杀组组长静静看着卡尔不发一语，然后站起来打开对着蒂沃利乐园的窗户俯身向前，拿起手上的报纸做了一个擦拭屁股的动作，接着转身面对窗户把这团废物丢出窗外。除了这么做，他无法更清楚的表达自己的意见。

卡尔察觉到自己的嘴角上扬。某位经过警察总局楼下的行人，可以因此免费得到一份电视节目表。他向主管点点头。马库斯的行为确实令人感动，但那些表示支持的言论似乎结束了，于是卡尔准备离开。

“林格案就快要有进展了。”他临走前说道。

马库斯点头表示自己某种程度的认同。在这种情况下，人们才知道马库斯受人爱戴的原因，才了解为什么他美丽的妻子愿意陪在他身旁 30 年以上。“卡尔，你仍然没有参加领导力课程。最晚明天解决掉它，清楚了吗？”

卡尔点头未发一语。如果组长继续坚持进修的事，或许他该考虑拜访公会寻求协助。

从凶杀组组长办公室走回地下室的这段 4 分钟路程，根本是一种充满异样眼光的夹道酷刑，一路上卡尔看见众人幸灾乐祸的目光、不以为然的手势，有些人的眼神透露着“你是我们的耻辱”这样的讯息。该死，你们自己也是，卡尔心想。他们应该要支持他，那么他至少不会觉得自己面对着一群企图冲撞他的公牛。

连待在地下室的阿萨德都看到这篇文章，但助理却拍拍卡尔的背，他认为这张登上头版的照片非常清晰，可惜这份报纸实在太昂贵了。与众不同的观点令卡尔精神一振。

10 点整，卡尔接到来自“笼子”——警察总局服务台拨来的电话。“这里有人找你，卡尔。”值勤者的语调冷淡，“你在等一位约翰·罗斯慕森？”

“对，让他到地下室来。”

5 分钟后，走廊上传来踌躇的脚步声，接着一个小心谨慎的语调在门口响起：“哈啰，有人在吗？”

当卡尔打开门，看见眼前这个人穿着过时的毛衣、绒布裤，还有其他不值钱的东西。

“约翰·罗斯慕森，来自戈德港保育院的退休教师。我跟你有约。”对方伸出手主动问候，“你是登上这期周报头版的警察？”

这真的会把人逼疯！穿着奇装异服的男人，竟意外拥有敏锐的观察力。

他们很快就取得共识，先由卡尔询问关于和案件有关的问题，然后再带领罗斯慕森进行导览。卡尔希望在一楼做个简单的参观，然后迅速绕中庭一圈后将他打发。

罗斯慕森记得阿特摩斯，虽然那已经是很久以前的事。这位退休教师是个和蔼可亲却有些啰嗦的长者，即使连最冥顽不灵的那种无赖都会被他感动，但这是卡尔的印象，一定有些他不知道的特例，例如阿特摩斯。

“我会把他在保育院的相关文件传真给你，我和办公室的人说好了，可惜所剩数据并不多。包括病历在内，几年前许多关于阿特摩斯的文件不翼而飞，当我们在架子后面找到数据时，缺了至少一半。”他摇摇头，下巴下面的松弛皮肤跟着晃动。

“为什么他会被带到保育院？”

退休教师耸耸肩：“你知道的，家庭问题。这个少年曾经有过寄养家庭，因为和寄养家庭处不来让情况失控。他是个本质不赖的少年，但脑袋太聪明又没有接受足够的挑战，这真不是个好组合。你在外劳居住区可以观察到这种特质的年轻人，他们习惯往外爆发出未曾宣泄的力量与活力。”

“他犯法？”

“他的确触犯了某些法律，但据我所知只是微不足道的小事。嗯，好吧，也许他的反应过于激烈，但我并不认为戈德港时期的他是个彻底暴力的人。不，我完全想不起这类的事情，但也许我记错了，毕竟已经过了 20 年，不是吗？”

卡尔拿出笔记本：“我想请教你几个相关的问题，你若能直接回答我会非常感激，如果想不起来就继续下个问题，但要是你突然想起前面问题的答案可以随时打断我，好吗？”

接着阿萨德用可爱的描金小瓷杯端来一杯糊状热饮，长者友善地向阿萨德点点头笑着接过去，卡尔相信他不用多久就会后悔。

然后他瞥了卡尔一眼。“好，”他说，“当然。”

“少年的真实姓名？”

“就我所知，他叫作拉尔斯·艾瑞克或拉尔斯·亨瑞克，或者类似的名字，他的姓很普通，好像叫彼得森。我可以把这些数据传真给你。”

“为什么他会被叫作阿特摩斯？”

“这和他父亲的工作有关。他很佩服他父亲，非常佩服，可惜在他很小的时候父亲就去世了。他父亲是位工程师，工作内容和里索岛的核子测试站有关，我不清楚详细情形，但我认为如果你手中有少年的真实姓名和身份证字号应能轻松查出来。”

“你有他的身份证字号？”

“是的，尽管记载他的身份证字号和其他数据的档案不翼而飞，但保育院的会计单位有个用来申请地方和国家补助的特殊系统，无论如何，我们可以查出他的身份证字号。”

“他在你们那里待了多久？”

“差不多 3—4 年，我想。”

“如果考虑到他的年龄，这时间有点久，不是吗？”

“是，但也不是。有时候会有类似的情形。那时他的母亲没有能力抚养他，而他也不想待在新的寄养家庭，所以不可能让他离开保育院。”

“之后还有没有他的消息？他从事什么样的职业？”

“在他离开保育院数年后我曾有次与他巧遇，看样子似乎过得不错。我记得是在赫尔辛格从事服务生或舵手这类的工作。他身上穿着制服。”

“你的意思是……他是船员？”

“是的，或是从事这类工作的人。”

我得要斯堪地渡轮公司把那天船上的人员名单寄给我，卡尔心想。但这份名单其实早就应该在档案中，卡尔眼前再度浮现星期四在组长办公室，巴克那张感到羞愧的脸。

“请等一下！”他暂停和罗斯慕森的问话，然后吩咐阿萨德上楼向巴克询问，是否有梅瑞特失踪那天渡轮上的人员名单，如果有的话，那份资料现在又在何处？

“梅瑞特？这涉及什么事情？”男子眼睛为之一亮，吞下一大口加了太多糖的茶。

卡尔笑而不答，继续下一个问题。

“你认为少年有精神错乱的倾向吗？他是否是一个具有同理心的人？”

退休教师盯着空杯的模样似乎还想要再来一杯，看来他显然是那种味觉非常极端的人，然后抬起灰色的眉毛说："许多来保育院的少年都有情绪上的问题，我们当然会为其中一部分作诊断，虽然我不记得我们是否评估过阿特摩斯的情况。不过我认为他是个具有同理心的男孩，至少他经常担心自己的母亲。"

"为什么？难道她患有毒瘾，或者其他原因？"

"不，不，她没有吸毒，不过她病得很严重，这也是为什么阿特摩斯在保育院待了那么长时间的原因。"

在卡尔问完所有问题后，警察总局的导览也很快草草结束。过程中，罗斯慕森证明自己是个贪得无厌的人，不断对眼前的一切发表评论，如果导览按照他的意思进行，他肯定会设法巡视这栋建筑物的每一个角落。退休教师对每样细节都表现出浓厚的兴趣，这让卡尔最后不得不弄响自己口袋里的呼叫器。"嗯，抱歉，我得赶去调查一件谋杀案。"卡尔的严肃语调让人不容置疑，"我们的参观活动恐怕得要提前结束。非常感谢你过来，我跟你约定在两个小时后接收传真好吗？"

卡尔的办公室一片宁静，他的桌上有张纸条，上面写着：巴克没有渡轮人员名单。该死，他究竟在期待什么？

地下室除了从阿萨德所处的小房间传来的细微的祈祷呢喃，此外一片沉寂，但这一切都只是暴风雨前的宁静，之后办公室的电话开始不断响起，至少连续响了一个小时。都是那篇该死的八卦报纸报道！上至警察总长给卡尔忠告，再来是地方广播电台、在线编辑，一直到报社的蹩脚记者，这篇新闻在媒体圈引起过分激烈的反应，把电话转接到地下室的工作似乎娱乐了三楼的索伦森小姐，于是卡尔按下某个号码按键尝试把电话调成静音，虽然他从没记清楚那些按键代表的功能，最后仍成功暂时隔离电话铃声的骚扰。

直到戈德港的退休教师依约传真过来，卡尔才从自我选择的冬眠苏醒。

一如所料，罗斯慕森是个客气有礼的人，他感谢卡尔百忙之中带他参观总局，在赞美言词的下方是他许诺要传真过来的文件。这些数据内容虽然不多，但却非常有价值。

被称为阿特摩斯的少年，他的真实姓名是拉尔斯·亨瑞克·言森，身份证字号是0201720619，出生于1972年，当天刚好是他35岁生日，和梅瑞特的年纪相仿。

拉尔斯·亨瑞克·言森，多么平凡到不行的名字，卡尔疲惫心想。为什么巴克或任何一个当时侦察这个案子的警察没想到要找出什列斯威·霍尔斯坦号的人员名单？同僚粗糙的办案方式令卡尔感觉绝望，而且过了这么久之后，谁敢保证一定找得到当时的值班表？卡尔希望可以透过询问渡轮公司获得解答，他坐在传真机前再次浏览传真稿，决定拿起话筒打给渡轮公司的总部。

但在他输入号码前话筒中就先传来一道声音，起初卡尔以为是三楼的丽丝，但接着就从有如天鹅绒般的语调认出那是梦娜·易卜生，令他不禁屏住呼吸。

“怎么回事？”她问，“电话根本还没响。”

是，他的确也很想知道。这情况唯有在卡尔拿起话筒，电话又刚好接通时才会发生。

“我看了今天的《闲话家常》。”她说。

他轻声低咒了一声，果然是来问这件事。如果这份狗屁报纸知道卡尔带给他们多少读者，肯定会把他的肖像周周刊在头版。

“这是很特别的状况，卡尔。你对此有什么想法？”

“我很好，这篇报道根本不会对我造成影响。”

“你应该尽快和我约时间碰面。”她说。

不知何故，易卜生提供的机会此时不再具有吸引力，也许是婚戒的关系，卡尔对异性的触角在接收到这讯息后产生影响。

“我可以大胆揣测，直到凶手被捕的那天，你和哈迪的心理创伤才会完全康复。你赞同吗，卡尔？”

他察觉到内心开始与这位心理医师保持距离。“不。”他说，“和那些白痴无关。警察经常暴露在危险之中。”他试图回想稍早与凶杀组组长的谈话，电话线那头，这个性幻想对象的呼吸声再也无法为他指点迷津。“应该说，在每个警察的职业生涯中都有可能碰上这样的事，只是时间早晚问题。”

“说得好。”她答道。卡尔相信哈迪也会说类似的话。“可是，卡尔你知道吗？这完全是胡扯！我建议我们固定碰面控制这种想法，下周报纸不会再刊登你的消息，我们可以在不受打扰的情况下会面。”

斯堪地渡轮公司的人非常和气友善。如同其他失踪案件，他们已经建好梅瑞特的档案，原来当天的人员名单曾打印出来，也拷贝了一份给行动派遣队。当时派遣队询问过甲板上下的人员，可惜没有人知道梅瑞特发生什么事，如果有一些当时拍的照片就好了。

卡尔敲打自己的额头。那份名单是怎么回事？难道有人把它当成咖啡滤纸用掉了？巴克和那个小组的人真该死！

“我手上有一个身份证字号，”他说，“也许你可以帮忙？”

“今天恐怕没办法。会计处的人刚好外出受训。”

“好吧，你们手上这份名单是以字母顺序排列的吗？”卡尔问道，但事实上人员名单不是以字母顺序排列，而是按照船员的辈分，船长和他的副手总是排在最前面，船上每个人都有自己的位置。

“可以麻烦你在名单里找一位叫作拉尔斯·亨瑞克·言森的人？”

接电话的人员回以一个听起来有气无力的笑声，这份名单显然很冗长且零散。

对方花了相当长的时间搜寻，相当于阿萨德祈祷完起身，在角落里用小毛巾擦脸，大声拧鼻子，最后装水准备煮糖果般甜腻的茶，渡轮总部的员工才结束这份工作。“不，上面没有叫作拉尔斯·亨瑞克·言森的人。”他说。

这真是令人泄气。

“为什么你一副垂头丧气的模样，卡尔？”阿萨德笑问。

“别再想那份笨报纸的笨照片，只要想想如果你的手脚都断掉的话情况会更糟。”

真是个特别的安慰。

“阿萨德，我取得了那位昵称阿特摩斯的少年真名。”他说，“我的直觉告诉我，他在梅瑞特失踪的那艘渡轮上工作，结果不是这么回事，所以我才看起来垂头丧气。”

阿萨德友善拍拍他的背："但你已经找出渡轮人员的名单了，干得漂亮，卡尔。"助理赞美他的态度，就像夸奖小孩勇敢上厕所一样。

"没错，虽然我们手上的线索不多，但既然戈德港的传真上有拉尔斯的身份证字号，我们一定可以找到这个家伙，政府的网站系统里有全丹麦人的数据。"

阿萨德站在卡尔身后看着他把号码输入计算机，他感觉自己像是个打开圣诞礼物的小孩，对刑事警察来说，能确认嫌疑犯的身份绝对是个关键时刻。

然而结果却令人失望。

"这是什么意思，卡尔？"阿萨德指着计算机屏幕发问。

卡尔翻了个白眼："意思是找不到这个号码。简单来说，在整个丹麦王国里，没有人有这个身份证字号。"

"你会不会输入错误？传真上的号码真的是这样吗？"

卡尔又再看了一次传真。不，他没有打错。

"或许这不是正确的号码？"

猜得好。

"也许它被改过。"阿萨德拿起卡尔手中的传真，眉头紧蹙地看着身份证字号，"你看这里，卡尔。我认为有一两个数字被改掉了，你觉得呢？这里看起来像不像是被刻意刮掉的？"他指着最后四个数字的其中两个问道。卡尔觉得有点难以辨认，但那两个数字旁边的确有些阴影，不过也许是文件经过传真后造成的。

"即使只改变两个数字，也有 100 种的组合，阿萨德。"

"那又怎样？只要我们派人送束花上去，索伦森小姐必定可以在半个小时内查出我们要的答案。"

助理奉承泼妇的行为让人匪夷所思。"阿萨德，有许多可能性，如果可以改掉两个数字，也有可能 10 个都改变。我们应该先想办法要到戈德港的正本数据，再来尝试组合数字。"

卡尔打电话给保育院，要求他们立刻将正本数据邮寄到警察总局，但对方坚决拒绝。

卡尔试着解释这件事的严重性："你们的文件极有可能遭人伪造。"

“不，我不相信，”教育工作者答复的语气十分肯定，“如果号码是错误的，我们一定会发觉。每个来到保育院的人都要经过建档才能申请补助。”

“我明白。但如果这人是在离开保育院后才造假呢？谁会发现这一点？你不能忽略这种可能性：在阿特摩斯离开 15 年之后，你们文件上的身份证字号遭到了涂改。”

“即便如此，我们也不可能交出正本数据。”

“好吧，那么我就必须按照官方程序来。我认为你不愿意帮助我们，并且很不友善。我们侦察的很有可能是件谋杀案，你好好想想吧。”

卡尔从一开始就明白不是因为谋杀案的重要性，也不是威胁要循求官方途径才让他的话发挥作用，反而针对个人的批评最为有效。谁喜欢被藐视？从事心理治疗的专业人员肯定不愿意。像“不友善”这类的字眼听在他们耳里贬低的意味十分强烈，所以才会产生如此巨大的成效。卡尔在警察学校的某位老师将这技巧称为“言辞的压制”。

“你必须先发一封电子邮件，要求要看正本档案。”保育院的人员说。

一比零，获胜。

“你查出阿特摩斯的真实姓名了，卡尔？我们知道他的昵称是怎么来的吗？”阿萨德坐在卡尔身旁接连发问，一只脚跨在办公桌其中一个抽屉上。

“拉尔斯·亨瑞克·言森，他们说。”

“拉尔斯·亨瑞克，好奇怪的名字，遇到同名的机会一定不多。”

在阿萨德的故乡肯定没有，卡尔心想。正当他打算下个讨人厌的批注时，却看到阿萨德沉思的表情，他突然觉得那个表情很陌生，与平时的阿萨德不太一样。少了吊儿郎当的态度，看起来相当严肃。

“你在想什么，阿萨德？”

阿萨德的眼睛上像是附着一层油膜，颜色不停改变。他眉头微蹙，伸手拿起梅瑞特的档案，短暂翻阅后发现了自己要寻找的资料。

“这有可能是巧合吗？”阿萨德指着某页上方的某一行问道。

卡尔瞥了一眼才察觉阿萨德手里拿的是哪份资料。

卡尔试图整理自己的思绪，一段时间后豁然开朗，他并未仔细斟酌事件的因果关系，意识也并未以逻辑性验证，而是让想法在脑中自由流动。事实上，所有的档案早就在它自己的位置上，他终于理解整起事件的关联。

第三十四章

时间：2006至2007年

对她来说，最受惊吓的一点并不是尽管她在心里拒绝移动脚步，自己仍直视丹尼尔的眼睛，被他吸引过去；也不是丹尼尔和拉瑟是同一个人。不，最糟糕的是梅瑞特知道他是货真价实的。这件事带来的惊吓超过一切，并令她在成长过程中一直承担着沉重的过失。

那不是她所熟悉的眼睛，那双眼睛里有太多的伤痛。伤痛，绝望，以及仇恨，因为短短不到一秒钟发生的意外支配了男子全部的生命，或者说，支配了少年的生命，她直到这一刻才知道。

当时拉瑟才14岁，在某个天寒地冻的冬日与双亲坐在车内，透过车窗望向另一辆车。在那辆车上，活泼又好动的女孩坐在后座和弟弟打闹，分散了驾车的父亲不到一秒钟的注意力，否则他的手会固定在方向盘上，而这个珍贵的1‰秒可以拯救5条人命，阻止3个健康的人变成伤残人士。在这场车祸中，只有少年拉瑟和梅瑞特侥幸生存下来，出于这个原因两人之间必须算清楚。

她明白这一点，因此听从命运的摆布。

接下来几个月，这个男子每天都会出现。他曾经以丹尼尔的名字接近她，现在却以拉瑟的身份天天透过牛眼窗监视她。有时他只是站在窗边默默观察，好像她是笼子里的麝香猫，为了生存下去要勇敢对抗眼镜蛇的攻击；有时他会和她说话，但很少主动提出问题，因为没有这个必要，他仿佛可以预先知道所有的答案。

“当你的父亲准备超车，而你坐在车内看向我的眼睛，我觉得你是我见过最漂亮的女孩。”有一天他突然叙述起来，“但下一秒我看到你对着我笑，而不顾自己造成车内的骚动与混乱，我知道我恨你。在我们那辆车翻覆之前，坐在我身旁的妹妹脖子断了，我听到脖子断掉的声音，你知道吗？”

他用告诫的眼神盯着她。梅瑞特因为感到羞耻低头回避拉瑟的目光，但仅仅只是如此，因为过错早已偿还了。

然后拉瑟继续说故事，提到改变一切的那个时刻。他母亲是如何在汽车残骸中生下双胞胎，以及父亲是如何张大嘴咽下最后一口气——那个拉瑟爱他超越一切，敬佩不已的人。还有他母亲的脚被座位卡住，熊熊烈火在上方燃烧的情景，而他甜美又有趣的妹妹，破碎的身体被他压在底下。很不幸的，第二个双胞胎生下来的时候脖子被脐带缠住，至于第一个双胞胎则因为越来越猛烈的火势，躺在挡风玻璃上不停哭喊。

这故事令人感到震惊，对梅瑞特而言更无疑是种折磨，羞耻和罪恶感几乎将她击垮，直到现在她依旧记得车祸发生时人们绝望的哭喊声。

“我的母亲车祸后无法行走，我的弟弟从没上过学，无法像其他孩子一样学习。因为你，我们一家人失去了原本的生活。在一天之内，父亲、甜美可爱的妹妹，以及全家都期待他们来到世上两个健康的弟弟，突然间不复存在，换成是你会有什么感觉？我的母亲本来就是一个脆弱且敏感的女人，但即使如此，以前的她仍能无忧无虑与我们一起欢笑，直到你踏进我们的生命，使她失去了一切。一切！”

在拉瑟叙述往事的这段时间，有个女人走进房间，他的自白打动了她，梅瑞特似乎听到她在哭。

“你知道吗？在事发后的头几个月，我孤单一人待在寄养家庭，一个在生命中只知道爱与安全的男孩，居然被寄养家庭的父亲殴打！我没有一刻不渴望反击，这只猪居然还希望我叫他父亲。这段日子里，我脑中只有你的影像，梅瑞特，你和你那双美丽却无责任心的眼睛摧毁了我所爱的一切。”他停顿下来，因为拉瑟接下来要说的话非常长并且令人害怕。“梅瑞特，我当时就对自己发誓，无论如何我一定会报复你和所有人。你知道吗？我现在过得很好，并且立誓报复你们这群夺走我们美好生活的猪。我的报复比你想象的还要完整。也许我该让你知道我曾经考虑杀了你弟弟，但有一天当我在观察你们的过程中看见他约束了你，你就像是被他用链子拴上的一条狗，我可以从你的眼神中看出你有多自责，以及他对你造成的阻碍，于是我改变主意了。为什么我要杀掉他解决你的苦恼，让你的生活变得轻松？他不也是因为你而受害的人之一？于是我让他活着，但我没让我的寄养家庭的父亲活着，也不让你活着，梅瑞特，不让你活着。”

在拉瑟第一次试图杀掉寄养家庭的父亲之后，他被送到了保育院。寄养家庭并未告知对方他做了什么，只说父亲额上的那道疤痕是铁锹造成的，还有少年的脑子生病了，他们无法继续负担起抚养他的责任，经由这个方式获得了另一个男孩。

那次事件唤醒了拉瑟体内的野兽，自此之后，再也没有人可以左右他和他的生活。

距车祸发生过了 5 年 2 个月又 13 天，保险理赔胜诉，已经长大的拉瑟终于能回家与恢复健康的母亲和有着轻微障碍的弟弟团聚。是的，其中一位双胞胎烧伤太严重没有救活，但另一位活了下来，尽管刚生下来的时候他的脖子被脐带缠住。

小婴儿在母亲住院和复健的期间被安置在寄养家庭，直到 3 岁才被带回来。他的脸上、胸部都留下烧伤的疤痕，因为容易缺氧在各种活动项目上都有障碍，但那段时间小婴儿是母亲的安慰，让她聚集所有力量终于把拉瑟接回身边。这个不幸的家庭最后获得 150 万克朗补偿金，弥补他们被摧毁的生活，失去父亲、妹妹和双胞胎之一的伤痛，当然还有母亲的行动能力和全家人的幸福。为了这微薄的 150 万克朗，如果有朝一日梅瑞特不再是拉瑟复仇的目标，那么他会转而对那些诈取他们应得赔偿的保险人员和律师进行报复，拉瑟对他母亲许下这样的承诺。

在那之前，梅瑞特必须为许多事付出代价。

她知道自己所剩时间不多，恐惧与渴望解脱的情绪同时在她心里滋生，她在这座残酷又充满痛苦的牢房度过将近 5 年的时间，现在即将划下句点。

2006 年接近尾声时，房间里的压力已经提高到六个大气压力，天花板上还剩下一根正常的灯管，不像其他闪烁不停。拉瑟特地在除夕那天盛装打扮前来，与母亲出现在镜面玻璃的另一边祝她新年快乐，并补了一句，这是她的最后一个除夕夜。

“我们知道你的死期，不是吗，梅瑞特？仔细想想就会发现很合乎逻辑。你只要把我被迫离开家庭生活的日子，想象成你像动物一样被关在这里的时间，计算一下就知道自己哪一天会死。你必须忍受与我一样久的孤单，但不会更长。你现在可以开始期待了，梅瑞特。等时间一到我们会打开闸门，这会造成痛苦，但痛苦很快就过去。你虽然瘦，但氮气仍聚集在你的脂肪组织并沉淀在身体各处，如果你感觉骨头膨胀刺进组织，如果你牙龈的伤口在口中爆裂，如果你肩膀和臀部的关节突然觉得疼痛，那就意谓时间到了。或许你已经算出来，从 2002 年 3 月 22 日开始，经过 5 年 2 个月又 13 天，就是你墓碑上的忌日。你可以祈祷肺部和脑子的血块瘫痪你的意识，或者肺脏爆炸令你失去知觉，如此一来就能少受点苦，我不是早就说过了吗？我们会让它很快实现。”

她的死期是2007年5月15日，还有91天，因为今天是2月13日，从新年算起的第四十四天。从除夕夜开始，她每天都带着这样的想法活着，在那天来临之前她得准备好自我了结。尽管如此，她仍尽可能叫自己不去想那些可怕的念头，并且重新回味人生中最美好的回忆。

在心灵上，她已准备好与世界道别，经常拿起钳子检查它的尖端，或者观察两根尼龙棒中较长的那一根考虑将它折断、磨尖，她打算用这个物品来结束自己的生命。她会躺在外面看不到的牛眼窗下方刺破动脉，幸运的是在她的手臂变得纤细之后，动脉的位置非常明显。

她带着这种觉悟活着，直到某天闸门送出食物时，听到外面传来拉瑟和他母亲的说话声，两人不知道在为了什么事争吵。

哎，果然没办法一直彼此相爱，梅瑞特愉快地想着。

“小拉尔斯治不了他的母亲吗？”她大吼。她当然知道自己傲慢的态度会遭到报复，她了解外面那个巫婆，也许他们会好几天不给她食物，但却无法夺走她自己决定死期的权利。梅瑞特心想。事实证明她虽然了解巫婆，却了解得不够透彻。

“拉瑟，小心里面那个人，”老女人在外面尖叫着说，“她想在我们两人之间挑拨离间。我才值得你相信。她可以利用手上那把钳子结束自己的生命，你难道希望她是拥有最后微笑的人吗？你想要这样吗，拉瑟？”

沉默持续了几秒。她究竟在做什么？从这一刻起，她的生命变得岌岌可危。

“梅瑞特，你听见我母亲说的话了吗？”广播器传来拉瑟冰冷的语调。

回答有什么好处？

“从现在起远离牛眼窗。我要随时都能看见你，把马桶拿到对面的墙壁，马上去！如果你试图绝食或让自己受伤，我可以向你保证，在你反应过来前，我会快速降低房间里的气压，只要你刺破皮肤任何一个地方，血液就会像瀑布一样喷溅出来，而在你失去意识之前会感觉到体内的一切炸裂。另外，我安装了摄影机，并且在玻璃前面架好两盏投射灯，从现在开始我们会 24 小时看管你。你可以选择现在上断头台，或者晚一点。谁知道，梅瑞特？也许我们明天全部都死了？或许我们今晚吃下的鲑鱼有毒？人们永远不可能知道未来会发生什么事。撑下去，也许有一天白马王子会来救你。不是有句话是这么说的——‘希望是死前最后消失的东西’。忍耐，梅瑞特。你得遵守规则。”

她抬头看着两片玻璃，隐约意识到在玻璃后方拉瑟的模糊轮廓，灰色的死亡天使带着阴暗、病态的想法在外面徘徊，她希望这种想法永远纠缠着他。

“你是怎么杀掉你寄养家庭的父亲？也是这么残忍吗？”她大叫，以为会听到拉瑟大笑，却意外听到另外两人的笑声，也就是说外面现在有三个人。

“我等待了 10 年，梅瑞特。我回来的时候增加了 10 千克的肌肉，变得不再害怕他，并且有足够的力量把他杀了。”

“你以为这么做可以赢得别人的尊敬吗？”她嘲笑他，任何可以戳破拉瑟胜利美梦的举动都是值得的。

“我活活把他打死，难道你不相信这方式可以令我受人尊敬？没有特别精心的设计，就是这么简单。我慢慢打死他，就像当年他殴打我一样，对我来说其他方式是不够的。”

这个完全丧失理智的男人真令人感到恶心。“你和他一样，你这个可笑、有病的野兽。”她喃喃自语，“真可惜当时你没有因为杀人被逮捕。”

“逮捕？你说逮捕？”他又笑了，“怎么逮捕？那是准备收成的秋天，老旧、不中用的收割机摆在外面的田地上，我把他的尸体踢到收割机前，然后打开机器运转，完全不费吹灰之力。这个白痴总有许多疯狂的点子，例如习惯在晚上采收。这就像一起意外事件，不会有人感到讶异。另外我可以告诉你，没人会想念他。”

“是，拉瑟，你真是伟大，你还有良知吗？”

梅瑞特并不认为拉瑟会停止他的复仇计划，然而当她听完整个故事后仍受到很大的惊吓。她得知拉瑟假扮丹尼尔好利用他的事业接近她，后来又把他杀了，丹尼尔并未伤害拉瑟却同样遭遇不测，为的只是确保不会有任何一个愚蠢的巧合揭发他的真面目。至于帮手丹尼斯一样得死，因为行动不能留下何证人，拉瑟相当冷血。

“我的天，梅瑞特。”她喃喃低语，“你让多少人陷入不幸？”

“你这只猪，为什么不直接杀了我？”她大喊，“你明明有机会，你说你曾监视我和乌佛，为什么不干脆趁我独自在花园时将我刺死？你一定曾在那里，对吧？”

拉瑟沉默了片刻后才慢条斯理地回答，仿佛陶醉在自己愤世嫉俗的情绪中：“这问题太简单了。首先，我想亲眼见到你痛苦，而且得与我们的痛苦的时间一样长。此外，亲爱的梅瑞特，我想要待在你的身边目睹你有多么脆弱，并且动摇你原有的世界，看着你爱上那个名叫丹尼尔的男子，再学着害怕他。你应该在与乌佛进行最后一趟旅行时就意识到有事会发生，光这一切就带给我极大的满足。”

“你脑子有病！”

“有病？我有病？我告诉你，这根本比不上你带给我们的伤害。那一天，我得知我母亲请求林格基金会协助她出院、回家，而基金会却用他们只照顾萝特和亚历山大·林格的直接继承人这种理由拒绝她。她只不过想请求该死的基金会给予少得可怜的10万克朗，尽管他们知道她的身份及遭遇的情况，但依旧回绝了，这让她多待在那些鬼地方好几年时间。你现在明白了吗？为什么她这么恨你，你这个被惯坏的蠢婆娘！”这位精神病患开始哭泣，“该死的10万克朗！这对你和你弟弟有什么意义？完全没有！”

梅瑞特想辩称自己不知道这一切，但过错已偿还了，早就偿还了。

当天晚上，拉瑟和他弟弟架设好摄影机，打开投射灯，这两盏刺眼的东西使黑夜变成白昼，也使这间拘禁她的丑陋牢房在灯光下表露无遗，每个细节都令人倒胃口。明亮的牢房强迫她认清自己被贬低的事实，令她害怕到紧闭着眼睛。刑场已经准备好了，但死刑犯仍不打算面对。

后来他们在窗户上方拉了两条引信，并且放置了装着氧气、氢气和可燃性液体的钢瓶，一旦发生紧急情况就会炸开玻璃，梅瑞特听到他们这么说。

拉瑟通知她一切都准备妥当，等到她整个人从里到外炸开，他们会把她的尸体运到厨房，最后引爆整栋建筑物，爆炸的规模连几公里外都可以听到爆炸声，当然这次保险公司会赔偿费用，这种无人乐意见到的意外事故必须谨慎准备，确保不会留下任何痕迹。

如果有人阻止这一切就不会如你们所愿，她心想，你们等着看！

接下来的日子她都背对玻璃坐着，开始用钳子的尖端在水泥地上刻字。已经没有时间了，她必须在两天内用这项工具完成所有的事情，然后她就能利用她的牙签刺穿自己的脉搏。只要完成这项工作，死也无所谓。

为了让刻痕承受得住外力的破坏，必须刻得够深，也许她还需要多几天时间，更保险来说可能还要一星期左右。她利用房间角落内的灰尘掩盖凿刻的痕迹，继续一字一字慢慢刻着，心里期盼日后保险公司的专家们进行火灾鉴定时至少会发现几个字，进而调查出整段讯息：

这栋建筑物属于拉瑟所有，他谋杀了他的养父、丹尼尔•哈勒、朋友和我。

请帮我关心我的弟弟乌佛，告诉他，过去5年多，他的姐姐没有一天不想念着他。

梅瑞特·林格，写于2007年2月13日。自2002年3月2日起，被绑架且被关进这个遭上帝遗弃的地方。

第三十五章

时间：2007 年

阿萨德不经意看到的资料是交通警察针对 1986 年圣诞节发生的死亡车祸所做的报告。在那场车祸里，梅瑞特的双亲身亡，报告里还提到另一辆车的 3 人也在这场车祸丧生，这 3 人分别是一名新生儿、只有 8 岁的小女孩，以及驾驶员亨瑞克·言森。亨瑞克·言森是一位工程师，创办了一家名为“言森工业”的企业。报告此处有一行问号，代表这里的资料不甚肯定，按照手写注释，言森工业是一家“生意兴旺，生产安全壳使用气密钢的企业”，底下另一行注释特别以引号标明写着“丹麦工业的骄傲”，可能是引用某位证人的供词。

对，阿萨德没记错。第二辆车的死亡驾驶员叫作亨瑞克·言森，这个名字真的与拉尔斯·亨瑞克·言森极为类似，相信在这件事之后，再也没有人敢批评阿萨德很笨。

“阿萨德，把当时为了本案而留存的周刊和报纸拿来。”卡尔说，“也许上面会有生还者的名字，如果第二辆车幸存的少年叫作拉尔斯·亨瑞克我也不会太讶异。”当阿萨德拿了一叠资料回来时，卡尔伸手说，“给我几份八卦报纸。是，从里面拿几份吧。”

报纸里的彩色照片令人感到恶心，周围那些渴望成名的人物报道更加深了这种感觉。陷入火海的福特嘉年华很有说服力，火焰几乎摧毁了一切，只剩下照片所记录的黑色残骸。在车内所有人被活活烧死之前，路过的救护车及时救出受困者，有几份报道用“奇迹”形容这次的救援，根据交通警察的报告，消防车因为路面湿滑，并未像平日一样快速抵达现场。

“这里写着母亲乌拉·言森在这场车祸中失去双脚。”阿萨德说，“没有写出少年叫什么名字，只说是‘这对夫妇的长子’，但提到他 14 岁。”

“如果戈德港的文件可以信赖，那么这年纪刚好与拉尔斯·亨瑞克·言森出生的年份相符。”卡尔说完继续阅读剪报。

卡尔在第一份剪报中没有发现任何新讯息，这篇车祸报道位于政治争论及丑闻报道旁边，报纸为了刺激销售量，特地将各种不同议题的新闻编排在一起，以报社过往的经验来说，这种做法的效果相当不错，但如果将这份 5 年前的报纸放在昨天的报纸旁边，要非常仔细阅读才看得出哪一份日期较新。

他一边咒骂媒体，一边忙着翻阅下一份数据。打开报纸的那一刻，突然有个名字跳进眼睛里，正如他所期待。

“这里有报道，阿萨德！”他大喊。卡尔觉得自己像只滑翔于树梢上方的老鹰，一旦发现猎物立刻俯冲而下。真是趟完美的狩猎！卡尔胸口的那股压力甚至因此减轻，这种独特的放松方式逐渐在全身的组织发挥作用。

“阿萨德，听听看，这里是怎么说的。被批发商亚历山大·林格驾车冲撞侥幸存活下来的人包括：乌拉，女性，40 岁；一名新生儿；以及长子拉尔斯·亨瑞克，14 岁。”

阿萨德丢下手中的剪报，深棕色的眼睛因为笑容挤成一条线。

“给我交通警察的报告，阿萨德。”卡尔认为里面会列出所有人的身份证字号，但他的食指顺着报告内容快速扫过，只发现两名驾驶员的资料，梅瑞特的父亲和拉尔斯·言森的父亲。

“卡尔，我们可以利用父亲的身份证字号找出儿子的数据，然后再拿来与戈德港的少年比对。”

卡尔点点头，这不是什么大事。“我正在看是否能找出与亨瑞克·言森有关的消息。阿萨德，这期间请你去找丽丝帮忙查出身份证字号。告诉她，我们要找出拉尔斯·亨瑞克·言森的地址。如果这个人不住在丹麦，就请她改搜寻他的母亲。麻烦丽丝在确认身份证字号以后，把言森在车祸后的所有登记过的地址打印出来。拿着档案上楼吧，阿萨德，快一点。”

卡尔在网络上搜寻“言森工业”，却没有找到任何一笔数据，于是将关键词改成“核子反应炉用的气密钢”，结果得到一长串位于法国与德国的企业名称。接着又输入“安全壳”等字眼，但如同刚才输入“核子反应炉用的气密钢”的搜寻结果，依旧没带给他答案。

就在他打算放弃时发现了一个 PDF 档案，档案中提到一间位于科格的企业，并且写着“丹麦工业的骄傲”，与报告上的注释如出一辙。报告中的文字肯定是出自于这里。写下注释的警察挖掘到比别人更深层的东西，他在心里替这位同事送上友善的祝福，卡尔敢打赌他迟早会调到刑事部门。

卡尔继续在网络上搜寻，却无法找到更详尽的数据，于是他打电话询问负责受理商业登记的单位，竟得到不曾有企业以亨瑞克·言森这姓名登记的回答。当卡尔说不可能时，对方给了他三种可能的答案：这家公司的经营者是一个外国人，对方是用合资人的姓名提出申请，或者属于控股公司，使用控股公司的名字登记。

他拿起原子笔划掉笔记本上的公司名称，看来“言森工业”属于高科技地图上仍未标示的地区。

卡尔点燃香烟，静静看着香烟的烟雾在天花板下方的管线间扩散开来，也许将来有一天这举动会引起外面走廊上侦烟警报器的反应，并造成整栋大楼员工的疯狂骚动，全数跑到街上去。他想到这里忍俊不禁又深深吸了一口，朝门口吐出厚厚的烟圈。虽然这么一来会导致这个消磨时间的小小非法活动被迫终止，但光是想象巴克、柏恩和马库斯站在街上，从害怕、生气，到气急败坏走回数百米外的办公室……这一切就很值得。

然后他突然想起约翰·罗斯慕森曾提到，阿特摩斯父亲的工作与里索岛的核子测试站有关。

卡尔拿起电话拨号，也许这是另一条死胡同，但是如果想谈论核子反应炉所使用的气密钢，没有比里索岛上核子测试站更好的选择。

值班员工和蔼可亲，把卡尔的电话转给一位叫作马汀亚森的工程师，然后这人又把电话转给一个名为史东的人，最后卡尔和一位叫作乔纳森的工程师通上话。随着不断的转接等待，接电话的男子听起来的年纪也越来越大，乔纳森在电话中自称为米克尔，虽然手边得处理一些事情，但仍愿意花 5 分钟的时间提供协助，并询问警察的来电的目的。

当听完卡尔的问题后，乔纳森的声音听起来似乎十分自满。“你想知道20世纪80年代哪一间丹麦企业在制造安全壳？”他重复卡尔的提问，“HJ工业算是世界先驱。”

一听到这位先生说HJ工业卡尔便恍然大悟，HJ指的就是亨瑞克·言森，除此之外还会有别的答案吗？就是这么简单。商业登记的职员怎么会没想到，真该下地狱！

“嗯，其实亨瑞克·言森的企业应该称为妥贝卡控股公司，不要问我为什么。HJ享誉世界，它制订的标准沿用至今，虽然亨瑞克·言森骤逝又宣告破产的故事令人唏嘘，但没有他领导25名员工，没有他高标准的要求，这间企业根本不可能经营下去。那个不幸的事件正好发生在他们乔迁、扩建之际，让公司顿时失去了重要价值与专业技术。如果我们当时资助它，这间公司也许不会面临倒闭的命运，只可惜当时外在环境并不允许。”

“能否告诉我HJ的地址？”

“它的旧址位于科格，我曾经去过几次，但在意外发生之前他们搬到了哥本哈根的南方，我不清楚确切位置，不过我可以找找看电话簿，它不知道被我丢到什么地方了，你可以在在线等我一下吗？”

等待时间一定超过5分钟，卡尔在电话里听到这个人四处翻找，满口飙出丹麦语中最脏的脏话，卡尔很少听到类似的粗话，对方听起来似乎对自己很生气。

“不，很抱歉。”他说，“虽然我没有丢掉它，但一时之间找不到，我常常这样。我建议你找乌拉·言森谈谈，也就是亨瑞克·言森的遗孀，我想她的年纪还没有大到无法跟你叙述关于HJ工业的一切。她是个非常勇敢的女人，遭遇到的事情实在太可怕了。”

“嗯，令人感到遗憾。”卡尔表示赞同，还想提出最后一个问题。

但工程师欲罢不能。“HJ的技术真是完美，焊接的方法简直无与伦比，连使用最精良的机器进行X光照射检查也看不出任何瑕疵！他们还发明一个测试漏气的疯狂方法，那是一个可以调节一到六个大气压力的压力舱，有了这个压力舱后，就可以用来测试产品的坚固程度。它是我见过最大的压力舱，控制系统非常先进。如果安全壳通过测试，就可以确定核子反应炉的防护滴水不漏。这就是HJ，总是走在技术尖端。”

工程师称赞 HJ 的模样，就像是他拥有这间企业的股票。

“你知不知道乌拉·言森现在住在哪里？”卡尔迅速转移话题。

“不知道，但只要去户政事务所查一下就知道了。她住在那间企业最后落脚的地方，就我所知她又不可能被解雇。”

“你是说哥本哈根南部某处？”

“是的，完全正确。”

怎么可以有人这么矛盾？“哥本哈根南部某处”和“完全正确”？

“如果你对核子测试有兴趣，我很欢迎你来这里参观。”男子说道。

卡尔婉谢他的邀请，表示自己办案时间紧迫不克前往。实际上，他想要驾驶千吨重的蒸汽压路机碾过里索岛上的企业，再把它卖给西伯利亚随便一个偏僻村镇制成道路覆盖物，对他们两人来说拜访那里无疑是浪费时间。

当卡尔挂断电话，阿萨德已经在门口站了两分钟。

“有什么事吗，阿萨德？”他问，“我吩咐的东西搞定了吗？那个身份证字号怎么样？”

阿萨德摇摇头。“我想你应该自己到楼上去和他们谈谈，卡尔。今天他们全部……”他用手指头指着太阳穴，“疯了。”

卡尔踏着猫步小心朝三楼丽丝的办公室前进，她看起来真的不好亲近，平时活泼蓬松的短发此刻塌了下来。索伦森小姐站在丽丝后面眨着眼睛看着他，周遭的人朝彼此高声怒骂。这里真的一团乱。

“发生什么事？”当丽丝终于注意到他时，卡尔问道。

“我不知道。只要我们一登入政府的数据库，屏幕就会跳出‘拒绝进入’的画面，就像是有人改过登入密码。”

“网络功能看起来没问题。”

“登入刑案数据库或财政部的网站就会出现我刚才说的状况。”

“你必须等待，就像其他人一样。”索伦森小姐的声音听起来有点幸灾乐祸。

卡尔站在那里试着找出解决方法，但当他看见丽丝的计算机屏幕一次次跳出错误讯息，最后不得不放弃。

卡尔耸耸肩。怎么回事？他心想，事情没这么急迫，像他这样的人知道如何在工作时利用自己的权限，如果网络系统决定罢工，这不就代表他可以到地下室虚掷一两个小时的时间喝杯咖啡，把脚跷到桌上在心里自言自语？

“哈啰，卡尔。”突然一个声音从背后响起，转身看到凶杀组组长马库斯穿着洁白的衬衫搭配斜条纹的领带站在那里。“你在这儿，好极了。你有空和我去员工餐厅一趟吗？”这根本不是一个问题。“巴克要向我们做简报，我相信你一定也会感兴趣。”

员工餐厅里大约有 15 个人，卡尔站在后面，组长待在一旁，两名来自缉毒部门的警察，柏恩、巴克以及他最紧密的工作伙伴站在前方。

柏恩简单开头后交由巴克发言，所有人都知道他要说什么。

“我们今天早上针对脚踏车谋杀案采取逮捕行动，此刻，嫌疑犯正和律师坐在一块，相信今天结束前可以得到书面自白。”

他面露微笑，用手顺了一下精心设计的头发，这是他的日子。“女目击者安娜莉丝·凯威斯特在指认嫌疑犯后发表了一份详细的声明。她的说法 100% 支持了我们的办案过程。案件与在法尔比开业行医、具有名望的医师有关，他在法尔比公园杀死贩卖毒品的药头，另外涉嫌目前仍被假定为自杀的凯威斯特谋杀未遂案，以及威胁伤害她的孩子。”巴克指示他的助理继续说明。

“在搜索嫌疑犯住处的过程中，我们发现超过 300 千克的毒品，目前正由专员进行分析。”他停顿一会儿，直到众人安静下来继续说道，“毋庸置疑的，这位医生在同事间建立了分工细密的人脉网络，这些人非法销售需要处方签的药品牟取暴利，从美沙冬到二氮平、烦宁、苯巴比妥和吗啡。至于特殊进口的药物，有安非他命、使蒂诺斯、四氢大麻酚和醋奋乃静。此外，还大量销售抗精神病药物、安眠药和迷幻药。对嫌疑犯来说，没有年纪太大或太小的问题，这些药品显然销售给各种年龄层的顾客。在法尔比公园被杀害的被害人，负责将这些毒品分售给舞厅的客人。根据我们的推测，死者曾试图勒索医生，但医生没有理会。因安娜莉丝目击了这起谋杀案，让我们认为这起案件并非预谋犯案，嫌疑犯认识她并轻易找到她的住处，用卑鄙的方法威胁她不准泄密。”助理在此中断，换巴克接手。

“我们知道，在谋杀案后医生立刻前往安娜莉丝的住家。他是呼吸道方面的专家，安娜莉丝两位女儿都患有气喘，经常仰赖他以药物进行治疗。那个晚上医生在安娜莉丝家里施展暴力的行为，他威胁母亲让两个女儿服下药丸，否则就要杀死她们，接着为两人注射了解毒剂。对一个母亲来说，亲眼看到自己女儿的脸庞瞬间变得面无血色，并且失去与她们沟通的能力是多么大的伤害！”

他看了在场的人一圈，同事们纷纷点头。

“接着，医生宣称，”他继续说道，“以后两人必须经常去诊所注射解毒剂，确保不会再度复发，或造成其他严重的后果。他用这种方式掌控目击者，当然她只能选择沉默。破案关键在于我们最后突破了证人的心理防线，这要感谢安娜莉丝的母亲。她对夜里的插曲一无所知，但隔天看到女儿饱受惊吓的模样后，从安娜莉丝口中得知她曾目睹谋杀案。不过安娜莉丝的母亲并不知道凶手的身份，因为我们的证人坚决不肯透露那人的名字，当我们根据母亲提供的指示审问目击者时，便让她陷入深深的危机中。今天我们知道，几日后医生找上了安娜莉丝，他警告她，如果她说出实情会杀了她的女儿，甚至用‘活生生把她们撕碎’这样的话语威胁她，最后让她服下致命的混合兴奋剂。剩下的故事在场的同事都知道了，安娜莉丝被送到医院捡回一条命，可是对案子守口如瓶，但你们不知道的是，在调查期间我们获得悬案组不少的援助，包括卡尔·穆尔克。”

巴克转身面向卡尔：“你没有参与调查，卡尔，但在调查过程中，你给了我们几个不错的建议，因此我代整个小组向你致谢，也谢谢你的助手，你让他当我们与哈迪之间的信使，哈迪也有微薄的贡献，我们已送花过去致意。”

卡尔惊讶得说不出话来。两三名旧同事转过头来，试着从僵硬的脸上挤出笑容，但大部分的人仍无动于衷。

“是，许多同事参与了这次调查，也谢谢你们。”副警官柏恩补充道，然后指着缉毒警察说，“现在我们把这群为非作歹的医生犯罪集团交给你们，这肯定是个大收获。在脚踏车谋杀案后，凶杀组很高兴又可以专心致力于其他案件，三楼还有许多棘手的案子等待我们解决。”

卡尔知道巴克要说出这些话有多难，因此等到大部分的人都离开后走向他伸出手：“这不是我的功劳，但还是谢谢你。”

巴克瞪着卡尔伸出来的手一会儿，然后继续收拾他的文件：“你不用谢我，如果不是马库斯强迫，我也不会这么做。”

卡尔点点头。他现在真的明白，他和巴克永远不可能成为朋友。

外面走廊上传来一阵骚动，办公室所有的员工都聚集在组长的门前抱怨。

“好，好，我们还不知道发生什么事。”马库斯说，“但根据警察总长的说法，目前政府单位的网站无法登入。中央服务器遭黑客入侵，更改了所有的密码。犯人身份还不清楚，但拥有这种能力的人不多，我们会全力以赴把他揪出来。”

“这不可能是真的。”卡尔说，“怎么会发生这种事？”

主管耸耸肩，刻意让自己看起来一副无所谓的样子，就算情况绝对没有那么单纯。

卡尔通知阿萨德暂缓调查，网站恢复运作之前他们无法继续。没有户籍数据，他们就无法找出拉尔斯·亨瑞克·言森之前的住址，如今只能耐心等待。

当卡尔开车前往霍内克的医院脊椎中心时，从广播上得知有媒体接到民众投书，信上表示将这些病毒放入政府机关的网站的人很可能在公家机关服务，并位居核心位置，因为受市政改革连累而做出报复行为，但此一说法并无根据。计算机专家针对防护严密的数据为何会遭受攻击提出解释，丹麦首相称罪犯为“令人作呕的歹徒”，他表示，负责数据传输安全的专家已经着手解决，很快一切就会恢复正常运作，而犯人将面对严重的刑责。

哈迪的床头柜上真的插着一束花。但是，即便是在最偏僻的加油站商店都能买到比这更美的花束。哈迪并不在乎，况且护士今天将他的脸转向窗户，他根本看不到。

“我应该代巴克问候你。”卡尔说。

哈迪闷闷不乐地看着卡尔，但好像又不是那么不高兴。“我和那个笨蛋有什么关系？”

“阿萨德转达你给的提示，现在他们逮捕到一个嫌疑犯，而且手中似乎有足够的证据将他起诉。”

“我没有给任何提示。”

“不，你说巴克应该观察安娜莉丝的医生，就是那个目击者。”

“我们现在在谈论哪个案件？”

“脚踏车谋杀案，在法尔比公园，记得吗？”

哈迪眉头紧蹙“我不知道你在说什么，卡尔。你要我协助梅瑞特·林格那件白痴案件，同时我又得应付一位心理医师和她谈论亚玛格岛上的枪击事件，我受够了。我根本不知道脚踏车谋杀案的事情。”

现在哈迪不是唯一眉头深锁的人。“你确定阿萨德从没向你提过脚踏车谋杀案？也许你有短暂失忆的问题？说吧哈迪，没关系的。”

“卡尔，够了！我没兴趣听你疯言疯语。记忆力是我最气的敌人，你还不了解吗？”哈迪勃然大怒。

卡尔举起双手投降：“我很抱歉，哈迪，可能是阿萨德给了我错误的讯息，这很有可能发生。”

但他心里不这么想，真的不这么想。

这种事不能发生，也不允许发生。

第三十六章

时间：2007 年

卡尔坐在餐桌前吃早餐，食道因胃酸逆流而感觉不适，肩膀疲惫沉重。一旁的莫顿和贾斯柏都没和他说话，对他继子来说这是标准常态，但对象换成了莫顿就是个不祥的预兆。

桌上的报纸放在平时摆放的位置，头版的大字标题是“塔克·帕库森因健康问题自愿退休”。卡尔打开报纸的第六页发现上面有张自己的照片，刚好是前一天《闲话家常》谈到他所使用的那一张，但这次旁边多了张乌佛不太清晰的照片，文章内容与阿谀奉承完全搭不上边。

“受到丹麦党期许的悬案组重新调查受到社会瞩目的案件，过去两天却交出令人大失所望的成绩单。”报道如此写道。

他们从《闲话家常》撷取的故事并不多，而且实际做了采访。报道中，艾格里的员工指控卡尔的调查手法粗糙，必须为乌佛的失踪负责。护士长更是怒不可遏，她指责卡尔滥用院方的信任、对病人施加精神暴力和耍弄阴谋。这篇文章的结尾写道：“直到截稿为止，我们仍然无法获得警方的响应。”

如今人们得在意大利面西部片[1]中仔细寻找，才找得到居心比卡尔还黑的恶棍，不过若考虑到事实真相的话，这的确是篇值得脱帽致敬的报道。

“我今天要期中考。”贾斯柏的话打断了卡尔的思绪。

---

1. 1960 年到 1975 年之间，欧洲的电影制作公司拍摄了近 600 部西部片。对这些电影，评论家们不是猛烈抨击就是刻意忽视，而且因为大多数影片是由意大利公司投资拍摄，他们称之为“意大利面西部片”（Spaghetti Westerns）。

卡尔从报纸里抬起头："哪一科？"

"数学。"

这听起来不太妙。"你准备好了吗？"

少年耸耸肩膀起身，就如同往常没有瞧沾满了奶油和果酱的杯盘一眼，将桌上那团狼藉丢给别人收拾。

"等一下，贾斯柏。"卡尔大喊，"这是什么意思？"

他的继子转身面对他："意思是说如果成绩不够好，我也许不会上高中。真糟。"

卡尔脑海中浮现维嘉指责的神情，报纸不自觉从手上滑落，胃酸逆流的老毛病真痛苦。

外面的停车场上，昨天的计算机事件成为人们茶余饭后的话题。有些人不知道他们今天上班该做什么，尤其是行政部门的职员，不论是负责建设许可或健康保险补助，都倚赖公家机关的网站工作，如今却只能看着屏幕干瞪眼。

车上广播持续播送，多位市长对于市政改革发表负面的看法，认为改革间接引起这起不幸的事件。许多人也对于这段时间紧绷的状态感到不满，地方职员的工作负荷过重，而且对似乎只会更糟的情况感到愤怒。不过可以确定的是，若是这位瘫痪登录系统、厚颜无耻的罪犯敢在其中一个市议会露面，医院的急诊部门肯定会有很多事要忙。

相反的，警察总局里的人满怀信心，认为造成这场损失的始作俑者已经被捕，只要被捕的人，也就是内政部的女性资深程序设计者，解释如何排除损失就会对外公布消息。用不了不久，一切又会运作正常。

可怜的人们。

奇怪的是，卡尔今天走到地下室途中没遇到半个同事。这样真好，关于他与北西兰岛疗养院里一位心智障碍者起冲突的报道，肯定早就传遍这栋大楼的每间办公室了。

他只希望马库斯星期三与总长和其他长官见面时，话题不要绕着这件事情打转。

一进办公室，卡尔发现阿萨德正坐在自己的位置上，决定开门见山问清楚。

在经过几分钟的质问后，阿萨德显得无力招架。卡尔未曾在助理面前显露过的另一面此刻展露无遗。

“嗯，阿萨德，你骗了我。”卡尔瞪着阿萨德厉声说道，“你并未对哈迪提起脚踏车谋杀案的内容，根本只字未提。所有的结论都是你自己编造来的。是，你做得很棒，但说谎的行为我绝对不能忍受。明白了吗？绝对不行，你得因此承担后果。”

他想知道在阿萨德宽阔额头下的脑袋到底在想什么？他是否感觉惭愧？

卡尔严厉指正他：“不要尝试愚弄我，阿萨德。我想知道你的身份背景，还有你没去哈迪那里的时候做了什么？”他不打算给阿萨德反驳的机会，“嗯，我知道你去了医院，但停留的时间肯定不长。快说出实情，阿萨德，到底是怎么回事？”

阿萨德无法用沉默来隐藏他的不安，在闪烁的友善眼光背后，是一只显露防卫的猎物神情，如果两人是敌人，阿萨德有可能会跳起来朝卡尔的脖子咬去。

“等一下。”卡尔说，他转身面对着计算机打开网页，“我有几个问题要问你，可以吗？”

阿萨德没回答。

“你听到了吗？”

一个比计算机运转还微弱的声音代表响应。

“你的个人档案显示，1998年你和太太、女儿来到丹麦，1998年至2000年间，你们待在桑德霍尔姆收容所寻求庇护。”

阿萨德点了一下头。

“等待的时间似乎很短。”

“那是当时，卡尔，现在的情况完全不同。”

“你来自叙利亚，阿萨德，是哪个都市？文件里没写。”他转身面对阿萨德，从没看过助理的脸色如此黯淡。

“你在审问我吗，卡尔？”

“对，可以这么说。你有异议吗？”

“卡尔，你必须尊重我有许多事情我不能告诉你。我过去的生活很糟糕，但这是我的人生，不是你的。”

“我了解。你来自哪个城市？这问题不难回答。”

“我来自萨阿巴尔的郊区。”

卡尔输入地名：“这地方感觉相当偏僻，阿萨德。”

“我有说它离市区很近吗，卡尔？”

“萨阿巴尔到大马士革的距离大约多远？”

“一天的路程，超过200公里。”

“一天的路程？”

“在那里做什么都需要时间。你必须先经过都市，然后再穿越山区。”

没错，从网站上的地图看来的确如此，寻找一个偏僻的地方要花很多时间。“你叫作哈菲兹·阿萨德，至少在移民局的文件上是这么写的。”他在网站上输入名字搜寻，立刻得到结果，“这个名字真不简单。”

阿萨德耸耸肩。

“是统治叙利亚29年的独裁者的名字。你的父母是复兴社会党的党员？”

“是，他们是。”

“你以这个人的名字来命名？”

“这个名字在我的家族经常出现。”

卡尔看着阿萨德的深色眼睛，看起来跟平常不太一样。

“谁是哈菲兹·阿萨德的继承人？”他很快又提出问题。

阿萨德的眼睛眨也不眨回答：“他的儿子巴沙尔。卡尔，我们能不能就这样算了，这对我们都不好。”

“或许。他另一个在1994年车祸身亡的儿子叫作什么名字？”

“我一时想不起来。”

“想不起来？真荒谬。这里写着：他是父亲最疼爱的儿子，也是被选中的继承者，叫作巴希尔。我敢说每个年纪跟你相当的叙利亚人都能毫不犹豫地回答这问题。”

“是，没错。他叫作巴希尔，”他点头，“许多事情我已经忘了，卡尔。我不想再去记起，我排……”他思索恰当的字眼。

“你排斥去想？”

“是的，可以这么说。”

好，看来这办法行不通。卡尔心想，我必须采取另一种行动。

“你知道我的看法吗，阿萨德？我认为你在说谎。你根本不叫作哈菲兹•阿萨德，这只是你在寻求庇护时第一个想到的名字。我可以想象那个帮你伪造护照的人甚至嘲笑过这点。他就是那个帮我们处理梅瑞特通讯簿的人？对不对？”

“卡尔，我认为我们该就此打住。”

“你到底来自哪里？好，我已习惯了阿萨德这个名字，所以放弃追问，即使这是你真实的姓氏，哈菲兹？”

“我是叙利亚人，来自萨阿巴尔。”

“你刚才说是萨阿巴尔的郊区。”

“是的，在市中心的东北方。”

阿萨德的说辞听起来很合理，但在没有证据能证明的情况下实在叫卡尔难以接受。也许阿萨德曾遭受过长达10年的数百次的审问，但现在情况已经不同了。总之，卡尔觉得阿萨德的反应很可疑。

“事实上你来自伊拉克，有着不可告人的秘密。你害怕秘密一旦拆穿，丹麦会将你驱逐出境、遣返回国，是不是这样？”

阿萨德的脸一沉，额头的线条不见了。也许卡尔找到正确的方向，说中了事实。

“伊拉克？不，卡尔，你根本就是在胡说八道。”上司的猜测似乎让他感觉受伤，“跟我回家，看我从家乡带来的行李箱，你可以和我太太聊一下，她懂一点英文，或者和我的女儿，你就会明白我说的是实话。卡尔，我是政治难民，经历过很糟糕的不愿意多谈的事情。为什么不能让我保留一点隐私？的确，我没有如我所说花那么多时间在哈迪那里，因为霍内克医院路程遥远，我想去帮我弟弟的忙，而那得花上许多时间。对不起，卡尔。将来我一定会实话实说。”

卡尔往后靠在椅子上，他并不想让阿萨德有机会把如糖果般甜腻的茶泼在自己充满怀疑的额头上。“阿萨德，我不明白，你是如何在短时间内适应警察工作？虽然你平时像只滑稽的‘枭’，但的确有两把刷子，那些技术是从哪学来的？”

“滑稽的枭？这是什么意思？一种鸟类吗？”阿萨德一脸天真地看着卡尔。没错，阿萨德的确有两手，但也许那是因为他根本就是个天才，也许他说的句句属实，这一切都是卡尔自己过于多疑、爱发牢骚。

“你的文件里没有提到你的学历，说说看吧。”

阿萨德耸耸肩：“并不特别。我父亲有间制作罐头食品的小公司，我从里面学会一罐削皮的番茄 在摄氏 50° 之下可以保存多久。”

卡尔试着微笑响应：“然而你因无法和政治脱离关系，最后不得使用假名离开自己的国家，是这个意思吗？”

“是，大概就是这样。”

“你被刑拘过？”

“卡尔，放过我，我不想，也不能谈这方面的事，好吗？”

“好。”卡尔点头，“但以后你一定要交代清楚上班时间做了什么，明白吗？”

阿萨德竖起大拇指，接着将手高举起来鼓掌。

真是够了！

“好，阿萨德，我们回到文件上，有几样事情要解决。我们必须找出拉尔斯·亨瑞克·言森在哪里，希望查询户籍数据的网站很快就会修复。在那之前，我们知道他的母亲叫作乌拉·言森，而父亲在里索岛……”阿萨德似乎不知道里索是什么，但卡尔仍选择把话说完，“有人告诉我乌拉·言森住在哥本哈根的南方。”

“乌拉·言森这个名字很罕见吗？”

卡尔摇摇头：“既然我们现在知道他父亲创办的公司名，就多了许多侦办方向，首先我会打电话询问负责商业登记的单位，希望他们的网站不会遇到同样的状况。这段时间你就翻电话簿搜寻乌拉·言森，试着从布隆得比往南找，例如瓦伦斯别克、格洛斯楚普、措斯楚普、格雷夫市的基尔博德一带，直到科格为止，因为那里是企业早期所在位置，可以稍微锁定北方一点的地方。”

阿萨德看起来松了一口气，他走开几步后回头拥抱卡尔一下，卡尔感觉到助理刮人的胡渣，并嗅出他用的刮胡水是便宜的牌子，但感觉很真实。

卡尔在阿萨德走开后呆坐在原地，允许刚才这种感觉延续，那几乎就像是他和旧组员之间的关系。

他和阿萨德同时得到回复。商业登记处在官方系统被入侵的这段时间内仍维持正常运作，输入HJ工业5秒后就得到卡尔查询的结果。对方表示这间公司属于妥贝卡控股公司，是间德国企业，如果卡尔有需要他们可以提供更多信息。网站上虽然没有注明妥贝卡的所有者，但只要请德国同事帮忙要找出答案并不难。当卡尔找到地址后呼叫阿萨德停止搜寻，但阿萨德也已经找到了两个线索，比较结果后得知乌拉・言森居住在格雷夫市的史托互斯路，就在破产的HJ工业后来搬迁的土地上。

卡尔在地图上搜寻地址，发现距离丹尼尔・哈勒在卡普勒夫出车祸被烧死的地点只有数百米，他还记得站在那里眼中所见的情景，印象中那是一条很长的一目了然的路，直直通往位于尽头的磨坊。

他察觉自己的肾上腺素逐渐升高，他们手上有地址，而且只需要20分钟就能抵达那地方。

“卡尔，我们要不要先打电话？”阿萨德递给他一张写着电话号码的纸条。

他挑起眉毛看着阿萨德，果然还是无法提供建设性意见。“如果我们现在要拜访的是一间空屋，那这真的会是一个很棒的建议，阿萨德。”

这是间一般的农庄，有住宅、猪寮、粮仓，还有铺着碎石的庭院，房屋与马路间的距离近到他们可以直接从车上看进屋内。外观漆成白色的建筑物约10—12米高，原本窗户的位置开了个大洞，看起来从未有人住过。卡尔怀疑主管机关怎么会允许这栋建筑物在此，它破坏了田野的景色，任意生长的黄色油菜颜色是如此的鲜绿，任何人类的画作都无法相比。

卡尔观察周遭环境，发现这地方没有一处留有生活的迹象，就连建筑物附近也没有，地面铺着石块的农庄就和其他地方一样荒凉，成堆的建筑碎料和废弃物摆在沿路往东一小段的地方，除了生着黄花的植物和长得比石棉屋顶高的果树开了花之外，只剩一片死寂。

“农庄里没有汽车。”阿萨德说，“也许这里很久没住人了。”

卡尔紧咬牙齿，努力克制心中失望的情绪。拉尔斯·亨瑞克·言森不在这里，他的直觉如此告诉自己。真该死！

“我们到处走走，阿萨德，四处看一下。”他把车停在路边，大约距屋子 50 米远。

他们轻手轻脚移动，穿过篱笆墙抵达屋子的后方，那里有一座花园，莓类灌木与羊角芹互相争地，住宅的窗户因久未有人居住染上了一层灰。一切是如此冷清。

“看。”阿萨德把鼻子贴在玻璃上说。

卡尔顺着他的话倾身往屋内看，发现这栋房子已荒废许久，要不是缺少一座塔和玫瑰墙，否则看起来就像是睡美人童话里的城堡。茶几、书、报纸、所有文件都覆盖上一层灰，地毯则被卷起来搁到一边，角落里的纸箱还未拆封。这家人真的远离了曾经拥有的幸福时光。

“阿萨德，我想这家人发生意外时才搬进来，里索岛的工程师也这么说。”

“是，但看后面。”

阿萨德指着对面房间的门口，有道光线从门缝中流泻出来，房间里的地板似乎光亮洁净。

“你是对的，看起来不太一样。”

于是两人穿过蜜蜂正在香葱花上嗡嗡叫的香草花园，来到屋子的另一侧。

卡尔走近后发现窗户上了锁，但可以从第一扇窗看到房间里光秃秃的墙壁和两张椅子靠墙摆放。他把额头贴在玻璃上看进去，肯定这个房间有人使用，摊在地板上的衬衫，床上没折好的棉被和换下来的睡衣，他记得不久前才在百货公司的目录上见过这个款式。

卡尔深吸一口气，直觉自己把手探往腰间的皮带，那是原本摆放警用枪支的位置，但他已经好几个月没有配枪执行公务了。

“这张床不久前还有人躺在上面。”他对站在距离几个窗户远的阿萨德说。

“这边也有使用的痕迹。”阿萨德说。卡尔走到他身边往内看。没错，厨房很干净，透过墙上的那扇门可以看到他们刚才从另一边看到的那间布满灰尘的房间，就像是间神圣的墓室，不准外人进入。

但厨房似乎才被使用过。

“电冰箱、桌上的咖啡、煮水器，后面的角落还有数瓶未开的可乐。”卡尔说。

卡尔转身面向猪圈和其他建筑物思考，他们可以在没有搜查证的情况下强行进入，但如果搜索的结果不如预期就得准备面对上司的怒火，因为他们不能提出强而有力的证据证明晚一点采取搜索行动会错过关键时刻。他们最好明天再来。是的，这样比较好，明天或许会有人在家。

卡尔点点头，决定回总局申请搜查证，等待批准。

正当卡尔沉思之际，阿萨德迅速穿过院子。对一个矮壮体型的人来说，他的速度真快，几个跳跃他便穿过院子来到乡间小路上，朝驾驶拖拉机的农夫招手。

卡尔走向他们。

“是，”靠近他们时，卡尔听到农夫说话，还有拖拉机发出空转的声音，“母亲和儿子不住在这里，这有点奇怪，但她似乎以那边为家。”他指着远处的房舍，“我想他们一定在，至少今天早上我还看见她在屋子前面。”

卡尔出示了警徽，农夫跟着将引擎熄灭。

“她的儿子，”卡尔问，“是不是叫作拉尔斯·亨瑞克·言森？”

农夫眯起眼睛想了一下:“不，不是这个名字，他的长相有点古怪，长得又高。该死的，他叫什么？”

“不是拉尔斯·亨瑞克。”

“不、不。”

这段问答像是秋千或是旋转木马，不停地上上下下，靠近又拉远。在卡尔侦办案件的过程中并非第一次碰到这种情况，老实说这已经数不清是第几次了，令他感到厌倦。

“你说他们住在后面那栋建筑物里？”卡尔问。

农夫点点头。

“住在里面的人靠什么生活？”卡尔问。

“我不知道。我向他们租这块地，那边的克里斯多芬森也是。除了农地休耕的补助外，那家人的母亲肯定还有些退休金，另外每星期有辆不知道来自何处的货车会开来这边几次，上面载着看起来需要清理的塑料，顺便带食物给两人。我认为母亲与儿子在里面过得还可以。”农夫笑着说，“这里是农村，不缺东西。”

“从镇上来的货车？”

“不，比较像是渡轮公司的公务车。我曾在电视上看过车上的标志，但不清楚详细来历，谁知道是来自大海还是其他地方，我对这些又不感兴趣。”

当农夫缓缓将拖拉机驶向磨坊的方向，卡尔和阿萨德望着猪圈后方那几栋建筑物，奇怪的是，这些建筑物明明很大，但他们刚才在路上却没有注意到它们的存在，或许是因为紧邻着树篱笆的关系，今年温暖的天气让树木提早长出嫩叶。

空地上除了环绕三边的建筑物，以及一栋半完工大厅之外，还有另外三栋低矮的建筑物散落在铲平的地区，地面原本应该要铺上柏油，但现在只有鹅卵石，四处都是杂草和谷物种子，一直延续到较宽的小径上留下一片绿意。

阿萨德指着小径上的轮胎痕迹。卡尔也看见了，痕迹宽度和脚踏车的轮胎差不多，两条平行，猜测是轮椅经过所留下。

正当他们接近农夫所指的最后一栋建筑物时，卡尔的手机突然响起。他轻声咒骂，责怪自己忘记调成震动模式，然后看见阿萨德盯着他。

是维嘉打来的，她有罕见的天赋，总是选在最不恰当的时机打电话给卡尔。有次卡尔站在一具尸体流出来的液体旁边，她打电话要求他去买泡咖啡用的奶油；还有一次卡尔正在飞车追捕嫌疑犯，外套放在公务车座位底下，口袋里面的手机响个不停，维嘉就是具有这种能力。

他按下红色按键拒绝接听，然后将手机转成震动模式。

当他抬起头，看见面前站着一位20岁出头、身材高瘦的男子，他瘦长的头形感觉有些畸形，半边脸布满被火烧伤的疤痕。

“你们不能进来。”他的声音既不像大人，也不像小孩。

卡尔出示他的警徽，但年轻人似乎不明白这是什么意思。

“我是警察。”卡尔友善地说，“我们想要和你母亲谈谈，我们知道她住在这里。如果你愿意问她是否能让我们进来的话，我会很感谢你的。”

不论是警徽还是卡尔和阿萨德都无法引起眼前男子的注意，也许他并不如第一印象那么笨。

“我还要等多久？”卡尔的态度突然变得粗鲁无礼，男子吓了一跳钻进屋内。

几分钟过去，卡尔的胸口那股熟悉的压力再度出现，他为自己没有佩带武器感到懊恼，自他请病假那天起，公务枪就一直放在总局的枪炮管理室。

“待在我后面，阿萨德。”他说。卡尔不想看见明天的报纸出现这样的标题：“警官在枪击中牺牲了助手。警察总局穆尔克副警官在短时间内第三次成为新闻人物。”

他推了阿萨德一下，强调自己是认真的，然后紧贴着门框。这么一来如果对方拿着霰弹枪之类的枪支，至少不用担心头部被枪管抵住。

结果刚才的年轻人出现了，并请两人进去。

女人坐在房间角落的轮椅上抽烟，她的年纪很难猜，虽然一副衰老又不中用的模样，但根据儿子的年纪来推算应该不会超过60岁。坐在轮椅上的她显得有点驼背，小腿就像折断的树枝，为了找寻生长空间变得异常臃肿。车祸意外在她身上留下深刻明显的痕迹，着实令人同情。

卡尔环顾四周。这个大厅约200平方米，天花板高4米，但即使空间宽敞烟味还是很浓。他的目光跟着烟雾一路飘到了上方，上面那十扇小型维那斯天窗是室内唯一的光线来源，房间里十分黯淡。

这个大厅包括了所有日常生活所需，厨房在大门旁边，另一边则是厕所，至于当作客厅的区域主要以宜家家具和便宜的地毯装饰，往前延伸大约 15 至 20 米，就是老女人睡觉的地方。

除了空气不好，房里一切摆设得非常整齐。电视机和报纸让她打发大部分的时间，在先生过世后，她一切都得自己来，好在有个小孩在身边可以协助她。老女人这么说。

卡尔注意到阿萨德缓缓打量着整个房间，有时会停留在细部仔细观察，他专心得将手臂垂下在身体两旁，双脚平行深植在地上。

女人友善地接待他们，但只和卡尔握手。卡尔向她自我介绍，告诉她不必感到不安，他们只是有几个问题想请教她的长子拉尔斯·亨瑞克。不是什么特别的问题，不过是例行公事而已，也许她知道可以在何处找到他。

她面露微笑。“拉瑟跟着船出海了。”她称呼他为拉瑟，“他不在家，但等他一个月后上岸我会转告他。你们有名片吗？”

“不，可惜没有。”卡尔笑得很友善，但女人没有任何回应。“我一回到办公室就会把名片寄过来。”他再次以微笑进行测试，这次的时间点抓得比较好。这是个黄金规则，先说些让人感觉正面的话且露出微笑，令自己看起来很真诚，但事实上可能正好相反，一个微笑可以有多种含意，例如：拍马屁、调情。任何事都有可能，就看哪一种对自己最有利。老妇人显然也从她的人生中学习到这一点。

他准备撤退，抓着阿萨德的袖子说：“好，言森太太，麻烦你转告他。对了，他是为哪间渡轮公司工作？”

她知道说话的顺序与微笑的用意。“哦，我真希望自己还记得，他为很多公司工作。”老女人微笑时露出泛黄的牙齿，卡尔自己也抽烟，但看见黄得这么厉害的还是第一次。

“他是舵手，不是吗？”

“不，他负责船上的伙食，拉瑟一向很懂得吃。”

卡尔试图想象这位少年的世界，这个搭着丹尼斯·克鲁德森肩膀，因过世的父亲生产核电厂的零件而被称为阿特摩斯的少年[1]。他是从什么时候获得餐饮方面的知识？在殴打他的寄养家庭？在戈德港的保

1. 阿特摩斯原文为 Atomos，源自德文 Atom，即原子。

育院？还是在母亲身边的小时候？卡尔一生中虽下过几次厨房，但连煎荷包蛋这种简单的料理都会失败，失去莫顿绝对会令他的生活陷入困境。

“自己的小孩过得好是件很棒的事。你一定很期待见到哥哥吧？”他突然转向言森太太的小儿子。脸庞毁坏的年轻人带着怀疑的眼神观察访客，好像两人是来偷东西的小偷。

小儿子目光闪烁地看着母亲，但老女人依旧面无表情，看来从他嘴里也挖不出东西。

“你儿子服务的渡轮目前航行到哪里？”

她看着他，泛黄的牙齿消失在干燥的唇瓣之后。“拉瑟经常在波罗的海上航行，但我认为他目前应该在前往北海的途中。有时他会搭某艘船出海，搭另一艘船回来。”

“那一定是颇具规模的渡轮公司，你真的不记得了吗？可否描述一下渡轮上的标志？”

“抱歉。我不太擅长这样的事。”

卡尔把眼光朝向年轻人，这家伙知道他们在谈论些什么，如果他获得母亲的允许，肯定可以画出这个该死的标志。

“每周固定过来这里的货车上也有这个标志。”阿萨德选在此时插话，这绝对不是个好时机。这句话让年轻人的眼神有点不安，老妇人深深吸进一口烟，又随即把烟吐出来，将脸上的表情隐藏在烟雾后方。

“嗯，我们也不是很清楚，”卡尔接着说，“是从你们的邻居那里听来的，我想他肯定弄错了。”他拉扯阿萨德的手臂。“非常感谢你百忙之中接待我们，”然后，他又说，“请你的儿子回家后打电话给我，好吗？我们想问的问题不会花他太久时间。”

他们走向门口，老妇人推着轮椅跟在后头。“把我推到外面，汉斯。”她说，“我需要一点新鲜空气。”

卡尔知道她是想要亲眼看他和阿萨德离开这块土地，不愿他们离开自己的视线。如果庭院或者他们所处的建筑物后方停了一辆车，代表拉尔斯·亨瑞克·言森或许躲在附近的某栋建筑物里，但卡尔的直觉告诉自己：老女人的长子不在这儿，她只是想尽快摆脱他们。

“建筑物维持得不错，这里以前曾经是工厂？”

她在卡尔后面抽起另一根烟，在小径上前进的轮椅格格作响，她的儿子使劲抓紧轮椅把手推着自己的母亲，让那张烧毁的脸孔看起来有些激动。

“我的先生有间公司，负责为核电厂生产高标准的安全壳。他去世时，我们刚从科格搬来这里。”

“是，我记得这个故事，真的很令人遗憾。”他指着前方两栋较低矮的建筑物说道，“设备是在那里生产吗？”

“是，在那里焊接，并在大厅进行最后的组装，而我住的地方就是安全壳成品的仓库。”

“为什么你不住在屋子里？那里应该比较舒适。”卡尔问，并且发现某栋建筑物前面放着一整排与乡村景色并不相称的灰黑色水桶。也许，在建筑物转卖给言森工业之前，它们就放在那里了，在类似这样的地方时间总是过得很缓慢。

“哎，那栋屋子里有许多东西已经不合时宜，门坎也是一个问题，对我来说不容易应付。”她敲着轮椅的扶手说道。

他察觉阿萨德想把他拉到旁边。“我们的车子停在另一边，阿萨德。”卡尔朝反方向点头。

“我想穿过篱笆直接走上去。”阿萨德说，但卡尔看见他紧盯着水泥地基上的那堆废料。

“是，我们搬来的时候，那些东西就在那里。”她用带有歉意的口吻解释，半箱废金属更加深了人们对此处荒凉的印象。

在那堆用途不明的废弃产品上方同样有数个灰黑色的水桶，桶子上没有字样，但看起来曾经是用来装油或食物的容器。如果卡尔知道阿萨德的计划一定会阻止他，但在他来得及反应前，他的助手已经跳过金属棒、乱成一团的绳索和塑料管。

“对不起，我的同事对搜集废弃物有着无可救药的癖好。你在找什么，阿萨德？”他大喊。

然而阿萨德没有配合卡尔演戏，他用脚踢开废料堆，伸手进去翻找，最后抽出一片大约 50 厘米宽，不到 4 米长的金属板。他翻看了一下，发现上面写着“InterLab A/S”。

阿萨德瞥了卡尔一眼，卡尔也丢回一记认可的眼神。阿萨德的观察力真敏锐！这里就是后来搬到斯朗厄鲁普，由丹尼尔·哈勒所主导的大型实验室原址，这东西足以证明言森一家和丹尼尔·哈勒有着密切的关系。

“你先生的公司应该不叫作‘InterLab’，言森太太？”卡尔面露微笑发问。老女人的表情僵硬，紧闭着嘴唇。

“不，但这间企业搬迁前就在这里，他们把土地和几栋建筑物卖给我们。”

“我的哥哥在诺和工作，我记得他曾经提过这间公司。”卡尔在心里对正在腓德烈港喂养水貂的哥哥道歉，“是不是一间生产酵素的公司？”

“是一间测试实验室。”

“他叫作哈勒？丹尼尔·哈勒，对吧？”

“是，这个把土地卖给我先生的人叫作哈勒，但不是丹尼尔·哈勒，他当时还很年轻。他们家随着公司举家搬到北部，在老先生过世后又搬到其他地方，但当年在这里发迹。”她指着废料堆的方向。InterLab 如果真的是从这里开始的，那真的成长很多。

卡尔在她说话时仔细观察，妇人平时过着相当封闭的生活，现在却在陌生人面前侃侃而谈，并且一点也不紧张或漫不经心，反而看起来泰然自若，仿佛想要让一切看起来都很正常。也正因为如此，显得事情不单纯。

“就是在附近遇难的那个人？”阿萨德开口发问。

卡尔很想踢助理的胫骨。等他们回到办公室，一定要立刻谈一下冒失发言的问题。

卡尔回头瞥看建筑物，它们叙说着比破产家庭更悲惨的故事，这个悲惨的故事背后是不是还隐藏着什么秘密？正当卡尔想仔细观察这些建筑物想要向他透露什么讯息的时候，感觉到胃酸一阵翻搅。

“哈勒遇难？我根本不记得这件事。”他对阿萨德眨眨眼转身面对老妇人。

“其实我一直很想看一下 InterLab 的发源地。我想我哥哥一定对这里很感兴趣，他经常谈到当时参与创建这家公司的过程。我们可以参观一下其他建筑物吗？当然纯属我个人私底下的拜访。”

老女人回以一个过度友善的微笑，太友善了。卡尔的提议遭到了否决，她不希望他在附近逗留，他应该离开，尽可能快点离开。

“哦，我真的很乐意带你们参观，但我的儿子把建筑物锁住了，所以恐怕没办法答应你的要求。也许你们和他联络时可以问问看，或许到时候可以带你哥哥一起来。”

当他们开车经过外墙有擦撞痕迹的房子，也就是丹尼尔·哈勒因车祸死亡的地点时，阿萨德沉默不语。

“整个院子都非常可疑。”卡尔说，“我们必须带着搜查证去。”

可是阿萨德根本没专心听他说话，只是坐着凝视前方的空气。当他们来到矗立着两座水泥块地标的伊斯赫附近时，卡尔的手机响了，一直到他接起手机前阿萨德都没有反应。

“喂？”卡尔原本以为自己会听到维嘉的利嘴攻击，他知道她打电话来的原因。他错过了延期到今天的画廊宴会，该死的宴会，满手的油腻薯片、廉价红酒，更别说那个和她一起准备这一切的怪胎。

“是我，”电话另一头传来女子的声音，“史蒂汶的海儿·安德森。”

卡尔降低车速，瞬间清醒过来。

“乌佛在我这里，应该说在史蒂汶的房子里。我正在工作，几分钟前有辆来自克里匹格的出租车司机载着他在门口出现。他以前载过梅瑞特和乌佛几次，因此在往莱灵格的高速公路支线上认出乌佛。乌佛整个人十分疲惫，正坐在厨房里喝着一杯又一杯的水。我该怎么做？”

卡尔看着红绿灯，内心有个声音叫他掉头回去，并且将油门踩到底。

“他还好吗？”

海儿的声音听起来有点担心，相较平时少了几分乡村妇女的活力：“我不知道，他全身脏兮兮的模样像是掉进了粪坑，而且一点都不像以前的他。”

“意思是？”

“他坐在那里……沉思，环顾着厨房，好像没有认出自己在哪里。”

“他当然认不出来。”厨房里从地板到天花板都摆满了古董商的铜制煎锅，整齐排列的水晶盘，还有异国风情图案的壁毯，他当然认不出来。

“不，我不是指装潢，我不知道该怎么解释，总之乌佛看起来很害怕，也不愿意跟我一起上车。”

“你要载他去哪里？”

“警察局。我不能让他在外面乱跑，但他不愿意；古董商试着友善地问他，他也不想。”

“他说了什么吗？或是发出任何声音？”

卡尔察觉她在电话的那端摇摇头。“不，没有说话，但他一直在颤抖，就像我的大儿子，当他得不到想要的东西时就会变成这样，有次在超级市场……”

“海儿，你得打电话给艾格里疗养院。乌佛已经离开四天了，他们必须知道他现在安然无恙。”然后卡尔结束了这场谈话，并且认为这是唯一正确的做法，如果他的介入又引起什么麻烦的话绝对会取悦那些报纸媒体。

车子行驶在科格的乡间小路上，两旁净是不值钱的低矮房舍、旧时代的冰店、早期的电器行，几个胸部丰满的少女站在路边，似乎会对当地民风造成影响。

他瞥向阿萨德，正考虑是否要大声吹口哨确认自己的助理是否还活着，卡尔曾经听过一个人们会突然不说话瞪着眼睛死去的传言。“你还在吗，阿萨德？”他问道，但不预期会得到回答，然后倾身至置物箱摸出半包压扁的好彩香烟。

“卡尔，你让这东西留在这里？整个车内都是这个臭味。”阿萨德的语调十分吃惊。

如果他无法忍受烟味最好走路回家。卡尔心想。

“停车！”阿萨德喊道。难道他有同样的想法？

卡尔关上置物箱，在通往下方海滩的其中一条小路上找到停车处。

“这真疯狂，卡尔。”阿萨德深色眼睛直盯着他，“我仔细想了一下，我们在那里看到的一切很不对劲。”

卡尔缓慢地点头，看来眼前这个人并没有外表看起来那么好骗。

“老妇人的房间里有四台电视机。”

“哦，我只看见一台。”

“另外三台并不大，在她的床脚旁排成一列，虽然被布盖住了，但我看到屏幕透出光线。”

阿萨德肯定有一双如老鹰加上猫头鹰般锐利的眼睛。“三台被布盖住的电视机？距离这么远，你确定没搞错吗，阿萨德？那里就像墓室里一片漆黑。”

“它们就在床前的地上，几乎像是一种……”他正在寻找字眼形容，“就像一种……”

“监视器？”

阿萨德点头：“卡尔，有三或四台电视透出绿色光点。为什么它们会在那里？为什么要打开？为什么要用布盖着？好像我们不该看见它们。”

卡尔望着前方的道路，有辆货车正往前行驶。是呀，为什么呢？

“还有一件事情，卡尔。”

但卡尔不再专心听了，他的拇指不停敲打着方向盘，心里盘算如果他们回总局申请搜查证，再回到刚才那地方至少要花两个小时。

然后手机再度响起，如果是维嘉，他打算直接按掉。她怎么可以认为他依旧不分昼夜随时为她效劳？

但是，是丽丝打来的。“马库斯要你到他的办公室一趟，你现在在哪里？”

“恐怕他得等一下，丽丝。我正在外面办案。他为了什么事情找我？跟报纸的报道有关？”

“我不清楚，但有可能。你了解他，如果有人针对我们写了不好的报道，他整个人会变得非常安静。”

“告诉他找到乌佛·林格了，帮我说些好话，然后转告他我们在忙。”

“忙什么？”

“让该死的报纸可以为我和悬案组写些正面的报道。”

然后卡尔把车子调头，考虑是否该打开车顶上的警示灯加速前进。

“你究竟想告诉我什么，阿萨德？”

“与香烟有关。”

“这话是什么意思？”

“你抽同一个牌子的烟多久了，卡尔？”

他吸了下鼻子，好彩香烟销售了几年他就抽了几年。

“一般人不会随便换牌子，对吧？她的桌上放了十包红色的王子牌香烟，卡尔。她的手指被烟熏得发黄，但他儿子的手指很干净。”

“什么意思？”

“她抽王子牌有滤嘴的香烟，而儿子不抽烟，我很确定。”

“是，那又怎样？”

“为什么烟灰缸里的烟蒂没有滤嘴？”

卡尔闻言立刻打开警示灯，将油门踩到底。

第三十七章

时间：同一天

因为地板光滑的关系，这项工作还得持续一段时间，加上拘禁她的人就在外面盯着摄影机传送回去的画面，她得留意这点，不能让他们怀疑她为什么一直固定不动。

她几乎整夜背对摄影机坐在房间的中央，试着把前一天来回弯折好几次才掰成两半的长尼龙棒磨尖。多么讽刺！这根从她外套帽子的尼龙棒竟成为她结束生命的东西。

她把两根尼龙棒放在膝上，手指滑过它们。其中一根很快就会磨尖，至于另一根已经磨得像指甲锉刀一样拥有锋利的边缘。一旦时机到了她打算使用它，因为她害怕尖锐的尼龙棒在动脉上戳出的伤口不够大，如果这一切不够迅速，流到地板的鲜血也许会泄露她的秘密。她没有一刻不担心外面的人发现她企图自杀，要是他们知道她这么做，一定会直接调降房间内的压力。她的自杀必须有效且快速。

她不想要以其他方式死亡。

每当她听见外面传来声响就立刻把尼龙棒收到外套口袋，维持上半身向前倾的姿势。拉瑟会因为这种坐姿对她咆哮，但她不会响应，就和平常一样。

她盘腿端坐，瞪着投射灯在墙上打出她身体的长影，仿佛那里才坐着真实的她，清晰的刻画出一个衰弱的人的模样；蓬乱的头发垂至肩膀，穿着几乎无法蔽体的破外套，而这个来自过去的遗骸在灯光熄灭后就会跟着消失。今天是 2007 年 4 月 4 日。按照拉瑟的说法她还有 41 天的时间，她想提前五天，也就是选在 5 月 10 日自杀。这一天也是乌佛 34 岁的生日，当刺下动脉那一刻她会想着他，会把充满爱意、诚挚，以及生命会有多美好的想法传送给他。乌佛的脸将是她在世上最后的记忆，她最爱的弟弟乌佛。

“动作快。”她听到广播传来老女人在牛眼窗外的尖叫。“拉瑟 10 分钟后就到，之前要先准备好。振作一点！”她的声音听起来很激动。

镜面玻璃后方持续传来动作的声音，梅瑞特望向闸门，但他们并没有送出水桶，而体内的时钟也告诉她时间还早。

“母亲，我们需要电池。”瘦高的男子吼叫着，“电池没了。不换电池没办法启动爆炸装置，拉瑟几天前就这么说过。”

爆炸？梅瑞特的身体窜过一阵寒颤。现在？她的死期已经到了？

她屈膝跪下，使劲将尼龙刀磨利并且想着乌佛。她只有 10 分钟，如果她切得够深，或许可以在 5 分钟内失去意识，这是眼前最重要的事。她一边深呼吸一边啜泣，尼龙棒形状改变的速度太慢了，依然不够锐利，她瞥了旁边的钳子一眼，但那天在地板上刻下讯息时意外使钳子变钝。

“哦，不。”她喃喃自语，“我只要再一天就可以完成了。”她擦掉额头的汗水，心想也许可以用牙齿咬破动脉便将手腕凑近嘴角。她迅速咬住皮肤，想要用门牙了断自己的生命，但长时间营养不良除了使她变得瘦骨嶙峋，牙齿也不够坚硬。

“里面的人在做什么？”外面再度响起老巫婆刺耳的嗓音，她把脸贴在玻璃上想观察里面的动静。梅瑞特只看见一双睁大的眼睛，其余的部分因为投射灯的灯光陷入阴影中。

“把闸门完全打开，快一点。”她命令儿子。

梅瑞特望向手电筒，它正躺在她在闸门榫头下方挖出的洞旁边，她不假思索地丢下尼龙棒，手脚并用地爬向闸门。外面的老巫婆大声嘲笑，以为她会为了死期哭泣，为了活下去而乞求。

当她把手电筒塞进挖好的洞里，广播也同时传来闸门开启的声响。

闸门发出喀嚓声开始旋转，她瞪着闸门心脏扑通扑通地狂跳，手电筒和榫头阻止不了这个装置，她输了。她想象自己体内的压力会让她整个人像手榴弹一样爆炸开来。

“哦，亲爱的上帝，不要让它发生。”她哭着爬回尼龙棒旁边，然后听见身后的榫头击中手电筒，她转身看见手电筒微微颤动，整个装置发出她从未听过的一个声响，就是像照相机对焦的声音。闸门在装置持续发出嗡嗡声后遭到撞击，外面的闸门已经打开了，如今整个压力都集中在内部闸门，而手电筒是她与她所想象的可怕死亡之间唯一的依靠。后来手电筒不再震动，也许门只打开了1%厘米，但已让从压力舱挤压出去的空气不断发出嘶嘶声，并且逐渐升高变成尖锐的汽笛声。

她在几秒钟后察觉到身体的异样，先是感觉耳朵的脉搏跳动，接着额窦有股时常伴随感冒出现的轻微压力。

“母亲，她把门卡死了。”男子大叫。

“先关上再打开它，你这个笨蛋。”巫婆大声叫嚷。

她听到空气发出的汽笛声逐渐减弱，但在机械装置重新启动后又立刻提高。

他们试了好几次都无法打开内部闸门，而她就利用这段时间磨尖尼龙棒。

“我们必须立刻杀了她，把她弄出这里，你了解吗？”外面的巫婆大叫，“快去，把屋后的大锤拿来。”

梅瑞特抬头凝视玻璃。这几年来，这片玻璃是关住她的监狱，同时也是将野兽抵挡在外面的保护伞，他们要是打破玻璃，房间内外的压力会在数秒内取得平衡，而她立刻就会死。也许速度会快到无法得知自己是如何离开人世，但这一切都不是她所能控制的。

她把手放在膝盖上，将尼龙刀搁到左手手腕。她已观察过这条血管数千次，现在得在这里划上一刀，在她薄弱的肌肤之下血管是如此的纤细、暗沉、明显。

梅瑞特闭起眼睛，握紧拳头用力往下施压，结果虽然感觉到疼痛却没有在皮肤留下伤口。她看着尼龙刀划出的痕迹，又长又宽又深，就是没有流半滴血。这把刀不够锐利。

她转头看向旁边，从地上拿起另一根被磨成如针一般尖锐的尼龙棒，张大眼睛打量哪边的皮肤最薄，然后用力刺进去。肌肤被刺穿的疼痛并不如她想象得严重，而随着鲜血迅速染红指尖，一种确定感和安全感攫取了她，看着鲜血流出为她带来心灵上的平静。

“这个笨女人居然刺自己。”老女人大吼，握起拳头用力敲打牛眼窗，但此时的梅瑞特已关闭自己与外界的联系不再有感觉。她静静躺在地板上，把金色长发拨到脑后，瞪着天花板最后一根正常的灯管。

“抱歉，乌佛。”她喃喃低语，“但我不能再等了。”说完面露微笑看着浮在房间半空中的弟弟影像，而乌佛也回了她一个笑容。

大锤敲在玻璃的声响中断了她的想象，她瞥向镜面玻璃，大锤每捶打一下，就传来男子精疲力竭的呼吸声，玻璃也就跟着震动一下，然而那片玻璃除了变得有点不透明之外没有发生任何变化。男子持续尝试破坏牛眼窗，但玻璃依旧纹风不动，他手臂似乎不够有力，无法习惯锤子的重量，敲打的间隔越来越长。

她微笑看着自己的身体以一种放松的状态躺在地上，原来梅瑞特·林格死亡时是这个样子。过不了太久她的身体会被拿去喂狗，但这个想法并不会对她造成困扰，到那时她的灵魂早已解放，新时代正等着她，她活着的时候就已到过地狱，大部分时间都是在悲伤中度过，而人们也因为她的关系承受痛苦，如果有来世不可能更糟，假设没有，那她有什么好怕的？

她的目光从身上转移到地板上暗红色的污渍，面积还不到她的手掌大，她将手腕转而朝内观察刺破的伤口，血有止住的趋势，只剩最后几滴缓缓渗出。

这期间仍可听到外面捶打的声音、空气穿过闸门的声音、耳里脉搏越来越强烈的隆隆声，她留意到自己的头及身体各处开始感觉疼痛，有如感冒初期的症状。

她又拿起尼龙棒刺进已愈合的伤口，前后、上下摇动，试着让伤口变大。

“母亲，我回来了。”一道声音传来，是拉瑟的声音！

弟弟的声音听起来有些紧张：“我只想换电池，但母亲说我应该拿大锤把玻璃敲破。我做不到拉瑟，我尽力了。”

“不可以破坏这个。”她听到拉瑟这么说，“大锤没办法打破玻璃，还有你应该没有破坏雷管吧？”

“不，拉瑟，我有注意敲打的地方。”他弟弟回答，“我真的有注意。”

梅瑞特抽出尼龙棒往上看，玻璃被敲打后变得不再透明，上面的裂痕朝着各个方向散开，而她手腕伤口的血虽然越流越多，却没有多到让她失去意识。天哪，为什么不流多一点！难道她刺到静脉而不是动脉？

于是她接着刺另一只手腕，这一下刺得又稳又深，血也流得比较快。

“我们不能阻止警察来这儿。”巫婆突然这么说。

梅瑞特屏住呼吸，血液仿佛找到出路般加快流出的速度。警察？警察曾来过这里？

她咬着嘴唇，感觉头疼的情形加剧，心脏节奏变得缓慢。

“他们知道哈勒是这里的前地主。”巫婆继续说道，“其中一位警察说自己不知道丹尼尔·哈勒在这附近遇难，但我看得出来他在说谎，拉瑟。”

现在连耳朵也开始感受到压力的变化，就像搭飞机准备降落时一样，压力增加的速度越来越快，力道也越来越强。她想试着打呵欠却做不到。

“他们想要向我打听什么？难道是报纸上那个警察？那个新成立的特别部门？”拉瑟问。

她的耳朵好像被棉花塞住，外面的声音听起来很遥远，但她不允许这种情形，一定要听到全部的对话。

老妇人回答的语气像是在哭：“我不知道，拉瑟。”只是不断重复这句话。

“为什么你认为他们会回来？你告诉他们我在海上。”

“是，但他们知道你服务的渡轮公司航行的区域，知道渡轮公司会固定派车过来，外国警察泄漏他们知道这件事，另一个丹麦警察对此很生气。说不定现在他们已经发现你好几个月没出海。拉瑟，他们都会发现的。只要一通电话，就可以确认你用渡轮公司的货车将船上剩余食物送来这里的事，我们无法阻止他们回来。我相信警察肯定是为了申请搜索令才离开，他们曾问说是否可以到处看看。”

梅瑞特再次屏住呼吸。警察想要回来？带着搜索令？他们真的会这么做吗？她看向流血的手腕并用手指压住伤口，从拇指底下渗出的血液在手腕的纹路聚集然后滴到大腿上。在她尚未确定输掉这场战役之前绝对不会把手松开，那些恶魔或许会赢，但此刻却是如此不安，而这是多么棒的感觉呀！

“他们为什么想要四处看看？”拉瑟问。

梅瑞特耳里的压力再度增加，她无法解决它，只能试着努力打呵欠让自己听到一切，同时察觉到在髋部还有牙齿上的压力都有加剧的情形。

“那个丹麦刑警说他的哥哥在诺和药厂工作，因此想看看像InterLab这种大企业起步的地方。”

“鬼扯。”

“所以我才打电话给你。”

“他们什么时候离开的？”

“不到20分钟前。”

“那我们只有不到一个小时的时间，光是把尸体搬走都不够，更别说之后还需要时间善后。不，这件事得晚一点，现在最重要的是不要让他们发现任何可疑的东西，然后他们就会离开。”

梅瑞特努力不把“尸体搬走”这件事想成与自己有关，拉瑟说的是她？怎么会有这么讨厌且恶毒的人？“你们真以为在警察来之前能逃得掉吗？”她大叫，“我诅咒你们待在监狱里腐烂，你们这群猪！我恨你们，听到了吗？我恨你们全部的人。”

她慢慢站起来，玻璃被敲打成雾面后，牛眼窗后面的影子就消失了。

拉瑟用冰冷的语调回答:“你终于明白什么是恨！你终于了解了，梅瑞特，这滋味如何？”

“拉瑟，难道你不想炸掉房子吗？”老妇人打断他的话。

梅瑞特聚精会神聆听。

但外头的说话声停顿了下来。拉瑟想象自己掌握梅瑞特的性命和用最好的方法杀死她所带来的快感。不，她已经不再是重点，因为她已轻输了，他们母子三人的未来才是最重要的。

“想，但不是在这个情况下。我们必须等待，他们绝对没有注意到不对劲，现在炸掉房子会让我们的计划落空。母亲，这么一来我们不但领不到保险金还得消失，永远消失。”

“我做不到，拉瑟。”老妇人说。

那就和我一起死，你这个巫婆。梅瑞特心想。

“我知道，母亲，我知道。”他回答。梅瑞特回想自己在班克罗特咖啡馆注视他眼睛的那个晚上，他的声音不曾这么温柔，此刻的拉瑟听起来几乎具有人性，然而下一个问题不禁令梅瑞特加重压在伤口上的力道。“你说她把闸门卡住？”

“是，你没听到吗？压力平衡得很缓慢。”

“我来设定定时器。”

“定时器？但是拉瑟，喷嘴要20分钟才会打开，难道没有其他方法？她已经刺破自己的动脉了。我们能不能关掉通风系统？”

定时器？他们不是一直说随时都可以让压力平衡，她绝对来不及在气压平衡前自杀吗？难道他们说谎？

她感觉歇斯底里。梅瑞特快动脑，她这么告诉自己，快点反应，不要退缩！

“停止换气有什么好处？”拉瑟听起来很生气，“昨天才换过空气，里面的氧气至少够她用8天。不，我要设定定时器。”

“有问题吗，拉瑟？”她大叫，“你们的烂技术失灵了？”

拉瑟大笑，表现得不在意她的嘲讽，但拉瑟骗不了她，那句话成功地将他激怒。

“别担心。”他克制自己情绪说道，“这是由我父亲设计的全世界最先进的压力测试设备。在这里可以制造、检查最棒的安全壳。大部分的制造商是将水引进安全壳从里面检测，但我父亲的公司从外面控制压力，是精心设计的杰作。定时器可以任意调节内部的温度和湿度，但基于全盘考虑压力平衡的速度不能太快，否则安全壳会在控管时产生裂缝。它需要点时间，梅瑞特，懂了吗？”

他们全都精神错乱了。“你们真的有问题。”她大吼，“你们疯了，跟我一样无可救药。”

“有问题？我就给你一个问题。”拉瑟激动地大叫。她听到外面物体的碰撞声和快速走动的脚步声，然后震耳欲聋的开枪声从广播设备传来，某片玻璃的边缘出现一个阴影，紧接着又响起第二次枪声，让这片玻璃几乎变成完全不透明的白色。

“你必须把这栋建筑物炸得粉碎，拉瑟。我在里面留下许多你们无法去除的痕迹，你们逃不掉！”她笑着说，“你们逃不掉！我不会让它发生的。”

接下来的这分钟她听到6次枪响。他显然开了好几枪，但玻璃一一承受下来了。

梅瑞特的肩关节不久后感受到压力，虽然力道不强但仍然不舒服，额窦、副鼻窦、颚关节都是如此，就连皮肤也变得紧绷。如果只稍微释放一点点压力便造成剧烈的影响，她可以想象一旦压力迅速平衡时会有多么痛苦。

“警察来了，”她大叫，“我感觉得到。”她低头看着流血的手腕，心里很清楚警察不会实时赶到，很快她就不能用手指压着伤口，20分钟后释放压力的喷嘴就会打开。

她感觉到另外一只手有股暖流流下，第一个刺伤的伤口裂开了，拉瑟的预言即将成真。她体内的压力会很快就会高于周遭的环境，而鲜血也将迸喷出来，她转过身用膝盖压着手腕突然想大笑，因为这举动就像她孩提时代玩过的游戏。

“我启动定时器了，梅瑞特。”拉瑟在外面说，“20分钟后喷嘴会开始抽走房间的压力，只要半个小时内部就会只剩下一大气压力，到时候你一定会死。尽管无法亲眼目睹，但我一点都不怀疑，梅瑞特，你听清楚了吗？玻璃变得不透明让我无法亲眼目睹你的死亡，所以我也不会让别人看到，我们在外面准备了许多石膏板，待会就会把压力舱封上。梅瑞特，无论如何，这段时间你早就死了。”

她听见老女人的笑声。

“弟弟，过来帮我。”她听见拉瑟这么说，此时他的声音因为占了上风听起来不太一样。

房间在一个声音之后逐渐变暗。他们关掉了投射灯，将许多石膏板放在牛眼窗前，令整个房间变得漆黑一片。

“晚安，梅瑞特。”拉瑟轻声说，“愿地狱里永不熄灭的火折磨你。”然后他关掉广播设备，突然间变得十分安静。

第三十八章

时间：同一天

高速公路壅塞的情况比平日严重，即使卡尔打开车顶上的警示灯，其他车辆的驾驶员仍对警笛声置若罔闻，他们沉浸在音量调到最大的广播里，一心只想早一点离开车阵。

坐在副驾驶座的阿萨德焦急地敲打仪表板，他们在抵达出口匝道前的最后几公里选择走路肩[1]，前面的车子得挤在一起才能让警车通过。

当他们终于回到刚才那地方，把车停在外面的庭院，阿萨德指着对面车道说："这辆车刚才就停在那里吗？"

卡尔的视线越过碎石路望向那块无人之地，发现距离 200 米外藏在灌木丛后方的车子，从露出来的引擎盖判断是一辆越野车。

"我不确定。"他原本打算忽略口袋里响个不停的手机，最后还是拿出来看了来电显示，是总局打来的。

"是，穆尔克。"他望向庭院接起电话，里头的人没有任何恐慌或逃跑的迹象。

丽丝的声音听起来很得意："恢复正常了，卡尔。所有的数据库终于恢复正常运作。在黑客说出解决方法之后，索伦森小姐应阿萨德的要求输入拉尔斯·亨瑞克·言森的身份证字号，并找出各种可能的组合。这真的很费事，我认为你们欠她一大束花。正如阿萨德怀疑的那样，他的身份证字号里有两个号码被动过手脚，登记的地址是格雷夫市史托互斯路。"并且说出门牌号码。

---

1. 路肩：位于车行道外缘至路基边缘，具有一定宽度的带状部分（包括硬路肩与土路肩），为保持车行道的功能和临时停车使用，并作为路面的横向支承。

卡尔看着房子前方的手制门牌，没错，正是这个号码。“谢谢，丽丝。”他刻意装出兴奋的语气，“请代我们感谢索伦森小姐，她做得很漂亮。”

“我还要给你提供更多消息，卡尔。”

卡尔深吸一口气，看见阿萨德的深色眼睛像是在找东西，看来他也察觉到这里的建筑物透露出异样的氛围，一切是这么不寻常。

“拉尔斯·亨瑞克的履历清白，他是渡轮上的服务员。”丽丝的声音从话筒的另一端持续传来，“他为梅尔科尼渡轮公司工作，主要航行于波罗的海一带，我和他的雇主谈过，他说拉尔斯·亨瑞克负责大部分船只的饮食，并且夸赞他是个优秀的人才。他们称他为拉瑟。”

卡尔将视线从庭院移开：“丽丝，有他的手机号码吗？”

“只有一只家用电话。”丽丝说出号码，但他没有写下来。何必这么做？难道要打电话告诉对方他们再两分钟后就到？

“申请者是汉斯·言森。”

好，所以这是言森家小儿子的名字。卡尔再次感谢她。

“她说什么？”阿萨德在他挂上电话后问道。

卡尔耸耸肩，从置物箱里取出车子的证明文件：“没说什么，阿萨德，就是一些我们已知道的事情。走吧，准备好进去了吗？”

身材高瘦的男子在他们敲门后立即开门，好像预先知道有人会来，然后不发一语地让卡尔和他的助理进入。

男子与老女人在两人来访前似乎正坐在铺着印花防水布的桌前用餐，桌上开了一罐意式水饺罐头，但卡尔相信只要检查一下就会发现盘子是冷的，老女人这样愚弄他简直就是白费力气。

“我们这里有搜查证。”卡尔说，从口袋拿出汽车证明文件贴近男子的鼻子，让他吓了一大跳。

“我们可以四处看一下吗？”他挥手示意，要阿萨德察看放屏幕的地方。

“我同不同意并不重要吧？”老女人回答。她手中拿着一杯水，整个人看起来很衰弱，方才的敌意也从眼里消失，但此刻的她似乎并不害怕，或许已做好听天由命的打算。

“那边的屏幕有什么用途？”在阿萨德检查完浴室后，卡尔指着布幔后的绿光问道。

“啊，那是汉斯安装的。”她说，“我们住得偏僻，经常听到一些奇怪的声音，因此架设摄影机监视房子的四周。”

阿萨德掀开布幔，接着摇摇头。

“这三台屏幕没有画面，卡尔。”阿萨德检查过后这么说。

“我问你，汉斯，这些电视机既然开着，为什么没有使用？”

年轻男子瞥向自己的母亲。

“它们总是开着。”她回答的语气仿佛是对他提出的问题感到讶异，“接线盒提供了电源。”

“接线盒？在哪里？”

“我不清楚，只有拉瑟晓得。”她带着胜利的眼光看着他，女人认为自己成功将对手引诱到一条死巷，而死巷的周围都是光秃秃高耸的墙。至少她这么认为。

“渡轮公司告诉我们拉瑟目前没出海，他在哪里？”

她轻轻一笑：“如果拉瑟不在海上就是和一位女士在一起。他的母亲不会干涉。”

她嘴角咧开的笑容幅度越来越大，露出泛黄的牙齿像是随时会咬向对手。

“来吧，阿萨德。”他说，“这里没有其他东西了，我们去搜索其他栋建筑物。”

卡尔穿过大门，眼角瞥见老女人伸手拿烟时脸上笑容瞬间消失，于是知道这个侦察方向绝对没错。

“我们要仔细搜索每一个角落，阿萨德。我会先从那里开始。”卡尔指向高出其他栋的建筑物，“你待在这里，一有动静就通知我，知道吗？”

阿萨德点点头。

卡尔离开时听到背后传来一道非常细微、但又不容错认的喀嚓声，转身看见阿萨德手里拿着一柄长弹簧刀。如果他晓得如何正确使用这把刀子，对手可就麻烦大了，如果不晓得，那么连他自己都会面临严重的问题。

“该死，你在做什么，阿萨德？那把刀子是从哪里弄来的？”

阿萨德耸耸肩：“这是魔术，卡尔，我可以把它变来也可以把它变走，我答应你。”

“真该死。”

和阿萨德有关的事情，卡尔在心里大叫“这不可能是真的”的念头似乎越来越常出现，弹簧刀是非法的武器，这家伙怎么会有这种愚蠢的行为？

“你知道我们正在出勤吗，阿萨德？这么做真的很疯狂，快，把刀子给我。”

助手迅速将刀子收好的能力令他更加担忧。

阿萨德一脸不乐意地看着卡尔把刀子收进外套口袋，卡尔收下刀子前先拿在手里掂了掂，它甚至比自己那把瑞士刀还轻。

这是一栋以水泥建造而成的庞大建筑物，却在低温与雨水的侵蚀下产生不少裂痕。没有玻璃的窗框在腐烂后留下了大洞，而用密集板制成的横梁虽有屋顶的遮蔽，如今也已残破不堪。除了少许垃圾和大约 15—20 个水桶，偌大的空间里空无一物，看起来与这块土地上其他建筑物没什么两样。

卡尔踢了其中一个水桶一脚，一股东西腐烂的恶心恶臭立刻飘散出来。水桶停止滚动后溢出一摊烂泥，卡尔看着那堆污物心想：是厕所里的废弃物吗？他摇摇头。这些桶子经年累月放在外面，在这种条件之下，不管里面装着什么都会发出臭味。

他认出印在塑料桶子底部的梅尔科尼渡轮公司标志，这些很有可能是拉瑟打包船上剩余的食物所使用的容器。

他从垃圾堆拾起一根铁橇走出去与阿萨德会合，两人一起走到三栋建筑物中的最远的那栋。

“在外面待着。”他站着门前研究面前的挂锁，只有拉瑟有钥匙。

“一旦发现任何奇怪的事物立刻来找我。”卡尔说完便将铁锹放入插销试着撬开门锁。在他的旧公务车上有一整箱的工具可以立刻将这种锁打开，但他现在必须用手上的铁橇使劲把门撬开。

约莫半分钟左右，阿萨德默默从他手上接过工具。

就让这孩子试试吧，卡尔心想。

阿萨德只花了一秒钟，被撬开的挂锁就掉在碎石路面上。

他保持警戒地踏入建筑物，心里一股挫败感油然而生。

这个房间的大小与老女人住的那间类似，不过大厅正中央摆放的不是沙发，而是一排不同颜色的钢瓶，此外还有一个约 100 米长的钢架。房间靠近后方的角落有扇门，门边堆了一些不会生锈的金属板，这就是此处眼见所及的所有物品。从位置判断，卡尔认为那扇门绝对不可能通往室外，而这引起了他的注意。

他走过去试图把门打开，却发现门锁住了，光亮的门锁显示最近才用过。

“阿萨德，把铁锹拿来。”他大声呼唤。

“刚才不是叫我在外面等吗？”阿萨德来到卡尔面前问道。

卡尔指着门：“把你的技术秀给我看。”

打开门，一股古龙水的香味扑鼻而来，房间内摆着床、桌子、计算机、全身镜、红色地毯，敞开的衣柜露出里面吊挂着的西装与二三套制服，另外还有一个附玻璃架的洗手台和一堆胡后水的瓶子。床铺收拾得很整齐，文件井然有序，房间的主人应该是极有秩序的人。

“卡尔，你想他为什么要上锁？”阿萨德问道，一边拿起桌上的吸墨纸察看，接着跪下来检查床底。

卡尔同时负责其他地方。阿萨德是对的，房间里没有需要藏起来的东西，为什么要上锁？

“这里肯定有什么，卡尔。否则不需要上锁。”

卡尔点点头察看衣柜，古龙水的味道变得更浓了，房间的主人似乎把香水洒在衣服上。卡尔试着敲打衣柜后的墙壁，未发现任何不寻常之处，而阿萨德察看了地毯底下，也没有发现任何暗门。他们仔细检查了房间里的天花板和墙壁，最后两人的目光停在一面镜子上，那面镜子单独挂在墙上，周围除了白色的墙壁空无一物。

卡尔用手指关节敲打墙面，这道墙似乎很坚固。

或许可以把镜子拿下来。他心想，但动手检查的结果发现镜子似乎很牢固，接着阿萨德把脸贴在墙壁上观察镜子的背面。

“我想镜子是挂在墙的铰炼上，这是一种锁。”

阿萨德用一根手指头探到镜子和墙壁间的缝隙中找到插销，然后攀住边缘奋力一拉，房间里的景象在推开镜子后瞬间改变，墙上露出一个相当于成年人高度的漆黑洞口。

我得在下次碰上类似事件前做好准备。卡尔心想。漆黑的洞让他不自觉地想起放在办公桌抽屉里的袖珍型手电筒，他把手伸进洞里摸到一个开关，再次渴望自己此时身上佩带着手枪，并且察觉胸口传来一股压力。

他深呼吸凝神倾听。不，里面不可能有人。门上的挂锁是锁着的，不可能有人能把自己锁在里面。或者，这里是拉尔斯·言森的弟弟和母亲用来藏匿他躲过警察搜查的地方？

卡尔在打开开关前做好跳往旁边的准备，如果里面有人在等待他们才来得及应付。一秒后，日光灯管闪烁、变亮，整个房间在他们眼前显现。

一切豁然开朗。

毋庸置疑！他们绝对没有找错人。

当卡尔走近墙上的备忘录和破旧的钢制书桌时，注意到阿萨德跟在他身后无声无息地溜进房间。卡尔凝视着梅瑞特的照片，从她第一次站上国会的发言台，到史蒂汶的家居生活照，就是在这些无忧无虑的时刻有人想对她不利。

他往下看着放在钢制桌子上的几叠纸，突然明白了这个本名叫拉尔斯·亨瑞克·言森的拉瑟，为了达成他的目的做了多么缜密的事前准备。

第一叠资料是所有关于戈德港的文件，卡尔快速翻阅，发现拉尔斯·亨瑞克·言森的正本数据，这些数据几年前从保育院里的档案室不翼而飞。还有拉瑟试着在纸上练习窜改身份证字号，从一开始不太灵巧，后来越来越熟练，终于在最后一张纸上成功了。没错，拉瑟为了替自己争取时间在戈德港的文件上动了手脚。

阿萨德指着另一叠资料，那是拉瑟和丹尼尔·哈勒之间的信件往来。看样子，拉瑟的父亲在多年前向购买 InterLab 土地和建筑物的剩余款项并未付清。2002 年初，丹尼尔・哈勒传真通知拉瑟他打算提出诉讼，并要求对方支付 200 万克朗，没想到这项举动将自己推向了死亡的深渊。哈勒怎么会知道对手的精神状态，以及在这个时间点上提出这项要求竟造成一连串的反应？

卡尔拿起最上层的文件，是拉尔斯・言森杀害哈勒的那一天所发出的传真，上头附了一份未签名的合约。传真写道：

> 我已经筹到钱，今天可以在我这里结清这笔交易，并且签定合约。我的律师会将必要的数据与文件带来，附上合约草稿。

拉瑟设想得很周到，如果文件没在汽车里烧毁，在警察和救护队赶来意外现场前，拉瑟一定也会让它消失。卡尔记下碰面日期及时间，一切数据都和车祸现场吻合，哈勒在不知情的情况下被引诱赴一场死亡之约，丹尼斯・克鲁德森脚正踩着油门在卡普勒夫公路上等着他。

"你看这里。"阿萨德说，递给卡尔另一叠最上面几张纸，是《腓德烈地区报》的剪报，其中有一小篇关于丹尼斯・克鲁德森的消息，标题是"滥用毒品造成死亡"。

因此，克鲁德森在拉瑟的报复计划里也占了一个位子。

卡尔飞快翻阅这一叠另外几页资料，拉瑟允诺会给丹尼斯・克鲁德森一大笔钱，而拉瑟的弟弟汉斯则负责闯入丹尼尔・哈勒的车道，逼得他如事先料想得一样越过中线，但事后拉瑟并未支付先前所承诺要给的报酬，最后惹得克鲁德森生气了。

克鲁德森写了一封义正词严的信给他，并在信中下了最后通牒，要求他付 30 万克朗，否则就得担心自己横死街头。

卡尔想起丹尼斯的姐姐，失去那讨人喜欢的弟弟令她多么悲伤。

他看着墙上的备忘录，大致了解拉瑟一生发生不幸事件的时间顺序，如：车祸意外、保险公司延宕付款、林格基金拒绝他的申请。诸多动机累积在一块终于让他犯下不可饶恕的罪行。

"你认为他因为种种因素脑袋变得有问题？"阿萨德递给他一

个物品问道。

卡尔皱起眉头："我不敢去想，阿萨德。"

他仔细端详阿萨德给他的东西。是一支红色且坚固的簇新的小型诺基亚手机，外形相当出色，背面以斜体大写字母写着"莎娜·约森"，上面还贴着一小颗爱心。如果这个女孩知道她的手机没有弄丢不知道会说什么？

"这里有全部的东西。"卡尔对阿萨德说，侧着头指着拉瑟母亲坐在医院病床上哭泣的照片，数张戈德港保育院和一名男子的照片，照片下方写着"恶魔养父"。此外还有多年前的剪报，文中对 HJ 工业公司有正面报道，赞扬拉尔斯·言森的父亲在丹麦工业史上的先驱地位。再加上至少 20 张什列斯威·霍尔斯坦号的细部照片，旁边还附上航行时刻表、停车场到甲板的距离及楼梯阶数，甚至将计划表按时间分成两栏，一栏是拉瑟的，另一栏由他弟弟负责，两人一起合力完成这次行动。

"这是什么东西？"阿萨德指着数字说。

卡尔自己也不确定："有可能两人绑架梅瑞特后，就在某个地方把她杀了。我就是害怕这个答案。"

"那这又作何解释？"阿萨德指着钢桌上的几本活页夹和一排装置剖面图。

卡尔拿起第一本附有索引的活页夹，最前面写着：《潜水手册》，奥地利海军武器学校，1985 年出版。他翻阅了一下，内容分别是：潜水生理学、活门大观、表面检压表、氧气治疗表、波以耳定律和道尔顿分压定律。

完全无法理解的废物。

"当服务员要懂潜水？"阿萨德问。

卡尔摇摇头："也许是他的兴趣。"

他继续翻阅文件，发现一本操作手册的手稿。《安全壳压力测试说明书》，亨瑞克·言森，HJ 工业公司，1986 年 11 月 10 日。

"你看这个，卡尔。"阿萨德皱起眉头代表他看不懂。

第一页是管道系统的示意图，有可能是 HJ 工业向 InterLab 买下建筑物后，为了重新装潢所取得的资料。他快速浏览手稿，然后注意力停在“压力舱”这个字眼上，接着抬起头瞥看挂在文件堆上方的梅瑞特·林格照片，脑海中再次闪过“压力舱”。

这想法令卡尔瞬间全身起鸡皮疙瘩。这有可能吗？突如其来的念头吓得他浑身冒汗。

“怎么回事？”

“到外面去，阿萨德，快一点。”

他的伙伴似乎还想继续追问，却被卡尔硬生生打断：“快去，阿萨德！提高警觉，把这个带着。”他把用来撬开挂锁的铁锹交给阿萨德。

卡尔转身快速翻阅最后一叠纸，上头留有许多数学计算过程，大部分是亨瑞克·言森的笔迹，也有其他人的，但这不是他所要寻找的东西。

他再次观察梅瑞特·林格的照片，这张照片虽然是在近距离下拍摄，但她本人可能根本没有发现。照片里的她往旁边看，眼睛流露出一种特别的神情，显得有些活泼淘气，卡尔确定这不是拉瑟把这张照片贴在这里的原因，他发现照片的边缘有许多小洞，可能经常取下又钉上去。

卡尔将四个图钉一一取下，然后将钉在备忘录上的照片翻面。

背面写着这个疯子的行动，卡尔忍不住看了一遍又一遍。

> 你卑鄙的眼睛将从脸上滑下来，你滑稽的微笑将淹没在血里，你的头发会湮灭，思想变成尘土，牙齿会腐烂。人们记得你是妓女、发情的母狗、女魔鬼、该死的女凶手，梅瑞特·林格。你一定会死。

下方又补充：

2002 年 7 月 6 日　二个大气压力
2003 年 7 月 6 日　三个大气压力
2004 年 7 月 6 日　四个大气压力
2005 年 7 月 6 日　五个大气压力

2006 年 7 月 6 日　六个大气压力
2007 年 5 月 15 日　一个大气压力

卡尔回头一看，有种四周墙壁仿佛正朝他压迫过来的感觉，他叫自己冷静下来，用手抱头思考。他很肯定她在他们的手里，并且就在这附近。根据照片背面传达的讯息，他们打算在 5 周后杀了她，就在 5 月 15 日这一天，但有可能因为他和阿萨德的挑衅让他们提早实施计划。

我该怎么办？谁能提供我有用的消息？他搜寻自己的记忆拼命思考。

然后拿起手机输入库尔特·韩森的电话号码，韩森是卡尔的老同事，同时也是右派的国会议员。

卡尔听着电话传来嘟嘟声，焦急地快速来回走动，正当他想要挂断时，电话那头传来韩森清嗓子的声音。卡尔央求对方别开口说话，先听他说完帮忙想个办法："不要问，只管回答。"

"如果有人关在一个密闭空间长达 5 年，而且里面加压至六个大气压力，这时突然减压会发生什么事？"库尔特复述完卡尔的问题，说道，"这听起来太荒谬了，这只是一种假设，对吧？"

"库尔特，回答问题。你拥有潜水执照，是我唯一想到能回答这问题的人，告诉我会发生什么事。"

"嗯，那个人会死。"

"是，在多久时间以内？"

"我不清楚，但情况很糟。"

"有多糟？"

"整个人都会爆炸。肺泡炸开肺部，骨头内堆积的氮气爆炸后破坏组织和器官，所有体内的一切都会因空气而膨胀，引起血栓、脑出血、大量出血，甚至……"

卡尔打断他："谁可以在这种状况提供协助？"

库尔特·韩森又清清嗓子："卡尔，这是真实情况？"

"恐怕是的。"

"那么你得打电话给海军，他们有个行动减压舱，是由德雷格公司生产的两人减压舱。”卡尔在抄下电话号码后向他道谢收了线。

然后在最短的时间内通知海军。“请你们赶快过来，情况非常紧急。”卡尔说，“带着压力舱和相关器具，我不清楚你们会遇到什么样的障碍，麻烦通知警察总局这里需要支持。”

“我想我了解这个情况。”电话那头的声音这么说。

第三十九章

时间：同一天

他们保持警戒接近最后一栋建筑物，并且在地上寻找任何曾被挖掘的痕迹，瞪着靠围墙摆放塑料桶的模样，似乎怀疑里面可能藏有炸弹。这个门上也挂着和之前阿萨德以铁锹撬开的相同挂锁，在用同样方法顺利进入屋内后，卡尔想建议助理将这项技能写进他的履历里。

大厅的前厅散发着一股甜腻的味道，让人想到一种混合了拉瑟卧房里的古龙水与肉放太久后腐烂的气味，或者更像是在百花盛开的暖春里动物园兽笼的气味。

地上摆着各种大小不同的不锈钢桶，每个桶子都配备了测量工具，但大部分尚未组装完成，只有少数几个装好了。在某面墙上，看不见尽头的层架显示当初搬进这里的人预计要在上面放置大量的产品，然而实际情况却截然不同。

卡尔来到一扇门前，朝阿萨德比了手势要他跟在后面，同时把食指放在嘴唇上示意助手放低音量。阿萨德点点头，手指关节因紧抓着铁锹而泛白，为减少被攻击的面积，刻意蜷缩着身体前进。

卡尔打开门。

眼前所见是一个相当明亮的空间，天花板上的灯照亮了整条走廊，走廊一边有许多通往一间间无窗办公室的小门，另一边则是通向另外的走道。卡尔给了阿萨德一个搜寻办公室的讯号，他自己则沿着长条形的狭窄走道前进。

这里的气味令人厌恶，似乎有人长久以来在墙壁和地板上放着排泄物和污泥，不符合创办人亨瑞克·言森打算在这里创造的精神。眼前的情况让卡尔很难想象穿着白袍的工程师在走道上走动的景象。

走道的尽头有另一扇门，卡尔小心地打开它，紧握口袋里的弹簧刀。

打开灯之后发现这是一间储藏室，里头有两张可搬动的桌子、直立放置的石膏板，以及贮装氧气和氢气的钢瓶。他直觉嗅了一下，察觉空气中有股火药的味道，不久前有人才在这里开枪。

“办公室里没有东西。”他听到阿萨德在背后轻声说。

卡尔点头。这里也没有东西，除了走道上那股令人厌恶的气味之外，没有其他可疑的地方。

阿萨德走进来打量四周：“拉瑟不在这里，卡尔。”

“我们现在找的不是他。”

阿萨德眉头微蹙：“那我们要找谁？”

“嘘。”卡尔说，“你听到了吗？”

“什么？”

“仔细听，轻微的鸣笛声。”

“鸣笛声？”

他举手阻止阿萨德出声，自己则闭上眼睛聆听，那声响有可能来自远方的抽风机，也有可能是水流经管线所发出的声音。

“是空气，卡尔，就像轮胎被戳了一个洞以后的声音。”

“对，但是从哪来的？”卡尔站在原地缓缓环视整个房间，却找不到声音的源头。这间储藏室大约3米宽，5—6米长，尽管空间不大，声音仍像同时来自四面八方。

他的视线扫过房间，看见左侧摆放着不知道用途的石膏板，每5块为一叠，共有4叠，还有一整块石膏板单独斜放在后面的墙上，至于右侧则空无一物。

他盯着上方，发现其中四块天花板上开着小孔，整捆的电线和铜管从这里延伸进来，穿过小孔后消失在那些石膏板的后方。

阿萨德也看到同样的东西：“这些石膏板的后面一定有东西，卡尔。”

他点头，也许是面墙壁或者其他东西。

于是他们开始把石膏板移开靠在对面的墙上，刚才的声音似乎越来越接近。

最后出现在他们面前的是一个黑色大箱子，里面有着各种遥控开关、测量表和按钮。在操控台旁边有扇金属闸门，另一边则是两扇牛眼窗，在乳白色的玻璃上，宽胶带固定着连结两个类似雷管物体的电线，而牛眼窗前各摆了一台以三脚架架好的摄影机，卡尔实在不难想象它们的用途以及雷管的意义。

卡尔在摄影机下方的地板找到两颗黑色子弹，捡起来察看发现居然是霰弹枪的弹壳。他上前触摸那片不再透明的牛眼窗后退了一步。这片玻璃曾被子弹射中，代表当时在这里的人有可能无法控制情况。他把耳朵贴在墙上，确定房间里的鸣笛声是从闸门后方传来，能够穿透这厚重防护墙的声音一定很大声。

“卡尔，这里显示不到五个大气压力。”

卡尔看着阿萨德轻敲的压力表。他是对的，不久前仍有六个大气压力的空间现已减少一个大气压力以上。

“阿萨德，我猜梅瑞特在里面。”

他的搭档静静站着观察金属门：“你这么认为？”

卡尔点点头。

“压力正在减少，卡尔。”

没错，压力表上的指针正在移动，尽管它移动的速度很缓慢。

卡尔看着眼前的管线，连结雷管的电线露出绝缘体被剥开的尾端，一直延伸到地板上，看来他们计划连接上电池或者任何会引起爆炸的东西。难道这个装置和拉瑟打算在 5 月 15 日时将压力降至一个大气压力有关？正如那张梅瑞特照片后面所写的一样。

他环视四周，试图在脑中把所见的一切连结起来，延伸进房间的铜管共约有 10 根，要怎么知道哪根可以降低压力，哪一根又会增加压力？如果锯断其中一根是否有可能使压力舱里的某人情况变糟？剪电线也是同样的道理。

卡尔走向闸门研究旁边的操控装置，看来不会搞错，6 个开关以黑色和白色区隔作用：开启上部门、关闭上部门、开启外侧闸门、关闭外侧闸门、开启内侧闸门、关闭内侧闸门。

此时两道闸门关着，也应该让它们保持原状。

“你认为这开关是做什么用的？”阿萨德站在操控台前问道，似乎正思考是否应该开启其中一个开关。

如果此时哈迪在他身旁就好了，如果有人了解这些开关该如何操作，那个人一定是哈迪。

“这个开关是在其他开关之后安装的，”阿萨德指着正方形的木箱，“否则为什么其他是木制，而这个却是唯一塑料制？”

没错，这两种类型开关的制造时间相隔数年。

接着阿萨德点下头说道：“我想它要么可以停止装置运作，要么就不具备任何作用。”多么模棱两可的说法！

卡尔深吸一口气。从他在外面的大梁下打电话联络海军已经过了 10 分钟，或者更久。如果梅瑞特真的在里面，他们就得采取积极的行动。

“转开它。”卡尔说出这句话的同时感觉恐惧不安。

阿萨德依吩咐照做，当卡尔听到鸣笛声变大时心头一惊，担心这个举动释放出更多的压力。然后他抬头看向上方，发现天花板上的四个洞是扩音器的位置，令人神经衰弱的鸣笛声就是从那里发出来的。

“这里是怎么回事？”阿萨德捂住耳朵大喊，卡尔该如何告诉助理这是他自己的杰作？

“阿萨德，我认为你打开了广播设备。”卡尔大吼回去，再度转向天花板。“梅瑞特，你在里面吗？”他重复呼喊三四次后停下来倾听是否有响应。

卡尔这时可以确定鸣笛声是源自于空气经过狭窄的地方所发出的声音，就像吹口哨的原理，空气经过牙齿和嘴唇产生声响，只是现在这个声音持续不断。

他担忧地看着压力表，上面显示压力已降到 4.5 个大气压力，气压下降的速度很快。

他拼命大喊，阿萨德也放开捂着耳朵的手跟着大吼。他们的呼唤声大到可以唤醒死者，但又不希望梅瑞特真的已成为一具尸体。

突然间，上方的黑色盒子传来一个声音后四周恢复了寂静。这盒子可以控制压力平衡，卡尔心想，并考虑是否要到另一个房间拿些辅助工具爬上去，打开盒子一探究竟。

此刻他们听到扩音器里传来一阵呻吟，那是一种动物或人类在危机或悲伤时会发出的声音，冗长又单调的哀鸣。

“梅瑞特，是你吗？”他呼喊。

他们安静地站着倾听，然后听到一声被他们解读为“是”的声音。

卡尔的喉咙感到一股灼热感。梅瑞特·林格在里面，被关在这种令人厌恶又绝望的环境里长达5年，她现在处于濒死的状态，而卡尔不知道该如何阻止悲剧发生。

“我们能做什么，梅瑞特？”他大吼，但还没听到里面的人回应，靠在墙壁上的石膏板便传来巨大的枪响，子弹散落房间四处。卡尔立刻明白有人拿着霰弹枪射穿石膏板，并且察觉到身体多处中弹，温暖的血液从手臂上流出。他感觉距离事情发生仿佛经过了很久很久，但事实上只过了不到1/10秒，卡尔回头看助理，阿萨德的脸部表情很符合自己身上的情况，因为他的手臂中弹了。

两人躺在地上，开枪的人从折断的石膏板后方现出身影，卡尔一眼就认出他是谁。艰苦生活和饱受折磨的心灵虽然在他脸上留下皱纹，除此之外，拉尔斯·亨瑞克·言森看起来与少年时期的照片并没有太大的差别。

拉瑟拿着还在冒烟的霰弹枪走出来，漠不关心地看着自己开枪所造成的伤口，就像在察看被水淹没的地下室。

“你们是怎么发现我的？”他问话的同时一边换上新的弹匣走向两人。如果时机恰当，卡尔一点都不会怀疑拉瑟会朝他们开枪。

“适可而止，拉瑟。”卡尔稍微坐起身，让阿萨德摆脱他身体的重量，“如果你现在收手，几年后就可以出狱，否则将因谋杀罪坐一辈子的牢。”

拉瑟听完居然面露微笑。卡尔可以理解为什么女人会对他着迷，他是标准的衣冠禽兽。“你们休想再知道任何事。”说完直接用枪管抵着阿萨德的太阳穴。

是，你如此认为。卡尔心想，同时感觉到阿萨德的手伸进他的口袋。

“我已经要求支援，我的同事随时就会赶到，把霰弹枪给我，拉瑟，你不会有事。”

拉瑟摇摇头：“如果你不回答，我就杀了你的同伴，你们到底是怎么找到我？”

长期承受太大的压力让拉瑟变得过于压抑，他绝对疯了。

“乌佛的帮忙。”卡尔回答。

“乌佛？”拉瑟的脸部表情为之一变，这消息在他以统治者自居的世界根本不可能存在，“鬼扯！乌佛·林格什么都不晓得，而且他不会说话。我看到前几天的报纸，他什么都没说。你说谎！”

卡尔感觉阿萨德已经摸到弹簧刀。

该死的规则和枪炮弹药管制法，他现在只希望阿萨德知道如何使用它。

上方的广播设备传来一个声音，房间里那个女人似乎有话想说。

“乌佛·林格从照片中认出你。”卡尔继续说道，“有张你站在丹尼斯·克鲁德森旁边的照片，你们那时都还是少年，记得这张照片吗，阿特摩斯？”

听到这个名字仿佛在他脸上揍了一拳，多年来不堪回首的记忆在拉尔斯·言森的内心浮现，他的脸上流露出痛苦的神情然后撇下嘴角，点点头。“连这件事也知道！看来我必须假设你们知道所有的事情，既然如此，你们就得和梅瑞特一起死。”

“你不会成功，拉瑟，赶来支援我们的人已经在路上了。”卡尔借着身体稍微往前倾让阿萨德顺利取出了弹簧刀，问题是这个神经病扣住扳机，如果拉瑟在这个距离开火他和阿萨德就输定了。

拉瑟露出笑容的模样依然相当沉着，神经病的特征就是没有任何事可以威胁他。

“我一定办得到，这点你不用怀疑。”

卡尔的外套口袋被猛然一扯，紧接着就是弹簧刀弹起的喀嚓声与肌肉遭利器刺进去的声音。刹那间，卡尔看到拉瑟的腿在流血，同时阿萨德以受伤的手臂将枪托由下往上撞开，拉瑟反射性地开枪，在卡尔耳边响起的枪响盖掉一切噪音。然后他看见拉瑟无声向后倒下，阿萨德举起刀子扑过去。

“不！”卡尔大叫，但他却听不到自己的叫声，想起身才发现适才枪伤造成的影响，他看见自己流了许多血，按着大腿使劲站起来。

一样流着血的阿萨德坐在拉瑟的胸口上，用刀子压住他的喉咙。卡尔的听力还没恢复，但他看见阿萨德对着身下的拉瑟咆哮，拉瑟一次次把口水吐往他脸上。

幸好一只耳朵逐渐恢复了听力，但卡尔也因此听见刚才的鸣笛声，意味着空气正从压力舱排出，他感觉这次的声调似乎变得更尖锐，或者是他的听力在捉弄他？

“要如何停止这该死的东西？要怎么关掉装置？快说！”阿萨德大叫。但拉瑟只是不断重复刚才的举动，又对着他的脸吐口水。现在卡尔才注意到，拉瑟每吐一次口水，压在他喉咙上的那把弹簧刀就更用力。

“我割过不少比你善良的人的喉咙。”阿萨德大吼着划开拉瑟的皮肤，脖子上立刻渗出鲜血。

卡尔不知道自己该怎么想。

“我就算知道也不会说的。”躺在阿萨德身下的拉瑟咒骂着。卡尔观察拉瑟被阿萨德刺伤的那条腿，血流速度不快，看来应该没有割到大动脉。

压力表上的数值持续减少，该死的支援人员究竟在哪里？他已请求海军人员通知警察总局，难道他们没有这么做？卡尔倚靠在墙壁上从外套口袋拿出手机输入警察局的号码，他打算命令他的同事几分钟内赶到，届时他们和救援队会有很多事情要做。

他一开始没意识到自己的手臂遭受攻击，只注意到手机摔到地上，手臂向下甩，直到猛然转身看见这个高瘦的男子站在他身后，手里拿着撬开挂锁的铁锹准备攻击阿萨德的太阳穴。

阿萨德还来不及出声便倒下。

然后拉瑟的弟弟向前一步，用力踩碎卡尔的手机。

“我的天呀，我的孩子，你伤得严不严重？”岁月在脸上留下深刻痕迹的老女人推着轮椅进来，完全不理会躺在地上的人已失去意识，眼里只有她儿子裤管上渗出的鲜血。

拉瑟费力地起身，愤怒地看了卡尔一眼回说：“我没事，母亲。”他从裤子口袋取出手帕，在弟弟的协助下用腰上的皮带束紧大腿止血。

老女人推动轮椅经过两人的旁边，盯着气压表后对玻璃吼叫：“你好吗？卑鄙的女人。”

卡尔看到阿萨德躺在地上虚弱的呼吸，认为这代表他还有机会活下去，接着开始在地板上搜寻那把弹簧刀，但或许是被阿萨德的身体压着，或许拉瑟的弟弟得稍微移动位置，总之刀子现在不在他的视线范围内。

仿佛猜出这想法的汉斯转过身面对卡尔，脸上带着孩童般的天真神情，好像卡尔要夺走他最心爱的东西，甚至是伤害他。他瞥向卡尔的眼神是童年时期长期在孤独中度过的结果，其他的小孩永远无法理解一个傻子怎么会受伤？他手里仍拿着铁锹，对准卡尔的脖子。

“要打死他吗，拉瑟？要吗？我做得到。”

“你什么都不要做。”老女人怒骂，推着轮椅靠近。

“坐下，条子。”拉瑟挺直身体命令道，“去拿电池来，汉斯。我们要炸掉这间屋子，现在没时间做别的事。快一点，我们得在10分钟内撤退。”

拉瑟一边紧盯着卡尔把枪上膛，看着他缓缓沿着墙滑到地上，直到背靠着闸门坐在阿萨德的身旁。

然后拉瑟撕下黏在玻璃上的胶带，把电线和雷管组成的致命混合物像围巾般迅速缠绕在卡尔的脖子上。

“你不用紧张，这不会有感觉，但里面的人就不一样了，事情必须如此。”拉瑟语调冷漠，将原本靠在墙上的瓦斯瓶搬到卡尔身后的压力舱前面。

他的弟弟刚好拿着电池和一捆电线回来。

“不，汉斯，计划改变了。把电池带到外面，你只需把电线绑紧。”拉瑟说着示范给汉斯看，将电线缠绕在卡尔的脖子上，最后接上电池。“剪下足够的电线，汉斯，长度要足够拉到庭院。”拉瑟面向卡尔微笑说道，“当我们在外面通电让瓦斯瓶爆炸的那一刻，这家伙的头也会被炸飞。”

“但那个人怎么办？”他弟弟手指着阿萨德，“他能轻易把电线拆下来。”

“那个人？”拉瑟笑着把电池从卡尔身边拿开。“你是对的，你现在就可以打到他失去意识。”然后再转向卡尔，用截然不同的语气说，“你是怎么找到我？你说是丹尼斯·克鲁德森和乌佛，但我不明白你是如何将他们和我连结在一起？”

“你留下许多破绽，你这个白痴！”

拉瑟稍稍后退，脸上神情只能用疯狂来形容。拉瑟随时会开枪射他，只需静静地瞄准、扣下扳机——再见，卡尔。他绝对无法阻止他们所有人被炸死。

卡尔内心沉着地瞥向拉瑟的弟弟，汉斯正和电线奋战，每当他试图拉开那团混乱，电线马上又纠结在一起。在这一刹那，他感觉到阿萨德的手臂在小腿肚上颤抖，或许他的助理伤得没那么严重，这点令卡尔感觉安慰，虽然不久后他们都会死。

卡尔闭上眼睛回忆一生之中最有意义的片刻，但脑海中却是一片空白，几秒后他睁开眼睛，心里却没有半点安慰的感觉。

他的一生真的没有值得回忆的片段吗？

“母亲，你现在得离开。”他听到拉瑟说，“快到庭院去，离屋子远一点。我和汉斯一分钟后出来，然后我们就离开这里。”

她点了下头，看牛眼窗最后一眼，并在玻璃上吐了口口水。

当她推动轮椅经过时，老女人用讥讽的眼神看着卡尔和躺在他身旁的男子，如果她可以踢他们一定会这么做。和梅瑞特一样，这两个警察也是企图偷走她生命的小偷，为她带来永恒的痛苦与仇恨，她绝对不容许任何人伤害自己。

这里的空间不够你通过，你这个巫婆。卡尔心想，看着阿萨德笨拙的将腿伸到一边。

她毫不犹豫地直接用轮椅压上阿萨德的腿。阿萨德痛得大叫，突然跳起来挡在老女人和门之间。牛眼窗前的两名男子发现异状转身，拉瑟迅速举起枪，但太阳穴仍在流血的阿萨德也立刻将身体蜷缩在轮椅后方，接着抓住老女人瘦削的膝盖，发出仿佛来自地狱的吼声，如一只跳跃的公羊般冲向两人。阿萨德的怒吼、老女人的尖叫、压力舱的鸣笛声、男子的警告，最后全都因轮椅撞上去翻覆戛然而止。

老女人被倒下的轮椅压住，双脚伸在半空中，而阿萨德向前一扑夺下拉瑟瞄准他的武器，当他一手抓着枪管，另一手用力重击拉瑟的咽喉时旁边的小儿子放声尖叫，而这一切不过只是几秒钟之内的事情。

阿萨德拿着武器往后退，将轮椅推到一旁，威胁还在喘气的拉瑟站起来，静静站在那里盯着他。“说，要怎样停止这个该死的东西。”他大吼。

卡尔起身发现弹簧刀落在远一点的墙边，于是走过去将刀子拾起，一边松开缠绕在脖子上的电线和雷管，而瘦弱的年轻男子则忙着搀扶自己的母亲。

“对，快说，现在！”卡尔用刀子抵着拉瑟的脸颊。

两人直视着拉瑟的眼睛。拉瑟不相信他们，他只在乎一件事，就是在背后房间里的梅瑞特·林格一定得死，并且是孤独、缓慢、充满痛苦的死去，这才是拉瑟的目的，之后他愿意承担所有的罪行，卡尔的劝诱怎么可能使他动摇？

“我们立刻炸了他和他的家人，卡尔。”阿萨德眯起眼睛说，“反正梅瑞特也快完蛋了，我们帮不了她。”他指着气压表，显示已低于四个大气压力。“就用刚才他们想杀了我们的方法，这也是帮梅瑞特一个忙。”

卡尔看着他的眼睛，仇恨的种子在那双温暖的棕色眼睛里萌芽，而且似乎不需要太多的养分。

卡尔摇摇头：“不，阿萨德，我们不能这么做。”

“不，卡尔，我们可以这么做。”阿萨德答道，并且伸出空下来的另一只手取走卡尔手上的电线和雷管改绕在拉瑟的脖子上。

当拉瑟不舍地看着母亲和躲在轮椅后发抖的弟弟时，卡尔送给阿萨德一记明确的讯号：他们必须演下去，直到拉瑟相信他们真的会炸毁这里为止。拉瑟不会为了救自己一命而妥协，但一定会想办法让母亲与弟弟活下去。阿萨德看出这一点，他是对的。

卡尔抬起拉瑟的手臂，绑上绝缘体已经剥离的电线尾端和引信，一如之前拉瑟所描述。

“坐到角落去。”卡尔命令老女人和年轻人，“带着你母亲坐到那边，汉斯，把她抱在腿上。”

年轻的儿子紧张地看着他，抬起自己像羽毛一样轻的母亲，背着她走到墙边。

“如果你现在不告诉我们如何关掉这个该死的机器，我们会把你们三个连同梅瑞特·林格一起炸掉。”卡尔说话的同时将引信的另一端接到电池的某一极上。

拉瑟的视线从母亲移到卡尔身上，眼神充满了恨意："我得先阅读手册，但时间不多了。"

"你说谎，你在争取时间。"卡尔大叫，并从眼角看见阿萨德打算上前殴打拉瑟。

"信不信随你。"拉瑟面带微笑，把头转向阿萨德的方向。

卡尔点点头。长年讯问犯人的经验告诉他拉瑟没说谎，他冷酷，但不会说谎，不看手册拉瑟真的不知道如何关掉机器。

卡尔转向阿萨德问道："你还好吧？"并在他的助理用枪托殴打拉瑟的前一刻举手制止他。

阿萨德点点头，他的眼神透露出怒火，看来卡在手臂的子弹和流血的太阳穴并没有造成太严重的伤害，阿萨德的个性十分坚毅。

卡尔谨慎地从助理手中接过霰弹枪。"我的腿不能走太远，阿萨德，你得去对面拿手册，我会负责看着他们。你刚才看过这本手册，就放在最里面的房间，我想应该是桌上那叠书中最上面那一本。阿萨德，快一点！"

拉瑟看见阿萨德离开后露出微笑，虽然卡尔仍拿着枪管抵着他的下颚，但拉瑟就像其他优秀的格斗者，相当清楚对手的能力，卡尔绝对是两个对手中比较容易应付的那一个。卡尔，你错了，拉瑟心想。

拉瑟开始倒退走到门边："你不敢开枪射我，但你的同伴就会这么做，我现在要离开，你阻止不了我。"

"你真的这么认为？"卡尔向前一步抓住他的咽喉，如果拉瑟敢移动半分，他会用枪托殴打他的脸。

这时远处传来警车鸣笛声。

"快跑！"拉瑟的弟弟突然跳起来大喊，抓着母亲朝轮椅踢了一脚，让轮椅滑向卡尔的方向。同一时刻，拉瑟从卡尔的手中挣脱跑向外面，卡尔想要追上去双腿却不听使唤，他受的伤显然比拉瑟严重。于是他将霰弹枪对准母亲和小儿子，让轮椅从身旁滑过冲向墙壁。

"看那里！"高瘦的儿子说，指着垂在拉瑟背后的长电线。

所有人都看见电线松落在地板上。拉瑟一边奔跑穿过走廊，一边试图解开脖子上的炸药。房里的人看着电线不断松开，最后尾端连结的电池也被拉扯到门口。当电池击中门框时，电线恰巧碰触到电池的另一极。

他们感觉到的爆炸只是远方的轻微晃动和闷闷的声响。

黑暗中，梅瑞特躺在地上听着压力持续释放产生的鸣笛声，双手各自抓着一只手臂，以便同时在两个手腕关节上施压。没多久她的皮肤开始发痒，不过除此之外没有其他异样，她幻想世界上所有奇迹都降临在她身上，对着天花板的喷嘴大叫。

当察觉第一颗龋齿里的填充物晃动时她知道奇迹不存在，接下来几分钟，她感觉到头部和关节各处的疼痛加剧，一股压力重重压迫内脏器官，她想要放开手腕关节加速死亡的过程，却完全无法感觉到自己的双手。

我必须转身，她想，试着对身体下达转身的命令，可是肌肉却使不上力。她发现身边的一切变得更加模糊，一股强烈的恶心感牵制住咽喉让她几乎窒息。梅瑞特精疲力竭的躺在那里，感觉身体一阵阵痉挛，从臀部扩散一路到横隔膜，最后转移到胸腔上方。

过程实在太慢了！她在心里大叫，尝试松开压在动脉上的力道。

几分钟之后她陷入意识不清的状态，无法继续想着乌佛，眼前突然出现许多色彩、闪光，不断变化成不同的形状，除此之外就没别的了。

当第一个龋齿填充物蹦出来，她忍不住叹息哀号，这举动消耗她所剩不多的体力，但她仍听不到自己的声音，因为喷嘴的鸣笛声大过于她的哀鸣。

空气渗入的声音突然中断，有一瞬间她幻想自己会被拯救，并且听到外面有人大声呼唤她，于是降低自己哀号的音量，听见有个声音问她是否叫作梅瑞特，她的内心大声说：“是的，我在这里。”或许她真的有这么回应。之后他们谈论起乌佛，仿佛他是个完全正常的男孩。她说出乌佛的名字，但听起来不太真实，然后紧接而来的枪声和拉瑟的声音再次切断了她的希望。她慢慢地呼吸，感觉到一股巨大的压力要分开压在手腕上的手指，她不确定自己是否还在流血，因为她既感受不到疼痛，也没有轻松的感觉。

天花板下的鸣笛声再度响起。

她感觉脚下的地板开始晃动，身体一阵热一阵冷，她想呼喊上帝并默念祂的名字，但她的脑海才闪过这个想法一道闪光便伴随巨响出现，然后更多的光涌了进来。

最后，她放开了一切。

尾声

时间：2007 年

这次的事件被媒体大肆报道。尽管有个悲伤的结局，林格案的调查与侦破仍被当作成功的故事，丹麦党的琵芙・韦斯特格德对此特别满意，为自己要求设立悬案组的决策沾沾自喜，并且没有放过任何藉此贬低对手的机会。

但这只是其中一个让卡尔精神崩溃的原因。

为了取出腿上的子弹，他三次进出医院，至于梦娜・易卜生，他已亲自取消与她的约会，两人之间没有进一步的发展。

他和阿萨德回到地下室办公室的时候，发现公告栏上挂着两个装满了弹壳的塑料袋，标着卡尔姓名的是 25 颗，阿萨德的有 12 颗，办公桌上放了一把弹簧刀，刀片长达 10 厘米，至于其余的杂物似乎都被清掉了。

这次事件消除了他和阿萨德之间的隔阂，两人开始互相关心彼此。卡尔让阿萨德随心所欲地来去，搬进地下室的生活用品也越来越多，而他自己整天只是抽烟、伴随有如猫哭般的背景音乐品尝阿萨德煮的咖啡。直到三个星期过去，卡尔终于从角落的档案堆里拿起一份文件，开始翻阅。

有太多的事可做了。

"你今天下午会去市立公园吗，卡尔？"阿萨德站在门外探头问道。

卡尔懒洋洋地看着他。

"今天是 5 月 1 日，许多人会上街庆祝，不是吗？"

他点头。"也许晚一点，如果你想去的话可以先走，阿萨德。"卡尔瞥向时钟，已经 12 点了，过去在劳动节这一天，每个人都有权利休半天假。

阿萨德却摇摇头："对我来说这日子没什么意义，卡尔。我也不想和人群挤在一起。"

卡尔点了下头，这是助理的私事。"明天我们从这一叠档案看起。"他用手拍了拍活页夹，"你觉得如何？"

阿萨德脸上的笑容加深了眼部周围的皱纹，黏在太阳穴上的绷带几乎要掉下来。"好主意，卡尔。"接着电话响起，是丽丝打来的，她告诉卡尔说组长在办公室等他。

卡尔打开最下层的抽屉，拿出一个塑料制的卷宗夹，他有预感待会一定用得着。

"你还好吧，卡尔？"这是这星期以来马库斯第三次向卡尔提出这个问题。

卡尔耸耸肩。

"你现在在处理哪个案件？"

他又耸耸肩。

组长摘下半框眼镜放在桌上一大叠文件上。"检察官今天与乌拉·言森和她儿子的律师达成协议。"

"哦。"

"母亲判刑 8 年，儿子 3 年。"

卡尔点点头。一点都不意外。

"乌拉·言森有可能要在精神病院度过余生。"

卡尔又点了点头，她的儿子不久后也会被送往同一个地方。为什么这家伙可以毫发无损地离开监狱？

马库斯低下头："梅瑞特有什么新消息吗？"

卡尔摇摇头："她依旧处于昏迷状态，并且很难痊愈。她的大脑有多处因血栓造成的永久性伤害。"

马库斯点头表示理解："你和海军的潜水专家已经尽力了，卡尔。"

他丢给坐在对面的卡尔一本杂志，封面写着《潜水》（*Dykking*）。他们就不能正确地拼字吗？[1]

1. 卡尔认为这是一本麦丹杂志。麦丹文的"潜水"是 Dykning。

“这是挪威的潜水杂志，你打开第四页。”

他打开马库斯说的那一页，上面刊登着梅瑞特的旧照和潜水专家连接闸门、助手将梅瑞特移到行动压力舱的照片。在照片下方有一篇短文，文中介绍了助手准备行动压力舱的情形，以及压力舱的连接方式和如何稍微减压阻止梅瑞特的手腕关节继续出血。里面甚至附上了建筑物的平面图和压力舱的剖面图，还有梅瑞特躺在行动压力舱里给予氧气进行急救的情景。然后，专门治疗潜水员病的里格斯医院医师和资深巡佐米歇尔·欧佛葛德站在大型压力舱前的合照，最后还有一张卡尔和阿萨德被送上救护车的照片。

“海军潜水专家与新成立的警察部门合作，结束了过去几十年来最残酷的绑架案件。”斗大的标语这么写道。

“是的，”凶杀组组长露出迷人的笑容说，“感谢这篇报道，奥斯陆的最高警察机关联络我，他们想要了解你的工作情形，卡尔。秋天他们会派代表团过来，我要你帮忙接待。”

卡尔察觉自己的嘴角往下一撇表示抗议。“我没时间。”他不想让该死的挪威人在地下室的走道上走动，“你想一下，我的部门只有两个人。我再问一次，这个部门一年的预算是多少，组长？”

马库斯技巧性地回避问题：“现在你恢复健康回到工作岗位上，正是签下这份文件的时候，卡尔。”他递给卡尔一份所谓的“扩展能力课程”的白痴表格。

卡尔拒绝：“组长，我不想这么做。”

“卡尔，你必须去上课。为什么不想？”

也许是因为我们两人现在都想抽根烟，卡尔心想。“有许多理由，”他说，“想想政府改革了退休年龄，未来我们可能要工作到70岁，就看我们是在哪一等级。但我没兴趣当个衰老警察，也不想当办事员直到退休。我本来就对拥有许多同事感到头疼，况且年纪大了不想考试，不想做作业，更不想要有新的名片。总之我没有兴趣升官，就是这样，组长。”

凶杀组组长一脸疲惫的模样：“你列举了许多还没有发生的事情，都只是你个人的揣测。听着，如果你想当悬案组的主管就要上这课程。”

他摇摇头。“不，马库斯，不要再上课了，我不喜欢。帮继子恶补学校的课程已经够让我头痛，他考试没过。现在和未来的悬案组都由副警官负责带领，我会用自己旧有的头衔，别再说了。”卡尔抬起手，高举着塑料卷宗夹。“你看见了吗，马库斯？”卡尔从塑料卷宗夹中取出文件继续说道，“这是由国会批准通过的悬案组预算。”

办公桌另一头传来深深的叹息声。

他指着最下面一行“每年 500 万克朗”说：“就我所知，这个数字和我的部门可支配的预算相差超过 400 万克朗，对吧？”

组长搓搓额头。“你想要怎样，卡尔？”恼怒的语气十分明显。

“你八成想要我忘记这份文件，而我也很乐意你忘记上课的事情。”

尽管凶杀组组长的脸色大变，他依然控制声音说：“这是勒索，卡尔。这里不容许你这么做。”

“完全正确，组长。”卡尔说着从口袋里掏出打火机点燃手中的预算文件，数字很快被火焰吞噬，燃烧后的灰烬掉落在组长办公桌的小册子上，然后他把打火机递给马库斯。

当卡尔回到地下室，阿萨德正在地毯上祈祷，因此他写了张纸条放在助理门前的地板上，上面写着“明天见”。

前往霍内克医院的途中，卡尔苦思该如何告诉哈迪亚玛格岛的事情，甚至不确定自己是否该提起。哈迪过去几周并不好过，唾液分泌减少让他说话变得困难，尽管这现象不会一直持续下去，但并不表示哈迪会愿意对生命重新燃起热情。

哈迪被转到一间更漂亮的房间，从建筑物的这一面可以欣赏行驶在厄勒海峡的船只。

卡尔记得一年前的 5 月 1 日，他们一起坐在巴肯游乐场享受猪排佐洋芫荽酱，他向身旁的伙伴抱怨维嘉，而他现在坐在朋友的病床边，不容许自己再轻易对某些事情发火。

“索罗的警察放走了穿格纹衬衫的人，哈迪。”他直截了当地说。

“谁？”哈迪的声音沙哑，头部仍保持不动。

“他有不在场证明，但所有人都确定他就是凶手，是对我、你和安克尔开枪的人，也是在索罗犯下谋杀案的人。尽管如此他们还是只能放走他，哈迪。”

“去他的。”哈迪咳了一下清清喉咙。卡尔走到床铺另一边的洗手台把纸巾弄湿。“就算抓住他们，我又可以得到什么？”哈迪继续说道，嘴角沾着唾液。

“我们会逮到他和其他当时在场的人，哈迪。”卡尔一边说，帮哈迪擦拭嘴角和下巴，“我应该尽快插手这件事，这群猪逃不掉的。”

“玩得愉快！”哈迪说话时用力咽了一下口水。“安克尔的遗孀昨天来看我。”然后又说，“这不太好，卡尔。”

卡尔记得伊莉萨白·荷耶尔痛苦的表情。自从安克尔死后，他就再也没和她说过话，就连在葬礼上都是如此。从他们通知她先生的死讯的那一刻起，她对卡尔似乎就只有谴责。

“她有提到我吗？”

哈迪没有回答，只是安静地躺着慢慢眨眼，好像外面的船只要带他去远行。

“卡尔，你不愿意协助我自杀？”他问。

卡尔抚摸他的脸颊：“但愿我可以，哈迪，但我不能这么做。”

“那你必须想办法让我回家，可以答应我吗？我不想再待在这里。”

“你太太怎么说，哈迪？”

“她不晓得，我刚刚才决定。”

卡尔想起哈迪的妻子米娜·海宁森的模样。哈迪和她在很年轻的时候认识彼此，如今她的儿子已经大到搬出家里，但她看起来永远是那么年轻，发生这种事，她一定得花很多时间处理自己的情绪。

“今天去找她，卡尔。和她谈一下，就当帮我一个忙。”

卡尔望着船只心想，如果哈迪曾考虑过现实多么残酷，也许会后悔提出这个请求。

到海宁森家几秒钟后，卡尔立刻明白自己的担忧是对的。

米娜·海宁森一打开门里面立刻传来6个女人聚会的笑声，她们穿着鲜艳的衣服，戴着俏皮的帽子，兴高采烈地计划这天剩下的时间，于是卡尔知道哈迪的期待不可能实现。

“卡尔，今天是5月1日！我们这些俱乐部的同好都是这么做的。你不记得了吗？”卡尔在被带往厨房的路上向她们点头致意。

他没有花太多时间说明情况，10分钟后卡尔又回到街上。两人谈话时，米娜握着卡尔的手向他述说自己的日子有多难过，以及多么想念以前的生活，她将头靠在卡尔肩膀上哭了一会儿，并且试着解释为何她没有力气照顾哈迪。

最后她擦干眼泪露出腼腆、尴尬的笑容，问他是否愿意与她共进晚餐。她说需要有人能和她聊天，这些话背后暗示的含意是如此露骨、直接，一如卡尔想象的那样。

卡尔走在沙滩大道上，听到市立公园传来嘈杂声，那里肯定发生了什么事。

他考虑是否要走过去重温往日时光，喝点啤酒，但他最后还是选择坐在车子里。

如果我不曾在梦娜·易卜生——那个疯狂的心理医师面前失控，如果米娜不曾和我瘫痪的朋友结婚，那么我愿意接受她的邀请，卡尔心想，然后他的手机响了。

是阿萨德打来的，听起来非常激动。

“阿萨德，慢慢说。你还在办公室吗？再说一次。你说什么？”

“里格斯医院打电话通知组长，我刚刚从丽丝那里听到，他们把梅瑞特唤醒了。”

卡尔的目光飘向远方：“什么时候的事情？”

“今天上午。我想你一定会想立刻知道。”

卡尔向阿萨德道谢后挂上电话。树木上嫩绿色的枝桠突显出春天的生命力，他应该感到高兴，但实际上不然，因为梅瑞特或许得度过悲惨的余生，在她的世界里没有什么事情是简单的，而这段可怕的回忆将是她一生最沉痛的经验。是，春天不会永远持续下去，过不了多久白天又会渐渐变短，他痛恨自己的悲观主义。

他望着市立公园和高高耸立在公园后方的里格斯医院的绿色建筑。

然后卡尔重新设定停车定时器，下车徒步穿过森林前往医院。坐在草皮上的人们手里拿着啤酒，大屏幕上正转播洁特·安德森的告别演说，音量甚至连远方的共济会分会都听得到。“丹麦的新开始”是今年劳动节的口号。

演说者呼告的语气仿佛这口号真的有用。

卡尔和他的朋友年轻的时候会穿着短袖T恤参加五一聚会，当时他的身材瘦得像瘦皮猴，如今身体里的脂肪大约有那时20倍之多。公园里的人因5月1日的活动聚集在一起，政府处理这类抗议的方式便是提供便宜的香烟与烈酒，这些人虽不满意但尚可接受，如果他们和政府的意见不同，也只是暂时的问题。

是的，一切都在控制中。

一群记者在医院的走廊上守候。

当他们看见卡尔从电梯走出来一股脑涌向他，每个人都想提出自己的问题。

“卡尔·穆尔克，”其中有位在前面大叫，“医生对梅瑞特·林格脑部伤害做出什么样的评估？她伤得有多重？你知道这件事吗？”

“穆尔克副警官探视过梅瑞特·林格了吗？”

“哈啰，穆尔克！你怎么看待自己的工作？对自己的表现感到骄傲吗？”另一边的记者冷不防丢来这个问题。

卡尔转向声音来源，看见佩勒·希特斯缇那只红色斑点小猪。这个无礼的提问引来其他记者充满敌意地看着他，仿佛希特斯缇不配得到他的工作。

的确是如此。

卡尔回答了记者几个提问，在感觉胸口的压力增加后转身离开，没人问他为什么在这里，连他自己也不知道。

卡尔原本预期会有更多人前来探视，但除了艾格里的护士长以及坐在她旁边的乌佛，这层楼里都是些陌生的脸孔。对媒体来说，梅瑞特·林格是能让他们写篇好报道的题材，但作为一个人，她也只不过是个普通的病人。专治潜水员病的医生以压力舱为她进行为期两星期的紧急治疗，然后又在创伤中心待了一个星期后转到神经外科的加护病房，现在则安顿在神经内科。

将梅瑞特从昏迷中唤醒是一个冒险的举动。当卡尔找到护理站时护士长时这么说。她知道卡尔是救出梅瑞特·林格的警察，除了他以外，每个想接近林格的人她都会把他们扔出去。

卡尔慢慢走近坐在梅瑞特病房外的两人，看见乌佛紧握自己的双手，喝着塑料杯里的水。然后卡尔向艾格里的护士长点点头，并不期待她会有所回应，她却主动站起来和他握手，看起来情绪似乎很激动，但没说什么就又坐回去继续盯着房门，用手支撑乌佛的下臂。

医院里非常忙碌，许多医生来来去去向他们点头致意，卡尔不急着回家吃莫顿准备的烤肉，反正那些派对千篇一律。一个小时后，有位护士提供他们一杯咖啡。

卡尔啜饮了一口咖啡观察乌佛的侧面，梅瑞格的弟弟安静坐着，目不转睛地盯着那扇门，只有在护士经过时会稍微移开视线，之后又会立刻固定在门上，片刻也不离开。

卡尔与护士长的眼神交会时指着乌佛，用手势探问他的情况。她面露微笑摇摇头，意思是说不糟，但也不是很好。

之后卡尔去了趟洗手间，当他回来时，走廊座位上已空无一人。

他走向病房，将房门稍稍打开。

整个空间一片宁静。乌佛站在床尾，陪伴他的护士长将手搭在他的肩膀上，一位护士正在记录从测量仪器上得到的数据。

卡尔几乎认不出躺在病床上的人是谁。梅瑞特的头部绑着绷带，棉被拉到下颚的地方。

她平静地躺在那里，嘴唇微张，眼皮轻微颤动，虽然脸部的血肿消退了许多，但情况仍然令人担忧。她曾经充满活力又健康，现在却是如此脆弱，雪白的皮肤像纸张一样薄，眼下有着严重的黑眼圈。

“你们可以安静靠近她。”护士将原子笔放入口袋说，“我现在又要试着把她唤醒，但因为她昏迷了很长一段时间，而且脑部也受到伤害，所以可能不会有反应，这点你们得要有心理准备，尽管她两眼的视力还没有恢复，有可能因为血栓而瘫痪并使脑部受到严重的损伤，但就目前的状况来说她仍有机会复原。我们相信有朝一日她能自己行走，至于未来她的语言能力会恢复到何种程度还是未知数，或许在血栓消失后仍无法说话，失语症可能永远无法康复。是的，我认为我们必须做好最坏的打算。”护士点了下头加重语气，“我们不知道她在想什么，现在只能祈祷她好起来。”

然后她走到病人旁边调整点滴，病床上挂了许多东西。“她应该快醒了，如果有事请拉这条线。”护士说完便轻声离开病房。

三个人安静地看着梅瑞特，乌佛脸上面无表情，一旁边的护士长也非常悲伤，如果卡尔不曾介入这个案子，或许对大家来说才是最好的状况。

过了一分钟，梅瑞特受到灯光的刺激缓缓张开眼睛，她试着拼命眨眼让眼睛对焦，但显然失败了，因为她又将眼睛闭上。梅瑞特眼白的部分布满了红棕色的血丝，清醒时的眼神令卡尔为之震惊。

“乌佛。”艾格里的护士长说，“坐近姐姐一些。”

乌佛似乎听懂了，因为他自己拿了张椅子，把它放在床的边缘坐下来，脸贴近姐姐的脸，额头上的金色头发随着梅瑞特的呼吸飘动。

他静静坐着观察梅瑞特，然后掀起棉被握住她的手。乌佛就这么握着姐姐的手坐着，眼光平静地在她脸上游移。

卡尔走到护士长的旁边，两人一起站在床尾看着这对姐弟。

乌佛一言不发地握住姐姐的手，脸庞靠着她的脸颊的画面令人动容。此刻的他看起来就像一只流浪的小狗，经过不停地找寻后，终于重新找回温暖和安全感。

接着乌佛稍微往后退，仔细地盯着姐姐，将嘴唇贴上她的脸庞亲吻了她。

卡尔看见梅瑞特的身体在棉被下颤动，可以从心电图上的变化发现她的心跳加速，再看向其他仪器确认，没错，她的脉搏加快了。梅瑞特深深叹了一口气后睁开双眼，乌佛的脸挡住房间里的光线，于是她醒来的第一眼看到的就是弟弟的微笑。

卡尔瞪大眼睛看着梅瑞特越来越明显的反应。她再次张开嘴唇，身体不住发抖，这对姐弟之间似乎存在某种隔阂阻碍两人直接接触。乌佛似乎屏住了呼吸脸色铁青，开始前后摇晃身体，喉咙也发出呜咽声，张开嘴巴的模样看起来有些窘迫、混乱。他眯起眼睛，松开握着姐姐的手改抓住自己的脖子，虽然没有说出半个字，但已明显表现出自己想要做什么。

然后他吐出肺部所有的空气跌坐在椅子上，就像想放弃自己未达成的目的，但后来他再次尝试，这次发出声音的位置比较靠近喉咙上方。

“梅梅梅梅梅，”他使劲地深吸口气，“梅梅梅梅梅。”却只能发出单音。梅瑞特看着弟弟，她知道谁坐在眼前，眼睛闪烁光芒。

卡尔对眼前的景象感到不可置信，倒抽一口气，身旁的护士长用手捂着嘴巴。

“梅梅梅梅梅瑞特。”乌佛终于说出姐姐的名字。

乌佛自己也被声音的能量吓到，呼吸急促，惊讶地张大嘴巴。

卡尔身旁的护士长忍不住呜咽，伸手搭着卡尔的肩膀。

乌佛再一次抓住梅瑞特的手。

他用力抓着姐姐的手亲吻，全身抽搐的模样好像刚被人从冰洞拉出来。

梅瑞特眼睛睁大头往后仰，身体变得僵硬，空着另一只手的手指用力压进手掌心。这反应激烈到连乌佛也意识到危险性，护士长立刻走上前拉下警铃。

接着梅瑞特发出一道低沉的声音，身体放松地看着眼前的弟弟，脸上露出一抹微笑，似乎被自己发出的声音逗乐。

护士从卡尔身后开着的门冲进来，后面跟着一位急于想知道病患情况的年轻医生，他们停在床前看着梅瑞特的手被乌佛握着，一副轻松的模样。

在检查过所有仪器后，并没有发现任何足以引起危险的状况，医护人员把目光移到卡尔和陪伴乌佛的护士长身上，正当他们想要提出问题时，梅瑞特再度发出声音，乌佛将耳朵贴近姐姐的嘴边，但所有在场的人都听到了。

“谢谢，乌佛。”她轻声说，然后目光转向卡尔。

这瞬间，卡尔感觉到胸口的压力也跟着消失。

谢辞

本人在此感谢汉内·阿德勒·欧尔森、汉宁·库瑞、艾尔瑟贝斯·瓦伦斯、索伦·萧、弗雷迪·米尔顿、艾迪·基兰、汉内·彼德森、米卡·许马勒斯提，以及D. 卡斯滕所提供的细心与珍贵的建议。

另外感谢丹麦作家与翻译人员中心的吉特和彼得·Q. 莱内斯，让我在创作的关键时刻时能够安心写作，彼得·H. 欧莱森和琼恩·佩德森提供的灵感，约根·N. 拉森的资料整理和麦可·尼德佳尔德提供有关压力舱的专门知识，以及K. 奥尔森与警官莱夫·克里斯滕森对有关警务方面的修正。

最后，我要对编辑安妮·克莉丝婷·安德森的合作，致上诚挚的谢意。